Verborgen in de schaduw

Van Viveca Sten is eerder verschenen bij Luitingh-Sijthoff:

Verborgen in de sneeuw

Viveca Sten

Verborgen in de schaduw

Vertaald door Bianca Cornelissen

LUITINGH-SIJTHOFF

Eerste druk, januari 2025
Tweede druk, februari 2025

Oorspronkelijke titel *Dalskuggan*
Vertaling Bianca Cornelissen
Omslagontwerp Studio Vonk & De Boer
Omslagbeeld Trevillion
Opmaak binnenwerk Crius Group, Hulshout

ISBN 978 90 210 4258 9
ISBN 978 90 210 4259 6 (e-book)
ISBN 978 90 210 5205 2 (luisterboek)
nur 332

www.vivecasten.com
www.lsuitgeverij.nl
www.boekenwereld.com

Uitgeverij Luitingh-Sijthoff vindt het belangrijk om op milieuvriendelijke en verantwoorde wijze met natuurlijke bronnen om te gaan. Bij de productie van dit boek is daarom gebruikgemaakt van papier waarvan het zeker is dat dit niet tot bosvernietiging heeft geleid.

Voor mijn vader
Tord Bergstedt
1933-2020

Zaterdag 22 februari 2020

1

Het is min twaalf buiten als Anna Larsson aan komt rijden over de smalle Tångbölevägen. De zevenjarige Hugo zit in zijn skipak op de achterbank. Het is zaterdag en ze zijn op weg naar Duved voor de skiles die om acht uur begint.

De zon komt langzaam op, maar het schemert nog steeds.

Als ze in de verte een beweging ziet, mindert Anna vaart. Pasgeleden stond er een rendier bij de bocht, je moet goed oppassen. Dan beseft ze dat het maar een haas is die aan komt hupsen. Hij blijft staan, draait zich om en verdwijnt tussen de bomen.

'Maaam...' piept Hugo, 'ik moet plassen.'

'Kun je het niet even ophouden?' vraagt Anna over haar schouder. 'We zijn er bijna.'

'Nee, ik moet nú plassen.'

Ze slaakt een zucht, het is nog maar een kwartier naar Duved en het is ijskoud buiten, maar als hij nodig moet, heeft Hugo de neiging in zijn broek te plassen.

Als de weg wat breder wordt, stopt ze in de berm.

'Wel opschieten,' zegt ze tegen haar zoon, die al bezig is zijn autogordel los te maken.

Hugo klimt uit de auto en rent naar een struik een paar meter verderop. Een moment later is hij terug en rukt de deur open.

'Er ligt een meneer op de grond,' zegt hij opgewonden.

'Hoe bedoel je?'

'Daar ligt hij,' houdt Hugo vol. 'Hij heeft zich pijn gedaan.'

Er is vast niets aan de hand, zegt Anna tegen zichzelf. Ze heeft geen tijd om te gaan kijken, ze moeten verder. Over een halfuur moet Hugo aangekleed en wel bij de skilift in Duved staan en hij is niet bepaald de snelste. Ze houdt er niet van hem op te jagen.

Daarentegen heeft Hugo niet de gewoonte te liegen. Stel dat er echt iemand ligt?

In de achteruitkijkspiegel ziet Anna dat haar zoon niet zijn normale zelf is. Zijn ogen zijn groot en hij lijkt van slag. Ze krijgt steeds sterker het gevoel dat ze moet uitstappen om te kijken, voor de zekerheid.

'Oké,' zegt ze. 'Blijf jij hier wachten, dan ben ik zo terug.'

Zodra ze de deur opendoet, bijt de kou in haar gezicht. Haar neusgaten voelen ijskoud en haar adem zweeft in witte wolken rond haar mond. De berkenbomen lijken wel uit rijp gebeiteld.

Ze snelt in de richting die Hugo op was gegaan, een paar meter van de auto. Ze glibbert weg in de sneeuw, maar weet zich nog net vast te grijpen aan een boomtak. Dan beseft ze wat ze ziet.

Verscholen tussen de struiken ligt een man op de grond. Zijn blote handen zijn vastgebonden op zijn rug en zijn gezicht zit onder het bloed.

Anna staart naar het lijk.

De sneeuw bedekt de dode persoon als een poederwitte deken, maar de diepe wond in het achterhoofd is niet te missen.

Ieder geluid wordt opgeslokt door het witte landschap.

Misselijkheid welt in haar op en ze moet hevig slikken om alles binnen te houden. Dan struikelt ze naar de auto om om hulp te bellen.

2

Een schel geluid wekt rechercheur Hanna Ahlander op zaterdagochtend uit haar slaap.

Slaapdronken tast ze naar haar telefoon. Het laken is bezweet van een nachtmerrie over de aanranding in Barcelona. Ze wordt er nog steeds door achtervolgd, ook al is het dertien jaar geleden en heeft ze zich inmiddels gespecialiseerd in geweld tegen kwetsbare vrouwen.

Wie belt er zo vroeg?

Het is pas acht uur en het is weekend. Ze had zich erop verheugd te kunnen uitslapen na haar avondje uit gisteren. Morgen komt haar zus Lydia met haar man en kinderen om de voorjaarsvakantie in Åre door te brengen, dan is het voorbij met de rust, daar zorgen haar kinderen meestal wel voor.

Als er maar niets aan de hand is.

Ze neemt snel op en hijgt van bezorgdheid om haar zus.

'Ben je wakker?' vraagt de stem van Daniel Lindskog.

Daniel is haar directe collega. Ze kennen elkaar goed, ook al gaan ze buiten het werk niet met elkaar om. Officieel zijn ze allebei in dienst van de Landelijke Recherche in Östersund, maar Daniel is een paar jaar ouder dan zij en meer ervaren. Hij was degene die haar aan haar baan in Åre/Östersund had geholpen.

'Hmm,' mompelt Hanna slaperig.

Met veel moeite opent ze haar ogen en rolt op haar rug in het tweepersoonsbed. Zoals gewoonlijk heeft ze de rolgordijnen opengelaten om van het schitterende uitzicht over het Åremeer te kunnen genieten.

Vandaag had dat weinig zin. Hoewel de zon al opkwam, was de berg Renfjället recht tegenover haar in een sombere grijze mist gehuld. Dikke sneeuwvlokken dwarrelen uit de lucht en de spar voor het raam had een witte jas gekregen.

Ze knippert met haar ogen. Ze kan niet goed focussen en heeft moeite haar gedachten te ordenen.

'Er is een lijk gevonden,' zegt Daniel gespannen. 'Het gaat waarschijnlijk om een moord.'

'Hè?'

Bij zijn laatste woorden is Hanna op slag wakker. Ze gaat rechtop zitten en veegt haar warrige bruine haar uit haar gezicht. Een moord? Hun laatste grote onderzoek hadden ze nog maar twee maanden geleden afgerond.

'Er kwam zojuist een melding binnen,' gaat Daniel verder. 'Er is een lichaam gevonden in de buurt van Tångböle, aan de kant van de weg naar Noorwegen.'

Hanna moest even nadenken. Ze woonde nog niet zo lang in Åre en kende de plaatsnamen nog niet zo goed.

'Wat is er gebeurd?'

Haar stem klinkt hees en krakerig. Ze was de vorige avond uit eten geweest bij Vinbaren met haar nieuwe vriendin Karro uit Åre. Hoewel het niet erg laat was geworden, zou ze willen dat ze dat laatste drankje niet genomen had en ze vraagt zich af of ze wel achter het stuur kan stappen.

Dat wil ze Daniel echter niet vertellen.

'Naar ik heb begrepen is het lichaam behoorlijk toegetakeld,' zegt hij. 'Het is een regelrechte executie, het ziet er niet best uit.'

Ondanks het feit dat ze pas een paar maanden met elkaar samenwerken, hoort ze hoe gestrest hij is.

Op de achtergrond wordt een deur dichtgeslagen en er klinkt gesuis van wind in Daniels microfoon.

'Kun je over een kwartier klaarstaan? Dan pik ik je op.'

Het zou geen relaxed weekendje worden, dat was duidelijk. In elk geval was ze opgelucht dat ze niet hoefde te rijden.

'Natuurlijk,' zegt ze en ze steekt haar hand uit naar haar spijkerbroek en trui die op de grond naast het bed liggen. 'Tot zo.'

Ze wast snel haar gezicht, bindt haar haar in een staart en kleedt zich aan. Dan loopt ze de trap op naar de keuken die op de begane grond ligt. Het luxe huis in de bergen waar Hanna woont sinds haar vertrek uit Stockholm in december, is van haar zus en zwager.

Haar gedachten schieten in het rond. Alweer een ernstig misdrijf in Åre! Er trekt een rilling langs haar ruggengraat.

Ze zet het koffieapparaat aan en drukt op de knop voor extra sterke koffie.

Door het keukenraam ziet ze Daniels auto de brede parkeerplaats oprijden. Hij toetert een paar keer en na een laatste blik op de rommel op het aanrecht – ze moet echt opruimen voordat Lydia komt – grist ze haar jas mee en trekt de deur open.

De ijzige kou doet haar naar adem happen. Ze had een extra trui mee moeten nemen, maar ze heeft geen zin om terug te rennen terwijl Daniel zit te wachten, dus loopt ze verder.

Met een verbeten uitdrukking op zijn gezicht reikt hij over de passagiersstoel om de deur voor haar open te doen.

Ondanks de ernst van de situatie is ze blij hem te zien.

Ze is altijd blij hem te zien.

3

De zwaailichten van de hulpdiensten werpen een afwisselend blauwe en witte gloed over het winterlandschap als Daniel en Hanna de vindplaats van het lijk naderen. Daniel laat zijn blik over de politiewagens glijden die langs de weg geparkeerd staan. Het gebied is al afgezet met gestreept lint.

De boodschap van de meldkamer in Umeå had ernstig en zorgelijk geklonken. De mevrouw die alarm had geslagen, had gesproken van een dood, toegetakeld lichaam. De omschrijving had verontrustend geleken.

Wat gebeurt er allemaal? Daniel moet aan de zaak van december denken, die was hem niet in de koude kleren gaan zitten. Hij kon zich het beeld van het lijkbleke lichaam in de sneeuw bij de VM6-skilift op ieder moment voor de geest halen.

Hij haalt diep adem en stapt uit de auto, de kou slaat hem direct tegemoet. Op dit soort momenten is hij blij met zijn lichtbruine baardje dat zijn kin een beetje beschermt.

Samen met Hanna loopt hij naar de plek waar het met sneeuw bedekte lichaam ligt, onder een struik. Om de plaats delict niet te bevuilen, doen ze hun best afstand te houden. De forensische recherche is nog niet gearriveerd en de medewerker die het dichtst in de buurt woont – Carina Grankvist – zit in Mattmar. Van een patholoog-anatoom ter plaatse kunnen ze hier in het noorden alleen maar dromen, in deze noordelijke politieregio zijn de middelen sterk gecentraliseerd. Het lijkschouwingslaboratorium zit in Umeå, daar zullen ze het lijk straks heen sturen, als de forensisch rechercheurs hun werk gedaan hebben.

Het is inmiddels licht genoeg om goed te kunnen zien. Daniel begrijpt direct waarom de meldkamer had gesproken van een 'ernstig misdrijf'. De man op de grond heeft een gapende wond in zijn achterhoofd en zijn handen zijn met tiewraps achter zijn rug gebonden. Zijn vingers lijken aan elkaar vastgevroren. De platina trouwring is nauwelijks te onderscheiden van de bevroren, blauwwitte huid.

'Het lijkt erop dat zijn hoofd is ingeslagen,' zegt Hanna.

Ze wijst naar de grote wond op de schedel. In het donkerbruine haar zit uitgesmeerd en opgedroogd bloed. Ondanks de sneeuw lijken er stukjes bot te zien in de brij.

'Iemand is behoorlijk woest geweest,' vervolgt ze met zachte stem.

De wind is opgestoken en brengt de toppen van de hoge sparren in beweging. Sneeuw valt met een ritselend geluid van een dikke boomtak terwijl een gierende wind over de weg blaast.

Het lichaam ligt op de zij, met één wang naar het bos gekeerd. Daniel ziet de duidelijke sporen van mishandeling. De neus is ook beschadigd, vermoedelijk gebroken. Bloed is uit de neusgaten over de lippen en kin omlaag gelopen.

Hij ziet wat vage baardstoppels, wat zou kunnen betekenen dat de man ergens in de avond of nacht was overvallen en dat er al wat uren verstreken waren sinds hij zich voor het laatst had geschoren.

'Ik schat dat hij zo rond de vijfendertig is,' zegt Hanna. 'Iets langer dan gemiddeld, minstens een meter tachtig. Gewicht rond de vijfentachtig kilo.'

Het slachtoffer ziet eruit als een doorsnee Zweedse man, met een winters bleke huid en kortgeknipt lichtbruin haar. Precies zoals hijzelf, beseft Daniel. Ze moesten ongeveer even oud zijn.

Zo snel kan het gaan.

Hij bestudeert de kleding van de overledene van een afstandje. De man droeg een spijkerbroek en trui, maar geen jas, schoenen of handschoenen. Naar zijn kleding te oordelen was hij binnen geweest op het moment dat hij werd aangevallen. Als hij buiten in elkaar was geslagen, had hij wel een jas en schoenen aangehad.

Op de een of andere manier moest hij hier terechtgekomen zijn. Ze bevinden zich een flink eind bij het dichtstbijzijnde dorp vandaan. Als de afrekening hier had plaatsgevonden, hadden er meer bloed en meer schoenafdrukken moeten zijn, of andere tekenen van strijd.

In plaats daarvan had de sneeuw die gedurende de nacht gevallen was het boslandschap toegedekt met een zachte deken en ging de wereld schuil onder wit.

Het enige wat je nog zag, waren de verse sporen van kleine hazenpootjes.

Hanna kijkt op. Haar gezicht is bleek.

'Zo te zien staat ons een moordonderzoek te wachten,' zegt ze zacht.

Daniel kijkt zijn collega aan, hij weet wat ze denkt. Ze hebben hun vorige onderzoek amper afgerond of ze moeten hun krachten alweer verzamelen.

Hanna wijst naar iets wat half verscholen in de sneeuw onder een uitstekende tak ligt.

'Wat is dat?'

Ze zet voorzichtig een paar stappen naar voren en laat zich op haar knieën vallen, trekt het voorwerp naar zich toe. Het is een versleten, zwartleren portemonnee.

'Geen roofmoord, dus,' laat Daniel zich ontsnappen. Anders was de portemonnee wel weg geweest.

Hanna bekijkt de inhoud en houdt een roze rijbewijs omhoog.

'Hij heet Johan Lars Andersson,' zegt ze. 'Geboren in 1985. Weet je of hij hier uit de buurt komt?'

Daniel denkt na. De naam klinkt bekend, maar zowel de voor- als achternaam is heel gewoon in Zweden. Het gezicht van het slachtoffer is zo toegetakeld dat hij moeilijk te herkennen is.

'Geen idee,' moet hij bekennen.

Hanna staat op en klopt de sneeuw van haar benen. Enkele vlokken dwarrelen door de lucht en komen neer op de grond.

'Ik vraag me af wat hij gedaan heeft, dat zijn aanvaller zo tekeer is gegaan,' zegt Daniel, vooral tegen zichzelf. 'Het is zo gewelddadig.'

Rebecka

2012
september

Er komt tocht van het raam waarbij Rebecka Ekvall zich in de brede vensterbank genesteld heeft.

Ze maakt zich er niet druk om. Het is haar favoriete plekje in de slaapkamer, al sinds ze dat kleine meisje met blonde vlechten was. Ze heeft het altijd fijn gevonden hier te zitten tijdens het blauwe uur, als de schemering het subtielst is.

Er komt een auto aanrijden over de provinciale weg. Twee koplampen draaien het erf op en verlichten de bloemperken met de laatste asters. Het was een koude zomer geweest en de winter begint bijna. Zo ver noordelijk valt de eerste sneeuw meestal al in oktober.

Rebecka leunt naar voren om het beter te kunnen zien.

Twee mannen stappen uit de auto, de ene is dominee Jan-Peter Jonsäter, naar wie ze al haar hele leven luistert. Als ze de ander ziet, schrikt ze op. Het is Ole Nordhammar, de hulppredikant die zich bezighoudt met de jeugdactiviteiten. Op dinsdag begeleidt hij bijbelavonden voor tieners. Normaal gesproken is Rebecka daar altijd bij, ze slaat nooit een keer over.

Wat doet hij hier?

Er trekt een lichte tinteling door haar lijf. Ole is iemand die bewonderd wordt door zowel jongens als meisjes. Jongens zijn door hem geïmponeerd en meisjes smachten naar hem. Hij is knap en charismatisch en praat op een manier die je het gevoel geeft speciaal te zijn, uitverkoren zelfs. Rebecka bewondert hem stiekem, maar heeft nooit meer dan een paar woorden in zijn bijzijn gesproken. Ze is veel te verlegen. Als hij naar haar kijkt, begint ze te blozen en kan ze niets meer uitbrengen.

Met lange passen loopt Ole naar de voordeur. Hij draagt een mooi donkerblauw tweedjasje dat perfect over zijn brede schouders valt. Rebecka's vader Stefan verschijnt op de buitentrap en schudt de twee mannen vriendelijk de hand.

Ze knijpt haar ogen half samen om het beter te kunnen zien. Haar nieuwsgierigheid is gewekt. Ze krijgen zelden bezoek op hun boerderij in Storvallen vlak bij de Noorse grens, het is hier behoorlijk geïsoleerd. De dichtstbijzijnde buren wonen een flink eind verderop. Sinds haar eindexamen afgelopen juni helpt ze mee met de schapen en het melken en gaat ze bijna nergens meer heen. Alleen bij de kerkdiensten en de bijbelstudie in Snasadalen, waar het wijkgebouw staat, komt ze nog mensen tegen.

Maar dat geeft niet. Haar ouders zijn altijd al streng geweest met betrekking tot de personen met wie ze mag omgaan, ze hadden het altijd belangrijk gevonden dat ze met kinderen binnen de gemeente omging. Toen ze voor het jeugd- en vrijetijdsprofiel koos op de middelbare school in Järpen, was ze al gewend om contact met 'anderen' uit de weg te gaan.

'De verloren zielen', zoals haar vader hen meestal noemde. De goddelozen.

Rebecka heeft vooral medelijden met hen. Ze zijn verdwaald op aarde en hebben niet gesnapt dat Gods liefde hun redding is.

Zelf is ze innig dankbaar voor het feit dat ze zo'n geluk heeft gehad binnen de gemeente op te groeien. Haar ouders waren voor haar geboorte al lid van Het Licht des Levens. Net als hun ouders.

Ze hebben allemaal in het Dal van de Heer mogen wandelen.

Van de benedenverdieping klinken mompelende stemmen. Rebecka loopt naar de deur en luistert voorzichtig. Haar vader zegt iets, maar ze kan niet verstaan wat. Dan lijken ze de grote kamer binnen te gaan, want de stemmen worden zwakker.

Rebecka gaat op bed liggen en vraagt zich af of ze de Heilige Schrift moet gaan lezen voor aanstaande dinsdag, als er weer een bijbelavond is met Ole. Maar een paar minuten later roept haar vader haar van onder aan de trap.

'Rebecka, kun je even beneden komen?'

Ze aarzelt. Normaliter willen haar ouders haar er niet bij hebben als dominee Jonsäter er is. Het zijn de mannen die de leiding hebben binnen de gemeente, vrouwen zorgen voor het huis en het gezin. Zo is de natuurlijke verdeling, zo staat het in de Bijbel.

'Rebecka?' hoort ze haar vader opnieuw zeggen.

Ze kijkt om zich heen in haar kamer met het gele streepjesbehang. Ze heeft geen spiegel, want dat zou ijdelheid kunnen aanmoedigen. Ze strijkt haar vlecht recht en stopt haar blouse in haar rok.

Als ze beneden komt, zitten de drie mannen in de woonkamer aan de koffie met koekjes. Haar moeder Ann-Sofie is in de keuken bezig. Ze glimlacht voorzichtig naar Rebecka als ze langsloopt.

'Goedemiddag,' zegt Rebecka als ze de kamer binnenstapt.

Ze weet niet goed of ze een buiginkje moet maken of een hand moet geven.

Haar vader knikt haar bemoedigend toe. 'Kom eens gedag zeggen. Ga zitten.'

Hij wijst naar de bank en laat Rebecka plaatsnemen naast Ole.

De zenuwen gieren door haar lijf, ze zit maar een paar decimeter bij hem vandaan, zo dicht is ze nooit eerder bij hem in de buurt geweest.

Ze ruikt de geur van zijn aftershave, een mannelijke geur van avontuur en wereldwijsheid. Zijn donkere haar valt in een verende lok over zijn brede, stevige nek.

Het is moeilijk te geloven dat hij bijna vijfendertig is. Hij is ontzettend knap, ook al is hij veel ouder.

Ole werpt haar een glimlach toe.

Rebecka begint te blozen en moet haar blik afwenden, ze kan er niets aan doen.

Haar moeder zet een voet over de drempel met de koffiekan in haar hand. 'Willen jullie nog een kopje?' vraagt ze voorzichtig.

Haar vader fronst. 'Niet nu. Zie je niet dat we bezig zijn?'

Haar moeder knippert met haar ogen en verontschuldigt zich meteen. 'Pardon, dan zal ik niet in de weg lopen.' Ze verdwijnt weer naar de keuken.

Rebecka vraagt zich af waarom haar moeder niet begrijpt wanneer de mannen met rust gelaten willen worden. Zelf zou ze hen nooit zo lastigvallen, zij weet wel beter. Ze zit zwijgend op de bank. Ze heeft haar vaders ijskoude gezicht gezien de keren dat ze gasten hadden en haar moeder zich niet gedroeg. En ze heeft haar moeder horen huilen als hij haar terechtwees nadat de gasten vertrokken waren.

De drie mannen praten verder over koetjes en kalfjes. Rebecka heeft haar handen in haar schoot gevouwen; er staat geen kopje koffie voor haar op tafel. Af en toe krijgt ze een warme glimlach van Ole en iedere keer voelt ze haar wangen opgloeien. Eén keer knipoogt hij naar haar, maar hij zit vooral te praten met haar vader en dominee Jonsäter.

Het geeft niet, Rebecka heeft er vrede mee om zo vlak naast hem te zitten. Wacht maar tot ze haar beste vriendin Lisen vertelt dat Ole bij hen thuis langs is gekomen!

Eindelijk staat de dominee op.

'Het was leuk dat de jongelui kennis konden maken,' zegt hij tevreden.

Rebecka is in de war. Ze heeft Ole niet gesproken, maar haar knieën worden week als hij naar haar glimlacht.

'Je bent me opgevallen bij onze bijbelavonden,' zegt hij. 'Ik heb gezien hoe ijverig je meedoet met de studie van de Heilige Schrift.'

Ze begint nog heviger te blozen. De vragen branden op haar tong als ze afscheid nemen in de gang, maar ze durft haar mond niet open te doen. In plaats daarvan gaat ze terug naar haar kamer.

Waar ging deze ontmoeting eigenlijk over?

Een stemmetje in haar fluistert dat wat ze amper durft te denken. Dat God een plan voor haar heeft. Dat Ole misschien interesse in haar heeft als domineesvrouw.

In november wordt ze negentien, het is tijd om een echtgenoot te zoeken. Haar moeder was getrouwd op haar achttiende, net als de meeste meisjes binnen de gemeente. Als Rebecka niet naar de middelbare school was gegaan, was ze waarschijnlijk al verloofd geweest.

Ze weet niet wat ze moet geloven. De gedachte alleen al voelt stoutmoedig. Dat Ole interesse in haar zou kunnen hebben, in de kleine verlegen Rebecka, zo jong en onbeduidend.

Maar hij had haar wel een warme blik toegeworpen daarnet op de bank.

Ze laat zich op haar knieën vallen en sluit haar ogen, vouwt biddend haar handen terwijl ze Oles blauwgrijze ogen voor zich ziet, zijn goedgevormde gezichtstrekken en vastberaden kin.

Er trekt een tinteling door haar lijf.

God zal haar de weg wijzen, daar is ze van overtuigd.

4

Als Daniel wegrijdt van de plaats delict, denkt hij aan de omgebrachte man. Hanna zit zwijgend op de passagiersstoel naast hem.

Ze zijn op weg naar Staa, een plaatsje dat zo klein is dat het amper op de kaart staat. Het is vooral bekend van het gemeentelijke afvalpunt dat er gevestigd is. Het is de plek waar het slachtoffer, Johan Andersson, samen met zijn vrouw Marion Weiss Andersson had gewoond. Vermoedelijk heeft ze nog geen idee wat haar echtgenoot is overkomen.

Hij leeft niet meer. Hij is op brute wijze vermoord met een wreedheid die Daniel doet denken aan zijn jaren als politieagent in de kwetsbare buitenwijken van Göteborg. In de grote stad lag zwaar geweld altijd op de loer, maar hier in Åre is de criminaliteit minder rauw en meedogenloos. Dat was de reden dat hij hier zo'n drie jaar geleden had gesolliciteerd.

De aanblik van Johan zal hij echter niet gauw vergeten. Het vermorzelde gezicht, de diepe wond in het achterhoofd. De handen die op zijn rug waren gebonden en de manier waarop hij als een stuk vlees was achtergelaten op de grond.

Het oogt naar een afrekening van bijbelse proporties.

Wat had die arme man gedaan om aan zo'n wreedheid ten prooi te vallen?

'Hoe voel je je?' vraagt Hanna. Ze kijkt op van haar mobieltje waarop ze het register bekeek om een beeld te krijgen van het moordslachtoffer.

Daniel huivert en trekt de rits van zijn jas dicht.

'Dit was niet precies hoe ik me mijn weekend had voorgesteld,' zegt hij.

'Ik weet het.' Hanna glimlacht flauwtjes. 'Het is bijna niet te geloven, dat we alweer een moordonderzoek krijgen, zo kort na...'

Ze hoeft haar zin niet af te maken.

'Johan was loodgieter van beroep,' zegt ze in plaats daarvan, met een blik op het scherm. 'Hij had een eigen bedrijf samen met een zakenpartner genaamd Linus Sundin. Het bedrijf heet Andersson Sundin Rör AB en zijn vrouw doet de boekhouding.'

Daniel waardeert het dat ze hem meteen natrekt.

Ze scrolt verder. 'Kijk eens aan,' zegt ze dan zacht.

'Wat?' vraagt Daniel.

'Er zit behoorlijk wat leeftijdsverschil tussen hem en zijn vrouw, zij is vierenveertig en hij was vierendertig.'

Tien jaar. Net als bij Daniel en zijn vriendin Ida. Hij is zesendertig en zij zesentwintig. Ze hadden elkaar leren kennen tijdens een avondje uit in een nachtclub, Bygget, anderhalf jaar geleden en waren als twee magneten tot elkaar aangetrokken. Hij was meteen tot over zijn oren verliefd op haar geworden.

Maar de samenleving staat milder tegenover relaties waarbij de man ouder is dan andersom heeft hij gemerkt.

'Het lijkt erop dat Marion en Johan getrouwd zijn toen zij vierendertig was en hij vierentwintig,' vervolgt Hanna. 'Dat is vrij jong voor een Zweedse jongen, vooral als je bedenkt dat ze waarschijnlijk al een tijdje een relatie hadden voor hun huwelijk.'

'Inderdaad,' stemt Daniel met haar in. 'Had hij kinderen?'

'Nee,' antwoordt Hanna. 'Geen kinderen, ondanks hun lange huwelijk.' Ze glimlacht even. 'Niet zoals bij jou en Ida.'

Ze kennen elkaar inmiddels al goed. Daniel heeft haar verteld dat Ida vroeg in hun relatie zwanger was geraakt. Toen Alice geboren werd, waren ze pas iets meer dan een jaar samen.

Hij denkt aan zijn dochter die nu vijf maanden is. Ze was in september geboren en is ontzettend gewenst. Daniel had er al jaren van gedroomd kinderen te krijgen. Op dit moment zit ze waarschijnlijk brabbelend in de kinderstoel terwijl Ida aan het ontbijten is. Hij heeft nog steeds dezelfde diepe gevoelens voor zijn vriendin, ook al was het een stuk zwaarder om een kind te krijgen dan hij ooit had verwacht.

Ze naderen een bord met de tekst STAA en Daniel slaat links af naar een smalle landweg die doet denken aan de plek waar Johan Andersson een aantal uur eerder gevonden was. Je kunt amper zien dat de sneeuwploeg langs is geweest. Daniel is blij met zijn fourwheeldrive, een absolute vereiste in Noord-Zweden.

De familie Andersson woont op Dalövägen.

Hanna strijkt een paar donkerbruine haarlokken opzij met haar rechterhand. Zij is ook aangeslagen door de situatie. Ze heeft een gespannen trekje om haar mond en haar schouders zijn opgetrokken.

'Ik heb zo'n hekel aan dit soort gesprekken,' zegt ze. 'Ik zou willen dat het al voorbij was.'

Daniel knikt. Een overlijdensbericht overbrengen is een van de ergste onderdelen van het politievak.

'Ik weet het,' zegt hij. 'Maar het moet gebeuren.'

Hanna bijt op haar nagelriem en kijkt uit het raam. 'Maar toch blijft het moeilijk.'

Hoewel ze pas in december begonnen was, is ze de enige collega met wie Daniel zo'n nauw contact heeft. Ze wonen allebei in Åre, maar reizen vaak samen naar Östersund. Het is een gewoonte geworden om twee of drie dagen per week met elkaar mee te rijden, waardoor ze elkaar beter hebben leren kennen. Meestal kletsen ze een eind weg, maar soms worden hun gesprekken wat intiemer. Daniel heeft al aardig wat meegekregen over Christian, Hanna's ex-vriend met wie ze vroeger samenwoonde, en over de ruzie over hun gezamenlijke appartement waar ze geen cent voor krijgt.

Daniel zelf is minder openhartig en zegt weinig over het feit dat het soms schuurt tussen hem en Ida, vooral op de momenten dat zijn werk de overhand krijgt. Maar hij praat veel over haar en Alice.

Waarschijnlijk heeft Hanna wel een vermoeden dat het niet altijd makkelijk gaat bij hem thuis. Getrouwd zijn met een politieagent is zelden eenvoudig.

Hanna leest verder op haar scherm.

'Nu snap ik hoe het zit,' zegt ze plotseling. 'Zijn vrouw komt uit Duitsland. Ze is geboren in Großer Arber, dat is toch een skigebied in Beieren?'

Daniel heeft geen flauw idee. Hij is niet bepaald bekend met de geografie van Duitsland.

'Dat verklaart haar voor- en achternaam. Ik vond het al een beetje Duits klinken.'

'En Johan?' vraagt Daniel.

'Hij is geboren en opgegroeid in Duved. Hij zat op de middelbare school in Järpen, waar ze een speciaal topsportprogramma hebben voor skiërs. Hij was blijkbaar heel getalenteerd in zijn late tienerjaren en heeft een aantal jaren aan wedstrijdsport gedaan. Misschien hebben ze elkaar daardoor ontmoet? In de Alpen?'

Daniel beseft ineens dat hij precies weet wie het slachtoffer is. Het is dé Johan Andersson, de skiër uit Duved die in de jaren tweeduizend had deelgenomen aan de nationale competitie. Zowel zijn voor- als achternaam is zo normaal dat hij er in eerste instantie niet bij stil had gestaan.

Maar nu begrijpt hij het. Op de een of andere manier maakt dat de zaak nog erger. Er zal veel over de moord geschreven worden.

'Waarom zou je een doodgewone man doodslaan? Een loodgieter?' zegt Hanna somber. 'Wat zou het motief kunnen zijn?'

'Dat valt niet te zeggen.'

'Zou het om geld kunnen gaan?' gaat ze verder. 'Een vorm van wraak? Waarschijnlijk is de dader iemand uit zijn omgeving, dat is meestal het geval.' Ze zucht zacht. 'Vrouwen worden vermoord door mannen en mannen door andere mannen.'

Daniel weet dat dit statistisch gezien klopt. Bovendien weet Hanna waar ze over praat, na zeven jaar in het centrum van Stockholm te hebben gewerkt waar ze onderdeel was van de afdeling Huiselijk Geweld. Ze heeft veel kennis over dergelijke vraagstukken.

Het is Hanna's passie om kwetsbare vrouwen te helpen. Haar competenties waren van grote hulp bij het oplossen van het misdrijf in december.

Een moment later komt de villa van Johan Andersson in zicht. Het is een donkerbruin huis met een garage in dezelfde kleur. Het erf is sneeuwvrij gemaakt en er staat een Volkswagen Passat op de oprit.

Daniel voelt ook bij zichzelf de weerzin toenemen.

Dit is het vervelendste soort gesprek.

Een overlijdensbericht overbrengen.

5

Ongeveer op hetzelfde moment dat Daniel aanklopt, gaat de voordeur open. Een vrouw in een spijkerbroek en een zwarte coltrui staat in de deuropening. In haar hazelnootkleurige haar zitten wat grijze strepen bij de slapen en ze heeft donkere wallen onder haar ogen.

Dit moet Marion zijn, Johans echtgenote.

De arme vrouw.

Daniel probeert voorzichtig uit te leggen wie ze zijn zonder haar bang te maken, maar Marion slaat haar handen voor haar mond zodra ze hoort dat ze van de politie zijn.

'Is er iets gebeurd?' hijgt ze met een overduidelijk Duits accent.

'Mogen we binnenkomen?' vraagt Hanna vriendelijk. 'Misschien kunnen we eerst even gaan zitten?'

Daniel werpt haar een dankbare blik toe. Ze is goed in dit soort dingen.

Met een bleek gezicht zegt Marion: 'We kunnen wel naar de keuken gaan,' en ze gaat hun voor.

Ze volgen haar naar een witgeschilderde keuken waarvan de keukenkastjes en aanrechtbladen al een tijdje mee lijken te gaan. Voorbij de keuken is een stukje van de woonkamer te zien, die een halve verdieping lager in een aanbouw ligt.

'We hebben slecht nieuws,' zegt Daniel zodra ze aan de ovale tafel zitten.

Hij ademt in en ziet hoe Marions ogen zich vullen met tranen. Ze begrijpt natuurlijk dat er iets ernstigs gebeurd is. Daniel heeft medelijden met haar, maar ze moet weten wat er gebeurd is.

'Je man is helaas overleden,' gaat hij verder. 'Het spijt me ontzettend.'

Marion kijkt hem zwijgend aan. Dan komt er een jammerend geluid uit haar keel. Ze perst haar hand hard tegen haar mond, maar het gekwelde geluid dringt er desondanks doorheen.

Daniel werpt een blik op Hanna die het dichtst bij het aanrecht zit.

'Wil je een glaasje water?' vraagt ze, waarop ze een glas van het afdruiprek pakt.

Ze vult het met water en zet het op tafel. Marion kijkt een paar seconden naar het glas en brengt het dan met trillende vingers naar haar mond.

'Johan kan niet dood zijn,' zegt ze met gebroken stem, alsof het nog niet helemaal tot haar is doorgedrongen wat Daniel net heeft gezegd. 'We gaan vandaag skiën in Trillevallen.'

Ze is in shock. Dat is niet gek. Daniel probeert de juiste woorden te vinden, ook al zijn die er niet in een situatie als deze.

Niets wat hij zegt kan haar pijn verlichten.

'Het lichaam van je man is vanochtend door een passerende weggebruiker langs Tångbölevägen gevonden,' zegt hij. Het is moeilijk om de waarheid te verzachten. 'Hij was zwaar mishandeld. Zijn neus was gebroken en hij had een ernstige hoofdwond aan zijn achterhoofd.'

Marions gezicht vertrekt. Tranen stromen over haar wangen.

'Bedoel je dat hij is doodgeslagen?' stamelt ze.

'Het spijt me echt,' zegt Hanna. 'Maar daar ziet het wel naar uit.'

'Ik begrijp dat dit moeilijk is,' voegt Daniel eraan toe. 'We hebben een aantal vragen, als je dat aankunt?'

Marion slikt en buigt haar hoofd.

Daniel vat het op als een 'ja'.

'Wanneer heb je je man voor het laatst gezien?' vraagt hij.

'Gisteravond, rond zeven uur. Sindsdien is hij niet meer teruggekomen en zijn auto is weg. Ik heb de hele nacht geprobeerd zijn mobiele nummer te bellen, ik was zo ongerust.' Marion snikt en begraaft haar gezicht in haar handen. 'Maar ik dacht dat het misschien zo laat was geworden gisteren dat hij niet kon rijden... en dat hij wel zou opduiken.'

Daniel wisselt een blik met Hanna, het zal niet makkelijk zijn informatie uit Marion los te krijgen, maar dat is wel wat ze nodig hebben als politieagent.

Na een paar minuten zegt hij: 'Weet je waar je man heen ging toen hij vertrok?'

'Hij... hij zou een paar biertjes gaan drinken met zijn vrienden. Dat doen ze vaak op vrijdag.'

'Waar gaan ze dan meestal heen?'

Marion huilt. Daniel krijgt het gevoel dat ze op het punt staat in te storten.

'Dat weet ik niet eigenlijk,' zegt ze met gebroken stem. 'Naar Pigo misschien? Of Jemten?'

Daniel herkent de namen, het zijn twee café-restaurants in Duved.

'Hoe heten zijn vrienden?' vraagt Hanna. 'We zullen hen moeten spreken.'

'Ik denk dat Calle erbij was,' mompelt Marion, terwijl ze haar handen in elkaar vouwt op schoot. 'Carl Willner, dat is een van Johans oudste vrienden.'

Hanna maakt een aantekening.

'Kun je iets over je man vertellen?' vraagt Daniel. 'Weet je of hij vijanden had? Iemand die hem kwaad zou willen doen?'

Marion zit er verlamd bij.

'Waarom zou hij vijanden hebben?' vraagt ze ten slotte.

'Het is een routinevraag,' zegt Hanna vriendelijk.

Marion schudt niet-begrijpend haar hoofd.

'Iedereen mocht Johan. Hij was zo aardig... alleen maar sympathiek.' Ze glimlacht flauwtjes door haar tranen heen. 'Johan was bijna altijd vrolijk, zodra hij 's ochtends zijn ogen opendeed keek hij blij. Dat was mijn eerste gedachte toen we elkaar ontmoetten, dat hij zo positief in het leven staat. Hij hield van het leven.'

Ze staat op en loopt naar de woonkamer. Als ze terugkomt, heeft ze een ingelijste foto in haar hand. Het is een afbeelding van Johan in skikleding op een winnaarspodium, terwijl hij een bronzen medaille omhooghoudt.

Zijn blijdschap is onmiskenbaar.

Marion strijkt met haar vingertoppen over de foto.

'Dat is mijn lievelingsfoto van Johan,' zegt ze met een hartverscheurende stem. 'Dit was toen hij de derde plek behaalde bij de Super G in Val d'Isère. Tijdens het WK van 2009. Dat was... een fantastische dag... We waren toen een jaar samen en ik was zo trots op hem.'

Ze haalt hortend adem.

'Hoelang heeft hij meegedaan aan wedstrijden?' Daniel moest het vragen. Hij kon zich niet goed herinneren hoe het was afgelopen met Johan. In die tijd was alle aandacht uitgegaan naar het damesskiën. Anja Pärson was de grote ster geweest.

Marion schudt droevig haar hoofd.

'Hij brak zijn been tijdens een trainingskamp voor de Olympische Spelen in 2010, vlak na ons huwelijk, en liep een blessure op die nooit meer helemaal hersteld is. Toen hij zijn carrière moest beëindigen, zijn we hiernaartoe verhuisd.'

Ze kijkt weer naar de foto en omklemt hem in haar handen. Tranen druppelen op de lijst en kleine doorzichtige druppels glijden over het glas.

'Was er niemand met wie hij onenigheid had?' suggereert Hanna.

Marion lijkt de vraag amper te horen.

'Het spijt me,' fluistert ze. 'Ik kan dit niet.'

Ze zullen een andere dag terug moeten komen, beseft Daniel. Die arme vrouw is nu niet aanspreekbaar.

Marion keert zich van hen af en zegt: 'Ik moet even alleen zijn.'

Rebecka

2012
december

Iedereen kijkt naar Rebecka op de ereplek naast Ole. De gasten kunnen niet meer stoppen met klappen. Ole heeft net een ontroerende speech gehouden over hun gezamenlijke toekomst binnen de gemeente, hoe ze hand in hand door het Dal van de Heer zullen wandelen.

Op schilderachtige wijze heeft hij zijn liefde voor Hem beschreven, hoe gezegend de gemeente is met Rebecka, en hij sprak innig over hun toekomstige kinderen en verlangt ernaar hen op te voeden in naam van Jezus.

Rebecka is niet de enige die tranen in haar ogen heeft gekregen.

Ole neemt de waardering van de gasten in ontvangst met een ontwapenend 'Amen'. Rebecka glimlacht verlegen met een blos op haar wangen. Ze staat niet vaak in het middelpunt en moet haar best doen zich niet ongemakkelijk te voelen. Voor Ole is het heel normaal. Hij is gewend aan aandacht, hij straalt een kracht uit waarmee hij alle blikken op zich vestigt.

Als zijn nieuwe echtgenote moet ze daarmee leren leven.

Rebecka merkt dat een aantal vrouwelijke gasten jaloers naar haar kijken.

Het voelt nog steeds onwerkelijk dat ze een getrouwde vrouw is. Dat God haar heeft uitgekozen als Oles bruid. Het is een grote eer. Als ze maar kan voldoen aan zijn verwachtingen. Ze hoopt dat hij net zo gelukkig is als zij. Dat hij blij is dat ze zojuist in de echt verbonden zijn.

Dat ze goed genoeg is.

Hij heeft uitgerekend haar gekozen, probeert ze zichzelf voor te houden, dan moet ze het wel waard zijn, ook al had ze zelf nooit van zo'n geluk durven dromen.

Haar ouders zijn vreselijk trots. Lisen, haar beste vriendin, is ook ontroerd om het feit dat Rebecka getrouwd is met zo'n belangrijke persoon als Ole. De hulppredikant, die gestudeerd heeft in Umeå en een goede baan heeft bij een accountantskantoor.

Mensen lachen en praten. Rebecka begint nog heviger te blozen als ze de veelbetekenende glimlachjes van de gasten ziet. Diverse gerechten worden naar binnen gedragen en weer afgeruimd.

Ole zegt iets tegen de persoon naast hem aan tafel, Rebecka kijkt naar zijn goedgevormde lippen. Ze vraagt zich af hoe het zal voelen als ze vanavond de hare zullen raken. Zullen ze warm of koud zijn? Droog of vochtig van speeksel?

De gedachte roept een verwachtingsvol en opgewonden gevoel bij haar op. Vannacht zullen ze voor het eerst samen zijn. Hij zal haar intiemste lichaamsdelen aanraken, ze zullen verenigd zijn als man en vrouw.

Rebecka heeft moeite haar blik van haar kersverse echtgenoot af te wenden. De charismatische glimlach waar hij zo gul mee is. Hij ziet er echt goed uit en is langer dan de meesten, bijna een kop langer dan Rebecka. Bovendien is hij een veelbelovend persoon, dat heeft haar vader al vaak gezegd. Hij is een van de personen die dominee Jonsäter na verloop van tijd zou kunnen opvolgen. In dat geval zou haar echtgenoot aan het hoofd van de kerkgemeente komen te staan.

Overal in de zaal klinkt geroezemoes. Zo'n tachtig personen hebben zich verzameld in de feestzaal naast de kerk. Een bruiloft is een groots ding. Haar ouders hebben kosten noch moeite gespaard.

Een straaltje zweet loopt langs haar rug omlaag. Rebecka gaat wat rechterop zitten. Het is warm, ondanks de decemberkou die Jämtland in een ijzeren greep houdt.

Het is razendsnel gegaan. Ze voelt zich aangeschoten, ook al heeft ze haar wijn amper aangeraakt.

De dag na de eerste afspraak had haar vader haar al willen spreken. Ernstig had hij haar verteld dat Ole interesse in haar had als zijn bruid. Hij had verteld dat dominee Jonsäter hun verbintenis had gezegend en dat het Gods voorschrift is dat een jonge vrouw een echtgenoot zoekt.

De mens moet de aarde bevolken.

Rebecka had aandachtig geluisterd, zoals ze meestal deed wanneer haar vader iets uitlegde.

's Avonds was haar moeder bij uitzondering binnengekomen en op de rand van haar bed gaan zitten.

'Niet te geloven dat Ole jouw man wordt,' had ze gefluisterd, terwijl ze Rebecka over haar wang streek. 'Wat een eer. Ik herinner me nog als de dag van gisteren dat je vader en ik in het huwelijk traden.'

'Was je gelukkig, mam?' waagde ze te vragen, ook al bleven de woorden in haar keel steken.

'We kregen jou,' ging haar moeder verder. 'Dat maakte me het allergelukkigst.'

Rebecka weet dat het haar moeder verdriet doet dat ze niet meer kinderen heeft gekregen, vooral omdat de gemeente het op prijs stelt als een vrouw veel kinderen baart. Maar de bevalling van Rebecka was zwaar geweest, meer kinderen waren er niet gekomen.

Het is de wil van God, antwoordde haar moeder meestal wanneer Rebecka als klein meisje wilde weten waarom ze geen broer of zus had.

Na die avond was alles heel snel gegaan. Ze had zich verloofd met Ole en de tijd was omgevlogen. Nog geen drie maanden later was ze geen ongetrouwde vrouw meer, maar zit ze hier als zijn echtgenote.

Rebecka werpt opnieuw een bewonderende blik op haar man.

Hij is nog steeds druk in gesprek. De andere man luistert aandachtig naar ieder woord. Niemand onderbreekt Ole. Hij heeft een vanzelfsprekende autoriteit.

Ze wil naar hem uitstralen hoe gelukkig ze hem zal maken. Hij zal nooit spijt hoeven hebben van zijn keuze.

Ze is zo onder de indruk van Ole, hij heeft de hele bruiloft zelf gepland. Tot in de kleinste details. Hij heeft zelfs haar jurk en kapsel uitgekozen. En hun trouwringen natuurlijk.

Het is heerlijk om iemand te hebben die zo voor haar zorgt.

Nu heeft ze tegenover God beloofd hem te gehoorzamen en te dienen. Van nu af aan behoort ze hem toe.

Voor de rest van haar leven.

6

Een paar uur na het bezoek aan Marion heeft Hanna een plekje gezocht in de grote vergaderruimte van het politiebureau in Åre. Haar maag knort. Ze heeft de hele ochtend alleen een banaan gegeten.

De witte muren van de ruimte vormen een geheel met de harde sneeuwbui achter de ramen. Het enige kleurige element zijn de rode stoelen die om de tafel staan. Twee ervan worden bezet door haar collega-rechercheurs Anton Lundgren en Rafael Herrera, die allebei voor het korps in Åre werken en zijn opgeroepen vanwege de moord.

Carina Grankvist is er ook, de forensisch rechercheur uit Mattmar die de vindplaats van het lijk heeft onderzocht.

Rafael of Raffe, zoals iedereen hem noemt, is bezig online verbinding te maken met Östersund. Daar is de afdeling Zware Misdrijven gevestigd, waar Hanna en Daniel officieel deel van uitmaken. Zijn donkere paardenstaart zwaait heen en weer als hij zijn hand uitsteekt naar de muis en de code intoetst.

'Johan Andersson dus.' Hij schudt zijn hoofd. 'Niet te geloven.'

'Kende je hem?' vraagt Hanna.

'Mmm. Hij zat een klas hoger dan ik op de middelbare school. Heel aardige jongen. Hij heeft echt pech gehad dat hij zo vroeg in zijn carrière geblesseerd is geraakt. Al is hij daar niet verbitterd door geworden, hij klaagde nooit.'

Raffe is een toegewijd snowboarder en woont in Kall met zijn vriendin. Hij kan nog steeds aardig wat trucjes op de piste waar tieners jaloers van staan te kijken.

'Wie had kunnen vermoeden dat Johan op die manier aan zijn einde zou komen?' zucht hij terwijl het scherm tot leven komt.

Commissaris Birgitta Grip, hoofd van de afdeling Zware Misdrijven, komt in beeld samen met enkele rechercheurs uit Östersund en de dienstdoende officier van justitie. Grip zal de leiding voeren over het vooronderzoek totdat de zaak aan een vaste officier van justitie is overgedragen.

Ze kijkt zorgelijk en haalt haar hand door haar kortgeknipte, staalgrijze haar.

'Hoe staat het ervoor?' vraagt ze. 'Hebben we bevestigd gekregen dat het om de skiër Johan Andersson gaat?'

Daniel knikt.

Grip kent hem vanzelfsprekend. Waarschijnlijk kent iedereen in Åre hem, alleen Hanna had het niet meegekregen. Al leek Daniel het ook niet meteen door te hebben gehad toen ze die ochtend de plaats delict bezochten.

'Zijn de nabestaanden ingelicht?' vervolgt Grip.

Daniel bevestigt dat ze Marion hebben gesproken. De ouders van Johan, Tarja en Torsten, hebben het bericht via hun collega's uit Östersund gekregen. Johans broer Pär, die in Strömsund woont, is ook op de hoogte gebracht.

'De pers zal erg geïnteresseerd zijn,' stelt Grip vast. 'Het is essentieel dat we niet te veel loslaten.' Ze kijkt iedereen doordringend aan via het scherm. 'Wat weten we over toedracht?'

Daniel bladert door zijn notitieboek. 'Alles wijst erop dat Johan is overleden aan diverse klappen tegen zijn achterhoofd. Hij heeft zijn skicarrière in 2012 gestaakt en runde sindsdien een loodgietersbedrijf samen met een zakenpartner. Volgens zijn vrouw had hij geen vijanden voor zover bekend.'

'Het is moeilijk te vatten dat hij dood is,' zegt Raffe. 'Hij was echt goed, Johan Andersson.'

Hanna denkt aan het met sneeuw bedekte lichaam en de bloedsporen op zijn bleke wang.

'Zijn handen waren op zijn rug gebonden, dus het staat buiten kijf dat we te maken hebben met een ernstig misdrijf,' gaat Daniel verder. 'Hij is min of meer geëxecuteerd.'

Zijn omschrijving klinkt droog, bijna klinisch, maar hij kan niet anders. Het is zeker niet zijn bedoeling de overledene te kleineren. Het is gewoon moeilijk als een levende persoon, iemand die kortgeleden nog heeft gelachen en gehuild, getransformeerd wordt tot een slachtoffer in de moordstatistieken. Zelfs politieagenten worden eraan herinnerd hoe kwetsbaar het leven is.

'Carina,' zegt Grip, en ze wendt zich tot Carina Grankvist. 'Wat kun jij ons vertellen?'

De forensisch rechercheur ziet er nog steeds uit alsof ze het ijskoud heeft ondanks haar twee truien en de dikke sjaal om haar hals.

Ze is een aantal jaren jonger dan Grip, die in de zomer zestig wordt. In tegenstelling tot Grip heeft Carina haar haar niet grijs laten worden, maar heeft ze het in een donkerblonde tint geverfd en in een subtiel pagekapsel laten knippen dat haar gezicht omlijst. In combinatie met haar ronde vormen geeft het haar een bijna moederlijke uitstraling.

Hanna kan zich Carina makkelijker voorstellen met een stel kleinkinderen dan over een dood en toegetakeld lijk van een man gebogen.

'Ik zou willen dat ik meer kon vertellen,' zei ze, 'maar de zware sneeuwval van vannacht maakt het een lastige situatie.'

'Denk je dat Johan Andersson vermoord is op de plek waar hij gevonden werd?' wil Grip weten.

'Dat betwijfel ik.'

Carina trekt haar sjaal recht, waarbij een statische elektriciteit ontstaat waarvan haar nekharen overeind gaan staan.

'Ik zou zeggen dat Johan Andersson ergens anders is doodgeslagen,' zegt ze. 'Er waren geen duidelijke tekenen van strijd, geen afgebroken takken of andere zaken die erop wijzen dat er geweld gebruikt is op die plek. Maar toen ik daar aankwam, hadden er al veel mensen in de sneeuw rondgelopen, waardoor het onmogelijk was om voetafdrukken veilig te stellen.'

Hanna denkt terug aan de plaats delict. Voordat de politie was gearriveerd, had de getuige Anna Larsson bij het lijk rondgelopen. En ook zij en Daniel hadden flink wat voetsporen in de sneeuw gemaakt, het was wat het was.

'Dan is hij waarschijnlijk met een auto daarheen vervoerd,' merkt Hanna op, 'want er waren geen sporen van een sneeuwscooter, toch?'

Carina beaamt dit met een hoofdknikje.

'Kan de dader de auto van het slachtoffer gebruikt hebben?'

vraagt Anton. 'Volgens zijn vrouw is Johan op vrijdagavond vertrokken met de bedrijfswagen om een biertje te gaan drinken met wat vrienden in Duved. Alle politie in de omgeving is al gevraagd om uit te kijken naar de witte bestelbus met de bedrijfsnaam erop.'

'Dat is niet onmogelijk,' zegt Grip. Ze wendt zich weer tot Carina. 'Kunnen we hopen op bandensporen die iets kunnen opleveren op de plaats delict?'

Carina slaat een vel papier om. 'Helaas. Zoals ik al zei heeft het hevig gesneeuwd. We moeten maar navraag doen bij de sneeuwploeg om erachter te komen wanneer ze langs zijn geweest, voor het geval ze iets hebben gezien.'

'Daar kan ik wel achteraangaan,' zegt Anton.

Hij woont in Duved en kent de omgeving goed. Voor zover Hanna weet, is Anton de enige collega die in Åre is geboren en getogen. Niemand weet zo goed de weg in de bergen als hij. En niemand is zo fit als hij. Anton is een fitnessfanaat en vaste klant bij de sportschool.

'Eens kijken,' vervolgt Grip. 'Welke conclusies kunnen we op dit moment trekken over de dader?'

Hanna legt haar pen neer. 'Ofwel dat het een persoon was die alleen te werk ging en sterk genoeg was om Johan Anderssons dode lichaam aan te kunnen, of dat er sprake is van minstens twee daders die hebben samengewerkt.'

'Als het een persoon alleen was, duidt dat op een man,' zegt Daniel. 'Het is onwaarschijnlijk dat een vrouw dat gewicht in haar eentje aan zou kunnen.'

Hanna werpt Daniel een veelbetekenende blik toe. Soms wordt ze zo moe van al die vooroordelen.

Met een glimlach steekt hij beide handen op in een afwerend gebaar.

'Kun je iets zeggen over het moordwapen?' vraagt Raffe aan Carina.

'Dat is meer iets voor de patholoog-anatoom,' antwoordt ze.

'Je hebt er toch wel een mening over?'

Hij grijnst breed, deels bemoedigend, deels uitdagend.

Het ontgaat Hanna niet dat hij welbewust zijn charmes in de strijd gooit.

Raffe is van Chileense afkomst, maar is geboren in Zweden.

Zijn ouders waren hiernaartoe gevlucht in de jaren zeventig, ten tijde van dictator Pinochet. Hij heeft het geluk dat hij het hele jaar door een bruin tintje heeft, ook al wonen ze zo ver in het noorden.

'Het slachtoffer had een grote wond aan zijn achterhoofd,' antwoordt Carina. 'Die kan veroorzaakt zijn door een voorhamer of een ander soort brede hamer.'

Hanna denkt na over de betekenis hiervan en wat het zegt over de aanvaller. De meeste bewoners in deze streek bezitten zowel een voorhamer als een gewone hamer, het behoort zo'n beetje tot de standaarduitrusting van een doorsnee huishouden in Noord-Jämtland. Statistisch gezien is het gebruikelijkste moordwapen echter een keukenmes. Meerdere harde klappen met een voorhamer wijzen op iets anders. Het betekent dat Johan echt verwond moest raken. Wie wilde hem dat aandoen? Wat had hij gedaan om zo'n woede op te roepen?

Hanna herinnert zich de foto die Marion had laten zien van Johan op het winnaarspodium. De levensvreugde in zijn triomfantelijke blik. De blijdschap die van hem afstraalde. 'Alleen maar sympathiek', had Marion over haar man gezegd.

Wat was er gebeurd?

'Goed,' zegt Birgitta Grip. 'Daniel, jij moet het PMOZG-team maar aansturen, dat ging prima in december.'

Het PMOZG-team is een speciaal team dat gewoontegetrouw wordt gevormd bij onderzoeken van dit kaliber. Formeel staat PMOZG voor 'Politiële Methodologische Ondersteuning bij Zware Geweldsdelicten'. Intern wordt het de 'Moordbijbel' genoemd.

Behalve Hanna en Daniel zijn ook twee rechercheurs uit Östersund lid van de groep. Anton en Raffe, die zich horen bezig te houden met kleinere misdrijven in Åre, mogen hen bijstaan.

Hanna krijgt een déjà-vugevoel. Het is dezelfde samenstelling als in december, toen Amanda verdween. In die periode was Hanna bij het korps in Åre komen werken, na haar vernederende afscheid van Stockholm. De tragische gebeurtenissen van de weken voor de kerst draagt ze nog steeds met zich mee.

Grip verdeelt de taken. Ze moeten Johan Anderssons leven van binnen en buiten in kaart brengen. Ze moeten zijn financiën doornemen, zijn bedrijf, zijn vriendenkring en zijn laatste contacten, zowel privé als zakelijk. Aangezien zijn mobieltje vermist wordt, moeten ze de gesprekslijsten opvragen bij de telefoonmaatschappij.

'Probeer je aan de normale werktijden te houden,' zegt Grip. 'We hebben geen zin om al in het eerste kwartaal aan het quotum voor overuren te zitten.'

Hanna zuigt haar onderlip naar binnen. Ze had liever een paar bemoedigende woorden meegekregen, maar Grip kan er waarschijnlijk ook niets aan doen dat ze hen hieraan moet herinneren. Waarschijnlijk was het afkomstig van het hogere management.

Ze werpt een zijdelingse blik op Daniel die een geconcentreerde uitdrukking op zijn gezicht heeft. Hij heeft het al zwaar genoeg met Ida en de kleine Alice. Weer een nieuwe moordzaak zal niet met vreugde worden ontvangen thuis, daar is ze vrij zeker van.

Alsof hij haar gedachten gelezen heeft, heft Daniel zijn hoofd op en kijkt haar aan.

'Dan gaan we maar aan de slag,' zegt hij, waarna hij opstaat.

7

Het vrolijke gebrabbel van Alice is al te horen in de gang als Daniel thuiskomt in zijn appartement aan Granlidsvägen.

Het is bijna vijf uur. Hij is de hele middag bezig geweest met het opstellen van een plan van aanpak voor het onderzoek en het voeren van intern overleg over welke middelen er gebruikt konden worden.

Er zijn diverse geüniformeerde collega's opgeroepen om langs de deuren te gaan in Tångböle, de plek waar Johan gevonden is, en er is contact opgenomen met de sneeuwruimploeg. Het lichaam is onderweg naar Umeå voor autopsie en Hanna is bezig de personen uit Johans directe omgeving te identificeren.

Daniel is dankbaar dat ze zo snel op gang gekomen zijn. Hij kan niet al zijn wakkere uren besteden aan een nieuwe zaak, dat zal niet in goede aarde vallen bij Ida.

Morgenvroeg verzamelen ze op het bureau om hun werk voort te zetten. Grips vermaningen om overuren te beperken moeten maar even wachten.

'Hé lieverd,' zegt Daniel als hij de keuken in stapt bij Ida en hun dochter.

Ida doet haar best Alice' interesse te wekken voor een lepeltje wortelpuree van het bord. Haar donkerblonde vlecht zit door de war en er is een kloddertje oranje bij haar haarlijn terechtgekomen.

'Hoe gaat het met mijn meisjes?' zegt Daniel, en hij geeft Alice een kus op haar voorhoofd.

Ida zucht en wendt haar gezicht af zodat hij haar een kus op haar wang kan geven. 'Hier is ze geen fan van,' stelt ze vast.

Alice heeft met veel enthousiasme het grootste deel van de wortelpuree op de witgelakte houten vloer uitgespuugd.

Daniel scheurt een stukje keukenpapier af en veegt de viezigheid op. 'Zal ik het overnemen?' vraagt hij.

Ida schudt haar hoofd.

Hij schenkt een glas water in. Terwijl Ida haar pogingen met het babyhapje staakt, gaat hij aan de keukentafel zitten.

'Ze zeiden op de radio dat er een man vermoord is in Tångböle,' zegt Ida over haar schouder.

'Inderdaad.'

Het is nog maar acht uur geleden dat de melding binnenkwam en de zaak is nu al in de pers. Daniel hoopt dat ze nog niet alle details hebben opgediept. Godzijdank hadden ze Marion op tijd kunnen inlichten, zodat ze de kans had gekregen het tragische nieuws te verwerken. Ze was al zo gebroken, als de kranten erachter kwamen om wie het gaat, zullen ze haar stalken.

'Dat klopt, helaas,' gaat hij verder. 'Daarom moest ik zo vroeg weg vanochtend.'

Zowel Alice als Ida had nog geslapen toen hij werd opgeroepen door de meldkamer.

'Je hebt mijn briefje toch wel gezien?' voegt hij er voor de zekerheid aan toe.

Ze hadden het erover gehad om met de auto naar Edsåsdalen te rijden vanwaar ze naar het bergrestaurant Vita Renen zouden skiën om te lunchen. Dat moeten ze maar een andere keer doen.

Ida legt het theelepeltje op het bord. 'Was het iemand uit Åre?'

'Daar kan ik geen antwoord op geven.'

Ida wil vaak dat Daniel over zijn werk vertelt als hij 's avonds thuiskomt, omdat ze zich dan minder geïsoleerd voelt. Het is te eenzaam voor haar om de hele dag alleen thuis te zijn met Alice. Vooral gezien het feit dat Daniel de neiging heeft zich af te sluiten als hij moe is of onder druk staat, wat de zaak er niet bepaald beter op maakt.

Maar hij moet zich aan zijn beroepsgeheim houden.

'Sorry,' zegt hij, 'het mag echt niet. We hebben de naam van die persoon nog niet openbaar gemaakt.'

Hij knikt naar het fornuis en probeert van onderwerp te veranderen.

'Wat denk je van spaghetti vongole als avondeten? Met een glas rode wijn? Het is tenslotte zaterdag. Volgens mij hebben we die barolo nog die je zo lekker vindt.'

Koken is een van zijn hobby's, zijn moeder is tenslotte in Noord-oost-Italië opgegroeid. Vaak denkt hij als hij 's ochtends wakker wordt al na over het avondeten.

'Dat klinkt lekker.'

Ida maakt een uitgeputte indruk en Daniel voelt zich schuldig. Het is niet makkelijk om alleen te zijn met een vijf maanden oude baby. En al helemaal niet als je plannen voor een dagje weg zojuist in het water zijn gevallen.

Hij staat op en tilt Alice uit het kinderstoeltje. Hij houdt ervan om het gewicht van zijn dochtertje te voelen, haar zachte huid en mollige nekje dat tegen zijn borst drukt.

'Ik kan wel voor Alice zorgen,' zegt hij. 'Jij bent al sinds vanochtend met haar bezig.'

'Dan ga ik even douchen ondertussen.'

'Doe dat,' zegt hij, en hij blaast in Alice' nek zodat het kietelt en ze begint te lachen. 'Dan ruim ik hier wel op.'

Ida werpt hem een dankbare luchtkus toe en verdwijnt naar de badkamer.

Het voelt goed. De afgelopen maand gaat het beter met Alice en met zijn relatie. Hij wil echt graag dat het goed gaat tussen hem en Ida.

Als dat nieuwe onderzoek de boel maar niet verpest.

Zoals die zaak in december.

Rebecka

2013
november

Achter de witte badkamerdeur huilt Rebecka zachtjes in zichzelf.

Ole en zij zaten net aan de ontbijttafel toen ze een dun straaltje voelde tussen haar benen. Ze had zich mompelend verontschuldigd en was naar de wc gesneld.

Nu ligt de bloedbevlekte onderbroek op de grond, het bewijs dat het haar deze maand weer niet gelukt was om zwanger te worden.

Ze heeft kramp in haar buik. Toen ze wakker werd had ze de pijn al gevoeld, maar ze had niets durven zeggen. In plaats daarvan had ze geprobeerd de pijn te negeren. Ze had gehoopt dat ze het zich maar verbeeldde.

Met één hand wrijft ze over de huid om de pijn onder haar navel te verdrijven.

Ze zijn nu bijna een jaar echtgenoten en toch is er nog geen kind onderweg. Lisen, die vlak voor Ole en Rebecka's huwelijk getrouwd was met Isak, kan ieder moment bevallen.

Alleen Rebecka's buik blijft plat.

Ze verlangt er zo naar om moeder te worden. Ze is dol op kleine kinderen, daarom had ze zo gezeurd om het jeugd- en vrijetijdsprofiel te mogen volgen op de middelbare school. Bovendien weet ze hoe teleurgesteld Ole zal zijn.

Hij is gek op kinderen, zo attent tegenover alle zwangere vrouwen binnen hun kerkgemeente. Hij praat vaak over het geluk om vader of moeder te mogen zijn. Soms geeft hij Lisen en Isak complimentjes en laatst zei hij dat Lisen een echte vrouw was. Dat ze gezegend was door God en een vreugd voor haar echtgenoot.

Rebecka zou willen dat hij zich ook zo zorgzaam over haar uitsprak.

Ze begraaft haar gezicht in haar handen. Ze had zoveel hoop gehad deze keer, ze had op haar vingers gerekend en gedacht dat hun laatste nacht samen resultaat zou hebben.

De tranen blijven maar over haar wangen stromen. Ze scheurt een stukje wc-papier af om haar neus te snuiten. Haar blik blijft steken bij de donkerrode vlekken.

Kon ze maar zwanger worden, konden ze maar een baby'tje krijgen samen. Ole zou zo blij en trots zijn. Ze wordt wanhopig als ze die teleurgestelde blik ziet, die hij niet kan verbergen. Het vreet haar vanbinnen op. Ze begrijpt hoe hij eronder lijdt. Hoeveel pijn het hem doet.

Haar onvruchtbaarheid.

Iedere avond bidt ze intens tot God dat Hij het zal laten gebeuren. Dat er een leventje zal groeien.

Ze wil het zo ontzettend graag.

'Kom je?' roept Ole uit de keuken.

Hij houdt er niet van om alleen te eten en wil altijd dat ze tegenover hem zit. Lisen vindt het romantisch en Rebecka kan niet anders dan het met haar eens zijn. Het is een voorrecht om een echtgenoot te hebben die naar haar verlangt zodra ze uit het zicht verdwenen is.

'Ik kom eraan,' antwoordt ze vlug, zodat hij zich niet afvraagt wat ze aan het doen is in de badkamer.

Haastig wast ze haar roodbevlekte gezicht. Ole houdt er niet van als ze make-up draagt. Ze heeft bijna nooit meer mascara op of zelfs gezichtscrème. Hij zegt dat zulke ijdelheid zondig is. Maar ze vindt een oud doosje met poeder dat ze onder haar ogen aanbrengt om de sporen van het huilen weg te werken.

Het is een slecht idee om te vertellen wat er aan de hand is, dan zou Ole alleen maar verdrietig worden, net als zij. Hij heeft belangrijker dingen om zich mee bezig te houden, hij gaat morgen de preek houden voor hun zustergemeente in Trondheim.

Ze wil niet dat hij afgeleid raakt door haar mislukking.

Rebecka haalt diep adem en draait het slot van de deur open. Met moeite trekt ze haar mondhoeken op in een glimlach en loopt naar de keuken.

God kan niet zo wreed zijn dat Hij haar en Ole een kind weigert. Ze moet zwanger worden in het belang van hun huwelijk, zodat ze een volledig gezin vormen.

Alleen op die manier kan ze aan Ole bewijzen dat ze een echte vrouw is, die zijn liefde en respect waard is.

8

Het politiebureau is verlaten en stil op zaterdagavond, maar Hanna geniet van de rust na de intensieve gesprekken van de afgelopen uren. Het voelt nog steeds onwerkelijk dat er alweer een brute moord heeft plaatsgevonden in Åre.

Ze stelt zich Johan Anderssons dode lichaam voor. De weerloze houding op de grond, de ingeslagen schedel. Zijn armen waren op zijn rug gebonden, de huid van de polsen blauwig op de plek waar de tiewraps hadden gesneden.

Wie doet zoiets bij een andere persoon?

Hanna schudt haar hoofd. Ze werkt al negen jaar bij de politie, sinds haar vijfentwintigste, maar sommige aanblikken zijn moeilijker dan andere.

Zal ze in staat zijn het van zich af te zetten en op zoek te gaan naar Johans moordenaar?

In december was ze bijna zelf dood geweest en ze had de afgelopen maanden nodig gehad om daarvan bij te komen. Ze had veel geslapen en rustig aan gedaan op haar werk. Ze had zich vooral met vechtpartijen in de kroeg en een fraudezaak in Krokom beziggehouden.

Als ze kans wil maken op een vaste aanstelling, moet ze zichzelf bewijzen. Op dit moment heeft ze alleen nog maar een tijdelijke aanstelling. Ze heeft het ontzettend naar haar zin en ze heeft niets om voor terug te gaan naar Stockholm. Niet na de ruzie met Manfred, haar vroegere baas bij de afdeling Huiselijk Geweld. Toen hij een zaak seponeerde over een ernstige mishandeling van een vrouw waarbij een collega betrokken was, was Hanna zo woest geworden dat ze hem had beschuldigd van ambtsmisbruik. Het was erop uitgelopen dat Manfred haar had uitgescholden en had gezegd dat ze moest vertrekken.

Haar carrière als politieagent zat erop.

Als haar zus Lydia zich niet had opgeworpen als juridisch vertegenwoordiger en hem had gedwongen Hanna een goede referentie te geven, had ze de tijdelijke baan in Åre/Östersund nooit gekregen. Ze staat diep in het krijt bij haar. En bij Daniel, die de baan voor haar geregeld had op het moment dat ze die het meest nodig had.

Hanna was naar Lydia's huis in Åre gevlucht omdat ze nergens anders heen had gekund.

Het was de ergste dag van haar leven geweest toen Christian, haar ex, met wie ze samen had gewoond, het had uitgemaakt op dezelfde dag dat Manfred haar had laten weten dat ze niet langer welkom was bij hun afdeling. Ze had geen geld en het appartement had op Christians naam gestaan.

Met een zucht gaat Hanna verder met het doorzoeken van de verschillende opsporingsregisters om te kijken of ze Johans naam ergens tegenkomt. Ze heeft ook zijn jeugdvriend Carl Willner opgezocht, die Johan gisteravond had ontmoet. Hij neemt zijn telefoon niet op.

Om kwart over zes laat haar mobiele telefoon een piepgeluidje horen. Het is een bericht van Karro.

Heb je zin om mee te gaan naar Bygget?

Bygget is de populairste nachtclub van Åre. Waarschijnlijk zal het er stampvol zijn, aangezien het zaterdag is en volgende week de voorjaarsvakantie begint voor iedereen in Stockholm. Maar Hanna heeft geen puf. Ze is niet in staat de gebeurtenissen van die dag opzij te zetten. Haar brein zit vol beelden van de mishandelde Johan en zijn wanhopige vrouw Marion.

Bovendien moet ze naar huis om op te ruimen en schoon te maken. Morgen komen Lydia en Richard met de kinderen.

Ze zet haar computer uit en appt naar Karro: *Bedankt, maar vanavond komt niet zo uit. Next time!* ☺

Ze hoopt dat Karro het niet verkeerd opvat. Ze is heel aardig en ze is echt een goede vriendin geworden hier in Åre. Bovendien is ze de jongere zus van haar collega Anton. Zou hij ook gaan?

Ze wil net haar telefoon wegstoppen in haar tas als ze gebeld wordt. Het is haar moeder, die in Zuid-Spanje woont. Even overweegt ze niet op te nemen, haar moeder Ulla belt bijna nooit om te vragen hoe het gaat. De laatste keer dat ze elkaar spraken wilde ze vooral haar teleurstelling uiten om het feit dat het uit was tussen Hanna en Christian.

Moet ze doen alsof ze het niet gehoord heeft?

Haar plichtsgevoel krijgt de overhand en ze drukt op de toets om op te nemen.

'Dag Hanna,' zegt haar moeders stem in de telefoon. 'Het is lang geleden dat je gebeld hebt.'

Misschien omdat jij me altijd zo'n rotgevoel geeft, wil Hanna antwoorden, maar ze laat het gaan.

'Het is nogal druk op mijn werk,' zegt ze enkel.

'Ik begrijp niet hoe dat kan,' zegt Ulla. 'Het is zo rustig en gezellig in Åre. Alles was zo idyllisch toen we daar vroeger heen gingen in de schoolvakanties, toen Lydia en jij nog klein waren.'

Hanna denkt aan Johan. Het is een slecht idee erover te vertellen, haar moeder zou toch niet begrijpen hoe ze zich voelt na een dag als vandaag.

'De tijden veranderen,' zegt ze slechts.

'Moet je niet vragen hoe het met papa gaat?'

Er is niemand die zo snel en vakkundig een schuldgevoel weet op te roepen bij Hanna als haar moeder.

'Hoe gaat het met papa?' vraagt ze dan gehoorzaam.

'Het gaat goed, maar je merkt dat hij oud begint te worden.'

Haar vader Olof wordt deze zomer zevenentachtig, hij is een stuk ouder dan haar moeder. Hoewel hij nooit erg spraakzaam is geweest, trekt hij zich tegenwoordig steeds meer terug.

Maar hij is wel de persoon die zich altijd het meest om Hanna heeft bekommerd.

'Belde je met een reden?' vraagt ze, ondanks dat ze maar een paar minuten hebben gepraat.

Ze heeft vandaag niet de energie om met haar moeder om te gaan. Of om haar moeder haar te laten inpeperen wat voor slechte dochter ze is, dat ze nooit van zich laat horen.

'Eh, ja...' zegt Ulla. 'Er is eigenlijk wel iets wat ik met je wil bespreken, nu ik je eindelijk te pakken heb.'

Ze klinkt... beschaamd. Dat is ongebruikelijk.

Hanna krijgt direct argwaan.

'Ik wilde je alleen vertellen dat Christian en zijn nieuwe vriendin Valérie morgen komen eten. Daar heb je toch niets op tegen?'

Hanna laat de telefoon bijna in haar schoot vallen. Ze kan haar oren niet geloven. Is haar moeder van plan met Christian om te blijven gaan? Na wat hij gedaan heeft?

'Hij is in Nerja in de voorjaarsvakantie en hij belde me,' gaat Ulla verder. 'Je weet dat we Christian graag mogen. Ik kon het niet laten hen uit te nodigen.'

'Dat kun je toch niet menen?' zegt Hanna fel. Ze kan zich niet inhouden. 'Je weet toch wat hij me heeft aangedaan?'

Ulla zucht. 'Hanna, lieverd, ik snap dat jij een hoop ellende tegenkomt in je werk, maar niet alle mannen zijn slecht. Het is jammer dat het is uitgegaan tussen jullie, maar je vader en ik zullen Christian altijd als lid van onze familie zien. Het kan toch niet alleen aan hem liggen dat jullie relatie stukliep.'

Christian is vreemdgegaan, wil Hanna schreeuwen. Hij heeft gelogen en bedrogen. Het is niet alsof 'wij' het hebben uitgemaakt.

Hij is bij me weggegaan.

'Hij zou een geweldige vader geweest zijn als jullie kinderen hadden gekregen,' zegt Ulla met een vleugje weemoed. 'Meer kleinkinderen zullen we wel niet krijgen...'

Niet ook dat nog. Altijd dat gezeur over haar leeftijd en dat het tijd is dat ze zwanger wordt. Dat heeft Hanna al zo vaak gehoord. Het is genoeg, ze wil geen woord meer horen.

Zeker vanavond niet.

'We moeten het er maar een andere keer over hebben,' zegt ze, en daarna hangt ze op.

Eigenlijk moet ze er niet verdrietig om zijn, ze weet hoe haar moeder is. Maar toch krijgt ze een brok in haar keel die niet weg te slikken valt als ze haar donsjack aantrekt om terug te rijden naar het huis in Sadeln.

9

De rij voor Bygget, onder aan de VM8-skilift, kronkelt door tot ver over de besneeuwde parkeerplaats als Anton rond negen uur 's avonds aankomt.

Vanavond treedt een van de bekendste hiphopartiesten van heel Zweden er op, die toevallig ook nog in Åre woont. De tent zal ongetwijfeld stampvol zijn. Bovendien is de voorjaarsvakantie net begonnen en wemelt het in Åre van de jongeren uit Stockholm die zin hebben om te feesten.

Anton gaat zelden uit, dat hoort bij zijn werk. Er zijn veel mensen die hem herkennen en weten dat hij politieagent is. Het is geen mooie aanblik als hij met een biertje in zijn hand rondstrompelt. Niet dat hij nou zo vaak dronken wordt, daarvoor is hij veel te serieus over zijn training, hij gaat minimaal vijf keer per week naar de sportschool en volgt een strikt vetarm proteïnedieet.

Vanavond vindt hij het extra lastig zich te ontspannen. De moord op Johan drukt zwaar op hem. Johan was maar een paar jaar ouder dan Anton en hij was een lokale held geweest in zijn jeugd, die meerdere jaren op rij de Åre-cup gewonnen had. Hoewel zijn carrière nooit meer op de rit gekomen was nadat hij zijn been gebroken had, stond hij voor altijd in de geschiedenisboeken van de skisport.

De plaatselijke jongen die een medaille won op het WK.

Het is moeilijk te bevatten dat hij dood is. Het zal een hoop ophef veroorzaken als zijn naam bekend wordt. Bovendien kennen Antons ouders die van Johan, Duved is een nog kleinere plaats dan Åre.

De arme mensen.

Anton had eigenlijk op het punt gestaan Karro een berichtje te sturen dat hij thuis wilde blijven vanavond – hij was niet bepaald in een feeststemming – maar Karro had hem overgehaald mee te gaan. 'Voor de verándering', zoals ze het had uitgedrukt.

'We zijn hier!' zegt een bekende stem halverwege de rij.

Zijn jongere zus zwaait naar hem en hij loopt op het meidengroepje af.

'Hey,' zegt hij, waarna hij Karro een knuffel geeft.

Ze is maar een paar jaar jonger dan hij, maar in tegenstelling tot Anton, die vrijgezel is, heeft ze een partner en twee kinderen. Haar oudste dochter zit al in de bovenbouw van de basisschool; Karro was pas twintig toen ze voor het eerst zwanger werd. Dat weerhield haar er echter niet van plezier te maken. Ze is een waar feestbeest en houdt veel meer van uitgaan dan Anton ooit heeft gedaan. Vanavond heeft ze krullen gezet in haar blonde haar en zich zorgvuldig opgemaakt, ze ziet er echt goed uit.

Anton knikt naar haar vriendinnen, die hij ook kent.

Hij probeert de moord op Johan van zich af te zetten. Het is zaterdag en hij kan toch niet uitleggen wat er gebeurd is. Het mag niet en hij wil het ook niet.

Hij glimlacht vastberaden. 'Het feest kan beginnen.'

Een uur later deint de hele club op en neer op het ritme van de muziek. Het is een gedrang voor het podium. Zweet loopt over het gezicht van de bekende artiest als hij een van zijn raphits inzet.

Anton blijft langs de rand van de dansvloer staan. Hij houdt niet van de drukte vooraan. Op het nieuws hadden ze het gehad over een Chinees griepvirus dat op weg was naar Europa. Hij kijkt uit over de mensenmassa en hoopt dat niemand hier onlangs in Azië is geweest.

'Hij is echt goed!' schreeuwt een stem in zijn oor.

Anton schrikt op. 'Wat?'

De man naast hem moet schreeuwen om boven de harde muziek uit te komen. Er zijn aanzienlijk meer mensen die Stockholms praten dan een noordelijk dialect, maar dit klinkt als iemand uit Jämtland.

'Hij is goed!'

'Ja.'

Anton glimlacht zonder zijn blik af te wenden van de band.

Hiphop is eigenlijk niet zijn favoriete genre, zelf speelt hij saxofoon in een plaatselijke jazzband in zijn vrije tijd, maar op de een of andere manier raken de teksten van deze artiest hem tot diep in zijn hart. Hij weet de vinger op de zere plek te leggen, hoeveel pijn het doet om in de put te zitten en een buitenbeentje te zijn.

Anton is bekend met het gevoel. Duved en Åre zijn niet bepaald groot, iedereen weet hier alles over elkaar.

Het is niet makkelijk om op te vallen in een kleine plaats en hij is nooit een persoon geweest die ervan hield om in de schijnwerpers te staan.

'Kom je hier vaak?' vraagt de onbekende, waarop hij begint te lachen. 'Sorry, dat was een van de slechtste openingszinnen die ik ooit heb gebruikt, denk ik.'

Anton kijkt opzij om hem beter te kunnen zien.

Zijn gezelschap lijkt achter in de dertig te zijn, net als hijzelf. Zijn blonde haar is zo kort dat het er bijna geschoren uitziet. De mouwen van zijn lichtblauwe overhemd zijn keurig opgerold.

Als hij glimlacht, verschijnt er een kuiltje in zijn wang.

Voordat Anton de kans krijgt antwoord te geven, steekt de man zijn hand uit en stelt zich voor.

'Je moet nu leven,' klinkt er van het podium.

'Heb je zin om buiten een sigaret te roken?' vraagt hij.

Anton rookt niet, dat gaat niet samen met zijn trainingsprogramma. Bovendien heeft hij het nooit echt lekker gevonden. Maar een beetje frisse lucht zou wel fijn zijn. Het is vreselijk warm binnen, met al die honderden enthousiaste toeschouwers die op en neer bewegen op de muziek en uit volle borst meezingen.

Hij neemt de onbekende man op en het bevalt wat hij ziet.

'Zeker,' zegt Anton, waarop hij naar de entree loopt.

10

Hoewel het geen enkele zin heeft, kan Marion niet voorkomen dat ze Johans dode gezicht voor zich ziet.

Ze ligt onder het dekbed in het tweepersoonsbed. De omschrijving van de politie galmt nog na in haar hoofd. Hun woorden staan op repeat, ook al is het een marteling. 'Mishandeld, een gebroken neus, ernstige verwondingen op zijn achterhoofd. Lijden dat lange tijd geduurd kan hebben. Veel bloed.'

Ze kan er niet tegen.

De hele dag heeft ze als een zombie door het huis gedwaald terwijl de angst als een brok lood op haar borst drukte. Ze knijpt haar ogen samen om het afschuwelijke beeld te verdrijven, maar het helpt niet. Niets helpt.

Hij is er niet meer en dat doet vreselijk veel pijn.

Nooit zal ze Johans onbezorgde lach meer horen. Johan die zo van het leven hield, ook al was het hem niet goed gezind geweest. Zelfs de beenbreuk die zijn carrière had verwoest, had hem niet bitter gemaakt. Integendeel, hij had een opleiding tot loodgieter gedaan en was opnieuw begonnen.

Wat moest ze doen?

Ze waren twaalf jaar samen geweest en tien jaar getrouwd. Met Johan maakte het niet uit dat ze verlegen en teruggetrokken was, hij wist haar zelfs zover te krijgen dat ze zich openstelde en positief was, vrolijker in zekere zin.

Johan had het beste in haar naar boven gehaald. Hij wist de mooiste kanten op te roepen van iedereen die hij tegenkwam.

En nu is hij weg. Voorgoed.

Ze drukt haar gezicht in het kussen tot ze bijna geen adem meer krijgt. Dan gaat ze rechtop zitten en duwt haar rug tegen het hoofdbord van het bed. Met haar armen stevig om zich heen geslagen wiegt ze heen en weer.

Hoe kan ze zonder hem leven?

Na een tijdje slaat ze haar ochtendjas om zich heen. Op blote voeten loopt ze de trap af naar de keuken. Alle lichten zijn nog aan, ze durfde ze niet uit te doen toen ze naar bed ging. De waarheid is dat ze bang is voor het donker. Als Johan er niet was, wachtte ze vaak boven tot hij thuiskwam omdat ze anders moeilijk in slaap kon komen.

Ze pakt de foto die ze aan de politieagenten had laten zien en kijkt naar zijn gezicht dat straalt van blijdschap.

De tijd verstrijkt terwijl ze ermee in haar handen zit.

Ten slotte legt ze de ingelijste foto neer en loopt naar de voorraadkast. Ze hebben meestal weinig alcohol in huis, maar ze denkt dat er ergens nog een fles Duitse brandy moet staan die haar broer Florian had meegenomen toen hij de laatste keer in Zweden was.

Asbach Uralt, zijn lievelingsmerk.

Ze moet Florian eigenlijk bellen, om te vertellen wat er is gebeurd, maar ze kan het niet opbrengen de woorden hardop uit te spreken.

Dat Johan dood is.

Zolang ze het er niet over heeft, kan ze nog doen alsof hij terugkomt, alsof de afgelopen dag nooit gebeurd was.

Met de fles brandy in haar hand loopt ze naar de logeerkamer naast het washok. Ze kan met geen mogelijkheid teruggaan naar de slaapkamer, waar alles doet denken aan Johan.

De eerste slok is zo sterk dat ze zich bijna verslikt, maar Marion zet de fles aan haar mond en drinkt door.

Rebecka

2015
december

Het geluid van Oles auto die de oprit van de garage oprijdt doet Rebecka versnellen.

Ze staat bij het fornuis en heeft zijn lievelingsstoofpot gemaakt, elandenvlees met pastinaak en wortel. Het is vrijdag. Ze heeft zich extra uitgesloofd.

De voordeur gaat open en ze hoort hem zijn jas ophangen. Daar is Ole heel secuur in, alles moet netjes en ordelijk zijn.

Hij praat hartelijk aan de telefoon, waarschijnlijk spreekt hij een van de leden van hun gemeente moed in. Ole is zo wijs, veel mensen benaderen hem voor advies bij problemen.

Ze glimlacht uitnodigend als hij in de deuropening verschijnt.

'Het eten is bijna klaar,' zegt ze. 'We eten elandenstoofpot, je lievelingsmaaltijd.'

Hij knikt en gaat aan tafel zitten, trekt een krant naar zich toe en begint te lezen terwijl hij met zijn hand door zijn dikke haar strijkt. Zijn voorhoofd is licht gefronst, hij ziet er geconcentreerd uit. Toch hoopt Rebecka dat hij iets zal zeggen. Ze is de hele dag thuis geweest en verlangt naar gezelschap. Bovendien wordt ze onzeker van zijn zwijgen. Het is moeilijk hem in te schatten als hij zich zo afsluit.

Eén keer had ze geprobeerd het aan te kaarten. Ze had gezegd dat ze zou willen dat ze meer met elkaar zouden praten. Dat ze liefdevoller waren. Toen ze zijn kille blik zag, had ze het laten varen. Ze begreep dat ze een grote fout had begaan. Als ze een betere echtgenote was, zou ze begrijpen wat hij wilde. Zonder uitleg.

Ze giet de aardappels af. Ze moet zorgen dat ze zijn liefde waard is, denkt ze vaak. Iedereen is dol op Ole, vooral haar ouders.

Ze voelt zich alleen zo eenzaam. Overdag is hij op zijn werk en de meeste avonden besteedt hij aan taken binnen de kerkgemeente, dan komt hij pas rond elf uur thuis.

Ze zijn drie jaar getrouwd en ze is nog steeds niet zwanger. Hij is teleurgesteld in haar, dat is duidelijk. Ole had iedere vrouw kunnen kiezen die hij maar wilde voordat hij met haar trouwde. Waarom moest hij precies de pech hebben een echtgenote te krijgen die onvruchtbaar is?

Rebecka probeert de tijd door te brengen met schoonmaken en eten koken. De vriezer zit vol stoofpot, in de voorraadkast staan rijenvol potten met zelfgemaakte jam en marmelade. Ze bakt veel.

Haar verlangen naar een eigen baan groeit. Ze zou zo graag op een kleuterschool werken, zich bezighouden met dat waar ze voor opgeleid was. Het is Gods bedoeling dat ze voor kleine kinderen zorgt, dat voelt ze heel sterk.

Als het niet haar eigen kinderen kunnen zijn, dan maar op een andere manier.

Maar Ole wil er niets over horen. De gedachte dat ze elke dag met 'de anderen' om moet gaan, van buiten de gemeente, staat hem niet aan. Hij zegt dat het al erg genoeg is dat hij dat zelf moet doen op het accountantskantoor en hij wil Rebecka er niet ook aan blootstellen.

Bovendien moet ze het rustig aan doen. Ole wil niet dat ze gestrest raakt, dat zou de kans op een zwangerschap kunnen verkleinen. Haar taak is om thuis te zijn en een gelukkig en godvruchtig thuis te creëren.

Het werk dat Ole verricht, in naam van de Heer, is zoveel belangrijker dan waar zij zich mee bezighoudt.

Toch neemt hij de tijd om haar meerdere keren per dag te bellen om te vragen hoe het gaat, wat ze aan het doen is. Als ze een baan zou hebben, zou ze minder bereikbaar zijn.

Rebecka zet de stoofpot op tafel en schept hem als eerste op. Ze begint haar eigen bord vol te scheppen, maar stopt als ze Oles blik ziet, die haar duidelijk maakt dat ze niet te veel moet nemen, dat ze niet dik mag worden.

Gewicht is belangrijk voor hem, hij verafschuwt dikke mensen en hun gebrek aan zelfdiscipline, zoals hij het noemt. Zelf is hij heel gematigd, zowel wat suiker als alcohol betreft.

Rebecka glimlacht verontschuldigend en laat de opscheplepel los. Vergeleken met zijn portie is die van haar minuscuul, maar dat geeft niet, Ole bekommert zich echt om haar uiterlijk.

Hoeveel getrouwde mannen doen dat?

Zodra ze een tafelgebed hebben gezegd, pakt hij zijn vork. Rebecka neemt een stukje vlees en kauwt zorgvuldig, zodat ze er lang mee doet.

En ze dankt God voor het feit dat ze zo'n betrokken echtgenoot heeft.

Zondag 23 februari

11

De zon gaat een gevecht aan met de wolken als Hanna rond negen uur 's ochtends naast Daniel in de burgerwagen stapt. Ze is moe en verkleumd, ze heeft onrustig geslapen. Ze slaakt zo'n diepe zucht dat Daniel er een opmerking over maakt.

'Slecht geslapen?'

Hanna knikt.

'Het was een zware dag gisteren,' zegt hij. Hij geeft haar een klopje op haar schouder. 'Ik heb ook vreemd gedroomd, dat Johans lijk verdwenen was en dat we midden in de nacht in het bos aan het zoeken waren.'

Ze hebben net een kort overleg achter de rug op het politiebureau. De sfeer was bedrukt geweest. Bovendien gaan er al geruchten rond op internet over de identiteit van het moordslachtoffer. Veel mensen beginnen te vermoeden dat het om Johan Andersson gaat. Raffe heeft er berichten over op social media gezien.

Ze zijn op weg naar het huis van Linus Sundin, Johan Anderssons zakenpartner van het loodgietersbedrijf. Daniel rijdt de E14 op en zet koers naar het westen. De familie Sundin woont een aantal kilometer buiten Duved.

Hanna gaapt. Het had aardig wat tijd gekost om het huis schoon te krijgen gisteren, ze was pas rond middernacht klaar geweest. Maar alles blonk nu, zelfs Lydia zou tevreden moeten zijn met het resultaat.

Een vleugje stress stroomt door haar lijf. Ze heeft zich verheugd op het bezoek van haar zus en is dol op haar neefje en nichtje, maar inmiddels zal haar moeder wel gebeld hebben om te roddelen over hun laatste telefoongesprek en te melden dat Hanna de hoorn er zo'n beetje op had gegooid.

Moet ze uitleggen wat er is gebeurd voordat Lydia erover begint? Ze hebben zo'n verschillend beeld van hun moeder. Lydia is altijd al het lievelingetje geweest.

Bovendien is de timing van hun bezoek belabberd met dat nieuwe moordonderzoek. Hoe moeten ze samen tijd kunnen doorbrengen als zij dag en nacht moet werken?

Hanna zet het van zich af.

Het was ongetwijfeld beter geweest als ze een andere woning voor zichzelf had gezocht voordat de voorjaarsvakantie begon. Dan had ze voor het eten kunnen afspreken met Lydia en haar gezin en na afloop naar huis kunnen gaan. Dan had ze niet geconfronteerd hoeven worden met al die ingewikkelde emoties. Maar het voelde stom om op zoek te gaan naar een woning voordat ze wist of ze een vaste aanstelling kreeg. Laat staan om een huurcontract voor langere tijd af te sluiten met haar financiële situatie.

Nu is het hoe dan ook te laat en ze moet zich concentreren op haar werk en haar taken voor die dag.

'Denk je dat Linus Sundin weet wat er gebeurd is?' vraagt ze aan Daniel.

'Waarschijnlijk.' Hij wendt zijn blik niet af van de weg. 'Denk je niet dat Marion contact met hem heeft opgenomen?'

'Dat hangt ervan af wat voor relatie ze hebben. Hoewel... Marion deed de boekhouding voor hun bedrijf, dus ze zouden elkaar best goed moeten kennen.'

Hanna leunt achterover in haar stoel. De stilte strekt zich uit. Ze hoopt dat ze niet nog een keer een overlijdensbericht hoeven over te brengen. Het verdriet van Marion de vorige dag had haar aangegrepen.

'Wat vindt Ida van de nieuwe zaak?' vraagt ze om haar gedachten af te leiden.

Het is een algemene vraag, maar Daniel wordt ernstig.

'We hebben het er niet echt over gehad. Maar ik hoop dat ze snapt dat het veel tijd in beslag zal nemen.'

Iets aan Daniels houding maakt duidelijk dat dit niet het geval is, of op zijn minst dat hij bang is dat ze het niet snapt.

Ze naderen Duved en moeten afremmen omdat er een file staat voor de afslag naar de skipistes. Een rij auto's staat te wachten om rechts af te slaan. Hanna ziet dat de langgerekte parkeerplaats al bomvol staat. De rijen voor de liften hebben een lange sliert gevormd, ook al is het nog maar vroeg in de ochtend.

Deze week voelt het alsof half Stockholm naar Jämtland is afgereisd.

'Het is te merken dat het voorjaarsvakantie is,' zegt ze tegen Daniel.

'Mmm.'

De komende acht dagen zal het wemelen van de mensen, zowel op de pistes als in de restaurants. De après-ski zal tot in de kleine uurtjes doorgaan. Normaliter heeft de politie dan de handen vol aan alle dronken toeristen die strompelend hun weg naar huis zoeken.

Het is waarschijnlijk de slechtste week van het hele jaar om een moordonderzoek te doen.

12

Het komt erop neer dat Daniel Linus Sundin moet vertellen dat zijn vriend en collega dood is.

Terwijl hij de situatie uitlegt, zitten ze in de grijsgeschilderde keuken van het gezin. Hij doet zijn best het nieuws tactvol te brengen, maar het komt overduidelijk als een schok.

'Is Johan vermoord?' stamelt Linus. 'Is dit een slechte grap of zo?'

'Heeft Marion geen contact opgenomen?' wil Hanna weten.

'Nee.'

Linus zakt in elkaar op de witte keukenstoel. Hij ziet er slaperig uit en heeft alleen een blauwe badstof ochtendjas aan die strak zit rond zijn buik.

'Ik heb gehoord dat er een dode man is gevonden in Tångböle,' zegt hij, waarna hij diep inademt. 'Maar het is nooit in me opgekomen dat het om... om Johan ging.'

Daniel geeft hem een minuut de tijd om tot zichzelf te komen.

'Wat... is er gebeurd?' vraagt Linus na een tijdje.

Ze vertellen over de vondst van de vorige dag. Daniel ontwijkt de ergste details, net als bij Marion. Het wordt er niet beter van om tot in detail te beschrijven hoe Johan eruitzag toen hij gevonden werd. Het is alleen maar macaber om zijn stijf bevroren lichaam te beschrijven, de manier waarop hij met zijn handen op zijn rug gebonden bloederig in de sneeuw lag met ogen verstijfd als knikkers.

'Het is niet te bevatten,' zegt Linus. Hij drukt zijn handen tegen elkaar op zijn schoot. 'Waarom zou iemand hem willen vermoorden?'

'Dat proberen we uit te zoeken,' zegt Hanna. 'We hebben een paar vragen, als je dat goedvindt?'

Linus knikt zwijgend. Zijn donkere haar zit door de war, de lijnen van zijn hoofdkussen zijn nog niet helemaal weggetrokken uit zijn ietwat pafferige gezicht. Daniel begint zich af te vragen of hij uit was gegaan de vorige avond, hij ziet eruit alsof hij een kater heeft, met zijn trillende handen en bloeddoorlopen ogen.

'Iedereen heeft het over die moord,' mompelt Linus, 'omdat het net gebeurd is. Maar dat het Johan is, dat hij er niet meer is...'

Zijn stem sterft weg. Hij slikt hoorbaar.

'Hoe goed kende je hem?' vraagt Daniel.

'We zijn al lang bevriend. We hebben samen op school gezeten hier in Duved. Daarna was hij een paar jaar weg, toen hij wedstrijden deed in Europa, maar toen hij terugkwam, namen we weer contact op. Jullie weten wel dat hij geblesseerd raakte en zijn carrière moest staken, toch?'

Daniel knikt. Nu hij over Johans successen als skiër heeft gelezen, begrijpt hij beter hoe hard de klap geweest moest zijn toen hij zijn been brak. Johan was tijdens het laatste trainingskamp voor de Olympische Spelen in Vancouver geblesseerd geraakt, op een moment dat hij in topvorm was.

De Olympische droom was per direct in duigen gevallen.

Linus schuift zijn stoel een stukje naar achteren. Er klinkt een hard schrapend geluid als de stoelpoten over de houten vloer bewegen en hij begint even te wiebelen, alsof hij bijna zijn evenwicht verliest. Zijn hand schiet naar de tafel om steun te zoeken.

Zijn vermoedens wat Linus' toestand betrof worden sterker. Daniel krijgt het gevoel dat de roes nog niet helemaal is uitgewerkt.

'Johan was een goed mens,' zegt Linus bedroefd. 'Een ware optimist, altijd vrolijk en genereus.'

Hij klinkt bijna als Marion, ook zij had het over Johans mooie karakter gehad.

'Hoelang waren jullie al zakenpartners?' vraagt Hanna.

'Eens kijken, we hebben het bedrijf bijna vijf jaar samen gehad. We werkten eerst voor een ander bedrijf, maar we waren allebei niet dol op de eigenaar en raakten erover aan de praat om voor onszelf te beginnen. En van het een kwam het ander.'

'Hoe was jullie werkrelatie?' wil Hanna weten. 'Hoe zag jullie samenwerking eruit?'

'Goed, denk ik. We hadden genoeg werk en Marion deed de administratie.'

'Gingen jullie buiten het werk met elkaar om?'

'Dat niet echt.'

Iets aan Linus' gezichtsuitdrukking trekt Daniels aandacht. Hij ziet dat het Hanna ook opvalt. Wat klopt er niet?

'Waarom niet?' vraagt hij.

Linus schuift heen en weer op zijn stoel.

'Ik mocht Johan heel graag, maar ik heb niet zoveel gemeen met... zijn vrouw.'

'Werken jullie niet met elkaar?'

'Jawel.'

Er komt geen vervolg. Daniel zwijgt. Soms is het beter de stilte ruimte te geven, tot de ander zo zenuwachtig wordt dat hij begint te praten.

Dat is precies de reactie van Linus.

'Marion is niet bepaald makkelijk in de omgang,' zegt hij. 'Ze is Duits en best ingewikkeld, of pietluttig in elk geval. Alles moet op haar manier, als jullie begrijpen wat ik bedoel? Johan en ik hebben het altijd goed kunnen vinden, maar met Marion waren er vaak problemen. Ze bemoeide zich met de bedrijfsvoering en had bijna overal een mening over.'

'Ik snap het,' zegt Daniel. Dan voegt hij eraan toe: 'We waren van plan om door te rijden naar Marion als we hier klaar zijn. Gisteren was ze zo in shock dat ze geen zinnig woord wist uit te brengen.'

'Dat zou dan de eerste keer zijn.'

De opmerking is zo hatelijk dat Daniel ervan opkijkt.

'Ik wil niet kwaadspreken over Marion in een situatie als deze,' zegt Linus, 'maar ze is echt niet makkelijk in de omgang.'

Hij zucht diep, zijn onfrisse adem drijft Daniels neusgaten binnen. Hij begint zich af te vragen of Linus' alcoholgebruik ook effect heeft op zijn betrouwbaarheid. Hij is behoorlijk hard over Marion.

'Hoe was Johans huwelijk eigenlijk?' vraagt Hanna. 'Weet je hoe het komt dat ze geen kinderen hadden?'

Het duurt even voordat Linus antwoordt.

'Ik denk niet dat dat vrijwillig was, maar ik heb het er nooit met Johan over gehad. Hij hield ontzettend van kinderen en mijn zoon was dol op hem. Af en toe nam hij Lukas mee voor een ritje op de sneeuwscooter.'

Het wordt stil. Het enige geluid is afkomstig van de keukenkraan die in de gootsteen druppelt. Het ziet ernaar uit dat er een leertje stuk is, ondanks het feit dat Linus loodgieter is.

De sfeer is allesbehalve ontspannen. Het is tijd om van onderwerp te veranderen. Daniel denkt na over de toedracht. Johan Anderssons overlijden was geen ongeluk of impulsieve daad. Het brute geweld, de vastgebonden handen, alles wijst op een grote woede bij de dader.

Iemand is diep gekwetst en heeft zijn woede op de ergst denkbare manier afgereageerd.

'Weet je of Johan vijanden had?' vraagt Daniel. 'Of hij een conflict had met iemand?'

'Zou het kunnen dat Johan in aanvaring is gekomen met een klant?' suggereert Hanna.

'Jullie zijn van de politie, ik niet,' zegt Linus. 'Maar in mijn oren klinkt dat merkwaardig. Er is toch niemand die mensen doodmaakt vanwege een slecht uitgevoerde loodgietersklus?'

Hij wendt zijn gezicht af en lijkt een ongepaste geeuw te onderdrukken.

'Iedereen hield van Johan,' benadrukt hij dan. 'Ik weet dat dat is wat mensen altijd zeggen, maar Johan was zo iemand die je instinctief mocht. Een oprecht goed mens, vriendelijk en attent. Het enige jammere, als ik zo eerlijk mag zijn, is dat hij zich veel te veel de les liet lezen door Marion.'

Het valt Daniel op dat Linus' toon verandert zodra hij Marions naam in de mond neemt. Kon zij een bron van conflict geweest zijn tussen de twee partners?

De statistieken voor een moordzaak zijn onmiskenbaar: de dader is bijna altijd iemand uit de directe omgeving van het slachtoffer.

'Was er wrijving tussen jou en Johan?' vraagt hij. 'Waren jullie het eens over de manier waarop het bedrijf gerund moest worden?'

Linus laat zijn blik afdwalen naar het raam. Daniel volgt zijn voorbeeld. Sneeuwkristallen zitten tegen de ruit geplakt, een lange ijspegel hangt aan het dak. Op het glas zitten sporen van kleine vingers, waarschijnlijk heeft Linus' zoontje daar zijn hand tegen het glas gedrukt.

'Tussen mij en Johan ging het prima. Wat Marion ervan vindt, kan ik niet zeggen.'

Zijn antwoord en toon zijn kortaf. Plotseling lijkt Linus nuchterder, alsof hij zijn best doet zichzelf in de hand te krijgen.

Daniel ziet dat Hanna ergens over nadenkt. Haar instinct is meestal goed, dat is een van de dingen die hij zo in haar waardeert.

'Johan is gevonden in Tångböle,' zegt ze. 'Maar hij woont in Staa, ruim tien kilometer verder.'

'Ja.'

'Had hij een band met Tångböle, voor zover je weet?'

'Volgens mij niet,' zegt Linus.

Daniel begrijpt waar Hanna heen wil.

'We hebben een lijst nodig van jullie klanten met hun contactgegevens,' zegt hij. 'De plekken waar Johan de afgelopen tijd is geweest, en graag zo snel mogelijk.'

'Uiteraard, ik zal het vandaag regelen.'

De deur ging open en een jongen in een lichtgroene flanellen pyjama met warrig haar gluurde door de deuropening. Hij kon hooguit vijf, zes jaar oud zijn. Daniel kan zich Alice amper voorstellen op die leeftijd, een klein meisje dat kan praten en lopen.

'Papa?' piept het jongetje. 'Ik heb honger.'

Linus kijkt Daniel aan.

'Dit is Lukas. Ik moet even ontbijt voor hem maken.'

Hij trekt zijn zoontje naar zich toe en geeft hem een knuffel.

Daniel merkt dat het jongetje reageert op de alcoholgeur van zijn vader. Zo gaat dat, geen enkel kind houdt ervan zijn ouders onder invloed te zien.

Het wordt tijd om af te ronden, maar Daniel heeft nog een paar laatste vragen.

'Wanneer heb je Johan voor het laatst gezien?' vraagt hij, terwijl de kleine Lukas aan zijn vader staat te trekken.

'Hij kwam vrijdagavond bij me langs, om een uur of acht.'

Daniel kijkt in zijn aantekeningen, dat moet na zijn bezoek aan restaurant Pigo zijn geweest.

'Was er een speciale reden?'

'Nee, we hadden niet afgesproken. Sandra en ik zaten nog aan tafel toen Johan aan de deur kwam. Maar hij vertelde dat hij een weekje weg zou gaan.'

Dat is nieuwe informatie. Daniel ziet dat Hanna haar wenkbrauwen optrekt.

'Zei hij waar hij heen zou gaan?' vraagt ze.

'Nee. Hij had niets gezegd over een vakantie en we hadden een hoop klussen op de planning staan. Het is bijna voorjaarsvakantie in Stockholm, dan is het altijd drukker. Jullie weten hoe het is, er is geen vrije accommodatie meer te vinden in Åre en Duved.'

'Wat was je reactie op zijn boodschap over dat tripje?' vraagt Daniel.

Linus tilt zijn zoontje op schoot.

'Het voelt nu heel stom, maar ik was geïrriteerd. Het was zo onverwacht, het bedrijf kwam in de knel.'

'En je hebt geen idee waarom Johan van plan was weg te gaan?'

Linus schudt zijn hoofd.

Daniel werpt Hanna een snelle blik toe. Hij vermoedt dat zij hetzelfde denkt als hij. Was Johan Andersson iets overkomen waardoor hij moest maken dat hij wegkwam?

Kon het te maken hebben met een dreiging?

Rebecka

2017
augustus

'Je bent zo goed met de kinderen,' zegt Maria tegen Rebecka als ze de keuken van de kleuterschool uit komt lopen. 'Ze zijn echt op je gesteld.'

Rebecka reageert beschaamd op het complimentje van haar nieuwe collega. Ze is een paar jaar ouder dan Rebecka en werkt al lang bij kleuterschool Het Sneeuwklokje in Ånn. Rebecka werkt er pas een paar dagen. Ze is het niet gewend. En ze is ook niet gewend om omringd te zijn door 'de anderen'. Bijna alles is nieuw en anders.

Ze is nu vijf jaar getrouwd en dit is haar eerste baan. Het voelt onwerkelijk, maar ze hadden geen keus gehad nu Ole was ontslagen bij het accountantskantoor. Zodra hij een nieuwe baan vindt, zal ze terugkeren naar haar normale leven, maar op dit moment hebben ze het geld nodig. Vooral gezien het vele werk dat hij voor hun gemeente doet. Ole heeft het nog nooit zo druk gehad, ook al krijgt hij er niets voor betaald.

Maar dat is niet belangrijk, het belangrijke is om de taak van de Heer uit te voeren.

'Het is leuk om met die kleintjes bezig te zijn,' antwoordt Rebecka met een knikje naar de zaal waar de meeste kinderen een middagdutje liggen te doen.

'Ooit zul je een fantastische moeder worden,' zegt Maria met een glimlach.

Rebecka krijgt een brok in haar keel. Inmiddels beseft ze wel dat dat niet zal gebeuren. Ze is waardeloos als vrouw. Als de gemeente niet zo fel tegen scheidingen was, was Ole waarschijnlijk al bij haar weggegaan.

'Trouwens,' zegt Maria, terwijl ze een blonde haarlok opzijstrijkt, 'we wilden van het weekend uitgaan met een paar mensen, heb je zin om mee te gaan?'

Rebecka voelt zich verward. Vraagt Maria nu of ze mee wil gaan om zichzelf te vermaken? Zonder haar man?

De onbetamelijke gedachte doet haar duizelen. Zoiets doet een vrouw niet, niet in haar eentje.

'Ik kan niet,' fluistert ze gegeneerd.

'Ben je bang dat je vriendje boos wordt?' Maria geeft haar een knipoog. 'Ik woon ook samen, maar je kunt niet de hele tijd op elkaars lip zitten, toch?'

Rebecka doet haar best te glimlachen, ook al zijn Maria's woorden bijna... stuitend. Mannen en vrouwen hebben verschillende opgaven in het bestaan, dat begreep ze toch wel? Tegelijkertijd wil Rebecka haar nieuwe collega niet meteen al bekritiseren. Buiten de gemeente gelden andere regels, dat heeft ze altijd geweten. Mensen gaan anders met elkaar om dan Rebecka in haar opvoeding heeft geleerd.

Als domineesvrouw moet ze perfect zijn, ze zou nooit op het idee komen in haar eentje de straat op te gaan of alcohol te drinken in het openbaar. Bovendien zou Ole dat niet toestaan. Hij weet wat gepast is en let goed op haar kleding- en kleurkeuze.

Hij weet wat het beste is en dat geeft haar een veilig gevoel, dat ze op hem kan vertrouwen.

Hoewel ze zelf een rijbewijs heeft, staat Ole erop haar elke ochtend naar haar werk te brengen en aan het einde van de werkdag weer op te halen.

Zijn zorgzaamheid kent geen grenzen.

Rebecka werpt Maria een medelijdende blik toe. Wist haar collega maar hoezeer ze het bij het verkeerde eind had. Misschien zou zelfs Maria God kunnen vinden als ze haar hart openstelde? Maar dan moest ze haar levensstijl wel radicaal veranderen en afstand nemen van haar slechte alledaagse gewoontes en gebruiken.

Elsa, een kindje van drie, komt in tranen naar Rebecka toe rennen. Ze tilt haar op en neemt haar in haar armen.

'Een andere keer misschien,' zegt Maria, en ze loopt weg.

13

Het geluid van haar mobieltje dat trilt op het aanrecht wekt Marion uit haar gedachten. Ze zit aan de keukentafel met een onaangeraakte kop koffie voor zich. Hij is koud geworden, maar ze kan zich niet herinneren wanneer ze hem heeft ingeschonken.

De tijd is één grote brij.

Als ze de telefoon pakt, ziet ze 'Linus' op het schermpje staan. Bij de naam alleen al krijgt ze een naar gevoel. Ze heeft hem amper gesproken sinds hun grote ruzie op kantoor een aantal weken geleden en is zo veel mogelijk uit de buurt gebleven.

Net op dat moment parkeert er een auto voor het huis. Door het raam ziet ze twee mensen uitstappen. Het zijn dezelfde politieagenten die er gisteren ook waren, een man en een vrouw.

Marion drukt Linus weg en stopt haar mobieltje in haar zak. Ze kan het nu niet opbrengen met hem te praten. Alles is nog zo afschuwelijk, ze luistert voortdurend of ze Johans voetstappen hoort, zit te wachten op die onweerstaanbare lach van hem.

Het voelt onverdraaglijk leeg in huis.

Het vergt al inspanning om op te staan en de voordeur open te doen.

'Hoi,' zegt de vrouwelijke agent die zichzelf had voorgesteld als Hanna. 'Mogen we binnenkomen? We hebben nog wat vragen, als dat mag?'

Ze kijkt Marion meelevend aan en voegt eraan toe: 'Als je het aankunt?'

Marion knikt en draait zich om. Ze heeft al een blik van zichzelf opgevangen in de gangspiegel. Haar gezicht is witgelig en ze heeft donkere wallen onder haar ogen. De Duitse brandy heeft sporen achtergelaten. Ze was de narigheid weliswaar voor een paar uur vergeten, maar zodra ze wakker werd, had de realiteit haar weer ingehaald.

Ze lopen de keuken binnen en Marion ploft op een van de stoelen.

'Hoe gaat het?' vraagt Hanna.

Ze praat op vriendelijke en meelevende toon, ook al kennen ze elkaar niet. Het hoort waarschijnlijk bij haar werk. Maar wat weet zij ervan? Hoe het is om de persoon te verliezen van wie je meer houdt dan van wat ook ter wereld?

'Niet zo goed,' mompelt Marion.

'Is er niet iemand die bij je kan zijn de komende dagen? Je kunt nu beter niet alleen zijn.'

Marion vouwt haar handen samen, ze heeft geen zin om de controle te verliezen en in te storten, niet ten overstaan van die twee agenten. De waarheid is dat ze eigenlijk geen goede vrienden heeft in Zweden. In Duitsland had ze ook maar weinig vrienden. Ze was altijd al een einzelgänger geweest.

Bovendien is het niet makkelijk om mensen te leren kennen hier in Åre. Zweden zijn erg op zichzelf en nemen niet graag nieuwe mensen op in hun gemeenschap. Ze kent de buren natuurlijk wel en zij en Johan hadden weleens samen met andere stellen gedineerd, maar Johan was meer voor haar geweest dan alleen haar man. Hij was haar beste vriend.

Haar zielsverwant.

'Mijn familie woont in Duitsland,' zegt ze op doffe, onherkenbare toon.

'Is er dan iemand uit je thuisland die we kunnen bellen?' vraagt Hanna. 'Een hecht familielid misschien?'

Marion maakt een afwerend gebaar.

'Mijn ouders zijn dood. Ik heb een broer, Florian, die in Stuttgart woont. Ik spreek hem later vandaag.'

'Hoe zit het met de ouders van Johan?'

Marion heeft geen energie om de situatie uit te leggen. Dat ze het helaas nooit goed heeft kunnen vinden met haar schoonouders Tarja en Torsten. Ze hadden het maar niets gevonden dat Johan een relatie had met een vrouw die zoveel ouder was dan hij. En ook niet dat ze zonder waarschuwing in Duitsland getrouwd waren ten overstaan van slechts twee getuigen.

Marion knippert met haar ogen om de tranen te verdringen.

In de slaapkamer staat de trouwfoto van de plechtigheid in Großer Arber, het skioord waar ze is opgegroeid. Hij is genomen op de piste, vlak na de ceremonie in de open lucht. De zon schittert in de voorjaarssneeuw, de hemel is diepblauw. Ze heeft een boeket felrode rozen in haar hand die mooi afsteken tegen de witte omgeving.

Het was de gelukkigste dag van haar leven geweest.

Maar Tarja en Torsten hadden haar nooit echt geaccepteerd. Tegenwoordig zien ze elkaar een paar keer per jaar, meestal rond de kerst en met Pasen. Na verloop van tijd was de situatie ontstaan dat Johan alleen met hen afsprak, zonder Marion.

Tarja had de vorige dag een paar keer haar mobieltje geprobeerd te bellen, maar Marion had het niet kunnen opbrengen op te nemen.

Het is niet eens in haar opgekomen hun te vragen langs te komen.

'Weten ze dat...' probeert ze te zeggen, maar haar stem breekt. Ze moet een nieuwe poging doen de woorden te formuleren. 'Weten ze dat Johan dood is?'

De politieagent die zichzelf had voorgesteld als Daniel geeft antwoord.

'Ze zijn gisteren ingelicht. En er is ook contact opgenomen met zijn oudere broer Pär.'

'Johan was de peetoom van Pärs oudste zoon.'

Marion weet de woorden amper uit te brengen. Hij had het heerlijk gevonden om de tienjarige Robin om zich heen te hebben. Robin was bijna de zoon voor hem geweest die Johan nooit had gekregen.

De gedachte is even kwellend als altijd. Jarenlang had ze gehoopt en ernaar gesmacht om zwanger te worden. Nu was het te laat. Ze is vierenveertig en Johan is dood.

Ze zal nooit meer moeder worden, nooit een kind van haarzelf krijgen.

Of Johan meemaken als vader. Hij zou een geweldige vader geweest zijn.

Daniel schraapt zijn keel.

Marion beseft dat ze in beslag genomen wordt door haar duistere gedachten.

'Er zijn aanwijzingen dat je man werd bedreigd,' zegt Hanna. 'Weet je daar iets van?'

'Hoe bedoel je?'

'We waren zojuist bij de zakenpartner van je man, Linus Sundin,' zegt Daniel. 'Hij zei dat Johan vrijdag bij hem was langsgekomen. Blijkbaar zou hij de volgende dag op reis gaan?'

Het horen van Linus' naam is voldoende om het ongemakkelijke gevoel weer op te roepen. Wat heeft hij nu weer gezegd?

Marion probeert de nieuwe informatie te plaatsen.

'Op reis?' herhaalt ze.

'Volgens Linus zou Johan minstens een week wegblijven, ondanks dat er aardig wat klussen op de planning stonden,' zegt Hanna.

'De voorjaarsvakantie begint morgen inderdaad,' zegt Marion verward. 'Dan is er altijd veel te doen.'

'Jij was dus niet op de hoogte van het feit dat hij van plan was weg te gaan?' zegt Daniel.

Over wat voor bedreiging hebben ze het? Ze probeert zich te concentreren, maar het is moeilijk haar aandacht erbij te houden.

'We vragen ons af of er sprake geweest kan zijn van een concrete dreiging. Of dat de reden geweest kan zijn voor zijn reis,' gaat Daniel verder, terwijl hij iets in zijn notitieboekje opschrijft.

'Had je man vreemde brieven ontvangen of merkwaardige telefoontjes?' vraagt Hanna. 'Had iemand hem misschien opgezocht op zijn werk en iets onaangenaams gezegd?'

Marion weet niet wat ze moet antwoorden. De enige die ze kan bedenken is Linus.

'Dan heb ik nog een andere vraag,' zegt Daniel. 'We hebben de portemonnee van je man gevonden, maar hij lijkt zijn telefoon niet bij zich te hebben gehad. Weet je toevallig waar die zou kunnen zijn?'

Marion schudt opnieuw haar hoofd. Johan nam altijd meteen op als ze belde, met een opgewekt 'Hé, schat!'

Zal ze die woorden nu nooit meer horen?

Daniels stem haalt haar weer terug naar de werkelijkheid.

'Goed. Wat betreft de vrienden van je man: we hebben geprobeerd Carl Willner te bereiken, over wie je het eerder had. Weet je of hij misschien de stad uit is?'

'Volgens mij niet. Johan had immers vrijdag met hem afgesproken bij Pigo.'

Ze waren al beste vrienden sinds de middelbare school, ook al waren ze allebei een andere kant op gegaan in het leven. Terwijl Johan meedeed aan competities, had Carl economie gestudeerd aan de hogeschool van Gävle. Daar was hij een aantal jaren blijven hangen, totdat hij relatief kort geleden terug was verhuisd naar Duved.

Marion had hem altijd graag gemogen.

'En hoe was de relatie tussen Johan en zijn zakenpartner?' vraagt Hanna. 'Ging alles goed tussen hen?'

'We hebben begrepen dat jij de boekhouding doet voor het bedrijf,' voegt Daniel eraan toe.

Marion aarzelt. Dit is waarschijnlijk het juiste moment om over Linus te vertellen, maar ze weet niet of ze het durft.

Haar mobieltje trilt opnieuw. Als ze de telefoon pakt, ziet ze dat Linus haar vier keer gebeld heeft.

Haar hartslag schiet omhoog. Ze kan het niet opbrengen met hem te praten. Hij zou wel vreselijk kwaad zijn. God weet waar hij toe in staat is in die toestand.

En Johan is er nu niet om haar te beschermen.

Voordat Marion antwoord kan geven, voegt Hanna eraan toe: 'We zijn blij met alle informatie die je ons kunt geven. Het belangrijkste op dit moment is om de moordenaar van je man te vinden.'

De manier waarop ze het zegt, doet Marion beseffen wat ze moet doen. Ze moet de politie vertellen over Linus, ook al vindt ze het moeilijk.

Ze moet het voor elkaar krijgen.

'Waren Johan en Linus het bijvoorbeeld met elkaar eens over de financiën?' wil Daniel weten.

Marion wacht even met antwoorden. De laatste discussies tussen Johan en Linus waren afschuwelijk geweest. Linus had haar verweten dat ze hen tegen elkaar opstookte, maar ze had geen keus gehad. Ze moest Johan wel vertellen wat er aan de hand was.

Ze had openlijk zijn kant moeten kiezen.

'Ze hadden ruzie gehad,' zegt ze ten slotte. 'Ook al had Johan een hekel aan ruzie.'

Ze herinnerde zich zijn frustratie, zijn afschuw van conflicten. Johan dacht van iedereen het beste en daar had Linus gebruik van gemaakt. Hoewel Johan zijn collega tot het laatste moment wilde vertrouwen, was het steeds duidelijker geworden dat Linus zijn eigenbelang op de eerste plaats zette.

'Waar ging dat over?' vraagt Hanna.

'Het ging over... geld.'

'Kun je dat toelichten?' vraagt Daniel.

Marion likt langs haar lippen. Ze wil het niet verkeerd overbrengen of Linus nog meer provoceren, maar ze heeft geen alternatief. Ze moet deze informatie met de politie delen.

Het kan bepalend zijn voor het hele onderzoek.

'Linus deed zijn werk niet goed,' zegt ze. 'Maar toch wilde hij meer geld uit het bedrijf trekken, meer dan het bedrijf kon dragen, ook al waren Johan en ik daarop tegen.' De tegenzin klinkt door in haar stem als ze verdergaat. 'Ik deed de boekhouding. Ik wist welke middelen er ter beschikking stonden en wat de liquiditeit was.'

'Kun je nog wat meer vertellen?' vraagt Hanna. 'Hoe zag die ruzie eruit? Werd het fysiek?'

'De laatste keer was heel intens. Dat was drie weken geleden, toen we op kantoor waren in Duved, eind januari. Ik werd bang van Linus, ik dacht echt dat hij gewelddadig zou worden. Bovendien waren zijn eisen buitensporig, gezien het feit dat hij de reden was dat het financieel slechter ging.'

'Op wat voor manier veroorzaakte hij problemen?' vraagt Daniel.

Marion zou willen dat ze niets meer hoefde te zeggen. Linus zou opnieuw woedend kunnen worden. Maar wat moest ze anders?

'Hij... drinkt,' antwoordt ze na een poosje. 'Hij heeft altijd al veel gedronken, maar het afgelopen jaar is het erger geworden. Vroeger was het alleen in de weekenden, nu gebeurt het ook doordeweeks.'

Ze wendt haar blik af en kijk naar buiten, naar de besneeuwde oprit waar normaliter Johans witte bestelwagen geparkeerd staat.

Ze voelt een steek in haar borst.

Haar lieve Johan.

'Als Linus drinkt, kan hij niet werken,' vervolgt ze. 'Het begon ermee dat hij soms opdrachten miste en deze winter escaleerde het. Johan probeerde het te verhullen, maar hij was niet in staat voor twee mensen te werken. Bovendien liepen de inkomsten terug, we konden immers geen facturen sturen voor de klussen waarvoor Linus niet was komen opdagen. Het afgelopen jaar was de winst een stuk lager dan het jaar ervoor.'

'Weet je waarvoor Linus geld nodig had?' vraagt Hanna.

Marion heeft zo'n droge mond dat ze amper kan praten, maar Hanna heeft al haar aandacht op haar gericht.

Ze wacht op een antwoord.

Er klinkt weer een gezoem uit haar zak, alsof Linus aanvoelt dat ze hier met de politie over hem zit te praten.

Ze drukt hem nog een keer weg. Haar vingers trillen als ze de telefoon aanraakt. Als hij maar niet ontdekt wat ze nu gaat zeggen.

'Ik... denk dat Linus een soort gokverslaving heeft,' zegt Marion. 'Ik heb hem een paar keer achter de computer zien zitten op kantoor toen hij niet wist dat ik er was. Toen zag ik dat hij de website van een online casino open had staan.'

Ze richt haar blik op het waterglas en stelt zich het tafereel op kantoor voor. Als Linus zijn gang had kunnen gaan, had het hele bedrijf kunnen omvallen. Uiteindelijk had Marion tegen Johan gezegd dat hij hem moest confronteren.

Ze had Linus nog nooit zo agressief gezien als die keer, toen Johan hem ter verantwoording had geroepen. Linus had ook vreselijke dingen gezegd over haar, dat zij de vriendschap tussen hem en Johan had kapotgemaakt.

Hij had haar naam bijna uitgespuugd.

Hanna hoort het met een schuin hoofd aan.

'Wat gebeurt er met het bedrijf nu Johan dood is?' vraagt ze. 'Erf jij het?'

Marion schudt haar hoofd. 'Ik erf maar vijftig procent van Johans aandeel. Linus erft de andere helft. Zo hebben ze het in het begin afgesproken, toen ze nog niet wisten hoe het zou lopen. De persoon die achterbleef, zou altijd de meerderheid van het bedrijf bezitten.'

Daniel kijkt naar zijn collega en dan naar Marion.

‘Dus nu is er niets wat Linus ervan kan weerhouden meer geld te onttrekken?’

‘Nee,’ geeft Marion toe, terwijl ze zijn boze gezicht voor zich ziet. ‘Dat klopt.’

Rebecka

2018
april

Ole staat zoals gewoonlijk op de parkeerplaats als Rebecka de kleuterschool uit loopt. Ze ploft op de passagiersstoel en maakt zo snel mogelijk haar autogordel vast. Hij houdt niet van wachten.

Maria staat in de deuropening. Ole heft zijn hand op en werpt haar een charmante glimlach toe. Hij is nooit mee naar binnen gegaan, maar heeft af en toe wel een vriendelijk praatje gemaakt met haar collega als Rebecka en zij tegelijk klaar waren.

Iets aan Oles gespannen kaken doet haar alarmbellen rinkelen.

'Is alles in orde?' vraagt ze.

Ole geeft geen antwoord, maar voert de snelheid op, ondanks de regen. De auto slipt over het natte asfalt en Rebecka moet haar hand uitsteken om zich vast te houden.

Ze krijgt een klomp in haar maag. In gedachten neemt ze de dag door. Vanochtend was alles nog normaal. Voordat ze naar haar werk moest, had ze ontbijt voor hem gemaakt en onderweg ernaartoe hadden ze het over koetjes en kalfjes gehad.

Ze kijkt omlaag naar haar kleding, heeft ze iets ongepasts aangetrokken? De lichtblauwe trui heeft ze al vele keren gedragen met zijn goedkeuring. Haar broek zit niet te strak.

Dan dringt het tot haar door.

Ze was laatst met Maria koffie gaan drinken in de lunchpauze. Ze waren naar het kleine cafeetje een straat verderop gelopen. Het was maar een paar keer gebeurd. Haar collega vroeg af en toe of ze meeging en Rebecka wilde niet onbeleefd zijn. Maria is altijd zo aardig en attent, ze waren vriendinnen geworden, ook al was Maria geen lid van het Licht des Levens. Rebecka kon niet eeuwig nee blijven zeggen.

Iemand uit de gemeente moest hen gezien hebben en het hebben doorverteld aan Ole.

Koortsachtig probeert ze te bedenken wat er tegen haar gebruikt zou kunnen worden. Ze hadden er hooguit een halfuur gezeten. Maria is zo grappig, het is moeilijk om niet te lachen om haar verhalen. Misschien was dat iemand opgevallen en had Rebecka de aandacht getrokken met een ongepast harde lach.

Ze gaan vandaag eten bij haar ouders, maar Ole rijdt een smal bosweggetje in. De auto valt abrupt stil.

Rebecka blijft doodstil zitten.

Ole draait zich naar haar om. 'Je hoort respect voor me te tonen.'

Zijn stem is zwaar en kil.

'De Heer heeft gezegd dat een vrouw haar echtgenoot moet gehoorzamen.'

'Dat weet ik,' fluistert Rebecka.

'Je moet niet zonder mij in het wilde weg door de stad lopen.'

Het is dus waar ze bang voor was, een lid van de gemeente moest haar gezien hebben.

Hoe kon ze zo onvoorzichtig zijn?

'Het zal niet meer gebeuren,' belooft Rebecka. 'Het spijt me.'

Ze snapt dat hij van streek is, ze had beter moeten weten. Ole wil perfectie, God ziet hen altijd.

Hij pakt haar hand en knijpt erin, het is pijnlijk, maar niet zo pijnlijk als de schaamte die in haar brandt.

'Als je dat nog één keer doet, is het de laatste keer dat je naar die kleuterschool gaat.'

Zou het echt Gods bedoeling zijn dat ze niet meer naar de kinderen mag gaan? Zou Hij haar zo hard straffen?

Ze is dol op haar werk. Het was nooit de bedoeling dat ze zo lang zou blijven bij Het Sneeuwklokje, maar Ole had nog geen nieuwe baan als accountant gevonden. In plaats daarvan richtte hij zich met hart en ziel op het Licht des Levens. Dominee Jonsäter legde hem steeds meer taken op, soms moest hij zelfs 's nachts opblijven om al zijn preken af te kunnen schrijven.

Hij is nog nooit zo gestrest geweest.

Het laatste wat hij nodig heeft is een vrouw die geen eerbied voor hem heeft of zijn belangrijke werk in naam van Jezus niet steunt.

'Ik zweer het,' herhaalt Rebecka. 'Ik zal het nooit meer doen.'

14

De mist ligt als een deken over het Åremeer als Daniel terugrijdt vanuit Staa. Het ene moment is het zicht nog helder en het volgende moment rijdt hij een muur van ondoordringbare grijze nevel binnen. Zijn gedachten zijn nog bij hun gesprek in de keuken van Linus. Hij had niet de indruk dat Linus verantwoordelijk was voor de dreiging tegen Johan. Of kon hij zo goed acteren dat hij het wist te verbergen?

Daniel begint zich af te vragen of er nog meer dingen zijn waarover hij zijn mond houdt.

'Wat denk jij van die financiële problemen van Linus, waar Marion het over had?' vraagt hij aan Hanna.

'Dat kwam als een verrassing.' Ze krabt aan haar nek. 'Net als het feit dat er blijkbaar sprake was van onenigheid tussen hem en Johan. Dat kwam totaal niet uit het gesprek naar voren.'

Daniel is het met haar eens. Linus had geen woord gezegd over de spanning tussen hem en Johan. Door Marions informatie over Linus' financiële problemen neemt de zaak een andere wending. Bovendien had ze verteld dat hij zich agressief had opgesteld.

'De vraag is hoe wanhopig Linus was,' zegt hij, terwijl hij afremt voor een vrachtwagen voor hen.

Hanna trommelt langzaam met haar vingers op haar bovenbeen en denkt na.

'We moeten die aandeelhoudersovereenkomst tussen Linus en Johan controleren,' zegt ze dan. 'En Linus' privéfinanciën onder de loep nemen. Als Marions informatie klopt, kan Linus een motief hebben om Johan dood te willen.'

Ze haalt haar mobieltje tevoorschijn.

'Ik zal nog eens proberen of ik die Carl Willner kan bereiken,' zegt ze, en ze toetst het nummer in. 'Misschien dat hij meer weet over hun relatie.'

Er wordt niet opgenomen, maar net als ze ophangt, krijgt ze een telefoontje. Uit het gesprek maakt Daniel op dat het de meldkamer in Umeå is.

'Goed nieuws,' zegt Hanna als ze haar mobieltje in haar zak stopt. 'Een patrouillewagen heeft Johans auto gevonden bij een kleine weg tussen Tångböle en Staa. Ter hoogte van Gevsjön, als dat je iets zegt?'

Daniel weet ongeveer waar het ligt.

'Carina is onderweg ernaartoe met een collega,' gaat Hanna verder.

Daniel werpt een blik op de klok. Het is bijna twaalf uur. Hij heeft Ida beloofd niet de hele zondag weg te blijven. Ze gaan later in de middag koffiedrinken bij haar moeder Elisabeth in Järpen.

Hij slaat af bij de eerstvolgende weg om te keren.

Dit gaat voor, het is niet anders.

Een kwartier later zijn Daniel en Hanna bij Gevsjön. Het blauwwitte politielint wijst hun de weg. Er is een gebied van een paar honderd vierkante meter afgezet en een politieauto staat net als gisteren midden op de weg.

Daniel ziet een witte bestelwagen verscholen naast een oud, bouwvallig huis staan. Het vervallen gebouw heeft kapotte ramen en aan de gevel ontbreken enkele planken. Slechts een deel van het voertuig steekt uit achter de hoek van het huis.

Daniel en Hanna lopen ernaartoe en begroeten Carina die er deze keer eerder is dan zij. Ze strekt haar hand uit en trekt een van de achterdeuren open.

Een ranzige geur slaat hun tegemoet.

'Jezuschristus,' zegt Daniel, en hij deinst terug.

Carina zet beide deuren wijd open zodat de geur minder misselijkmakend is. Desondanks is het bijna niet uit te houden.

Het doffe daglicht onthult het interieur van de auto. Het was Johans werkplaats op wielen. Planken zijn bevestigd aan de wanden en overal ligt loodgietersgereedschap. Zwarte kabels hangen aan haakjes aan het plafond en in een van de hoeken staat een zuiginstallatie.

Daniels aandacht wordt echter getrokken door de grote donkere vlekken op de rubbermat. Het ziet eruit en ruikt als opgedroogd bloed. Hij heeft geen getrainde politiehond of forensisch rechercheur nodig om dat vast te stellen.

'Ik denk dat we ons antwoord hebben op de vraag hoe Johan Andersson in Tångböle terecht is gekomen,' zegt Hanna op gedempte toon. 'Het is onwaarschijnlijk dat hier iemand anders heeft gelegen.'

'Denk je dat hij in de auto vermoord is?' vraagt Daniel.

'Daar lijkt het wel op.'

Daniel bestudeert het interieur op zoek naar een mogelijk moordwapen, maar hij ziet niets.

'Wat denk je van deze theorie...' zegt Hanna. 'De dader dumpte Johan langs Tångbölevägen om vervolgens hierheen te rijden en de bestelwagen zo goed als het ging te verstoppen. Daarna is de moordenaar opgehaald door een handlanger.'

'Dan waren er twee personen nodig, zoals we eerder al bespraken,' zegt Daniel. 'Eén om de bestelauto te besturen en één voor het andere voertuig.'

Hanna knikt. De sneeuw komt tot aan haar kuiten. Mopperend buigt ze zich voorover om het grootste gedeelte van haar laarzen te vegen.

'We weten niet of de moord gepland was of uit emotie is gepleegd,' benadrukt Daniel. 'Het was weliswaar een koelbloedige daad, maar dat betekent nog niet dat het goed was voorbereid. Er kan vrijdagavond iets uit de hand zijn gelopen, vlak voordat Johan op reis zou gaan.'

'Misschien hebben de persoon of personen die Johan bedreigden hem gevonden voordat hij de kans had te vertrekken? Dat leidde tot zijn moord en de noodzaak om van zijn bestelwagen af te komen.'

Hier kan Daniel wel mee instemmen.

Het is positief dat de auto gevonden is. Het was een gelukkig toeval, net als de vondst van Johans dode lichaam. Als die moeder gisterochtend niet was langsgereden, had hij net zo goed onder de sneeuw kunnen blijven liggen. Dan was hij waarschijnlijk pas gevonden in het voorjaar.

Ze hebben meer geluk gehad dan ze mochten verwachten.

Maar het is nog steeds niet duidelijk wie de moordenaar is.

15

Tegen de tijd dat Daniel en Hanna terug zijn op het bureau, is het al twee uur. Daniel heeft Ida een verontschuldigend appje gestuurd om te zeggen dat hij wat later is, maar dat hij er zo aan komt.

Ze zitten in de grote vergaderruimte met Anton en Raffe. Hanna heeft net een nieuwe poging gedaan Carl Willner te bereiken. Iedereen ziet er moe uit, behalve Anton, hij lijkt vol energie.

Zojuist heeft Daniel hun gesprekken met Linus en Marion samengevat.

Raffe leunt achterover met zijn armen over elkaar, zijn zwarte paardenstaart is vandaag vervangen door een knotje dat glanst in het licht van de plafondlamp.

'De vraag is wie het meest te vertrouwen is: Linus of Marion,' zegt hij bars. 'Het bevalt me niet dat de twee personen die het dichtst bij Johan stonden zulke verschillende uitlatingen doen.'

'Maar daar lijkt het wel op,' zegt Hanna. 'Linus laat zich niet erg positief uit over Marion. Hij beweert dat ze zich bemoeit met familiezaken van anderen en dat dit de reden is dat ze niet met elkaar overweg kunnen. Terwijl zij van mening is dat hij te veel drinkt en zich agressief opstelt, dat hij zijn werk niet goed doet.'

'Het een sluit het ander niet uit,' zegt Anton met een glimlach.

Daniel werpt een zijdelingse blik op hem. Wat heeft hij een goed humeur, zeg. Het contrast met de bittere houding van Raffe is opvallend. Anton ziet er bijna opgewekt uit, ook al zijn ze een tragische moord aan het onderzoeken.

'Ik vraag me af hoe het zit met Linus' bewering dat Johan van plan was op reis te gaan,' zegt Raffe.

'Marion heeft verklaard dat ze niets van Johans plannen afwist,' zegt Daniel. 'Maar ik vraag me af waarom Linus zoiets zou verzinnen, als hij achter de moord zit?'

'Als we ervan uitgaan dat Linus de dader is,' zegt Hanna, 'had hij dat verhaal over Johans plotselinge vertrek vermoedelijk al bij elkaar verzonnen. Toen zijn lichaam zo snel gevonden werd, besloot hij vast te houden aan zijn verhaallijn. Het was denk ik niet de bedoeling dat hij één dag na de moord al aangetroffen zou worden. Als hij "alleen maar" verdwenen was...' Ze maakt aanhalingstekens in de lucht en gaat verder. '... en Linus ons verteld had dat Johan van plan was op reis te gaan, zouden we op zoek zijn gegaan naar een vermiste persoon en niet naar een moordenaar. Dan had het onderzoek er heel anders uitgezien.'

Daniel strijkt over zijn kin. Zijn korte baardje schuurt langs zijn handpalm. Hij is er redelijk van overtuigd dat hun bezoek gisteren Linus had verrast. Hij had er onmiskenbaar geschokt uitgezien toen ze daar in de keuken zaten. Maar misschien kwam dat niet door het nieuws over Johans dood, maar doordat zijn lijk zo snel gevonden was?

Linus had niet de tijd gekregen zich voor te bereiden. Als hij al een uitleg had bedacht, was het niet onmogelijk dat hij zich daaraan had gehouden, ook al waren de omstandigheden veranderd. Precies zoals Hanna voorstelde.

Daniel staat te trappelen om Linus' huis te doorzoeken, maar voor een dergelijke beslissing hebben ze niet genoeg bewijs. Ze moeten de informatie die ze van Marion hebben gekregen over Linus' financiële situatie natrekken en de uitkomst van het forensisch onderzoek van de bestelwagen afwachten. Carina is een zorgvuldige en competente forensisch rechercheur. Als er vingerafdrukken, DNA of andere zaken te vinden zijn die hun hypothese kunnen onderbouwen, zou zij het opsporen.

'We moeten zo snel mogelijk Linus' financiële situatie onder de loep nemen om te zien hoe het zit,' zegt hij tegen Raffe. 'Kun jij contact opnemen met de Belastingdienst en de banken?'

'Natuurlijk, dat regel ik.'

Daniel richt zich tot Hanna. 'Wat doen we met Johans beste vriend? Die Willner, die zijn telefoon niet opneemt?'

Hanna zet haar ellebogen op tafel en leunt met haar kin in haar handen. 'Ik was van plan om even bij hem langsgaan als we hier klaar zijn. Hij woont in Duved, op Karolinervägen. Heeft iemand zin om mee te gaan?'

Daniel kijkt hoe laat het is. Het is vijf voor drie. Eigenlijk moet hij de vergadering afronden en naar huis gaan, naar Ida. Ze heeft niet gereageerd op zijn appjes en zal waarschijnlijk niet blij zijn dat hij zo laat is voor hun koffieafspraak bij haar moeder.

Maar het is echt belangrijk dat ze Willner spreken.

'Ik kan wel meegaan,' zegt Anton, terwijl hij zijn hand opsteekt. 'Ik woon toch in Duved.'

'Dat komt goed uit,' zegt Hanna.

Daniel staat op het punt te zeggen dat hij ook wel mee kan gaan, ook al heeft hij helemaal geen tijd, maar Raffe voert het gesprek in een andere richting.

'Wat betreft de identiteit van het slachtoffer, dat het gaat om Johan Andersson... daar wordt momenteel veel over geschreven op sociale media. Weten we al wanneer de naam van het slachtoffer openbaar wordt gemaakt?'

'Ik geloof dat Grip rond vijf uur een persconferentie zou geven,' antwoordt Daniel.

Zelf heeft hij een hekel aan publieke optredens. Toen Grip hem vroeg het PMOZG-team te leiden, was dat zijn enige voorwaarde, dat hij niet op dat podium zou hoeven zitten om al die idiote vragen van journalisten te beantwoorden.

'Dat is maar goed dan, denk ik,' zegt Raffe. 'Het internet staat bol van de speculaties.'

De vergadering is voorbij en Daniel staat op. Hij hoort Anton en Hanna een paar woorden wisselen over Willner en bespreken met welke auto ze naar Duved zullen rijden.

Hij voelt een steek van schuldgevoel.

Eigenlijk hoort hij zelf mee te gaan naar Johans beste vriend. Hij is een sleutelgetuige en Daniel is tenslotte de onderzoeksleider. Maar op dit moment gaat Ida voor, ze is al bijna het hele weekend alleen met Alice.

Hij wil een goede partner zijn en een vader die aanwezig is, iemand die er is voor zijn gezin. Ook al voelt het een stuk belangrijker om langs te gaan bij Carl Willner dan koffie te drinken met zijn schoonmoeder.

Hij heeft echter geen idee hoe hij dat aan Ida moet uitleggen.

16

Hanna heeft achterhaald dat Carl in een appartement ten oosten van het centrum van Duved woont. Hij is even oud als Johan, vrijgezel en werkt als projectleider bij de gemeente Åre.

Ze rijdt achter Anton aan. Omdat hij in Duved woont, hebben ze ieder hun eigen auto genomen, zodat hij niet meer terug hoeft naar Åre als ze klaar zijn. Als Hanna Karolinervägen in rijdt, ziet ze de statige kerk van Duved uit de negentiende eeuw. De houten kathedraal rijst uit boven de omgeving. Het is een imponerende creatie met drie hoge torens die plek biedt aan negenhonderd personen.

De zon is tevoorschijn gekomen en de glas-in-loodramen weerspiegelen het licht. Het gebouw steekt mooi af tegen de ijsblauwe hemel.

Hanna realiseert zich dat ze er als kind een keer geweest is voor het kerstfeest. Ze herinnert zich nog een kerststal met felgekleurde decoraties en hoge kaarsen bij het koor. Een koor van kinderen met ronde wangen zong 'Stille nacht'.

Hoe oud was ze toen? Niet ouder dan zes of zeven jaar. Meestal brachten ze de voorjaarsvakantie door in Åre, maar die keer waren ze er ook met kerst heen gegaan.

Iemand hield haar hand vast. Waarschijnlijk haar vader, haar moeder raakte haar zelden aan, die was niet zo van de tedere gebaren en kusjes. Lydia zat naast haar, ze had snoepjes bij zich en gaf er een paar aan Hanna toen ze niet stil wilde zitten.

Het was een andere tijd geweest, een tijd waarin ze de vele gruwelijkheden van de wereld nog niet kende.

De herinnering verdwijnt even snel als ze is opgekomen.

Ze kijkt op de klok op het dashboard. Lydia en haar gezin zouden de middagvlucht uit Stockholm nemen. Ze landen rond vier uur op het vliegveld van Östersund. Dan zouden ze tegen halfzes in Sadeln moeten zijn.

Ze verheugt zich er echt op om haar zus en haar gezin te zien. Lydia had Hanna niet alleen bijgestaan bij de ruzie met haar vorige werkgever, maar was ook een grote hulp geweest bij de kwestie met Christian over het appartement dat ze samen hadden gedeeld. Het was aanzienlijk in waarde gestegen sinds ze er vijf jaar geleden waren ingetrokken. Lydia had geprobeerd Christian ertoe te bewegen Hanna een deel van de winst te geven als hij het verkoopt om iets anders te kunnen kopen, ook al is hij formeel degene die als eigenaar geregistreerd staat.

De gedachte aan haar ex bezorgt Hanna zoals gewoonlijk een slecht humeur.

Het is nu twee maanden geleden dat hij het had uitgemaakt. Ze had geen flauw idee gehad dat hij achter haar rug om met iemand anders was gegaan. Inmiddels woont hij samen met Valérie en post hij de ene na de andere fantastische foto op sociale media. Ze gaan uit eten, weekendjes weg naar een kasteel en maken heerlijke wandelingen in prachtige parken.

Hanna weet dat ze beter niet naar de foto's op zijn Facebookpagina kan kijken, maar af en toe, vooral 's avonds laat, doet ze het toch.

Niet omdat ze hem terug wil, dat stadium is ze voorbij. Maar de woede is niet overgegaan, ze voelt zich nog steeds verraden en misleid. Het feit dat haar moeder Christian en Valérie ook nog eens bij haar thuis heeft uitgenodigd, is simpelweg te veel.

Kon ze maar wat geld krijgen voor hun appartement. Dat zou een vorm van genoegdoening geven. Vooral omdat ook zij had meebetaald aan de rente en maandelijkse aflossingen in de jaren dat ze er had gewoond.

Hanna grimast om haar eigen naïviteit. Ze was rechtstreeks in de klassieke valkuil van veel vrouwen gelopen: wel de uitgaven delen, maar op papier geen eigenaar zijn. Eigenlijk heeft ze het aan haarzelf te wijten als ze met lege handen achterblijft.

Hoe dom kun je zijn?

Voor haar zet Anton zijn richtingaanwijzer aan en slaat af naar een parkeerplaats voor een rood appartementengebouw. Hanna volgt zijn voorbeeld en zet de motor uit. Ze heeft geen tijd om zich op te vreten over Christian, ze heeft werk te doen.

Als Carl Willner nu maar thuis is en hen dichter bij een oplossing van de moord kan brengen.

Rebecka

2018
augustus

Het zondagavonddiner bij Ole en Rebecka thuis met dominee Jonsäter en zijn vrouw Karin is net afgelopen. Rebecka zegt hen gedag in de hal en Karin bedankt haar nog een laatste keer. De mannen zijn al naar buiten gegaan en staan te praten op de buitentrap.

Jonsäter slaat zijn arm vaderlijk om Oles schouders en zegt iets tegen hem. Rebecka glimlacht, ze weet hoeveel zijn waardering voor haar echtgenoot betekent.

De auto rijdt weg en Ole komt weer naar binnen. De glimlach die hij hun gasten zojuist had geschonken is verdwenen, zijn gezichtsuitdrukking is gesloten en grimmig.

Rebecka werpt een bezorgde blik op hem. Zijn zwijgen maakt haar zenuwachtig.

'Het was gezellig, hè?' zegt ze om de bedrukte sfeer te doorbreken.

'Vind je?'

Rebecka voelt een steek in haar maag en probeert zo goed mogelijk terug te denken. Ze begrijpt dat ze een fout heeft gemaakt, maar weet niet goed welke misstap ze heeft begaan.

Ze had Ole haar jurk en kapsel laten kiezen, omdat het zo'n belangrijke avond was. Er waren maar weinig mensen die de leider van de kerkgemeente thuis mochten uitnodigen. Ze had haar best gedaan Ole tijdens de maaltijd te steunen en had extra om zijn grapjes gelachen. De hele avond had ze zorgvuldig opgelet om niet te veel aandacht te trekken.

Ze had overduidelijk gefaald.

De zon zakt weg achter de bomen. Als er een frisse bries door het raam naar binnen waait, huivert Rebecka. Ze kijkt heimelijk naar Ole en probeert zijn gezichtsuitdrukking te lezen, maar het lukt haar niet.

De charmante man, die zojuist nog ontspannen met de dominee stond te praten, is compleet verdwenen. Ze staat net op het punt te zeggen dat ze gaat opruimen in de keuken, als Ole haar hardhandig bij haar arm grijpt.

'Dat flik je me niet nog eens.'

Zijn toon is fel. Hij steekt dreigend zijn wijsvinger naar haar op.

Rebecka doet haar best het te begrijpen.

'Wat heb ik gedaan?' vraagt ze.

'Doe niet alsof je onschuldig bent.' Ole laat haar niet los. 'Dacht je dat ik zou accepteren dat je me keer op keer onderbreekt ten overstaan van Jan-Peter?'

Minachting schittert in zijn ogen. Hij duwt haar voor zich uit, naar de woonkamer.

'Waar komt die ziekelijke behoefte om voortdurend in het middelpunt te staan vandaan? Alsof je denkt dat iedereen jouw idiote gezwets wil aanhoren.'

Rebecka kan zich niet herinneren dat ze veel had gezegd, maar hij heeft vast gelijk. Ze had beter op haar woorden moeten letten.

'Sorry,' fluistert ze. 'Dat was niet de bedoeling.'

'Geloof jij echt dat je zo interessant bent?' zegt Ole.

Hij geeft haar opnieuw een duw waardoor ze bijna haar evenwicht verliest.

'Ik probeerde niet interessant te doen,' zegt Rebecka zacht.

'Je bent een verwaande, ijdele vrouw!' brult hij. 'Weet je wat Jesaja daarover zegt?'

Rebecka krimpt ineen. Ze mag haar man niet tegenspreken. Dat is verkeerd, dat weet ze heel goed. Maar ze heeft niet gedaan waar hij haar van beschuldigt. Ze heeft hem niet onderbroken, zo ging het niet. Ze had juist heel goed opgelet om op de achtergrond te blijven.

Ze snapt niet waarom hij zo boos is.

Kan het te maken hebben met zijn teleurstelling over hun kinderloosheid? Of stress over het feit dat hij nog geen nieuwe baan gevonden had? Het is altijd erg belangrijk voor Ole dat dingen perfect zijn.

De onrechtvaardigheid ervan maakt dat ze haar mond opendoet.

'Alsjeblieft,' zegt ze met een brok in haar keel. 'Moet je altijd alles zo verkeerd opvatten?'

Ole blijft voor haar staan. Hij kijkt haar aan alsof ze iets ongelooflijks heeft gezegd.

'Geef je mij nu de schuld van de situatie? Je man? Na alles wat jij hebt gedaan?'

Eerst klinkt hij onthutst, dan wordt zijn stem vlijmscherp. 'Heb jij helemaal geen verstand in die domme hersens van je?'

Rebecka beseft dat ze te ver is gegaan.

'Zo bedoelde ik het niet,' stamelt ze. 'Ik geef je niet de schuld.'

Ole zet een stap naar haar toe. Ze krijgt geen enkele waarschuwing. Hij haalt simpelweg uit en ramt zijn gebalde vuist in haar buik.

De klap is zo hard dat Rebecka op de grond valt. Ze krimpt ineen van de pijn en kan niet ademhalen. Tranen stromen over haar wangen van schrik, ze kan zich niet beheersen.

Oles blik is duister en angstaanjagend.

'Kijk nou wat je me laat doen!' schreeuwt hij.

Ze hoort hoe hij zijn jas grijpt en naar buiten gaat, meer dan dat ze het ziet.

De deur slaat met een klap dicht. Rebecka ligt nog steeds op het vloerkleed. De shock is bijna erger dan de pijn. Ze heeft niet alleen gezondigd tegen haar man, maar ook tegen God.

Ze heeft ervoor gezorgd dat Ole haar heeft geslagen.

Hoe kon ze het zover laten komen?

17

Het appartement ligt halverwege de tweede verdieping. Op de deur waar Anton aanbelt staat WILLNER.

'Hopelijk is hij nu thuis,' zegt hij tegen Hanna die op de trap staat te wachten.

Als er niemand opendoet, drukt hij nog een keer op de deurbel. Ten slotte laat hij zijn wijsvinger extra lang op de knop rusten, zodat het geluid duidelijk doorklinkt.

De deur wordt opengerukt door een goedgebouwde man van in de dertig met een witte badstof handdoek om zijn heupen. Tijdens het opendoen droogt hij zijn haar af met een andere handdoek.

'Wat is er aan de hand?' snauwt hij nog voordat de deur helemaal open is. 'Rustig aan!'

Dan zwijgt hij opeens verbijsterd terwijl hij naar Anton staart.

Die naar hem terugstaart.

'O jee,' zegt Carl.

Het duurt een paar seconden voordat Anton zichzelf in de hand krijgt. Hanna lijkt in de gaten te hebben dat er iets niet klopt. Haar blik schiet heen en weer tussen de twee mannen.

'Kennen jullie elkaar?' vraagt ze.

Anton komt weer bij zinnen. Hij doet net alsof hij Hanna's vraag niet gehoord heeft en houdt zijn politie-identificatie omhoog.

'Ben jij Carl Willner?' vraagt hij.

Hij probeert normaal te klinken, maar het lukt maar deels, omdat hij en Carl nog maar een paar uur geleden samen in Antons bed lagen.

'Eh... ja?'

Zijn antwoord is kort. Ook Carl is verrast. De gespannen stilte duurt eindeloos en Hanna kijkt alsof ze Anton een duw wil geven en wil zeggen dat hij zichzelf onder controle moet houden.

Hij doet zijn best, maar hij weet niet hoe hij zich een houding moet geven. Het laatste wat hij kan doen is Hanna uitleggen hoe het zit. Dat hij en Carl elkaar gisteravond waren tegengekomen bij Bygget en samen de nacht hadden doorgebracht.

Zijn handpalmen beginnen te zweten. Op een of andere manier moet hij het aankomende uur zien door te komen.

Hanna zet een paar stappen naar voren en gaat naast Anton staan.

'We moeten je ergens over spreken,' zegt ze tegen Carl. 'Mogen we binnenkomen?'

'Waar gaat het over?'

'Het is denk ik beter als je je eerst even aankleedt, zodat we kunnen gaan zitten.'

Carl knikt en verdwijnt de slaapkamer in terwijl Hanna en Anton plaatsnemen in de woonkamer, waar een lichtgekleurde leren bank staat. Op de ronde glazen tafel liggen fitnesstijdschriften. Anton herkent ze, hij heeft er thuis ook een aantal.

Hanna werpt hem een vragende blik toe.

'Gaat het?' vraagt ze zacht.

Anton probeert te glimlachen. 'Zeker. Ik ben gewoon moe denk ik. Ik was gisteren naar Bygget met Karro.'

Godzijdank stelt ze verder geen vragen.

Na een paar minuten komt Carl terug. In een spijkerbroek en een wit T-shirt op blote voeten. Zijn biceps zien er in het daglicht net zo goedgetraind uit als vannacht. Anton doet zijn best professioneel te zijn, maar hij voelt zich extreem ongemakkelijk bij de situatie. Het is een grote zeldzaamheid dat hij mensen oppikt in de kroeg. Åre is veel te klein en hij houdt zijn privéleven liever voor zichzelf. In de grote stad maakt het misschien niet uit wat je geaardheid is, maar hier in het noorden is dat anders. Ondanks alle toeristen is Åre een klein plaatsje met een typische plattelandsmentaliteit. De politie is een ouderwetse werkomgeving en de korpsgeest is conservatief.

Dat is ook de reden dat hij nog niet uit de kast is gekomen op zijn werk. Hoeveel homograppen hij niet heeft gehoord in de tien jaar sinds hij op de politieacademie begon, kan hij niet eens meer uittellen.

'We hebben geprobeerd je te pakken te krijgen,' zegt Hanna op verwijtende toon. 'Waarom nam je de telefoon niet op?'

Eerst kijkt Carl onthutst dan spreidt hij zijn armen. 'Waren jullie dat, die met een onbekend nummer belden?'

'Ja.'

'Sorry, maar dat soort telefoontjes neem ik niet op.'

'Heb je je voicemail niet afgeluisterd?'

Carl haalt zijn schouders op. 'Nou ja... ik ben gisteren uit geweest en het is behoorlijk laat geworden.' Hij werpt Anton een veelbetekenende blik toe.

Anton doet zijn best het te negeren.

'Ik ben net opgestaan,' zegt Carl zonder enige gêne. 'Ik heb nog niet de gelegenheid gehad om mijn voicemail te checken.'

Anton herinnert zich hun zoen voordat Carl bij hem vertrok. Zijn oren beginnen te gloeien, maar tegelijkertijd krijgt hij het onaangename gevoel dat Carl nog niet weet wat zijn beste vriend is overkomen.

Op milde toon zegt Hanna: 'We moeten je spreken over je vriend, Johan Andersson.'

Carl lijkt er niets van te begrijpen. 'Wat is er met Johan?'

Hanna aarzelt, alsof ook zij zich heeft gerealiseerd dat Carl niet van de situatie op de hoogte is. Dan zegt ze: 'Hij is gisterochtend dood aangetroffen, hij is om het leven gebracht.'

Het wordt doodstil in de kamer. De seconden duren ondraaglijk lang en Anton ziet hoe Carls gezicht verandert.

'Hoe bedoel je?' vraagt Carl met grote ogen. 'Is Johan dood?'

Hanna kijkt hem medelijdend aan en knikt.

'Dat kan niet!'

'Helaas is dat wel het geval,' zegt ze. 'Het spijt me echt je zulk droevig nieuws te moeten brengen. Daarom probeerden we je te bereiken.'

Carl sluit zijn ogen.

Anton heeft zin om een hand op zijn arm te leggen, hem aan te raken, te troosten, maar dat is uitgesloten met Hanna in de buurt. Normaal gesproken zou hij hartelijk zijn en medemenselijkheid tonen, maar nu zit hij er stokstijf bij.

Hij kan nog steeds niet goed geloven dat hij de nacht heeft doorgebracht met Johans beste vriend, een belangrijke getuige.

'Jezus...' zegt Carl na een lange stilte. 'Ik weet niet wat ik moet zeggen.' Hij snakt naar adem. 'Om het leven gebracht, zei je? Dus hij is degene die gisteren in Tångböle gevonden is?'

'Ja. Het spijt me.'

Carl vouwt zijn handen voor zich in zijn schoot.

'Ik begrijp dat het niet makkelijk is,' zegt Hanna voorzichtig, 'maar er zijn wat vragen die we je moeten stellen.'

Carls ogen zijn vochtig geworden.

'Kun je om te beginnen vertellen waar jullie elkaar van kenden?'

Hanna neemt de leiding over het gesprek, daar is Anton dankbaar voor. Hij heeft nog steeds moeite zich een houding te geven bij de situatie.

'We zijn jeugdvrienden,' zegt Carl.

Zijn stem hapert, hij lijkt op het punt te staan in huilen uit te barsten.

'We zaten bij elkaar op school. Ik deed ook aan wedstrijdskiën, maar kwam niet in de buurt van het niveau van Johan. We zijn altijd goede vrienden gebleven en toen hij weer terugkeerde in Zweden, was het alsof hij nooit was weggeweest.'

Anton durft Carl amper aan te kijken. Hij moet zichzelf in de hand zien te krijgen, hij kan niet het hele verhoor aan Hanna overlaten.

Hij is hier voor zijn werk.

'Wanneer heb je Johan voor het laatst gezien?' vraagt hij.

Hij wil professioneel overkomen, maar het klinkt eerder houterig.

'Vrijdagavond, bij Pigo.'

Anton kent Pigo goed. Het is een van de gezelligste restaurants in Duved, met een rustiek interieur en een grote open haard. Hij heeft er ontelbare pizza's gegeten door de jaren heen.

'Kun je vertellen over jullie afspraak?' vraagt Hanna. 'Hoe meer details, hoe beter.'

Carl slikt een paar keer. 'We hadden om zeven uur afgesproken. Johan was een beetje laat.'

'Zei hij waarom?' wil Hanna weten.

'Alleen dat hij het heel druk had op dat moment.'

‘Kwam hij normaal over?’ vraagt Hanna. ‘Hoe was zijn humeur?’

Carl zoekt naar woorden. ‘Johan was bijna altijd in een goed humeur, maar hij was ongewoon... opgejaagd, als je begrijpt wat ik bedoel? Hij kon moeilijk stilzitten, alsof hij voortdurend afgeleid was.’

‘Hadden jullie het over iets specifieks?’

‘Nee, we kletsten maar wat, over de gebruikelijke dingen, ijshockey en zo. Hoe Modo het zou doen bij de volgende wedstrijd.’

Carls gezicht betrekt. Anton moet zichzelf echt bedwingen om niet troostend zijn hand uit te steken.

‘Sorry,’ mompelt Carl, en hij veegt een traan weg. ‘Het is gewoon niet te bevatten.’

‘Het geeft niet,’ zegt Hanna. ‘We hebben geen haast.’

‘Vertelde Johan waarom hij zo opgejaagd was?’ vraagt Anton in een poging iets bij te dragen.

‘Nee. Maar Johan is normaliter een heel rustig persoon, daarom viel het me op. Het was niets voor hem om zo ongedurig te zijn. Bovendien ging hij na twintig minuten alweer weg, ook al hadden we afgesproken om samen een pizza te eten.’

‘Legde hij uit waarom?’

‘Hij zei alleen dat hij een hoop op zijn bord had. Hij zou kennelijk de volgende dag op reis gaan en moest nog pakken.’

Hanna kijkt naar Anton. Het is niet moeilijk om de betekenis in te zien van wat Carl zojuist heeft gezegd. Hij heeft bevestigd wat Linus had gezegd: dat Johan ergens heen zou gaan. Dan had Linus daar dus niet over gelogen.

Maar Johans vrouw had gezegd dat ze niets van die reis afwist. Dat zou kunnen betekenen dat Johan nooit de kans heeft gekregen naar haar terug te keren voordat hij werd aangevallen.

‘Weet je waar hij heen zou gaan na het restaurant?’ vraagt Anton.

‘Naar huis, vermoed ik.’

‘Je hebt geen idee waar Johan van plan was heen te reizen?’ vraagt Hanna. ‘Of hij naar het buitenland zou gaan of in Zweden zou blijven?’

‘Nee.’

Het blijft stil. Carl perst zijn lippen op elkaar, alsof hij wordt overvallen door emoties.

'Ik kreeg de indruk dat hij blij was om weg te gaan,' voegt hij eraan toe. 'Ook al zat hij echt op hete kolen. Alsof hij te veel aan zijn hoofd had.'

Ergens klopt er iets niet. Anton ziet dat Hanna net zo onthutst is als hijzelf. Tot nu toe was hun hypothese gebaseerd op de gedachte dat Johan genoodzaakt was te vertrekken vanwege een dreigende situatie.

In dat geval zou hij niet bepaald opgewekt zijn geweest over zijn reis.

'Hoe laat is Johan uit het restaurant vertrokken?' vraagt Anton.

'Even kijken... vlak voor halfacht. De rest zou om half komen, maar hij ging ervandoor voordat ze er waren.'

'Weet je of hij met zijn bedrijfsauto gekomen was?' vraagt Hanna.

'Ik denk het. Hij nam alleen een alcoholarm biertje, geen gewoon bier, omdat hij nog moest rijden.'

Anton probeert het gesprek in gedachten samen te vatten. Er was ruim twaalf uur verstreken tussen het restaurantbezoek en het tijdstip waarop Johans lichaam was gevonden aan Tångbölevägen.

Waar was hij in die periode geweest?

'Zijn we bijna klaar?' vraagt Carl met samengeknepen stem.

'Bijna,' antwoordt Hanna.

Carl zakt achterover in zijn fauteuil. Het begint al donker te worden, ook al is het nog steeds middag. Donkere wolken hebben de zon weggejaagd en een grijs licht is buiten neergedaald.

In de duisternis van het appartement ziet Carl er bleek en gekweld uit, compleet anders dan de charmante man die Anton gisteravond bij Bygget had ontmoet.

Anton zou willen dat hij zijn arm kon uitstrekken en Carls hand kon pakken. Of liever nog dat hij hem een stevige knuffel kon geven.

'Je zei dat Johan en jij jeugdvrienden waren,' zegt Hanna. 'Dan ken je Linus Sundin ook wel? Johans zakenpartner?'

Carl knikt. 'Wij zaten ook samen op school.'

'Kun je iets vertellen over de relatie tussen Linus en Johan?'

'Het ging zozo,' zegt Carl.

'Kun je dat toelichten?' vraagt Hanna. 'In welke zin ging het "zozo"?'

'Johan en Linus hadden... nogal een andere kijk op hun bedrijf.'

Hanna zegt niets. Ze wacht tot Carl verdergaat, ook al voelt hij zich overduidelijk bezwaard.

Anton is onder de indruk. Ze is een vakkundige politieagente, met een goede verhoortechniek. Bij de minste gelegenheid, dringt ze tot in iemands binnenste door.

'Linus drinkt te veel,' zegt Carl met tegenzin. 'Dat heeft hij altijd al gedaan, maar de laatste tijd is het erger geworden. Iedereen weet het, maar je weet hoe dat gaat... Het is niet zo makkelijk om iemand te vertellen dat hij beter wat minder alcohol kan drinken.'

'Weet je of Johan dat had gedaan?' vraagt Anton.

'Nee. Maar Johan maakte zich zorgen, dat weet ik wel. Marion deed de boekhouding en zij maakte zich ook zorgen. Het bedrijf leed eronder als Linus een kater had en niet op het werk verscheen. Johan zelf is heel gematigd, hij drinkt maar weinig.'

Als hij zijn verspreking opmerkt, valt Carl stil.

'"Dronk", bedoel ik.'

Er valt een ongemakkelijke stilte.

'Nou ja...' gaat Carl verder, en hij kucht even. 'Johan en ik houden er allebei niet van om heel dronken te worden. Maar Linus heeft die... beperking niet.'

Carl slaat zijn blik neer en vlecht zijn vingers in elkaar.

Hoewel Anton zijn best doet het te laten, kan hij niet voorkomen dat hij moet denken aan wat ze die nacht hadden gedaan, toen ze in elkaar verstrengeld in zijn bed hadden gelegen.

'Linus was altijd al een stevige drinker,' vervolgt Carl. 'We maakten er vaak grapjes over dat hij meestal zijn best deed er het ergst aan toe te zijn, maar nu lijkt hij de controle kwijt te zijn.'

'Weet je of Linus nog andere problemen heeft?' wil Hanna weten.

De vraag doet Carl opkijken. 'Hoezo?'

'Gebruikt hij drugs?' vraagt ze ter verduidelijking. 'Heeft hij een gokverslaving?'

'Dat is me nooit opgevallen.'

'Wordt Linus agressief of gewelddadig als hij dronken is?' voegt Anton eraan toe.

'Dat is weleens voorgekomen,' zegt Carl.

Dan hapt hij naar adem. Anton kan bijna zien hoe het besef ten volle tot hem doordringt.

'Denken jullie dat Linus Johan gedood heeft?'

Rebecka

2019
mei

Rebecka's bewegingen zijn zwaar en traag als ze 's ochtends bij de kleuterschool aankomt. Het is een stralende lentedag en de lucht voelt al warm hoewel het pas net acht uur is geweest, maar al haar botten doen pijn.

Ole had haar gisteren weer geslagen.

Ze kan zich amper meer herinneren hoelang het al gaande was, ze weet niet meer hoe het was tussen hen voordat het begon. Deze keer snapte ze niet eens waarom. Hij kwam gewoon thuis met een slecht humeur en alles wat ze deed of zei was verkeerd. Het enige excuus dat hij nodig had, was dat hij ontdekte dat er een sok was verdwenen in de was.

Het is alsof ze op eieren loopt als hij zo is, alsof hij gewoon wacht op een reden om uit te barsten. Maar ondertussen is de angst die eraan voorafgaat net zo groot. Af en toe is ze bijna opgelucht als de klap komt, dan weet ze tenminste dat het nog een aantal dagen duurt tot de volgende keer.

Ole biedt nooit zijn excuses aan na afloop. Meestal is het alsof er niets gebeurd is en laat hij niets merken. Soms zegt hij dat ze hem dwingt haar te straffen. Ze is te opstandig, een slechte echtgenote. Hij is enkel het werktuig van de Heer.

Ze moet leren God te vrezen.

Gisteravond, toen ze zachtjes in bed lag te huilen, was Ole bij haar onder de deken gekropen. In het donker had hij zijn handen over haar lichaam laten gaan, hij had haar nachtjapon omhooggeschoven en was boven op haar gaan liggen.

Alles deed pijn toen hij bij haar binnendrong, maar ze was te bang om te protesteren. Dan zou hij misschien opnieuw boos worden.

En haar nog meer slaan.

Rebecka had niet gedacht dat ze naar haar werk kon gaan vandaag. Toen ze haar roodbetraande gezicht in de badkamerspiegel zag, wilde ze niets liever dan zich ziek melden, maar Ole was zich al aan het klaarmaken om haar met de auto naar Het Sneeuwklokje te brengen. Ze durfde niet te beginnen over thuisblijven.

Bovendien hebben ze het geld nodig dat ze verdient.

Ole heeft nog steeds geen nieuwe aanstelling gevonden, ook al is het al bijna twee jaar geleden dat hij zijn baan verloor bij het accountantskantoor. Ze weet niet eens of hij nog wel op zoek is naar een andere baan, omdat de kerkgemeente al zijn tijd opslokt.

Rebecka heeft haar vader en dominee Jonsäter Ole al vaak horen complimenteren met zijn plichtsgetrouwheid. Ze vraagt zich af of ze beseffen hoe hij zijn eigen vrouw behandelt als niemand het ziet.

Ze weet niet wat erger is, dat ze weten wat de situatie is of dat ze liever hun ogen sluiten voor de waarheid.

Wat zou God daarvan zeggen?

Het maakt niet uit, God geeft niet om haar tranen. Anders zou hij Ole niet zo laten doorgaan.

Op het moment dat Rebecka haar jas aan het haakje hangt, komt Maria aanlopen met een kop koffie in haar hand, zoals gewoonlijk met een stralend gezicht. Maria is inmiddels een van haar beste vriendinnen geworden, ook al is ze niet gelovig.

De kleuterschool is het lichtpuntje in Rebecka's leven. De enige plek waar ze zich veilig voelt.

Als Maria bij Rebecka aankomt, zakken haar opgetrokken mondhoeken omlaag.

'Gaat het goed met je?' flapt ze eruit. 'Ben je ziek aan het worden?'

Rebecka beseft dat ze er bedroevend uit moet zien. Ze probeert te doen alsof er niets aan de hand is. Waarschijnlijk heeft ze haar ribben gekneusd, misschien is er zelfs een gebroken, maar ze durft niet naar een dokter te gaan. Ze weet niet wat ze moet antwoorden als ze vragen krijgt over wat er gebeurd is.

Zou God haar straffen als ze onthult dat haar man haar dit heeft aangedaan?

'Je ziet er ellendig uit,' gaat Maria verder. 'Kun je wel werken vandaag?'

Rebecka forceert een bleke glimlach. 'Ik heb gewoon slecht geslapen,' liegt ze. 'Het gaat vast beter als ik een kop koffie opheb.'

Maria werpt haar een moeilijk te peilen blik toe.

Het afgelopen jaar, naarmate Ole steeds onberekenbaarder was geworden, had ze diverse keren gevraagd hoe het thuis ging, en Rebecka had steeds ontwijkend geantwoord. Maria probeerde haar duidelijk de hand te reiken, maar de schaamte was te groot om haar collega in vertrouwen te nemen.

Ze kan niet vertellen over Ole, over de angst die ze voelt voor haar eigen man.

Het is haar eigen schuld dat ze in deze situatie is beland. Kon ze maar wat liefdevoller zijn en vaker het juiste doen, dan zou Ole zich vast niet zo tegen haar gedragen.

Het is haar eigen schuld.

Bovendien is ze bang voor de gevolgen. Als ze de moed opvat om te vertellen over Ole, zal Maria zeggen dat ze bij hem weg moet gaan. Dan moet Rebecka haar hele leven opgeven. De gemeente, haar vrienden, haar neven en nichten. Haar ouders zouden het contact met haar verbreken, ze zou verstoten worden. Zelfs Lisen zou niet meer aan haar kant staan.

Oles toekomst als dominee zou misschien verpest zijn.

Hoe kon ze hem zoiets aandoen?

18

Ida merkt dat Daniel op hete kolen zit. Ze zijn pas vijfentwintig minuten bij haar moeder Elisabeth, maar hij ziet er nu al rusteloos uit.

Ze wordt overspoeld door teleurstelling.

Een paar uurtjes kan hij toch wel opofferen aan zijn familie? Hij is het hele weekend van huis geweest terwijl zij verlangde naar zijn gezelschap.

Ze zitten in de geel geschilderde keuken in het appartement van haar moeder in Järpen, waar ze sinds haar scheiding woont. Ida en haar zus Sara waren toen nog maar drie en vijf jaar oud. Het contact met hun vader is niet goed.

Haar moeder heeft koffie, kaneelbroodjes en koekjes op tafel gezet. Alice zit bij Ida op schoot en is vrolijk. Ze speelt en zuigt op een stukje witbrood.

Sara stapt de keuken binnen en steekt haar armen uit naar haar nichtje.

'Dag lieverd,' kirt ze terwijl ze Alice een knuffel geeft. 'Kun je dag zeggen tegen je tante?'

Daniel frutselt aan het mobieltje in zijn achterzak. Ida probeert te doen alsof ze het niet ziet. Ze waren een uur te laat gekomen doordat hij zo lang op het bureau was gebleven. Nu moest hij toch wel kunnen ontspannen?

Hij heeft rust nodig, dat zie je aan hem.

'Hoe gaat het op je werk?' vraagt Elisabeth vriendelijk, terwijl ze Daniel aankijkt.

Hij geeft geen antwoord, hij lijkt op te gaan in zijn eigen gedachten.

'Daniel,' zegt Ida met een poging te glimlachen. 'Mijn moeder praat tegen je.'

'Sorry, wat zei je?' vraagt hij vlug.

'Ik vroeg me af hoe het gaat op je werk,' herhaalt Elisabeth.

'We hebben een hoop te doen voor die nieuwe moordzaak.'

'Je bedoelt die arme man die gisteren in Tångböle gevonden is?' vraagt Sara.

Daniel knikt en Ida schuift heen en weer op haar stoel. Het is een afschuwelijke gebeurtenis, ze vindt het zo tragisch voor zijn familie. Ze zou alleen willen dat Daniel niet degene was die het onderzoek leidde.

'Wie had verwacht dat zoiets hier zou gebeuren?' zegt Sara.

Alice heeft haar haar te pakken gekregen en trekt er tevreden aan met haar kleine vingertjes.

'Ik hoorde dat het Johan Andersson is, die ze hebben gevonden, de skiër,' zegt Elisabeth. 'Die jongen uit Duved, die ooit zo succesvol was. Als dat klopt, is het echt afschuwelijk.' Ze kijkt naar Daniel. 'Was het hem?'

'We hebben de naam nog niet vrijgegeven.' Hij maakt een verontschuldigend gebaar. 'Sorry, maar ik kan er niet over praten.'

Ida snapt niet waarom hij zo geheimzinnig moet doen. Ze heeft al meerdere berichten over de moord op Facebook gezien waarin Johan Andersson bij naam wordt genoemd. Mensen hadden gereageerd met hartjes en huilende gezichtjes. Iemand had foto's van Johan op het medaillepodium gepost van de keer dat hij zijn WK-medaille in ontvangst nam.

Het internet stond bol van de vragen en speculaties.

'Is dat nou nodig?' vraagt ze, terwijl ze haar hand op Daniels arm legt. 'Alsof het een staatsgeheim is.'

Het klinkt zeurderiger dan de bedoeling was, maar het was allemaal zo'n gedoe voordat ze hiernaartoe kwamen. Net toen ze Alice' skipak aangetrokken had, poepte ze zichzelf onder. Het schattige babyjurkje kon zo de wasmand in, en het skipak ook.

Als Daniel gewoon op tijd thuisgekomen was, waren ze voor de catastrofe in Järpen geweest.

'Het is beroepsgeheim,' zegt hij. 'Dat heb ik niet verzonnen. Het mag niet.'

Hij steekt zijn hand uit naar de schaal met zoetigheden.

'Wat een lekkere kaneelbroodjes,' zegt hij tegen Elisabeth. 'Heb jij ze gebakken?'

Ida kijkt zo door zijn poging om van onderwerp te veranderen heen, maar haar moeder lijkt in haar nopjes.

'Ja,' antwoordt ze. 'Het geheim is om extra veel boter en suiker te gebruiken en ze lang te laten rijzen.'

'Daniel heeft non-stop gewerkt de afgelopen dagen,' valt Ida hen in de rede. 'Gisteren is hij om halfacht vertrokken en kwam hij pas voor het avondeten thuis. Vandaag was het hetzelfde liedje, daarom waren we zo laat.'

Daniel kijkt verward, alsof hij niet kan bepalen of ze chagrijnig is of een grapje maakt.

'O jee,' zegt Elisabeth, 'dat klinkt vermoeiend. Kun je morgen wel vrij nemen ter compensatie?'

'Zo werkt het niet echt.'

Daniel glimlacht dapper. Ida weet heel goed hoe het in elkaar steekt. Dat had ze in december geleerd, toen dat arme meisje verdween. Morgenochtend moet hij weer om zeven uur op het politiebureau zijn. Ze vergaderen meestal om halfacht en voor die tijd moet Daniel zich inlezen en alle rapporten doornemen die de vorige dag zijn binnengekomen.

Hij heeft een afwezige blik gekregen, alsof hij alweer afdrijft in gedachten.

'Je moet wel aan je gezin denken,' zegt Elisabeth. 'Het is niet makkelijk om alleen thuis te zijn met een baby. Geloof me, ik heb het twee keer gedaan.'

De woorden van haar moeder beuren Ida op. Ze brengt haar eigen gevoelens onder woorden, het is de vorm van bevestiging waar ze naar verlangde.

Ze wil niet zeurderig overkomen als ze tegen Daniel zegt dat ze zou willen dat hij meer thuis is, maar af en toe wordt ze er helemaal gek van om alleen te zijn met Alice die aan één stuk door huilt, ook al houdt ze nog zoveel van haar dochter.

Tegelijkertijd wil ze niet zo'n vriendin worden die haar vriendje de hele tijd aan zijn kop zeurt. Ze is verliefd op Daniel. Zo verliefd als ze nog nooit is geweest.

Elisabeth strijkt zorgvuldig door haar gehighlighte haar. Ze is kapper, net als Sara, en heel precies wat haar kapsel betreft. Ida was altijd al trots geweest op het feit dat haar moeder er zo goed uitziet.

'Ik herinner me nog hoe zwaar het was toen de meisjes klein waren,' gaat ze verder. 'Godzijdank zijn de normen veranderd, en nemen vaders ook hun verantwoordelijkheid tegenwoordig.'

Daniel glimlacht nog steeds.

Ida ziet zijn mondhoeken verstijven. Ineens staat hij op en neemt hij Alice over van Sara.

'Ik ga haar even verschonen,' zegt hij, waarop hij naar de badkamer verdwijnt.

Ida krijgt een schuldgevoel, het was niet de bedoeling de sfeer te verpesten.

Ze wil gewoon dat hij begrijpt hoe ze zich voelt zonder dat ze het steeds hardop moet zeggen.

19

Het huis in Sadeln is leeg en donker als Hanna thuiskomt van haar bezoek aan Carl Willner. Ze heeft boodschappen gedaan voor Lydia's komst, het is tien over vijf.

Zo meteen start de invasie, denkt ze met een glimlach.

Ze trapt haar veterlaarzen uit en hangt haar jas op. Dan maakt ze een rondje door het huis om alle lichten aan te doen. Alles bij elkaar zijn er twaalf lichtknopjes op de begane grond. Ze begint met het woonkamergedeelte, loopt dan door naar de bibliotheek en eindigt in de enorme keuken.

Dit is geen doorsnee Zweeds wintersporthuisje, het is een 'chalet'. Haar zus en zwager leven een compleet ander leven dan Hanna.

Ze loopt naar de keuken om de boodschappen uit te pakken. Lydia had een lange lijst met 'alleen de noodzakelijkste dingen' doorgestuurd en Hanna vult de koelkast met kaas, worst en liters melk en sinaasappelsap.

Het was vreselijk druk bij de ICA, het was te merken dat de voorjaarsvakantie begonnen was. Alle kassa's waren bemand en toch stonden er lange rijen.

Terwijl ze de etenswaren opbergt, drijven haar gedachten af. Inwendig vinkt ze diverse punten af op haar lijstje met werktaken van die dag.

Ze is blij dat ze Carl Willner eindelijk te pakken hadden gekregen, maar de vraagtekens omtrent de dood van Johan Andersson waren er niet bepaald minder op geworden. Het was in elk geval mooi dat Carl Linus' alcoholprobleem had kunnen bevestigen en het feit dat hij zijn werk niet goed deed.

Nu Hanna erover nadenkt, vindt ze dat Anton zich behoorlijk

vreemd gedroeg. Hij was afwezig en hield zich het grootste deel van de tijd stil. Na afloop was hij er meteen vandoor gegaan. Dat is niets voor hem.

Ze doet de koelkast dicht en vouwt de twee papieren tassen op. Voor de zekerheid veegt ze ook de aanrechtbladen schoon.

De informatie van Marion over het feit dat Linus geld nodig had is interessant. De exacte financiële situatie van de Sundins moeten ze nog natrekken, maar het lijkt er absoluut op dat hij een motief had om zijn partner te vermoorden.

Tegelijkertijd hadden Linus en Carl allebei aangegeven dat Johan op het punt stond op reis te gaan. Uit dat gedeelte kan Hanna geen wijs worden. Waarom zou Johan dat doen als hij niet bedreigd werd? En wie zat er in dat geval achter? Linus kon het moeilijk zijn, omdat hij op de hoogte was geweest van zijn reis en nog in Duved was. Bovendien had Carl gezegd dat Johan opgewekt overkwam, alsof hij zich erop verheugde weg te gaan. Dat klonk niet als iemand die probeerde te vluchten voor een doodsbedreiging.

Er klopte iets niet.

In elk geval was Johans identiteit openbaar gemaakt. Toen Hanna in de auto op weg was naar huis, had Grip net haar persconferentie gehouden. Ze hadden het op de radio over de moord op de bekende skiër gehad. Wat de druk om de zaak op te lossen niet bepaald verminderde.

Hanna kijkt op de klok, het is halfzes. Zo meteen zouden Lydia en Richard er moeten zijn. Alles ziet er goed uit, het huis is er klaar voor. Hanna heeft zelfs tulpen in vrolijke kleuren gekocht. Als puntje op de i pakt ze de aansteker en steekt alle kaarsjes in de glazen lantaarns aan.

Het geluid van een auto die de oprit op rijdt verbreekt de stilte. Als Hanna uit het raam kijkt, ziet ze een grote zwarte SUV op de parkeerplaats. Op de achterbank vangt ze een glimp op van de kinderen. Hanna glimlacht breed en loopt naar de voordeur om open te doen.

'Tante Hanna!' roept een blije stem.

Plotseling heeft ze de tienjarige Linnéa in haar armen. Fabian van twaalf komt haar achterna en werpt zich ook tegen Hanna aan, ook al is hij bijna een tiener. Achter hen komen hun ouders aanlopen met hun handen vol koffers en tassen.

Lydia ziet er vrolijk uit.

Richard rolt met zijn ogen om alle tumult.

Hanna omhelst haar nichtje en neefje en boort haar gezicht in hun haar. Pasgeleden waren ze nog kleine kinderen, ze worden groot. Ze geniet van het gevoel dat haar knuffels beantwoord worden. De stress die ze in haar achterhoofd had meegedragen verdwijnt.

Hanna recht haar rug en vuurt een glimlach af op haar grote zus.

'Welkom thuis!' roept ze blij.

Lydia zet vlug een stap naar voren. Ze slaat haar armen om Hanna heen en trekt haar naar zich toe. Even voelt het weer als toen ze kinderen waren.

Als Lydia er is, komt alles goed.

20

Het is halfdonker in de woonkamer waar Anton in zijn lievelingsfauteuil zit. Hij heeft een alcoholarm biertje opengetrokken, maar heeft er maar een paar slokken van gedronken, het flesje is nog bijna onaangeroerd.

Het is al tien uur geweest, hij kan beter gaan slapen gezien de weinige slaap die hij had gekregen vannacht. Iets na zevenen morgenochtend hebben ze overleg en krijgen ze een briefing, dus dat betekent dat hij om kwart over zes moet opstaan om nog te kunnen douchen en wat havermoutpap te kunnen eten voor ontbijt.

De tv staat aan. Het journaal is net begonnen en ze hebben het over een ernstige griep die zich heeft verspreid naar Noord-Italië. Hij hoort amper wat ze zeggen. Zijn gedachten zijn bij de afspraak met Carl Willner van die middag en het onwerkelijke gevoel toen hij daar met Hanna op de bank zat en zijn best deed om deel te nemen aan het verhoor.

De schok toen Carl de voordeur opendeed.

Het was misschien wel een van de ongemakkelijkste momenten van zijn leven geweest. Carl was de laatste persoon die hij had verwacht tegen te komen. Hanna moest dwars door hem heen gekeken hebben.

Of beeldt hij zich dat in? Was het hem gelukt om de schijn op te houden?

Anton weet zich geen raad.

Hij moet ophouden aan Carl te denken, maar hij kan het niet laten. De herinnering aan hun nacht samen komt steeds weer opzetten. Hun chemie was onverwacht sterk geweest, alles klopte. Daarom had hij Carl mee naar huis genomen, ook al was het eigenlijk tegen zijn principes. Het had heel vanzelfsprekend geleken om voor te stellen dat ze samen uit Bygget zouden vertrekken.

Zodra het in hem opkwam had hij de woorden al uitgesproken. Bij het zien van Carls stralende gezicht had Anton een warm gevoel gekregen vanbinnen. Carl had iets in hem aangewakkerd wat hij al lang niet had gevoeld.

Anton werpt een blik op de slaapkamer. Het is nog geen dag geleden dat ze daar samen lagen. Moet hij bellen om het uit te leggen? Vertellen dat hij net zo verbaasd was als Carl toen ze elkaar vanmiddag zagen?

Nee, dat zou alles alleen maar meer verwarren. Carl is getuige in het moordonderzoek. Ze kunnen pas privécontact hebben als de zaak is afgerond, of in elk geval als de oplossing in zicht is. Iets anders zou onethisch zijn.

Hanna had hem vreemd aangekeken toen ze afscheid namen, maar Anton had net gedaan alsof hij het niet merkte en had simpelweg gezegd dat hij er meteen vandoor moest. Hopelijk is ze het morgen vergeten.

Als hij zich nu maar niet laat beïnvloeden en dingen verpest. De vraag is of hij open kaart moet spelen en Daniel moet informeren?

Maar dan moet hij uit de kast komen.

Anton weet niet of hij daar klaar voor is.

Dat is een vraag die hij zichzelf al ontelbare keren heeft gesteld. Of het niet tijd is. Het voelt alsof hij er steeds maar weer op terugkomt. Hij schaamt zich niet voor zijn seksuele geaardheid, hij wil niet stiekem doen, maar iets houdt hem tegen. Het is makkelijker om mensen te laten denken dat hij nog niet de juiste persoon heeft gevonden.

Flauwe opmerkingen dat hij een eeuwige vrijgezel is, zijn beter dan onnadenkende homograpjes achter zijn rug om.

Hij weet dat het stom is, maar toch zit hij ermee.

Bovendien had hij tijd nodig gehad om de waarheid te bekennen. Op school had hij zelfs vriendinnetjes gehad. Hij zag er altijd redelijk goed uit en was een sportief type. Het was makkelijker om te doen wat iedereen deed en te flikflooien met meisjes op feestjes dan toe te geven dat hij geïnteresseerd was in jongens.

Hij verlangt ernaar erover te kunnen praten, maar eindigt steeds weer bij hetzelfde punt. Het is te moeilijk om het zijn ouders te vertellen. Vooral zijn vader, die ex-militair was.

Hoe zou Karro het opvatten? Waarschijnlijk wel goed, maar stel dat ze zich per ongeluk verspreekt? Hij is dol op zijn jongere zus, maar ze is behoorlijk impulsief en ze is een flapuit.

Anton stelt zich Carls gezicht voor. Hij zou hem echt graag nog een keer zien, maar dat is uitgesloten. Hij kan zijn carrière niet op het spel zetten voor Carl. Daar is hij nog niet klaar voor.

Anton steekt zijn hand uit naar het bierflesje en knijpt er hard in.

Waarom moet het leven ook zo ingewikkeld zijn?

Rebecka

2019
september

De deur van Het Sneeuwklokje gaat open net op het moment dat Rebecka op haar knieën de lunchresten van de driejarige Emmy ligt op te ruimen die zojuist heeft overgegeven op de vloer van de gang. Het voorhoofd van het meisje voelt warm, haar moeder is gebeld en is onderweg om haar op te halen.

Maar de bruinharige man in de deuropening lijkt niet voor Emmy te komen. Hij draagt een blauwe overall en heeft een flinke gereedschapskist in zijn hand. Het moet een werkman zijn, een loodgieter, te oordelen naar het logo op zijn jas.

Rebecka staat op en grimast naar het vieze schoonmaakdoekje terwijl ze het weglegt.

'Hallo,' zegt de man.

Hij glimlacht hartelijk naar Rebecka met een glinstering in zijn ogen. Zijn mond is breed, zijn lichaam goedgetraind en soepel als dat van een sporter. Atletisch, denkt ze automatisch, ook al hoort ze zich niet bezig te houden met zijn uiterlijk.

'Ik kom de wc repareren.'

'O ja,' zegt ze. 'Kom maar mee, dan laat ik zien waar het is.'

De personeels-wc is al een week buiten gebruik. Het zal fijn zijn als hij gemaakt is.

De man volgt haar door de gang.

Rebecka opent de deur en wijst. 'Hier is het.'

'Dat gaan we regelen,' zegt hij, terwijl hij op de spoelknop drukt zonder dat er ook maar iets gebeurt. 'Hoeveel haast is erbij? Staan er mensen in de rij?'

Hij knipoogt plagerig naar Rebecka.

Pas na een aantal seconden heeft ze door dat hij een grapje maakt.

'Het is niet heel dringend,' zegt ze met een nerveus lachje.

'Gelukkig maar.'

Zijn glimlach wordt nog groter.

Hij tilt de deksel van het waterreservoir op en inspecteert de vlotter. 'Oké,' zegt hij. 'Ik denk dat ik weet wat het probleem is.'

Er is iets aan zijn intense, blauwe ogen. De blijdschap die erin lijkt te schuilen. Rond zijn ogen heeft hij een netwerk van fijne lachrimpeltjes, van de soort die je krijgt van buiten tegen de zon in kijken.

Het voelt alsof ze elkaar al eerder gezien hebben, hoewel Rebecka zeker weet dat dat niet zo is.

'Hoelang duurt het?' vraagt ze.

Zijn lach is hartelijk. Hij klinkt niet spottend of hooghartig zoals die van Ole, alleen maar onweerstaanbaar aantrekkelijk. Alsof het leven te kort is om niet vrolijk te zijn.

Het doet iets met haar, die zorgeloosheid. Het wekt een diep verlangen in haar.

Rebecka kan zich bijna niet meer herinneren hoe het voelt om niet bang en verdrietig te zijn.

'Hoe lang is een stuk touw?' vraagt hij.

Eerst begrijpt ze het niet. Dan beseft ze dat hij weer een grapje maakt.

'Ah,' zegt ze, en ze wordt knalrood.

Hij zou wel denken dat ze een volslagen idioot was.

'Ik moet even kijken of ik de juiste spullen bij me heb,' zegt hij. 'Maar je zei dat er niet echt haast bij was, toch?'

Hij glimlacht opnieuw en Rebecka wordt nog roder. Inmiddels moet haar gezicht zo rood zijn als een tomaat. Om haar verwarring te verbergen zet ze een stap naar achteren. Ze kan beter weglopen, maar ze heeft moeite zich los te rukken, zijn ondeugende gezicht trekt haar aan.

Alsof hij een zon is die haar kan opwarmen. Zij die het altijd koud heeft.

'Sorry,' zegt hij, en hij legt een hand op haar arm. 'Ik maakte maar een grapje. Het was niet de bedoeling je in verlegenheid te brengen.'

Er trekt een schok door Rebecka heen bij zijn aanraking.
Wat gebeurt er?
Ze wordt zich bewust van hoe dicht ze bij elkaar staan, hoe zacht zijn bruine haar eruitziet. Hij heeft een littekentje bij zijn ene mondhoek dat hem een licht geamuseerd uiterlijk geeft. Bijna verwachtingsvol, alsof haar een spannende verrassing te wachten staat.
Zijn hand ligt nog steeds op haar arm. Als ze omlaagkijkt ziet ze een platina trouwring.
Hij is getrouwd.
Zij ook.
'Je komt me zo bekend voor,' zegt hij.
Zijn stem spreekt haar aan. Alsof de woorden alleen voor Rebecka bedoeld zijn, ook al is de betekenis niet heel bijzonder.
'Ik moet gaan,' mompelt ze, en ze haast zich weg.

21

Het is al elf uur 's avonds geweest. Ida ligt in bed en weet dat ze moet slapen. Alice wordt normaliter minstens twee keer per nacht wakker. Gisteren was het extra zwaar geweest en had ze maar weinig uren slaap gekregen.

Ze proberen de nachtdiensten te delen, maar Ida wordt vaak het eerst wakker van Alice' gehuil.

Het nieuwe moordonderzoek knaagt aan haar. Ze heeft meerdere appjes gekregen van vriendinnen die hebben gehoord dat Johan Andersson de omgebrachte persoon is. Ze willen weten of ze informatie heeft over de zaak, aangezien Daniel bij de politie werkt.

Mensen speculeren hevig over de moord op de plaatselijke skiheld. Het feit dat het voorjaarsvakantie is en er hordes toeristen in het dorp rondlopen, maakt de zaak er niet beter op.

Ida voelt een bezorgdheid opkomen, ook al probeert ze zich ertegen te verzetten.

Ze draait haar hoofd om naar Daniel. Hij ligt uitgestrekt op zijn zij en slaapt diep. Naast hen ligt Alice zachtjes te snurken in de roze wieg.

Ida zou haar leven geven voor haar dochter, maar toch was ze totaal niet voorbereid geweest op hoe zwaar het soms was om een baby te hebben. Of hoezeer haar relatie met Daniel erdoor beïnvloed werd.

Ze had zich voorgesteld om met een schattig baby'tje op de bank te zitten. Niemand had haar voorbereid op lekkende borsten, plotselinge hormoonwisselingen of eindeloze slapeloze nachten met een baby met krampjes.

Ze is nooit eerder zo verliefd geweest op Daniel als nu, maar af en toe voelt ze zich in de steek gelaten. Vandaag was hij met zijn hoofd heel ergens anders toen ze bij haar moeder op de koffie waren. Ze hadden amper deelgenomen aan de conversatie.

Het mag niet gaan zoals bij de vorige zaak, toen hij alleen nog maar aan de moord op Amanda kon denken. Van het ene op het andere moment hadden Alice en zij niets meer voor hem betekend.

Het gaf haar een onveilig gevoel. Ze had nooit gedacht dat ze op de tweede plek zou komen.

Op het dieptepunt was hij dagen achtereen de hele dag weggebleven. Eén avond laat was ze nog wakker geweest toen hij thuiskwam. Ze wist dat hij uitgeput was, maar dat was zij evengoed. Ze werd knettergek van Alice' buikkrampjes en voelde zich de slechtste moeder ter wereld, niets hielp.

Daniel had in de keuken zitten eten, maar ze had hem niet met rust kunnen laten, ze móést met hem praten. Ze wilde dat hij inzag hoezeer hij haar en Alice verwaarloosde.

Het was uitgelopen op een ramp. Daniel had een vreselijke woede-uitbarsting gekregen. Hij had een bord met eten opgepakt en tegen de muur gesmeten. Daarna was hij de deur uit gelopen en was Ida achtergebleven met de porseleinscherven op de grond.

Zijn uitbarsting had haar intens beangstigd.

Wie doet zoiets bij zijn partner en dochtertje? Dat had Ida zich al vaak afgevraagd.

Zou hij het opnieuw kunnen doen?

Ze snapt niet hoe je zo boos kunt worden dat je op die manier de controle verliest. Als zijzelf woedend werd, zou ze zich nog steeds niet toestaan zomaar de deur uit te rennen.

Hij is een volwassen man, en ze zijn samen verantwoordelijk voor hun dochter, dat wist Daniel ook op het moment dat ze besloten de zwangerschap voort te zetten. Hij was nota bene degene die het het liefst wilde, ook al zou Ida dat nu nooit hardop toegeven.

Toen Daniel eindelijk thuiskwam, had hij keer op keer zijn excuses aangeboden. Hij deed alles om haar vergeving te krijgen. Hij schaamt zich nog steeds diep, dat ziet Ida aan de angst in zijn ogen wanneer ze het erover hebben.

Inmiddels begrijpt ze de achtergrond ervan. Daniel heeft haar verteld over de opvliegendheid waar hij al zijn hele leven mee worstelt. Hij heeft zijn temperament van zijn driftige Italiaanse grootvader. De persoon die zijn moeder zo'n angst had aangejaagd dat ze nooit meer naar Italië was teruggekeerd, zelfs niet toen Daniels Zweedse vader hen in de steek had gelaten.

Ida ademt uit door haar neus. Ze steekt haar hand uit naar haar mobieltje op het nachtkastje, onderdrukt de opwelling om Instagram te openen en te kijken wat er over de moord op Johan geschreven wordt.

Ze wil Daniel steunen in zijn werk, maar hij moet ook begrijpen hoe zwaar het is om overdag alleen te zijn met Alice. Vooral in deze tijd van het jaar, als ze door de sneeuw amper de deur uit kan met de kinderwagen. Ze is een actieve persoon en heeft seizoenen lang als skilerares gewerkt. Normaliter zou ze het deze week vreselijk druk gehad hebben.

Ze wordt er gek van om de hele tijd in hun appartement opgesloten te zitten.

Daniel ademt zwaar en draait zich om.

Ze is niet van plan te accepteren dat hij weer zomaar verdwijnt. Of dat hij weer zo'n woede-uitbarsting krijgt. Jezus, het is maar een baan.

Het feit dat hij politieagent is, mag niet hun hele leven bepalen.

22

De nagelriem van Marions duim bloedt. Ze zit aan de eettafel en merkt het pas als een druppel bloed over de rug van haar hand loopt. Ze kan zich niet herinneren dat ze de huid kapotgebeten heeft, ze heeft geen idee waar alle uren gebleven zijn sinds ze op de keukenstoel was neergeploft.

Ze likt het rood weg met haar tong, ze heeft niet de puf om op te staan om keukenpapier te pakken.

Hoewel ze compleet uitgeput is, kan ze onmogelijk tot rust komen. Telkens als ze probeert naar bed te gaan, schiet haar hartslag omhoog. Alles voelt vreemd en raar in de slaapkamer, ook al woont ze hier al bijna acht jaar.

Ze pakt haar mobieltje en scrolt door de foto-app in een poging zich te verliezen in oude foto's van Johan om even rust te krijgen.

De kamer is donker, het enige licht is afkomstig van het scherm van haar mobieltje. De plotselinge beltoon doet haar opschrikken.

Het is Linus weer.

Marion krijgt het ijskoud. Ze had zijn telefoontjes de hele dag weggedrukt, tot het stil was geworden. Ze had gehoopt dat dat betekende dat hij haar met rust zou laten.

Nu begint het opnieuw.

Met trillende vingers drukt ze op het icoontje om hem af te wijzen. Het gaat vast over het bezoekje van de politie, dat hij bang is dat ze zal vertellen wie hij echt is.

Ze krijgt nog steeds een uiterst ongemakkelijk gevoel als ze aan hun grote ruzie in januari denkt. Het was vreselijk akelig, vooral toen Linus veel te dicht bij haar kwam staan en tegen haar schreeuwde dat ze zich niet met bedrijfszaken moest bemoeien.

Noch Johan, noch zij had zich kunnen voorstellen dat Linus zo kon veranderen, dat hij zo agressief zou worden.

Hoewel Johan snel tussen hen in was komen staan, was Marion nog dagenlang van slag geweest. Het liefst zou ze Linus nooit meer zien, ze is bang voor hem geworden.

Ze weet dat hij haar de schuld geeft van het conflict binnen hun bedrijf, ook al heeft hij het aan zichzelf te wijten. Marion had geprobeerd professioneel met de situatie om te gaan en had haar emoties voor zich gehouden, maar toen Linus zijn werk steeds meer verwaarloosde, moest ze het wel aan Johan vertellen.

Vooral toen ze problemen kregen met de Belastingdienst, toen kon ze niet langer zwijgen.

Dit is allemaal de schuld van Linus, van niemand anders.

Eigenlijk heeft ze nooit begrepen waarom Johan zoveel vertrouwen had gehad in zijn partner. Ze had zich nooit echt op haar gemak gevoeld in Linus' gezelschap, maar ze had niet kunnen vermoeden hoe erg het zou worden.

Johan was een goed, eerlijk mens, terwijl Linus grof is en moeilijk te begrijpen.

En bovendien wraakzuchtig.

Haar mobieltje wordt zwart en Marion snikt opgelucht. Dan belt hij nog een keer. En nog een keer. Het houdt niet op, het voelt alsof haar hoofd zal ontploffen van het scherpe geluid.

Ze worstelt met haar mobieltje en laat het bijna vallen in haar pogingen het geluid uit te zetten. Eindelijk is het stil.

Het enige geluid in het donker is haar eigen angstige, hijgende ademhaling.

Het display licht op, Linus heeft haar een appje gestuurd.

O wee als je me zwartmaakt bij de politie.

Maandag 24 februari

23

Het is precies halfacht in de ochtend als Daniel de online vergadering met Östersund opent.

Hij is al bijna een uur op het politiebureau om al het materiaal van de afgelopen dag door te lezen, de verslagen van de huis-aanhuisbezoeken en tips die telefonisch zijn binnengekomen. Naast hem zit Raffe en tegenover hem aan tafel zitten Anton en Hanna.

Forensisch rechercheur Carina Grankvist is via het beeldscherm aanwezig vanuit Östersund. Vandaag heeft ze haar bril op. Een ronde bril die haar een enigszins uilachtig uiterlijk geeft.

'Goedemorgen,' zegt Birgitta Grip eveneens vanaf het scherm aan de korte muur.

Ze ziet er vermoeid uit, haar ogen zijn kleine spleetjes onder haar zware oogleden, rimpels lopen van haar neus naar haar mond. Zij heeft ook haar handen vol gehad, niet in de laatste plaats aan de media die haar niet met rust laten. Niemand heeft fatsoenlijk kunnen uitrusten dit weekend en Daniel zelf heeft amper vijf uur per nacht slaap gekregen. Hij had de late shift met Alice op zich genomen om Ida te sussen.

Dat was maar goed ook, want hij zou vandaag waarschijnlijk alweer niet op een redelijke tijd thuis zijn.

De vermoeidheid giert door zijn lijf.

Anton ziet er ook niet bepaald fris uit tegenover hem, hoewel hij geen kind en ook geen partner heeft met wie hij samenwoont. Terwijl hij gisteren nog zo vrolijk leek.

Grip tikt met haar pen op tafel. Naast haar zitten de rechercheurs uit Östersund en een officier van justitie in een zwarte coltrui. De zaak is toebedeeld aan Jenny Ullenius. Ze is nieuw en rond de veertig jaar oud. Daniel heeft nog niet met haar samengewerkt.

Ullenius lijkt het prima te vinden om Grip de vergadering te laten leiden.

'Er gaan veel speculaties rond over de oorzaak van Johans dood,' zegt Grip. 'Ik heb er gisteren eindeloos veel vragen over gekregen op de persconferentie.'

Het verbaast Daniel niet. Zijn schoonmoeder en zwager hadden al gehoord om wie het ging.

'De roddelkranten smullen van het nieuws,' gaat Grip verder. 'Er wordt fel gediscussieerd op internet. Er floreren diverse theorieën over de reden voor zijn dood, van criminele bendes tot een afrekening. En zelfs zelfmoord.'

'Johan verdient beter dan dat,' bromt Raffe.

Daniel herinnert zich Johans op zijn rug gebonden handen. Niemand die zijn toegetakelde lichaam had gezien zou het woord 'zelfmoord' in de mond nemen.

'Hebben we al iets gehoord over de autopsie?' vraagt Grip. 'Hoe staat het daarmee?'

'Ik heb Ylva Labba gemaild en gevraagd of ze het voorrang wil geven,' antwoordt Daniel. 'Maar het kan even duren.'

Ylva Labba is de patholoog-anatoom die ook de zaak in december had behandeld. Ze is vakkundig en efficiënt, maar de forensische dienst in Umeå is verantwoordelijk voor heel Norrland. Ze moeten vijfduizend lijkschouwingen per jaar verwerken.

Daniel heeft weinig hoop dat ze de eerste in de rij zullen zijn, ook al hebben ze te maken met een ernstige moord.

'Zit ze maar achter de broek,' zegt Grip, waarna ze zich tot Carina wendt. 'Hoe staat het met het onderzoek naar de auto van het slachtoffer?'

Carina's gezicht komt groot in beeld op het scherm.

'We zijn ermee bezig, maar het is nog geen dag geleden dat we de auto gevonden hebben,' brengt ze haar in herinnering. 'Ik ben begonnen alle inhoud te controleren, maar tot nog toe hebben we geen voorwerpen gevonden die als moordwapen gediend kunnen hebben.'

Daniel had gehoopt op het tegendeel, maar er waren maar weinig moordenaars die het moordwapen achterlieten op de plaats delict, zelfs niet als ze uit paniek handelden. Deze dader had genoeg helderheid van geest gehad om niet alleen het lichaam te verplaatsen, maar ook de bestelauto te verstoppen.

'We kunnen echter wel vaststellen dat het bloed op de vloer van de auto dezelfde bloedgroep heeft als die van Johan Andersson, B-positief,' vervolgt Carina.

'Hebben jullie sporen van andere personen gevonden?' vraagt Hanna.

Ze zit achterovergeleund wijdbeens op haar stoel. Haar blik is scherp en gefocust.

'Ja,' antwoordt Carina. 'We hebben redelijk wat haren gevonden die niet matchen met die van het slachtoffer. Het probleem is dat we niet met zekerheid kunnen zeggen of ze afkomstig zijn van het misdrijf. Ze kunnen daar ook op een ander moment zijn terechtgekomen.'

Dat is een dilemma. Als ze Linus' DNA vinden in de auto, is dat makkelijk te verklaren. Aangezien hij met Johan samenwerkte, is het vanzelfsprekend dat hij ook in die auto was geweest. Een kundige verdedigingsadvocaat kan eenvoudig twijfel zaaien over zoiets.

'We hebben alles naar het Forensisch Instituut in Umeå gestuurd,' zegt Carina. 'We zullen moeten afwachten wat ze zeggen als ze klaar zijn.'

'Over honderd jaar,' fluistert Hanna theatraal.

Raffe grijnst.

Grip houdt haar lippen stijf op elkaar.

Daniel begrijpt wel waarom, maar af en toe moet je ook een grapje kunnen maken, anders hou je het niet vol.

'Hoe zit het met Linus Sundins financiën?' vraagt ze.

'Het was niet makkelijk om aan informatie te komen gisteren, aangezien het zondag was,' zegt Raffe, die de verantwoordelijkheid voor dit gedeelte op zich genomen had. 'Maar we hebben toch het een en ander kunnen achterhalen.'

Hij bladert door een stapel papieren op tafel. Het lijkt op formulieren van de Belastingdienst.

'We hebben Linus' aangiftes van de afgelopen jaren doorgenomen. Hij heeft een inkomen van ruim vierhonderdduizend kronen per jaar gehad, zo'n vijfendertigduizend per maand, wat normaal is voor een loodgieter. Daarnaast heeft hij een aanzienlijke belastingschuld van drie jaar op rij, van zo'n vijftigduizend kronen.

Bovendien betaalt hij zijn belasting altijd op het laatste moment.'

'Weet je wat de reden is van die belastingschuld?' vraagt Jenny Ullenius enigszins bescheiden. 'Komt het door neveninkomsten of heeft hij van het begin af aan te weinig belasting betaald?'

Daniel begrijpt waarom ze het vraagt. Als Linus vanaf het begin te weinig belasting heeft betaald, wijst dat erop dat hij een voortdurende behoefte heeft aan meer inkomsten. Gaat het daarentegen om neveninkomsten, dan moeten ze zich afvragen waar die vandaan komen.

Waarom zou hij ander werk doen als hij een eigen bedrijf heeft?

'Er is niets ingediend door een andere werkgever,' antwoordt Raffe.

'Dan moet hij in eerste instantie te weinig belasting hebben betaald,' zegt Jenny Ullenius. 'Interessant.'

'Dat zou Marion Andersson moeten weten,' zegt Hanna. 'Zij doet de boekhouding.'

Ze maakt een snelle aantekening en mimet naar Daniel: *dat moeten we natrekken.*

'Ik vraag me af of Linus en Johan daar ook ruzie over hebben gehad,' zegt ze terloops.

'Ik heb ook Sundins huis nagetrokken,' vervolgt Raffe. 'Het is een paar miljoen kronen waard, maar er zit een maximale hypotheek op.'

'Weet je of hij nog andere leningen heeft?' vraagt Daniel. 'Creditcardschulden? Kortdurende leningen?'

'Dat kan ik vandaag wel uitzoeken.'

'Hoe is het gegaan met het huis-aan-huisonderzoek?' wil Grip weten.

Daniel heeft de verslagen van de patrouilledienst die in Tångböle langs de deuren is gegaan doorgenomen.

'Niets,' zegt hij. 'Het lijkt er niet op dat iemand iets heeft gezien of gehoord in de nacht van vrijdag op zaterdag. Het was ook slecht weer, met hevige sneeuwval.'

'Hebben jullie de sneeuwploeg gesproken?' vraagt Grip.

Anton knikt. 'Ik heb de jongen gesproken die verantwoordelijk was voor het gebied rond Tångböle. Hij was daar vlak voor zes uur op zaterdagochtend om zijn ronde te doen, maar hij kan zich helaas niets bijzonders herinneren.'

Zo'n vermoeden had Daniel al, het was niet erg waarschijnlijk dat de sneeuwruimer iets zou hebben gezien.

'Te oordelen naar de sneeuw op het lichaam had Andersson al een aantal uren in de buitenlucht gelegen,' zegt Carina. 'Er is 10,9 centimeter sneeuw gevallen die nacht, dus ik zou zeggen dat het lichaam er al rond middernacht is neergelegd. Mijn inschatting, ook gezien de hoeveelheid bloed in de auto, is dat hij al dood was toen hij bij Tångbölevägen werd achtergelaten.'

Hanna maakt een opmerking bij dit laatste: 'Carl Willner zei dat Johan vrijdagavond rond halfacht is vertrokken bij restaurant Pigo. Volgens onze gegevens vertrok hij iets na acht uur bij het huis van Linus. Dat levert ons een interval van vier uur op tussen het tijdstip dat hij voor het laatst in leven is gezien en zijn dood.'

Daniel voelt een steek van irritatie bij de gedachte aan Willner. Hij is nog steeds teleurgesteld dat hij niet mee kon om hem te spreken.

'De grote vraag is waar Johan daarna naartoe ging,' peinst Hanna.

'Zou er misschien een rittenregistratiesysteem zijn?' vraagt Raffe. 'Als Johan er een geïnstalleerd had, kunnen we zien waar hij naartoe gegaan is nadat hij bij het restaurant vertrok. Veel bedrijfsauto's hebben een elektronisch logboek om niet steeds alle dienstreizen te hoeven noteren.'

'Goed punt,' zegt Carina. 'Dat kan ik nakijken.'

'Zei Carl Willner verder nog iets interessants?' vraagt Daniel.

Hanna vertelt over het verhoor van die zondag, wat hij had gezegd over de ruzie tussen Linus en Johan.

'Wil jij er nog iets aan toevoegen?' vraagt ze terwijl ze zich naar Anton omdraait.

Hij schudt zijn hoofd, ook al heeft hij amper een woord gezegd.

'Hoe staat het met die lijst van klanten van hun loodgietersbedrijf die Linus Sundin zou mailen?' vraagt Grip.

'Die is nog niet binnengekomen,' zegt Raffe. 'Ik zal hem er wel aan herinneren.'

Daniel buigt zich over de tafel heen. 'Ik denk dat het grootste vraagteken die reis is, die Johan gepland had. Of liever gezegd: de informatie dat hij zich erop verheugde.'

Deze informatie is verbazend, het weerspreekt de theorie dat

Johan zich in een ernstig bedreigende situatie bevond. Ze zullen meer personen uit zijn omgeving moeten spreken om die vraag op te helderen. Misschien dat zijn ouders er iets vanaf weten? Toen ze zaterdag het bericht van zijn overlijden hadden gekregen, hadden ze het niet kunnen opbrengen met de politie te praten, maar vandaag wil Daniel een nieuwe poging doen.

Er klinkt een piepje van het scherm en Grips gezicht verdwijnt voor een paar seconden uit beeld. Haar stem is echter wel te horen, ook al klinkt hij krakerig.

'Zijn we bijna klaar? Was er nog iets anders?'

Wat zeg je van meer rechercheurs, denkt Daniel. Ze hebben eigenlijk een stuk meer personeel nodig om alles voor elkaar te krijgen, vooral met het oog op Grips instructies om overwerken te voorkomen, waarmee ze faliekant hadden gefaald het afgelopen weekend.

Daniel steekt zijn hand op. Hij kan het niet opbrengen zijn ongenoegen te verbergen. Zijn lichaam staat stijf van frustratie en slaapgebrek.

'Hoe zit het met extra middelen?' zegt hij. 'Het huidige PMOZG-team is te klein.'

Grip fronst haar voorhoofd. 'We kunnen op het moment niet meer mensen missen.'

'Kunnen we niet wat mensen lenen van andere districten?'

'Jullie zullen het moeten doen met wat je hebt.'

'We mogen niet overwerken, maar ook niet meer personeel inzetten. Hoe had je dan gedacht dat we die moord oplossen?'

'Toe nou, Daniel,' zegt Hanna waarschuwend. 'Het lukt ons wel.'

Daniel bindt in. 'Oké,' mompelt hij, en hij verzamelt zijn papieren.

Ze hebben de taken onderling verdeeld. Er rest hun nog een lange rij mensen die ze moeten spreken. Bovenaan de lijst staan Johans familieleden.

Daniel kijkt Hanna aan. 'Wat zeg je ervan om Johans ouders en broer een bezoekje te brengen en ter afronding even langs Linus te rijden?'

'Nu meteen?'

'Ja.'

Daniel wijst naar het zwarte scherm waarvan Grips gezicht net verdwenen is. Hij glimlacht ironisch. 'We kunnen maar beter meteen vertrekken, zodat we niet aan het overurenplafond zitten.'

Rebecka

2019
september

Rebecka heeft net lunchpauze gehad als een witte bestelauto de parkeerplaats oprijdt. De deur gaat open en dezelfde man als laatst stapt uit met een gereedschapskist in zijn hand.

Haar hele lijf begint te trillen.

Ze had de gedachte aan hem niet kunnen loslaten, ook al is het volstrekt krankzinnig. Wat zou Ole doen als hij wist dat ze aan een ander liep te denken? Wat zou de gemeente zeggen?

Ze weet niet eens hoe hij heet.

Ze heeft de afgelopen dagen haar best gedaan zichzelf ervan te overtuigen dat hun korte ontmoeting niets betekende. Dat haar gevoelens pure inbeelding waren. Je kunt niet in een paar minuten halsoverkop verliefd worden.

Toch is het beeld van zijn mooie glimlach achtergebleven in haar bewustzijn. Die uitnodigende lach, die zo makkelijk en natuurlijk kwam opzetten. De zorgeloosheid die haar voor even het gevoel gaf haar oude ik te zijn, de Rebecka die vrolijk was en van het leven hield.

Ze krijgt het warm en koud tegelijk als ze zijn stem hoort in de hal, ze moet erheen om een glimp van hem op te vangen.

Ze kan het niet weerstaan.

Als ze bij de entree aankomt, gaat net de deurklink omlaag.

'Hé, jij bent het,' zegt hij.

Als ze ziet hoe zijn gezicht oplicht, houdt ze haar adem in. Hij lijkt zo opgewekt om haar te zien. Zo... blij.

Ole heeft nog nooit op die manier naar haar gekeken. Zelfs niet toen ze net getrouwd waren.

'Ik hoopte al dat ik je nog een keer zou zien,' vervolgt hij.

Rebecka slikt. Alle woorden verdwijnen, ze staat daar maar, verstomd.

Hij heeft zich niet geschoren vandaag. Vage donkere baardstoppels bedekken zijn kin en geven hem een buitengewoon aantrekkelijk uiterlijk.

Ze heeft zin om haar hand uit te steken en zijn wang aan te raken.

'Sorry,' zegt hij. 'Dat had ik niet moeten zeggen. Het was niet mijn bedoeling je weer in verlegenheid te brengen.'

Hij lacht hard en warm, net als de laatste keer.

'Blijkbaar is het mijn specialiteit je te laten blozen.'

'Het geeft niet,' stamelt Rebecka.

Ze vraagt zich nog steeds af wat er met haar aan de hand is.

'Misschien moet ik me even voorstellen,' zegt hij.

Ze wordt aangetrokken door zijn blik.

'Ik ben Johan.'

Hij steekt zijn hand uit om haar te begroeten. Als Rebecka hem aanneemt, voelt het alsof ze een elektrische schok krijgt. Ze heeft nog nooit zoiets meegemaakt.

'Rebecka,' kraait ze, als ze er eindelijk in slaagt haar spraakvermogen terug te vinden.

'Leuk je te ontmoeten,' zegt Johan.

Hij ziet eruit alsof hij zich al de hele dag heeft verheugd op hun ontmoeting.

Terwijl ze nadenkt over wat ze moet zeggen, komt Frasse, een jongetje van twee, met betraande ogen aanwaggelen. Johan gaat op zijn hurken zitten zodat hij op ooghoogte is met het jongetje.

'Hé, wat is er gebeurd?' vraagt hij, en hij tilt hem op. 'Hebben ze lelijk tegen je gedaan?'

Johan spint Frasse in het rond tot hij zijn verdriet vergeten is en schatert van het lachen. Voorzichtig zet hij hem weer op de grond. Dan volgt hij het kindje met zijn blik als het de speelkamer weer binnengaat.

'Ze zijn zo leuk op die leeftijd,' zegt hij met een vleugje verlangen in zijn stem.

Plotseling wordt het doodstil in de hal.

'Ik weet dat we elkaar niet kennen,' zegt hij dan, 'maar ik vroeg me af of...'

Hij onderbreekt zichzelf, alsof hij ineens verlegen wordt.

Rebecka durft hem amper aan te kijken.

'Nou ja,' gaat hij verder. 'Zou je misschien een kopje koffie met me willen drinken?'

Rebecka aarzelt. Hij is getrouwd, ze heeft zijn trouwring gezien. En hij moet beseffen dat zij dat ook is.

Ole zou haar doodslaan als ze 'ja' zei. Ze weet nog hoe boos hij werd toen ze een halfjaar geleden was gaan koffiedrinken met Maria. Op eigen houtje met Johan afspreken ging in tegen haar hele opvoeding, het is in strijd met alle regels van de gemeente.

Het mag niet.

Toch hoort ze haar eigen stem antwoorden: 'Graag.'

24

Daniel dommelt bijna weg op de passagiersstoel onderweg naar Östersund, waar Torsten en Tarja Andersson sinds een aantal jaren wonen. Ook Johans broer Pär komt daarheen, had zijn moeder verteld toen Hanna haar zojuist belde om hun bezoek aan te kondigen.

'Is alles in orde?' vraagt ze luid ter hoogte van Mörsil. 'Je hebt al een halfuur geen kik gegeven. Ben je nog steeds boos op Grip?'

Daniel schrikt op.

'Alice is veel wakker geworden vannacht,' zegt hij, terwijl hij zich uitrekt om zijn doorbloeding op gang te brengen.

'Ik snap het.'

Dat doet ze niet, maar Daniel neemt niet de moeite uit te leggen dat het niet alleen aan het slaapgebrek ligt dat zijn bestaan zo zwaar is. Er had een kille sfeer geheerst tussen hem en Ida op de terugweg vanuit Järpen gisteren. Niets hielp, wat Daniel ook zei of beloofde. Ida was de hele avond kortaf geweest en was vroeg naar bed gegaan.

Hij begrijpt niet wat er aan de hand is, een week geleden was alles nog goed tussen hen. Nu is de sfeer compleet anders. Het is maar twee dagen geleden dat Johans lichaam gevonden werd. Daniel snapt Ida's zorgen, maar hij heeft haar verteld dat hij zijn best zou doen.

Hij kijkt naar Hanna en vraagt zich af of zij ook zo geïrriteerd zou zijn in een dergelijke situatie. Waarschijnlijk niet. Hanna is niet alleen een bekwame politieagent, ze heeft ook empathie. En ze is niet zo onzeker als Ida.

Ze heeft beide handen op het stuur, op tien voor twee, zoals het hoort. Een paar bruine lokken haar hebben zich losgemaakt uit de slordige paardenstaart in haar nek.

Daniel vindt het fijn dat hij nooit op zijn woorden hoeft te letten bij haar. Soms weet ze bijna wat hij denkt nog voordat hij het heeft gezegd. Hoewel ze pas tweeënhalve maand samenwerken, voelt het veel langer.

In Mattmar blijven ze steken achter een vrachtwagen met een buitenlands kenteken. De chauffeur heeft geen haast, hij rijdt twintig kilometer onder de snelheidslimiet.

'Je mag hier tachtig,' bromt Hanna vanuit haar mondhoek. 'Hoe moeilijk kan het zijn om de borden te lezen?'

'Zoveel haast hebben we niet,' zegt Daniel.

'Sommige mensen zouden geen rijbewijs moeten hebben.'

'Geniet gewoon van de natuur nu je de kans krijgt.' Hij kan het niet laten haar te plagen. 'Dat is een van de weinige voordelen van hier in het noorden werken.'

Het heeft effect, zijn woorden wekken een glimlach op bij Hanna. Er ontstaat een lachkuiltje in haar rechterwang dat Daniel nog niet eerder is opgevallen.

Ze rijden over een laan met hoge berkenbomen die bedekt zijn met rijp. Plotseling breekt het wolkendek open en verschijnt de zon die het witte landschap doet schitteren. De zonnestralen vormen een aureool om de boomtoppen, sneeuwkristallen fonkelen als elfjes in het tegenlicht.

Daniel ontspant zich. Zijn slechte humeur dat hem de hele ochtend zo had dwarsgezeten verdwijnt.

Het is gewoon zo prachtig.

25

De zon schijnt als Hanna en Daniel na ruim een uur rijden aankomen bij de woning van Torsten en Tarja Andersson in Östersund.

Hanna parkeert op straat. Het is een mooie winterdag, een perfect begin van de voorjaarsvakantie. Lydia en haar gezin staan nu waarschijnlijk op de piste.

Ze nemen de trap naar de derde verdieping. Het echtpaar Andersson was hier zo'n vijftien jaar geleden komen wonen, toen de kinderen het huis uit waren. Daarvoor woonden ze vlak buiten Duved, niet ver van het huis van Linus.

Tarja is degene die de deur opendoet als ze aanbellen. Volgens het bevolkingsregister is ze net zesenzestig geworden en met pensioen gegaan, maar ze lijkt minstens tien jaar ouder. Haar ogen zijn dof en haar wangen ingevallen.

Ze laat hen binnen in hun keurig opgeruimde appartement waar haar echtgenoot Torsten in een fauteuil in de woonkamer zit.

Ook hij wekt een verslagen indruk. Zijn gezicht is grauw.

'Het spijt ons van uw verlies,' zegt Hanna ter introductie. 'We zouden graag wat vragen stellen over Johan als dat mag?'

Tarja's ogen lopen direct vol tranen.

'We snappen er niets van,' fluistert ze. 'Wie zou Johan willen vermoorden? Hij is de liefste persoon op aarde.'

'Dat proberen we uit te zoeken,' zegt Daniel. 'Ik begrijp dat jullie het nu heel zwaar hebben.'

Ze nemen plaats tegenover Tarja en Torsten op een grijze bank met blauwe sierkussens.

'Kunnen jullie ons vertellen over jullie zoon?' vraagt Hanna.

Tarja draait haar hoofd om naar haar man. Hij zegt niets, staart enkel leeg voor zich uit.

Het is niet de eerste keer dat Hanna een dergelijke verloren blik ziet bij iemand die een overlijdensbericht heeft gekregen. Het is alsof er alleen nog maar plek is voor het verdriet dat ieder kleinste hoekje van hun ziel in beslag neemt.

De tv staat aan in de hoek, maar het echtpaar Andersson lijkt er geen aandacht aan te schenken. Misschien hebben ze het achtergrondgeluid nodig omdat de stilte in huis ondraaglijk is?

'Johan was ons jongste kind,' zegt Tarja. 'Zijn oudere broer Pär woont in Strömsund met zijn gezin. Ze schelen zeven jaar.'

Haar blik glijdt naar een bureau aan de andere kant van de kamer. Diverse familiefoto's in zwarte houten lijstjes staan in een rij uitgestald. Helemaal rechts staat Johan in volledige ski-uitrusting op een zonovergoten bergtop. Hij heeft een nummer op zijn borst en glimlacht breed naar de camera.

Hij ziet eruit als in de twintig, toen deed hij al mee aan wedstrijden in de Alpen. Waarschijnlijk had hij net een goede prestatie achter de rug.

Hij straalt.

Hanna begint te begrijpen waarom iedereen het over zijn levensvreugde en warme karakter heeft.

Tarja haalt schokkerig adem. 'Toen Johan geboren werd, was hij heel gewenst,' zegt ze zacht. 'Hij was de liefste baby die je je maar kon wensen.'

'Wanneer heb je hem voor het laatst gesproken?' vraagt Daniel.

Het valt Hanna op dat zijn stem een stuk milder klinkt dan normaal. Daniel kan soms heel direct overkomen, bijna lomp, maar in moeilijke situaties toont hij veel empathie. Hanna heeft hem zien praten met mensen die in shock waren op een manier waar maar weinigen toe in staat zijn. Tegelijkertijd komt hij vaak veeleisend en compromisloos over als hij in dienst is. Of onvriendelijk, zoals vanochtend, toen hij het oneens was met Grip.

Hij kan verbazend goed omschakelen. Ze heeft nooit eerder samengewerkt met een collega bij wie ze zich zo op haar gemak voelt.

'Dat was vorig weekend denk ik,' antwoordt Tarja.

'Hoe kwam hij toen over?'

Tarja trekt aan de mouw van haar gebreide vest. Het is een beetje versleten bij de elleboog, haar lichtblauwe blouse schemert erdoorheen.

‘Heel normaal,’ zegt ze. ‘Hij was net zo vriendelijk en blij als altijd.’

‘Hij zei niets wat je opviel?’ vraagt Daniel. ‘Hij klonk niet bezorgd of ongerust?’

‘Nee, helemaal niet.’ Tarja knippert even met haar ogen. ‘Had hij dat moeten zijn? Waarom vraag je dat?’

‘Het is routine,’ zegt Hanna vlug.

‘O.’

Tarja lijkt niet erg gerustgesteld door haar antwoord. Ze frutselt nerveus met haar vingers op schoot, alsof het verdriet te groot is om stil te kunnen zitten.

Hanna vraagt zich af hoe haar eigen moeder zou reageren in deze situatie. Zou ze net zo verdrietig zijn als Hanna was overleden? Als het om Lydia ging, zou ze gebroken zijn.

‘Hoeveel contact hebben jullie normaal gesproken?’ vraagt Daniel.

‘Johan was goed in contact houden. We spraken elkaar ongeveer een, twee keer per week.’

‘En hoe vaak zagen jullie elkaar?’

Tarja bijt op haar lip. ‘Eén keer per maand misschien. Niet zo vaak als we hadden gewild. Johan had het altijd druk, hij kon maar moeilijk weg. En je wil jezelf natuurlijk ook niet opdringen...’

Haar stem sterft weg. Ze haalt een witte zakdoek uit haar zak en dept haar ogen.

‘Hoe zat het met Johans bedrijf?’ vraagt Hanna. ‘Liep het goed?’

‘Volgens mij wel. Hij was voortdurend op pad voor nieuwe opdrachten, iedereen mocht hem graag.’

Het geluid van een bel in de gang onderbreekt hun gesprek. Torsten reageert amper, maar Tarja verontschuldigt zich en loopt weg.

Als de voordeur opengaat, begint Tarja te snikken. Dan hoort Hanna zachte stemmen. Een paar minuten later komt ze terug met een lange man van in de veertig. De gelijkenis tussen moeder en zoon is frappant, dit moet wel Pär zijn, Johans oudere broer.

Het was mooi meegenomen dat hij net onderweg was geweest naar Östersund, denkt Hanna, dan hoefden ze niet ook nog naar Strömsund te rijden.

Pär steekt hen de hand toe en stelt zich voor. Ook hij ziet er bleek en vermoeid uit, maar hij lijkt zich goed te houden. Hij draagt een donkergroene trui en een chinobroek.

Johans broer werkt als rector op een middelbare school en lijkt ook de benodigde autoriteit te bezitten voor een dergelijke functie.

'We waren net in gesprek over Johan,' zegt Daniel. 'Het komt goed uit dat je er bent, want we zouden jou ook graag wat vragen stellen.'

Pär knikt. Hij pakt een stoel en zet hem vlak naast Tarja's fauteuil.

'Wanneer heb je je broer voor het laatst gesproken?' vraagt Hanna.

'Dat was vrijdag. Ik had jullie eigenlijk willen bellen om te vertellen over ons laatste gesprek, maar ik was zo in shock nadat ik het bericht kreeg. Ik kon niet meer nadenken, alles was één zwart gat. Ik kon het gewoon niet opbrengen.'

Rebecka

2019
oktober

Ze hebben afgesproken elkaar te ontmoeten bij de rand van het kleine stukje bos een paar honderd meter bij de kleuterschool vandaan.

Als Rebecka buiten adem komt aanlopen in haar lunchpauze, staat Johan al te wachten. Ze durft geen koffie met hem te gaan drinken, ze kan niet het risico nemen dat Ole erachter komt, ook al gaat het maar om een kopje koffie.

Ze moeten het maar doen met een boswandeling.

De zenuwen gieren door haar lijf, maar verdwijnen als ze Johans grote glimlach ziet. Hij ziet er zo blij uit dat Rebecka erdoor wordt aangestoken. Het is heerlijk om zich zo jong en onbekommerd te voelen, ook al is het maar voor even.

Vandaag heeft hij geen stoppelbaard. Ze vraagt zich af hoe die gladde huid van zijn wangen zou voelen tegen haar vingertoppen.

'Je bent gekomen!' zegt hij.

Zijn opgewektheid klinkt duidelijk door in zijn stem.

'Dat had ik toch gezegd?'

'Maar ik was bang dat je van gedachten zou veranderen. Ik was veel te vroeg, ik sta hier al bijna een halfuur.' Hij laat een beschaamd lachje horen. 'Voor de zekerheid, zodat we elkaar niet zouden mislopen.'

Hij klinkt zo eerlijk en oprecht, en tegelijkertijd zo enthousiast, dat Rebecka een brok in haar keel krijgt. Ze kan zich niet herinneren dat iemand ooit zo tegen haar gepraat heeft.

'Wat zie je er mooi uit,' zegt hij.

'Dank je.'

Ze had niets speciaals durven aantrekken vanochtend voor het geval Ole zich zou afvragen wat er aan de hand was, maar op de wc van de kleuterschool had ze wat mascara en lipgloss opgedaan. Ze zal het afdoen voordat Ole haar vanmiddag ophaalt.

Ze is blij dat Johan opmerkt dat ze haar best heeft gedaan.

Ze lopen het bospad op dat hen al snel buiten het bereik van nieuwsgierige blikken brengt. De temperatuur ligt rond het vriespunt, de eerste vorst glinstert in de bomen. Op de grond zijn de grassprieten bedekt met een dun laagje ijs en de bladeren knisperen onder hun voeten.

Johans aanwezigheid maakt dat Rebecka zich ontspant.

Ze is vaak verlegen en is nooit een persoon geweest die zomaar wat keuvelt met onbekenden, maar Johan stelt enthousiaste vragen over haar werk op de kleuterschool. Het moedigt haar aan de kinderen te beschrijven en hoe blij ze ervan wordt als ze zich slaperig in haar armen nestelen na hun middagdutje. Hij lijkt oprecht geïnteresseerd, iets wat Ole nooit is geweest, zelfs niet in de periode dat ze zijn controlerende gedrag nog opvatte als liefde.

'Heb je altijd al met kinderen willen werken?' vraagt Johan na een tijdje.

'Al sinds ik een klein meisje was,' antwoordt Rebecka. 'Misschien omdat ik zelf geen broertjes of zusjes heb.'

Er valt een pauze, maar dat geeft niet. Bij Johan voelt de stilte niet ongemakkelijk.

'Heb jij kinderen?' vraagt Rebecka een aantal passen verder.

'Helaas niet. Maar ik zou graag vader worden.'

Er trekt een schaduw over Johans mooie gezicht. Een ernst die ze nog niet eerder heeft gezien. Hij schudt zijn hoofd met een weemoedige blik.

'Het leven loopt meestal niet zoals je denkt, hè?'

Daar weet Rebecka alles van.

Ze praten verder. Johan luistert naar haar zonder onderbreking, alsof alles aan Rebecka spannend en interessant is. Voordat ze het weet, is er een halfuur verstreken.

Het voelt als vijf minuten.

'Ik moet weer terug,' zegt ze, wensend dat ze meer tijd had.

'Nu al? Kun je niet nog even blijven?'

Rebecka schudt haar hoofd. Het is alsof hun blikken aan elkaar vastgeklonken zijn. Als Johan ademt, komen er witte wolkjes uit zijn mond.

Ze staart gehypnotiseerd naar zijn lippen. Ze zijn een beetje roze, zacht en aantrekkelijk.

Ze zou ze wel willen kussen.

Johan raakt Rebecka's elleboog aan. Dan trekt hij zijn wanten uit en neemt haar hand tussen de zijne.

Zijn huid is warm.

Haar hele lijf pulseert.

'Ik moet je nog een keer zien,' zegt hij met hese stem. 'Alsjeblieft, zeg dat we elkaar snel weer kunnen zien?'

26

Hoelang staart ze al naar haar computer?

Marion kijkt op de klok, het is elf uur 's ochtends, dan zit ze al uren achter het scherm. Maar het heeft geen zin te proberen te werken, ze kan zich onmogelijk concentreren.

Haar gedachten raken in de knoop, de angst tintelt als kleine mieren over haar huid.

Ze staat op van het bureau in de kleine logeerkamer die ze gebruiken als kantoor. Ze wankelt even van de duizeligheid en moet steun zoeken bij de deurpost om niet om te vallen.

Ze kan beter wat eten, maar ze heeft geen honger. Ze heeft niets naar binnen kunnen krijgen de afgelopen dagen. De geur van eten doet haar kokhalzen, iedere hap zwelt op in haar mond.

Ze heeft Florian, haar broer, nog niet gesproken, ze kan het niet opbrengen om zijn nummer in te toetsen na alles wat er gebeurd is.

Haar mobiele telefoon gaat. Automatisch neemt ze op, ook al waren de laatste drie telefoontjes van de roddelkranten.

'Dag,' zegt een onbekende stem. 'Mijn naam is Rafael Herrera en ik ben van de politie in Åre.'

Marions maag trekt samen. Niet nog meer slecht nieuws, ze kan het niet meer aan.

'Ja?' zegt ze.

'Heb je tijd om me te woord te staan?'

Ze knikt, ook al kan hij haar niet zien.

'Ja,' zegt ze dan dof.

'Ik heb wat vragen met betrekking tot het bedrijf dat je man samen met Linus Sundin runde.'

Marion loopt terug en gaat weer achter de computer zitten. Het scherm licht op met koud, blauw licht, ze ziet haar eigen gekwelde spiegelbeeld.

De politieman neemt weer het woord. 'We hebben eigenlijk een lijst nodig van alle klanten van het bedrijf. De partner van je man had beloofd er een te sturen, maar we krijgen niets. Zou jij dat kunnen regelen?'

'Zeker, uiteraard.'

Marion maakt een aantekening.

'Verder hebben we Linus' aangiftes van de afgelopen jaren doorgenomen,' gaat de politieagent verder. 'Hij lijkt de gewoonte te hebben gehad om te weinig loonbelasting te betalen. Aangezien jij verantwoordelijk bent voor de financiën van het bedrijf, vroeg ik me af of je op de hoogte bent van de reden daarvoor?'

Marion zakt in elkaar op haar stoel. Dit is precies waar ze bang voor was.

Jarenlang had Linus haar gevraagd om minder loonbelasting af te trekken bij het uitbetalen van zijn salaris. Wanneer ze bezwaar maakte en zei dat dit niet correct was, werd hij agressief. Dan zei hij dat Johan en hij de eigenaren waren van het bedrijf en dat zij gewoon moest doen wat haar werd opgedragen.

Toen ze het erover probeerde te hebben met Johan, wilde hij geen ruzie meer met Linus, niet als de sfeer al zo gespannen was. Hij zei dat het niet het einde van de wereld was en Linus was uiteindelijk degene die een naheffing moest betalen. Maar het was verkeerd, hield Marion vol, ze konden de Belastingdienst achter zich aan krijgen. Wat moest ze tegen de accountants zeggen?

Johan wilde niet naar haar luisteren. En nu zit ze hier met de politie aan de telefoon en willen ze weten hoe het zit.

Zullen ze haar verantwoordelijk houden voor de afwikkeling?

Zij is degene die de boekhouding deed.

Marions hart begint nog harder te kloppen. Johan is er niet meer, hij kan niet bevestigen dat ze had geprobeerd in te gaan tegen Linus' belastingfraude. En Linus zal nooit toegeven dat hij degene was die erop had gestaan zo weinig belasting af te dragen. Integendeel, hij zal Marion de schuld geven. Hij kan haar niet uitstaan. Hij zou alleen maar blij zijn als ze de gevangenis in ging.

De stress giert door haar lijf terwijl ze een antwoord probeert te formuleren. De politieagent wacht nog steeds aan de lijn.

‘Pardon,’ zegt ze. ‘Ik voel me niet zo goed. Mag ik je terugbellen?’

Er valt een korte pauze.

‘Natuurlijk. Graag wel zo snel mogelijk.’

Marion legt haar mobieltje neer. Ze leunt met haar voorhoofd in haar handen.

Zodra ze haar ogen sluit, ziet ze Johans bloederige lichaam voor zich in de sneeuw. Ze herinnert zich ieder woord dat de politieagenten hadden gezegd toen ze zaterdag bij haar langskwamen en vertelden hoe ze hem hadden aangetroffen. Ze heeft amper kunnen slapen de afgelopen nachten.

De afschuwelijke beelden achtervolgen haar niet alleen overdag, maar ook ’s nachts in haar nachtmerries. Johan, van wie ze zoveel had gehouden. Met wie ze had gedacht de rest van haar leven te zullen delen. Ze zouden samen oud worden en nooit uit elkaar gaan.

Hij was haar wederhelft, haar zielsverwant. Voor hem had ze haar vaderland achtergelaten, haar familie en vrienden, en was ze naar de andere kant van Europa verhuisd.

Nu zit ze hier helemaal alleen in een ijskoud Zweden zonder ook maar iemand om mee te praten.

Hoe kon dit gebeuren?

Haar blik valt op de zwarte mobiele telefoon naast de computermuis. Zweet parelt op haar bovenlip. Ze had beloofd die politieagent terug te bellen, maar ze heeft geen goed antwoord op zijn vragen.

Waarom kunnen ze haar niet met rust laten?

27

Het bericht dat Pär Andersson zijn broer vrijdagavond nog gesproken had, maakt Hanna alert. Het zou het bepalende stukje van de puzzel kunnen zijn.

Ze houdt haar blik strak op hem gericht terwijl hij naast zijn gebroken moeder op de stoel zit. Zijn vader Torsten lijkt zich nog steeds in zijn eigen wereld te bevinden. Hij heeft amper een woord gezegd sinds Daniel en zij de kamer zijn binnengestapt.

'Je hebt Johan vrijdag gesproken?' herhaalt ze. 'Hoe laat was dat?'

'Rond halfzes, het was net toen ik op weg was naar huis van mijn werk. Ik zat in de auto.'

'Hoe klonk hij?'

Er verschijnt een melancholische glimlach om Pärs mond. 'Vrolijk en enthousiast. Alsof hij te veel energie had.'

Hanna herkent de omschrijving van het gesprek met Carl Willner. Johan was zo opgewonden geweest over iets dat hij niet stil had kunnen zitten.

De vraag is wat?

'Dus hij klonk niet bang?' vraagt ze.

Meteen als ze het gezegd heeft, heeft ze al spijt. Regel nummer één: geen sturende vragen stellen.

'Nee, helemaal niet.'

'Waar hadden jullie het over?'

Pär wendt zijn blik af. De broers moesten erg op elkaar geleken hebben, ze hebben allebei een atletische lichaamsbouw en gelijkmatige gezichtstrekken. Maar het verdriet geeft Johans broer een bleke en uitgemergelde aanblik.

'Johan wilde weten of hij bij ons langs kon komen,' antwoordt Pär.

'Wanneer wilde hij langskomen?'
'Meteen, eigenlijk.'
'Meteen?' echoot Hanna.
'Ja. Hij wilde zaterdagavond al komen, eergisteren dus.'
De bestemming van het mysterieuze reisje was dus zijn broer in Strömsund. Dat was hoe het zat. Hanna is opgelucht dat ze erachter zijn waar Johan heen zou gaan.
'Ik was een beetje overrompeld,' gaat Pär verder. 'We zijn altijd al hecht geweest, maar Johan is nog nooit zomaar langsgekomen. Ik heb hem verteld dat het niet goed uitkwam, omdat we die avond met het hele gezin ergens waren uitgenodigd.'
'En wat zei hij toen?' wil Daniel weten.
'Hij vroeg me om een sleutel voor hem klaar te leggen, zodat hij zelf naar binnen kon.'
'Hij was dus heel volhardend,' stelt Daniel vast.
'Ja, inderdaad. Hij vroeg zelfs of hij minstens een week mocht blijven.'
Dat komt overeen met hun eerdere informatie. Linus had ook verteld dat Johan van plan was om zo lang weg te blijven. De hele week van de voorjaarsvakantie, als Hanna het zich goed herinnert.
Maar waarom?
'Zei hij iets over de reden van zijn bezoek?' vraagt Hanna.
Ze hoopt stilletjes dat Johans broer het antwoord heeft, de reden dat Johan zo haastig moest vertrekken uit Duved.
Dat is de vraag waar alles om draait.
'Het ding is...' Pär werpt een blik op zijn moeder, alsof hij bang is voor haar reactie. 'Johan vertelde dat hij niet alleen zou komen, hij was van plan iemand mee te nemen. Ik had jullie waarschijnlijk eerder moeten bellen, maar zoals ik al zei was ik zo in shock door het bericht over zijn dood. Ik kon niet helder nadenken de eerste dagen.'
'Wie was dat?' vragen Daniel en Hanna tegelijk.
'Dat wilde Johan niet zeggen over de telefoon. Hij zei alleen dat hij de situatie zou uitleggen als we elkaar zagen.' Pär haalt diep adem. 'En toen belde jullie collega eergisteren om te vertellen dat Johan... dood was.'
Zijn gezicht trekt samen en hij slaat zijn hand voor zijn mond.
Tarja streelt over zijn arm. Ook haar ogen lopen vol tranen.

Hanna probeert de nieuwe informatie te verwerken. Johan was op weg geweest naar Strömsund om zijn broer op te zoeken. In het gezelschap van een onbekende persoon.

Daniel stelt de voor de hand liggende vervolgvraag.

'Was het een man of een vrouw die Johan mee wilde nemen?'

'Ik weet het niet.'

'Het was niet Marion?' vraagt Hanna voor de zekerheid, ook al had Marion aangegeven dat ze niets afwist van Johans reisplannen.

'Zo klonk het niet.'

'Weet je nog hoe hij het zei?' vraagt Hanna. 'Als je goed nadenkt?'

Pär sluit zijn ogen bij de vraag, alsof hij zich de exacte woorden probeerde te herinneren.

'Johan zei... dat ik iemand zou ontmoeten die belangrijk voor hem was. Maar ik mocht niemand vertellen dat ze langs zouden komen. Dat moest ik van hem beloven voordat we ophingen.'

Rebecka

2019
oktober

Als Rebecka haar ogen opendoet is het kwart over vier 's nachts. Het is donker in de kamer. Naast haar ligt Ole op zijn rug diep te slapen.

Haar rib doet pijn. Hij had haar hard tegen een bureau aan geduwd eergisteren.

Oles ademhaling is een herinnering aan de heilige huwelijksbeloften die ze elkaar hadden gedaan voor God. Ze zou van hem houden en hem gehoorzamen voor de rest van haar leven. Hij is een gerespecteerd dominee en is nu officieel benoemd als opvolger van Jonsäter.

Toch ligt ze hier aan iemand anders te denken.

Tranen wellen op in Rebecka's ogen. Ze verbergt haar gezicht in het kussen zodat haar snikken niet te horen zijn. Ze mag Ole niet wakker makken, hij mag niet het minste vermoeden krijgen dat er iets niet in orde is.

Hoe kun je tegelijkertijd zo gelukkig en toch ook zo ongelukkig zijn?

Als ze aan Johan denkt is het alsof er een warme golf door haar lichaam spoelt. Als ze zijn ogen ziet, vergeet ze alles. Ze wil alleen maar in zijn armen wegzakken en daar blijven. De angst die ze met zich meedraagt, die met haar vergroeid is als een tweede huid, smelt weg in zijn nabijheid. Johan straalt een blijdschap en geborgenheid uit die ze nooit eerder heeft ervaren.

Hij geeft haar haar levensvreugde terug, de vreugde die Ole met zijn behoefte aan controle en gewelddadige humeur stukje bij beetje van haar had afgepakt.

Johan zou haar nooit kwaad doen, dat weet ze volkomen zeker.

Desondanks hebben ze elkaar amper gekust. Meestal hield hij alleen haar hand vast en knuffelden ze elkaar tijdens de zeldzame keren dat ze een stiekeme boswandeling wisten te maken.

Verder dan dat durft ze niet te gaan.

Ze is doodsbang dat Ole zal ontdekken waar ze mee bezig is. Iedere keer heeft ze zichzelf beloofd dat ze Johan niet meer zal zien.

Maar het is onmogelijk te weerstaan. Hij heeft meerdere keren iets bedacht om naar de kleuterschool te komen om haar op te zoeken. Eerst was het de wc die gemaakt moest worden, daarna begon hij aan de afvoer in de keuken.

Hij heeft haar telefoonnummer, maar ze heeft gezegd dat hij voorzichtig moet zijn. Hij mag haar alleen appen als ze op de kleuterschool is en als ze zijn berichtjes gelezen heeft, wist ze ze meteen weer.

Ole kent haar code, hij had hem zelf uitgekozen toen ze met haar baan begon en een eigen mobieltje nodig had.

Ze durft niet te denken aan wat er zou gebeuren als hij een bericht van Johan zou ontdekken.

Rebecka kijkt naar buiten door het spleetje tussen het rolgordijn en het raamkozijn. De eerste sneeuw komt eraan. De zwarte oktobernacht ligt buiten op de loer. Het is al gaan vriezen en er begint zich een ijslaagje te vormen.

Binnenkort zitten ze midden in de lange Norrlandse winter, die net zo donker en zwaar is als de verwarrende gedachten die haar iedere avond teisteren.

Er bestaat geen oplossing, ze heeft geen hoop op een mooie toekomst.

Ze moet Johan vergeten. Wat hij ook zegt over dat ze bij elkaar horen en dat hij zich nog nooit zo gevoeld heeft.

Rebecka bedwingt haar tranen en sluit haar ogen.

Ze mag niet meer met hem afspreken.

Het zal alleen maar tot ongeluk leiden voor hen allebei.

28

Ze zijn net gestopt bij een snackbar langs de weg voor een hamburger met friet en cola na hun bezoek aan Johans ouders. Als ze teruglopen naar de burgerwagen van de politie, met hun handen vol fastfood, biedt Daniel aan te rijden. Het is niet meer dan redelijk, Hanna had de hele weg naar Östersund achter het stuur gezeten.

Hij rijdt het parkeervak uit en zet koers naar de E14. Het idee is om Linus nog een keer op te zoeken. Zodra ze op de snelweg zitten, trapt hij op het gaspedaal. Het is al kwart voor een en het is gaan sneeuwen. De ruitenwissers werken op volle toeren. Voordat de weg overgaat in een eenbaansautoweg, haalt Daniel nog snel een Audi in.

Hanna lijkt diep in gedachten verzonken.

'We moeten erachter zien te komen wie Johan van plan was mee te nemen naar Strömsund,' zegt ze na een tijdje stil te zijn geweest.

'*Stating the obvious?*' zegt Daniel met een glimlach om de spanning wat te breken. Het verdriet bij Johans ouders thuis had hem diep geraakt, het was een opluchting om weer in de frisse buitenlucht te zijn.

'Wie zou jij stiekem meenemen naar je broer?' vraagt Hanna.

'Ik ben enig kind, ik heb geen broer,' antwoordt Daniel.

Technisch gezien is dat niet helemaal waar. Zijn vader heeft een nieuw gezin gesticht in Umeå nadat hij Francesca, Daniels moeder, in de steek had gelaten. Ze had haar hele familie in Italië voor hem achtergelaten, maar dat had zijn vader er niet van weerhouden om op een dag op te bellen van zijn werk en te vertellen dat hij een andere vrouw had ontmoet.

De volgende ochtend was hij weg.

Daniel was zo klein geweest dat hij het zich eigenlijk niet had moeten herinneren, maar toch had hij er bepaalde geheugenbeelden bij.

Hij weet nog dat zijn moeder in de hal stond te huilen met de hoorn in haar hand. De enige telefoon in hun appartement hing aan de muur naast de voordeur, hij kan nog voor zich zien hoe ze met haar rug tegen de deurpost stond en haar gezicht vertrokken was van wanhoop. Vervolgens heeft hij een vage herinnering van zichzelf terwijl hij naar haar toe rent om haar te troosten, maar zijn kleine armpjes reikten maar tot haar middel.

Ze had het niet in de gaten, doordat ze te veel in beslag genomen werd door het telefoontje van zijn vader.

Daarna is het blanco. Hij heeft een acht jaar jongere halfzus en een vijf jaar jongere halfbroer die hij sinds zijn tiende niet meer heeft gezien. Toen stopten de sporadische bezoekjes aan zijn vader. Een kwarteeuw is verstreken zonder dat hij zijn vader ook maar één keer heeft gesproken, zelfs niet toen zijn moeder werd aangereden in Sundsvall waarbij de bestuurder doorreed en zij overleed.

Daniel weet amper of hij nog leeft.

Hij onderdrukt de gedachten aan zijn vader. Iets wat hij zichzelf heeft aangeleerd als de emoties hem te veel worden.

'Eens kijken,' gaat Hanna verder. 'Wie wilde Johan meenemen naar Strömsund? Het zal waarschijnlijk niet een van zijn vaste vrienden zijn. Wat denk jij?'

Daniel schudt zijn hoofd. 'Geen idee.'

'Goed,' zegt Hanna. 'Wat denk je van een minnares?'

'Bedoel je of hij het risico genomen zou hebben om een minnares mee te nemen naar het huis van zijn broer? Een vrouw van wie Marion niets afwist?' Daniel haalt nog een auto in, een Volvo deze keer. 'Eerlijk gezegd zie ik het nut er niet van in dat hij dan naar zijn broer in Strömsund zou gaan. Als Johan van plan was weg te gaan bij zijn vrouw, had hij dat ook kunnen doen zonder eerst een week weg te gaan uit Åre, toch? Waarom moest dat geheim blijven?'

'Hij wilde waarschijnlijk niet dat Pär zich zou verspreken tegenover Marion voordat hij het haar had verteld?'

'Had hij dat dan niet tegen zijn broer kunnen zeggen?'

'Volgens Pär wilde Johan niet over de telefoon zeggen wie zijn gast was. Het lag te gevoelig. Bovendien moest Pär beloven dat hij niemand zou vertellen over zijn bezoek.'

Daniel leunt met zijn linkerarm tegen het raampje van de auto. In stilte somt hij alle informatie nog eens voor zichzelf op.

Dan begrijpt hij het.

'Ik denk niet dat het om Johan ging.'

Hanna kijkt op. Dan snapt ze het ook. 'Hij was niet degene die zich moest verschuilen!' roept ze uit. 'Het was die andere persoon.'

29

Vlak voor drie uur komen Hanna en Daniel aan in Duved. Hanna's gedachten worden nog steeds in beslag genomen door Johans mysterieuze gezelschap, misschien dat Linus er iets over kan zeggen als ze hem onder druk zetten?

Ze vinden hem in de keuken van het witstenen vrijstaande huis. Er had niemand opengedaan toen ze aanklopten, maar de deur zat niet op slot. Linus heeft blauwe werkkleren aan. Hij zit aan de eettafel met een longdrinkglas gevuld met een doorzichtige vloeistof als ze binnenkomen.

Linus drinkt het vlug leeg terwijl hij hun vraagt om plaats te nemen. Als hij Hanna voorbijloopt, komt er een sterke wodkageur uit zijn mond. Hij ziet er afgemat uit, zijn ogen staan vermoeid en zijn bloeddoorlopen.

Vlak voordat ze er waren, had Raffe gebeld. Hij wist te vertellen dat Linus diverse kortdurende leningen had afgesloten voor een paar honderdduizend kronen. Hij had zelfs het maximale bedrag opgenomen van zijn creditcards.

Linus bevindt zich op het randje van faillissement.

Daar had hij niets over gezegd tijdens hun vorige bezoek.

'We hebben nog wat aanvullende vragen,' zegt Daniel. 'En we willen graag dat je deze keer eerlijk antwoord geeft.'

De onderliggende boodschap hangt in de lucht: in tegenstelling tot de vorige keer, toen je belangrijke informatie achterhield.

'Wanneer heb je Johan voor het laatst gesproken?' vraagt Daniel.

'Dat was vrijdag, toen hij langskwam.'

'Weet je dat heel zeker?'

'Ja, dat zeg ik toch.'

'Misschien wil je nog even over dat antwoord nadenken,' zegt Hanna. 'We zijn namelijk te weten gekomen hoe slecht je er financieel voor staat. Je hebt grote schulden en een hypotheek op je huis. Bovendien betaal je al jaren te weinig belasting over je inkomsten. Je hebt jaren achtereen een naheffing gekregen.'

'Wie heeft dat gezegd?' vraagt Linus.

'Onze informatie is afkomstig van de Belastingdienst,' zegt Hanna.

'Heeft er iemand zitten kletsen?'

Hanna kijkt hem kil aan. 'Je kunt beter antwoord geven op de vraag in plaats van je daar druk om te maken.'

Haar toon wekt razernij op bij Linus.

'Beschuldig je me soms ergens van?'

Hij komt half overeind, leunt over de tafel heen en balt zijn vuist voor haar gezicht.

'Ga zitten!' brult Daniel, die tussenbeide komt.

Linus kijkt hem kwaad aan.

'Ga zitten!' herhaalt Daniel, en hij wijst naar de stoel.

Hij vormt een menselijk schild tussen Hanna en Linus. Uiteindelijk gehoorzaamt Linus met een vertrokken gezicht.

Hanna probeert onaangedaan over te komen, maar zijn uitbarsting had haar overrompeld. Ze is opgelucht over Daniels snelle reactie, ook al dopt ze normaliter haar eigen boontjes.

Ze werpt haar collega een dankbare blik toe. Even dacht ze dat Linus haar zou slaan.

'We weten dat je een hevige ruzie hebt gehad met Johan over financiën,' zegt ze op neutrale toon. 'Je wilde jezelf meer salaris uitbetalen. Een stuk meer dan het bedrijf kon dragen. Volgens een getuige ging je bijna met hem op de vuist in jullie kantoor.'

Hanna moet denken aan Marions woorden dat ze Linus nooit eerder zo agressief had gezien.

'Hoe verklaar je dat?' voegt Daniel eraan toe.

'Dat is gewoon kletspraat.' Linus slaat zijn armen over elkaar. 'Het komt vast van Marion, of niet soms? Ze heeft me nooit gemogen.'

Hij snuift luid.

'Laten we Marion erbuiten houden,' zegt Daniel.

Hanna is niet van plan Linus ermee weg te laten komen.

'Ontken je dat je financiële problemen hebt?' vraagt ze.

'Wat maakt dat uit? Daar hebben jullie niets mee te maken. Dat zijn privézaken.'

Hij struikelt over zijn tong bij die laatste woorden. De wodkageur is nu sterker. De laatste keer dat ze elkaar zagen, was hij meegaander, ook al leek hij een redelijke kater te hebben. Met een flinke dosis alcohol in zijn lijf is hij een ander persoon.

Als het de alcohol is die hem zo strijdlustig maakt, hebben ze alle reden om Marions informatie te geloven.

'Door het overlijden van Johan Andersson erf jij de helft van zijn aandeel in het bedrijf,' zegt Daniel. 'Dat betekent dat jij voor vijfenzeventig procent eigenaar bent en de meerderheid van de aandelen hebt. En dat je kunt beslissen over de financiën van het bedrijf.'

'Begrijp je wat dat betekent?' vraagt Hanna.

Linus heeft iets uitdagends over zich gekregen.

'Het betekent dat je een sterk economisch motief hebt voor de moord op Johan Andersson,' zegt Daniel.

'Beschuldigen jullie me van moord?'

Nu klinkt Linus niet meer zo zelfverzekerd.

'Waar bevond je je tussen vrijdagavond halfacht en zaterdagochtend halfacht?' vraagt Hanna op scherpe toon.

Na Linus' uitbarsting van zonet is ze niet van plan zich in te houden. Misschien dat hij zwicht als ze de druk genoeg opvoeren?

'Ik was hier.'

'Is er iemand die dat kan bevestigen?' vraagt Daniel.

'Mijn vrouw was thuis, en mijn zoon ook.'

'Was je nuchter toen Johan hier vrijdag langskwam?' vraagt Hanna.

Linus geeft geen antwoord.

'Ik vraag me namelijk af of dat misschien niet het geval was,' gaat ze verder. 'Of je misschien zo dronken en kwaad was dat je besloot Johan eens goed de waarheid te vertellen.'

Ze laat haar woorden even bezinken. Dan vervolgt ze: 'Van het een kwam het ander. Jullie kregen ruzie en toen liep het uit de hand. Misschien was het niet de bedoeling dat Johan dood zou gaan. Misschien heb je hem een duw gegeven en kwam hij zo lelijk op zijn achterhoofd terecht dat zijn schedel brak. Maar je moest de situatie wel oplossen. Je hebt zijn auto gepakt en hebt zijn lichaam verstopt bij Tångbölevägen zodat niemand je zou verdenken.'

Linus is bleek geworden. Hij kijkt Hanna hatelijk aan. Dan perst hij zijn lippen op elkaar.

Meerdere minuten verstrijken voordat hij weer iets zegt.

'Ik ben niet van plan nog een woord te zeggen zonder advocaat.'

Rebecka

2019
november

De sneeuw glinstert in het gouden namiddaglicht als Rebecka komt aanrijden bij het kleine huisje in het bos. Het behoort toe aan een van Johans vrienden en ligt op een afgelegen plek een stukje buiten Kall.

Ondanks al haar voornemens om Johan niet meer te ontmoeten, had ze het niet kunnen laten. Niet nu ze de kans heeft een hele dag met hem door te brengen. Hoe vaak had ze God niet om hulp gebeden? Het was alsof hij naar haar geluisterd had. Compleet onverwacht had Ole verteld dat hij met dominee Jonsäter op reis zou gaan.

Twee dagen lang kan ze vrij ademhalen zonder bang te hoeven zijn dat hij haar iets zal aandoen.

Laatst had hij haar zo hard in haar rug geschopt dat ze de volgende dag bloed had geplast.

Het wordt alleen maar erger, alsof Ole instinctief weet dat ze naar iemand anders verlangt, ook al kan hij onmogelijk vermoeden wat er gaande is.

Rebecka knijpt in het stuur en probeert haar duistere gedachten aan de kant te zetten. Ze geniet liever van het prachtige winterlandschap dan dat ze zich zorgen maakt.

Het rode huisje is bedekt met glinsterende verse witte sneeuw. De hemel is onwerkelijk blauw. Een zonnestraal reflecteert in de zijspiegel van de auto en ze glimlacht.

Het lijkt allemaal wel een droom. De gedachte aan een nacht met Johan doet haar duizelen. Het is moeilijk te geloven dat het echt gaat gebeuren.

Hier kan niemand hen betrappen.

Als Rebecka de auto parkeert en het witte sneeuwlandschap in stapt, is ze doodsbang en dolgelukkig tegelijk.

Op de weg klinkt het geluid van een auto en niet veel later komt Johan de bocht om rijden. Rebecka begint hardop te lachen. Ze kan het niet voorkomen, ze is gewoon zo blij. Enthousiast rent ze op hem af. Zodra Johan uitstapt, werpt ze zich in zijn armen. Hij verliest zijn evenwicht en ze tuimelen op de grond, nog steeds met hun armen om elkaar heen.

Als twee sneeuwengelen liggen ze daar met z'n tweeën en hij kust haar hartstochtelijk.

Rebecka vraagt zich af of God haar nu ziet.

Of hij haar dit gunt.

Later op de avond liggen ze in het smalle tweepersoonsbed in de enige kamer die het huisje telt.

Johan heeft de open haard aangestoken. De muren lichten op in het schijnsel van de oranjerode vlammen. Zijn slapen zijn een beetje bezweet en zijn donkere haar krult omhoog bij zijn nek.

Ze hebben meerdere keren de liefde bedreven, elkaar liefgehad op een manier die Rebecka niet voor mogelijk had gehouden. Langzaam en voorzichtig. Johan had zijn uiterste best gedaan om te zorgen dat zij er ook van kon genieten.

Voor het eerst in haar leven had ze een orgasme gehad.

Johan streelt met zijn wijsvinger omlaag over Rebecka's wang. Daarna strijkt hij over haar schouder en sleutelbeen. Het is een simpel gebaar, de tederheid ervan ontroert haar bijna tot tranen aan toe.

Hij is zo voorzichtig met haar, zo behoedzaam in al zijn bewegingen.

'Ik hou van je,' fluistert hij. 'Ik ben nog nooit zo gelukkig geweest, zelfs niet toen ik de nationale kampioenschappen slalomskiën had gewonnen bij de junioren.'

Hij lacht beschaamd om zijn vergelijking.

Rebecka glimlacht, Johan had verteld over zijn skicarrière. Misschien dat hij haar daarom zo bekend voorkwam toen ze hem voor het eerst zag.

'Ik weet dat het snel gaat, maar ik hou van je,' herhaalt hij met dikke stem.

Ze ziet aan zijn blauwe ogen dat ieder woord ervan waar is.

Rebecka slikt.

Ik hou ook van jou, wil ze antwoorden, maar de angst doet haar zwijgen.

Wat gebeurt er als ze het toegeeft? Zal God haar straffen?

Ze aait over zijn wang om niet te hoeven praten.

Het vuur in de open haard knappert, enkele vlammen laaien hoog op.

'Je zou bij hem weg kunnen gaan,' zegt Johan langzaam.

Het is de eerste keer dat hij het onderwerp aansnijdt. Ze heeft geprobeerd niet over Ole te praten, maar het is Johan toch gelukt het een en ander uit haar te krijgen. De rest heeft hij zelf bij elkaar moeten puzzelen.

Het is geen geheim in de omgeving dat hun kerkgemeente trouw is aan de Bijbel en dat ze haar man moet gehoorzamen. Het was altijd heel vanzelfsprekend voor Rebecka geweest dat er een verschil bestaat tussen mannen en vrouwen. Pas sinds kort vraagt ze zich af waarom mannen alle beslissingen moeten nemen en vrouwen zich daarnaar moeten voegen.

Waarom ze zo weinig controle heeft over haar eigen leven.

Johans blik zoekt zich een weg over haar lichaam en blijft steken bij de blauwe plekken op haar rug. De plekken waarvan ze had gehoopt dat hij ze niet zou ontdekken.

Het is duidelijk te zien waar Ole haar had geschopt.

'Je kunt niet toestaan dat hij je zo behandelt,' zegt hij. 'Laat me je helpen.'

'Sst.'

Rebecka wil hun waardevolle tijd samen niet bederven door over Ole te praten. Alles wat ze heeft is al van hem, deze vierentwintig uur zijn alleen van haar. Zijn donkere schaduw mag niet de overhand krijgen.

'Je bent niet zijn bezit,' gaat Johan verder. 'We zouden samen kunnen zijn, een toekomst op kunnen bouwen.'

Hij kust haar teder op haar voorhoofd.

'Ik ga scheiden van Marion. We zijn uit elkaar gegroeid. We zijn tegenwoordig meer vrienden of broer en zus dan geliefden.'

Desondanks klinkt het schuldgevoel door in zijn woorden, waardoor Rebecka nog meer van hem houdt. Het feit dat hij zo onmiskenbaar worstelt met schuldgevoel tegenover zijn echtgenote.

Hij is goed en zorgzaam. Een goede man.

'Ik was heel jong toen we elkaar ontmoetten,' zegt hij. 'Ik was pas tweeëntwintig. Ik wist niet wat echte liefde was.'

Hij ziet er bedroefd uit.

'Als we kinderen hadden gekregen was het misschien anders geweest, maar dat is niet gebeurd.'

Rebecka herkent het verlangen, de droom van een kind van jezelf.

'Waarom niet?' kon ze niet laten te vragen.

'Het is gewoon niet gelukt. Het was denk ik niet de bedoeling dat we ouders zouden worden. Nu is het te laat, Marion is vierenveertig.'

Hij glimlacht bedroefd.

'Ik had het heerlijk gevonden om een hele berg kinderen te krijgen, kleine bengels om mee van de heuvel af te sleeën of op de piste te slalommen. Ik heb altijd gedroomd van een groot gezin.'

Johans stem is zwaar en liefdevol, ze zou er uren naar kunnen luisteren. Rebecka herinnert zich nog hoe hij de kleine Frasse had getroost die dag op de kleuterschool. Hoe teder hij het jongetje had opgetild in zijn armen.

Johan zou een fantastische vader geweest zijn.

Dan ziet ze Ole voor zich. Voor het eerst is ze opgelucht dat ze niet zwanger van hem is geworden.

'Ik ben nog steeds dol op Marion,' gaat Johan verder. 'Maar het is niet genoeg om met haar getrouwd te blijven. Het zou niet eerlijk zijn, niet tegenover haar en niet tegenover mij. Bovendien voelt ze zich niet prettig in Zweden, ze verlangt vaak naar Duitsland.'

Rebecka nestelt zich tegen zijn schouder aan.

'Ik wil bij jou zijn,' zegt Johan teder. 'Ik kan nergens anders aan denken. Ik verlang voortdurend naar je, van het moment dat ik 's ochtends wakker word totdat ik ga slapen. Ik wil dat we samen zijn.'

Hij tilt met twee vingers haar kin op, beroert zachtjes met zijn lippen de hare.

'Lieve Rebecka, ik wil kinderen met je. Als jij dat ook wil, natuurlijk.'

Rebecka is niet in staat te antwoorden. Het is haar grootste wens om moeder te worden, maar het kan niet. Ze is onvruchtbaar.

Johan vat haar stilte verkeerd op.

'We zouden kunnen adopteren, gezien mijn... incompetentie,' zegt hij plotseling gespannen. 'Marion en ik hebben het er wel over gehad, maar zij wilde niet. Wij zouden het echter kunnen... proberen.'

Rebecka vecht tegen haar tranen. Er is niemand die ze liever als de vader van haar kinderen zou zien. Ze horen bij elkaar, zij tweeën. Het is alsof ze dat al wist toen ze hem voor het eerst zag. Alsof het lot had besloten hen tegen alle verwachtingen in bij elkaar te brengen.

Ze begraaft haar gezicht in Johans borst. Ze heeft een brok in haar keel. Zij wil zich ook een bestaan met hem voorstellen, maar ze kunnen zo niet doorgaan, ze mogen elkaar niet meer zien.

Er bestaat geen gezamenlijke toekomst voor hen, geen rooskleurige dromen over een gelukkig einde.

Misschien dat ze hem wel in de maling kan nemen, maar zichzelf en Jezus niet. Haar toekomst is al uitgestippeld. Ze is Oles echtgenote. De domineesvrouw van het Licht des Levens.

Deze nacht is de enige die ze zichzelf kan gunnen.

Morgen keert ze terug naar huis en gaat ze verder met haar taken binnen de gemeente en het verspreiden van Gods woord op aarde samen met haar vrienden en familieleden.

Ze kan zich niet losbreken, zelfs niet voor Johan.

Hun dag samen is een kostbaar geschenk, meer niet.

Daar zal ze het de rest van haar leven mee moeten doen.

30

De zon is al ondergegaan als Hanna en Daniel terugkomen bij het politiebureau voor een kort overleg.

Daniel neemt plaats in de vergaderruimte. Het was een lange dag geweest met veel tijd in de auto. Hij wrijft in zijn ogen. Na de laatste ontmoeting met Linus Sundin was zijn energie op. Hij had gehoopt dat de man in hun bijzijn zou instorten, maar in plaats daarvan eiste hij een advocaat voor het vervolg van het verhoor.

In Daniels optiek is dat precies wat een schuldige persoon zou doen.

Linus leek ook bepaald niet nuchter te zijn geweest en was opvallend agressief geworden. Dat was een kant die hij nog niet eerder had laten zien. Ze hadden gediscussieerd over de vraag of hij schuldig was, of hij de moord werkelijk uitgevoerd zou kunnen hebben, met het oog op de brute handelswijze. Maar op dit moment heeft Daniel weinig moeite zich dat voor te stellen.

In beschonken toestand zou Linus heel goed de dader kunnen zijn geweest.

De deur gaat open en Anton en Raffe komen binnen. Achter hen verschijnt Hanna met twee koppen dampende thee. Ze geeft er een aan Daniel en gaat naast hem zitten.

'Ik heb er melk in gedaan, zoals je het lekker vindt,' fluistert ze.

Hij werpt haar een dankbare blik toe.

Anton haalt zijn notitieblok tevoorschijn.

'Een geloofwaardige getuige heeft contact opgenomen over Johan Anderssons auto,' zegt hij.

'Vertel,' zegt Daniel.

Ze kunnen wel wat goed nieuws gebruiken.

'De vader van een tiener zag hem staan langs Klubbvägen, ten zuiden van het afvalpunt in Staa, rond negen uur op vrijdagavond. Hij bracht zijn dochter met een vriendin naar een feestje bij iemand in de buurt. Later, toen hij rond middernacht terugkwam om die kids op te halen, was hij weg.'

'Perfect,' zegt Hanna. 'Dan hebben we een bevestigde tijdsspanne.'

Anton gaat verder. 'Hij zei dat hij hem opviel omdat hij het loodgietersbedrijf in november had ingehuurd om een kapotte wc te repareren. Hij herkende de bedrijfsnaam.'

'Carina zei dat ze dacht dat het lichaam voor middernacht op Tångbölevägen is achtergelaten,' zegt Hanna. 'Vanwege de hoeveelheid sneeuw die het bedekte. Dat klopt precies. Nadat Johan bij Linus was geweest, is zijn auto dus teruggebracht naar Staa, maar niet naar Johans huis aan Dalövägen. In plaats daarvan is hij tijdelijk op Klubbvägen neergezet.'

'Je kunt je afvragen waarom hij daar zo lang is blijven staan,' zegt Raffe, terwijl hij een doosje snus uit zijn zak haalt.

'Als Johans auto een rittenregistratiesysteem heeft of een elektronisch logboek, krijgen we daar misschien antwoord op,' zegt Daniel. 'Carina zou het natrekken, maar we hebben nog niets gehoord.'

'Misschien raakte de dader in paniek en had hij tijd nodig om na te denken?' stelt Hanna voor. 'Als Linus Johan heeft omgebracht in een plotselinge blinde woede, had hij denk ik geen plan klaarliggen.'

'Zo zou het gegaan kunnen zijn,' beaamt Daniel.

Hun bezoek aan Linus van die middag was in veel opzichten verhelderend geweest. Blijkbaar kan hij zichzelf niet goed beheersen, vooral niet als hij dronken is.

'Je vraagt je af of Johan al dood was toen die auto daar op Klubbvägen werd achtergelaten,' zegt Anton, en hij strijkt over zijn kin. 'Of dat hij onder het bloed en in elkaar geslagen op de vloer van de auto lag en later overleed.'

Daniel ziet Antons blik afdwalen naar de foto's van Johans toegetakelde gezicht aan de muur.

'Je zou bijna willen dat die arme man bewusteloos was,' voegt Anton eraan toe. 'Zodat hij niet hoefde te lijden.'

Een gespannen stilte vult de ruimte.

'Na zijn stop op Tångbölevägen is de dader vermoedelijk naar Gevsjön gereden,' zegt Hanna een minuut later. 'Gezien het feit dat het voertuig daar is verstopt bij die oude schuur waar het gisteren gevonden is.'

Daniel kan zich de opeenvolging van gebeurtenissen voorstellen. Ze begonnen een helder beeld te krijgen van de situatie en hoe die zich ontwikkeld had. Op één belangrijke uitzondering na.

Wie zat er achter het stuur?

31

Het ruikt heerlijk naar wildstoofpot als Hanna terugkomt in Sadeln. Het is een ongewoon gevoel, dat het eten klaarstaat als ze thuiskomt.

Lydia staat in de keuken met een bruinleren schort om. Zoals gewoonlijk oogt ze chic en efficiënt tegelijk, in haar grijze coltrui en donkere designerjeans. Zelfs haar haar zit goed, ook al had ze waarschijnlijk de hele dag een skihelm op gehad.

Hanna wordt zich onmiddellijk bewust van het feit dat ze zelf geen make-up draagt. Ze heeft zelfs geen mascara op vandaag. Ze was simpelweg in haar kleren gestapt en de deur uit gegaan die ochtend.

'Hé, je bent er,' zegt Lydia met een glimlach. 'Wat goed, het eten is bijna klaar.'

'Dank je,' zegt Hanna. 'Ik heb honger als een paard.'

Ze snuffelt waarderend aan de lucht.

'Maar jullie hoeven niet op me te wachten 's avonds,' zegt ze voor de zekerheid. 'Ik zal de hele week vreemde tijden hebben. Het is erg druk door die nieuwe zaak.'

Lydia is advocaat en ze weet wel beter dan Hanna vragen te stellen over een lopend moordonderzoek. In plaats daarvan proeft ze van de stoofpot en maakt ze een smakkend geluid.

'Waar zijn de kinderen?' vraagt Hanna.

'Richard is met ze gaan zwemmen bij Copperhill. Ze kunnen elk moment terug zijn.'

Het klinkt heerlijk. Copperhill Hotel, dat maar vijf minuten rijden is vanaf hun huis, heeft een geweldig zwembad.

'Zal ik ondertussen de tafel dekken?' vraagt Hanna.

Ze trekt een van de keukenlades open waar de dikke aardewerken borden in zitten en pakt een stapel van vijf borden met glazen en bestek.

'Mama heeft trouwens gebeld,' zegt Lydia over haar schouder.

'O?'

Hanna krijgt een steen in haar maag. Wat heeft haar moeder nu weer tegen Lydia gezegd?

'Ze zei dat je chagrijnig was toen ze je laatst belde.'

'Ja, en waarom zou dat geweest zijn?' moppert Hanna.

Het klinkt humeurig, maar ze voelt zich nog steeds gekwetst om het feit dat haar moeder nog met Christian wil omgaan. Dat ze zijn kant kiest in plaats van die van haar eigen dochter.

Hanna heeft zelf geen kinderen, maar als ze die wel had, zou ze hun nooit zoiets aandoen.

'Wat maakt het uit?' voegt ze eraan toe. 'Ze praat toch liever met jou.'

Die laatste opmerking was overbodig, Lydia kan er niets aan doen dat zij het lievelingetje is. Haar moeder was nooit van plan geweest om meer dan één kind te nemen, ze waren een hecht gezin van drie geweest totdat Hanna er geheel onverwacht bij kwam.

Bovendien zijn zij en haar moeder net yin en yang. Het is niet alleen dat ze zulke verschillende persoonlijkheden zijn, ze hebben ook heel andere principes. Voor haar moeder draait alles om uiterlijk, om hoe haar omgeving haar ervaart. Daarom moet alles in haar leven perfect zijn en daar horen ook haar familieleden bij.

Lydia, die een rechtenstudie gedaan heeft, slaagt met vlag en wimpel, terwijl Hanna met haar politiecarrière en inzet voor kwetsbare vrouwen, eerder gênant en vervelend is in haar ogen.

Zelfs Hanna's aanranding in Barcelona, die nog steeds een diepe wond vormt, had haar moeder als een belediging opgevat. Niet omdat Hanna iets was aangedaan en fysiek was aangevallen, maar omdat haar moeder zich diep vanbinnen schaamde dat ze een dochter had die was verkracht. Het is een vrouwbeeld dat eindeloos ver af staat van dat van Hanna zelf. Soms vraagt ze zich af of het niet beter zou zijn om maar compleet met haar moeder te breken, of dat niet makkelijker zou zijn voor iedereen.

Lydia zucht en trekt de deur van de oven open om de bakplaat met aardappelpartjes te controleren.

'Sorry,' zegt Hanna. 'Maar je weet hoe ze is. Er is altijd iets mis als ik haar bel. En als ik niet bel, beklaagt ze zich bij jou.'

Ze zegt niets over het dinertje met Christian. Ze heeft nu niet de puf erover te beginnen.

Als ze het laatste bestek neerlegt, ramt ze het zo hard op tafel dat er een luid gerinkel klinkt.

'Wat ik ook doe, het is nooit goed genoeg.'

'Dat is niet waar,' zegt Lydia.

'Jawel,' zegt Hanna scherp. 'Mam vindt het maar niets dat ik single ben, dat past niet bij haar beeld van een gelukkig en succesvol gezin. Bovendien is ze gekrenkt omdat het uit is met Christian, want hij was de perfecte schoonzoon, in elk geval wat haar betreft. Ze vat het persoonlijk op, ook al was het niet mijn schuld.'

Hanna wordt alweer boos en teleurgesteld als ze alleen al aan hun gesprek van zaterdag denkt. Ze loopt terug naar de eettafel en begint vlug wat papieren servetten neer te leggen. Tot haar irritatie komen ook de tranen opzetten.

Haar moeder heeft haar al veel te vaak gekwetst. Het had jaren geduurd om een harde buitenkant op te bouwen ter bescherming, ze voelt zich er het beste bij als ze zo veel mogelijk nauw contact vermijdt.

Godzijdank wonen haar ouders tegenwoordig in het Spaanse Nerja, die strategie werkt dus best goed.

'Ze begint wel oud te worden,' zegt Lydia.

'Ze is pas vijfenzeventig.'

'Moeten jullie toch niet proberen vrede te sluiten?'

Lydia komt naar haar toe en geeft een kneepje in haar schouder.

'Kunnen we het over iets anders hebben?' gromt Hanna.

Haar zicht is troebel geworden, ze moet een aantal keer knipperen om weer helder te kunnen zien.

'Ik moet naar de wc,' zegt ze dan, en ze loopt weg.

32

Er staat een lange rij voor de kassa van de ICA in Duved als Anton wil betalen.

Hij heeft vlug wat willekeurige boodschappen in zijn mandje gegooid: spaghetti en een zakje kant-en-klare gehaktballetjes die hij kan opbakken. Hij heeft voor de verandering niet de puf om koolhydraten te tellen of aan zijn training te denken, hij wil alleen maar zo snel mogelijk naar huis, eten en naar bed.

Zijn oren suizen van vermoeidheid. Nog meer nachten met vier, vijf uur slaap trekt hij niet. Vanavond moet hij op tijd naar bed zien te gaan.

Met de tas in zijn ene hand steekt hij schuin Karolinervägen over. Hij kan het niet laten een blik in de richting van Carls huis te werpen, een paar honderd meter naar het oosten. Duved is klein, hij begrijpt niet hoe het kan dat ze elkaar niet eerder zijn tegengekomen. Maar Anton is een paar jaar jonger, waarschijnlijk is dat de verklaring. Bovendien heeft Carl de afgelopen jaren in Gävle gewoond.

Het is koud en pikzwart buiten als hij door de sneeuwstorm naar zijn eigen woning loopt. Hij huivert van de kou, maar de opwelling om om te lopen langs het huis van Carl is sterk.

Het is maar een paar minuten extra.

Hij aarzelt. Dan zet hij koers in die richting.

Anton blijft staan op de parkeerplaats voor de deur en zet de tas neer. Hij wrijft in zijn handen om de kou te verdrijven. De temperatuur is nog verder gedaald, het is min vijftien buiten. Rijen ijspegels hangen als scherpe stekels omlaag van het dak boven Carls raam op de tweede verdieping. Het doorzichtige ijs glanst weemoedig in het schijnsel van de straatlantaarns. Het is donker en alle lichten zijn uit. Er lijkt niemand thuis te zijn.

Goed, dan weet hij dat. Het geeft niet. Anton hoort hier helemaal niet te zijn, hij mag geen contact hebben met Carl zolang het onderzoek loopt.

Wat is hij aan het doen?

Met een zucht buigt hij zich voorover om de boodschappentas weer op te tillen. Net op dat moment roept iemand zijn naam.

'Anton?'

Carl komt op hem aflopen vanaf de kerk schuin aan de overkant. Hij draagt een donkerblauwe puntmuts. Sneeuwvlokken hebben een laagje over het gebreide patroon heen gevormd. Het ziet er fluffy, bijna schattig uit.

Hij is net zo knap als gisteren.

'Ik dacht al dat jij het was.'

Hij klinkt blij.

Anton begint zowaar te blozen. Hij kan zich niet herinneren wanneer hem dat voor het laatst is overkomen.

'Ik wilde alleen...'

Hij raakt de draad kwijt. Wat wilde hij eigenlijk? Hij heeft geen goed antwoord op de vraag. Hij weet alleen dat hij beter weg kan gaan voordat hij zichzelf nog meer belachelijk maakt.

'Dat was een beetje stom gisteravond,' zegt hij met gloeiende wangen.

Carls ernstige blik maakt het er niet beter op.

'Waarom zei je niet dat je politieagent was?'

Ook hier heeft Anton geen goed antwoord op.

Hij probeert te voorkomen zijn beroep te noemen als hij mensen voor het eerst ontmoet. De ervaring heeft hem geleerd dat mensen ofwel afstandelijk worden, of duizend vragen gaan stellen. Of er komt een preek over alles wat de politie beter zou moeten doen.

'Ik was niet plan om je tegen te komen in het kader van een moordonderzoek,' zegt hij.

Het klinkt niet bepaald vriendelijk of verontschuldigend en bovendien is het buitengewoon lomp gezien het feit dat Carl net zijn beste vriend verloren heeft.

Anton krijgt onmiddellijk spijt.

Carl kijkt zowel verbaasd als gekwetst.

'Ik bedoel alleen te zeggen dat ik net zo overrompeld was als jij,' voegt Anton eraan toe met het gevoel dat hij de zaak zojuist nog erger heeft gemaakt. 'Sorry, het was niet mijn bedoeling zo tactloos over te komen.'

Hij wendt zijn blik af. De wind krijgt vat op een plastic verpakking op de grond. Hij wervelt omhoog en verdwijnt verderop op de weg waar hij wordt opgeslokt door het donker.

Anton zou ook wel willen verdwijnen op dit moment.

'Sorry,' zegt hij nog een keer. 'Ik wilde je niet kwetsen.'

Carl huivert van de kou. Hij stampt een paar keer met zijn voeten.

'Het geeft niet,' zegt hij, en hij lijkt een paar seconden te aarzelen. 'Wil je... even bovenkomen om te praten?'

Dat is het laatste wat hij zou moeten doen.

Maar Anton knikt en loopt achter Carl aan naar binnen.

Rebecka

2020
januari

Eindelijk is de kerstvakantie voorbij. Het is donker als Rebecka de voordeur van Het Sneeuwklokje openmaakt. De januariochtend is ijskoud en een ijslaag omlijst de ramen. Toch stroomt de opluchting door haar lijf als ze de drempel over stapt.

Het is tijd om weer aan het werk te gaan na Driekoningen en ze heeft deze plek zo gemist. Hoewel ze superdruk was geweest met alle evenementen van de gemeente, de viering van de geboorte van Jezus, was het haast onverdraaglijk geweest. Alle vrome blikken op Ole als hij de preek hield of de tekst uitlegde voelden als een provocatie. Evenals de lofzangen tijdens de feestdagen waarbij ze geacht werd mee te zingen.

De lucht van het Licht des Levens was te dik geworden om in te ademen.

Iedere wakkere minuut verlangt ze naar Johan. Het helpt niet dat ze weigert met hem af te spreken sinds ze elkaar in het zomerhuisje hadden gezien in november. Het had een enorme wilskracht gevergd om zich ervan te weerhouden. Hij is de liefde van haar leven, maar het kan niet anders.

Ze hebben geen toekomst samen.

Ole is haar echtgenoot.

Maar ze mist Johan zo wanhopig veel. Het is als een fysieke aandoening, een open wond die niet kan helen als hij niet bij haar is. Hoe ze ook bidt, God iedere avond om hulp smeekt. Dat Hij haar zal bevrijden van deze verboden liefde.

Ze kan het niet alleen.

Alles aan haar bestaan doet haar aan Johan denken. Hoe hij naar haar keek, hoe hij haar aanraakte. Al die uren dat ze die heerlijke nacht naast elkaar hadden gelegen.

Wanneer Ole in het donker in de slaapkamer op zoek gaat naar haar lichaam, moet ze op haar lip bijten om haar afschuw niet te laten blijken.

Ze probeert het te zien als haar boetedoening. Haar kruis om te dragen. Ze móét iedere gedachte aan Johan uitbannen. Elke dag is een strijd en ondertussen gaat het met Ole van kwaad tot erger. Ook al had ze haar best gedaan zich naar hem te voegen, het was toch meerdere keren tot ruzie gekomen tijdens de kerstvakantie. Ole maakte van de geringste aanleiding gebruik om haar te straffen.

Als hij achter de relatie met Johan zou komen...

Rebecka krijgt kippenvel.

Dan zou Ole overal toe in staat zijn. Ze heeft de hoop dat hij zal veranderen opgegeven. Het geweld neemt alleen maar toe, alsof hij een onzichtbare grens overgegaan is die hem eerder nog tegen had gehouden.

Ze hangt haar jas op aan het gebruikelijke haakje en kreunt. Haar bovenarm doet pijn van de laatste ruzie. De sporen van Oles harde greep zijn duidelijk op haar huid te zien. Bovendien heeft ze pijn in haar nek en schouders. Ze is zo opgejaagd tegenwoordig, ze kan zich niet ontspannen. Zodra Ole in de buurt is, treedt haar spiergeheugen in werking. Haar lichaam verstijft, alles trekt samen.

Rebecka zet haar muts af en schudt haar haar los.

Ze is dankbaar dat ze een hele dag bij Het Sneeuwklokje voor zich heeft. De kleuterschool is haar toevluchtsoord, het enige wat haar overeind houdt. Soms droomt ze van een ander leven. Zoals dat van Maria, waarbij ze haar eigen beslissingen neemt. Vermoedelijk beschikt Maria ook over haar eigen geld. Rebecka's salaris wordt direct op Oles rekening gestort.

Johans woorden zijn haar bijgebleven. *Je kunt niet toestaan dat hij je zo behandelt.*

Het is makkelijk gezegd, maar wat kan ze doen? Haar lot is al bepaald. Ze maakt deel uit van Het Licht des Levens, ze zal de rest van haar leven door Het Dal van de Heer wandelen.

God stelt haar op de proef.

Wie zou de waarheid geloven als ze de moed opvatte om over Ole te vertellen? Als ze zou vertellen waarom ze bij hem weg wil gaan.

Iedereen vindt hem fantastisch.

Het is stil en verlaten in de lokalen. Voor het eerst in weken ontspant Rebecka. Grote adventsterren hangen nog voor de ramen, het zachte schijnsel creëert een kerstsfeer. Maria komt pas over een halfuur, ze heeft een tijdje voor zichzelf.

Ze loopt de personeelskamer binnen om een kop koffie te maken als ze een vreemde geur ruikt. Ze haalt haar neus op, zet het kopje neer en controleert de verpakking met koffiepoeder. Is hij bedorven? Nee, hij ziet er normaal uit, de houdbaarheidsdatum is nog oké.

Een golf van misselijkheid spoelt door haar heen. Ze kan nog net naar de wc rennen voordat haar maag zich omkeert. Het duurt even voordat ze weer overeind kan komen. Toch moet ze zich aan de wastafel vastklampen om haar gezicht te kunnen afspoelen.

Ze ziet er bleek uit in de spiegel en ze heeft ingevallen ogen, ook al is ze aangekomen van al het kersteten. Ole heeft er al twee keer een sneer over gemaakt. Haar broek zit strak bij haar buik, bijna niets past meer. Ze heeft al met zichzelf afgesproken om de koekjes en zoete broodjes voorlopig te laten staan.

De gedachte aan eten alleen al doet haar bijna opnieuw overgeven.

Haar blik wordt naar het gebied rond haar navel getrokken. Het puilt een beetje uit. Zelfs haar beha zat niet goed de afgelopen dagen, alsof hij te klein was geworden. Zoveel kan ze toch niet gegeten hebben?

Een gedachte komt in haar opzetten, zo ondenkbaar dat ze die amper kan formuleren.

Rebecka slaat haar handen voor haar mond en kijkt in haar eigen bleke gezicht in de spiegel.

Zou het kunnen dat ze... zwanger is?

Haar benen kunnen haar niet meer dragen. Ze zakt op de grond en leunt met haar voorhoofd tegen haar knieën, ze moet een paar keer diep ademhalen om zichzelf weer in de hand te krijgen.

Haar hart gaat tekeer.

Het is onmogelijk, het kan niet. Ze is ruim zeven jaar getrouwd met Ole zonder ook maar één keer zwanger te zijn geworden. Ze heeft niet eens een miskraam van hem gehad. Hoe zou het dan nu wel kunnen gebeuren?

Tenzij...

Er is maar één verklaring.

Koortsachtig telt ze op haar vingers. Het is ongeveer zes, zeven weken geleden dat ze de nacht had doorgebracht met Johan. Het was niet in haar opgekomen bescherming te gebruiken, omdat ze wist dat ze onvruchtbaar was. Bovendien had Johan verteld dat hij ook geen kinderen kon krijgen.

Toch wijst alles in die richting.

Ze is al een tijdje niet ongesteld geweest. Omdat ze soms onregelmatig ongesteld wordt, had ze er niet bij stilgestaan. Bovendien waren al haar gedachten uitgegaan naar de situatie met Johan.

Rebecka gaat met haar vingertoppen over haar buik. Zou er een klein leven kunnen groeien daarbinnen? Is dat mogelijk?

Ze gaat rechtop staan en bekijkt haar spiegelbeeld, trekt haar trui een stukje omhoog om het beter te kunnen zien.

Van opzij puilt haar buik zonder twijfel een beetje uit op een manier die niet gebruikelijk is.

Haar borsten zijn ook groter.

Hoewel het een ramp is, wordt ze overspoeld door blijdschap. Ze glimlacht en begint te lachen. Ze wil al zo lang moeder worden, ze droomt al jaren van een baby. Af en toe was ze stiekem weggeslopen om te huilen als ze de baby's en zwangere buiken van anderen zag.

Stel dat ook zij moeder wordt? Stel dat God had toegegeven en haar zo'n geschenk had gegund?

Maar dan haalt de angst haar in.

Al was ze misschien onnauwkeurig geweest met haar berekening, ze weet ongeveer wanneer haar laatste menstruatie was. En de weken na haar nacht in het zomerhuisje was ze erin geslaagd Oles toenaderingen te ontlopen, aangezien ze de gedachte om hem in zich te voelen niet kon uitstaan.

Het moet Johans kind zijn.

Dat kan niet anders.

Ole en zij hadden het zoveel jaren geprobeerd, de kans dat ze precies nu zwanger van hem is, is nihil. Ze heeft zelfs over dit fenomeen gelezen, dat mensen die met hun partner geen kinderen kunnen krijgen verbazend snel zwanger kunnen raken wanneer ze iemand anders ontmoeten.

Dat is waar Johan en zij wonderbaarlijk genoeg in geslaagd moeten zijn.

Rebecka begint te trillen over haar hele lijf. Ze is zwanger van Johan. In paniek begint ze te huilen, tranen van angst. Ze slaat haar handen voor haar gezicht en jammert luid.

Ole mag er nooit achter komen dat ze het kind van een ander draagt.

Ze weet hoe hij is na al die jaren, hij is steeds controlerender en gewelddadiger geworden. Als haar geheim aan het licht zou komen, zou zijn razernij geen grenzen kennen.

Als Ole de waarheid zou ontdekken over het kind, zou hij overal toe in staat zijn.

Zowel wat haar als Johan betrof.

33

Daniel heeft zijn bord nog niet leeg of Ida staat al op van tafel en zet haar bord in de vaatwasser. Omdat Daniel zo laat thuis was gekomen, had zij moeten koken terwijl normaal gesproken Daniel degene is die het eten klaarmaakt. Morgen moet hij proberen op tijd thuis te zijn, misschien kan hij pasta pomodoro maken met verse basilicum, een van hun favorieten.

Hij merkt dat Ida is blijven staan bij het aanrecht met haar rug naar hem toe. Ze is de hele maaltijd zwijgzaam geweest, al sinds hij thuiskwam van zijn werk, nu hij erover nadenkt.

'Is alles in orde?' vraagt hij voorzichtig.

Ida draait zich om. Haar ogen glanzen verontrustend. 'Het wordt toch niet zoals in december, hè?' zegt ze gespannen. 'Toen je voortdurend weg was.'

Daniel glimlacht geruststellend naar haar. 'Maak je geen zorgen. Ik zal mijn best doen, dat beloof ik.'

Het is niet gezegd dat hij die belofte ook kan houden, maar dat kan hij niet uitspreken. Niet nu Ida zo van streek lijkt.

'Iedereen heeft het over de moord op Johan,' zegt ze. 'Er was vandaag een interview op tv met het hoofd Toerisme. Hij zei dat het belangrijk is voor heel Åre dat het misdrijf snel wordt opgelost. Betekent dat niet dat jij heel veel moet werken?'

Ida heeft gelijk. Moordonderzoeken vergen normaliter al zijn wakende tijd, dat weet Daniel, vooral na zijn werk in Göteborg.

'Stel dat je jezelf in gevaar brengt?' zegt ze met een trilling in haar stem. 'Ze zeiden dat de moord op Johan buitengewoon onmenselijk was. Het klinkt alsof het riskant kan zijn om achter die dader aan te gaan?'

'Ik heb alles onder controle,' verzekert hij haar. 'Bovendien hebben we deze keer meer middelen. Hanna is ook vanaf het begin bij het onderzoek betrokken. Dat is een grote verlichting, ze heeft veel ervaring van haar werk bij de politie in Stockholm centrum.'

'Het kan me niet schelen wat Hanna heeft!' Inmiddels is Ida bijna aan het schreeuwen. 'Ik maak me zorgen om jou. Snap je dat niet?'

'Lieverd,' zegt Daniel.

Hij loopt naar haar toe om haar een knuffel te geven, maar ze slaat zijn armen weg. Tranen van boosheid rollen over haar wangen.

'Je bent de hele tijd weg en ik zit hier bang en zenuwachtig te zijn. Vandaag heb ik je meerdere keren geprobeerd te bellen, maar je nam niet op.'

Hij had beide keren dat Ida belde in verhoor gezeten. Eerst waren ze bij Johans ouders geweest en daarna bij Linus thuis. Hij had haar telefoontjes niet kunnen opnemen, niet midden in een gevoelige conversatie.

Hij had natuurlijk op de terugweg moeten bellen, maar in de auto waren ze druk bezig geweest de gesprekken te analyseren en op het politiebureau had hij vervolgens meteen moeten vergaderen.

'Sorry,' zegt hij. 'Het was niet de bedoeling je van streek te maken. Hanna en ik zaten in een verhoor en...'

Ida valt hem in de rede. 'Dus zij was erbij? Wat heerlijk dat zij je tenminste wel te zien krijgt.'

Daarnet was ze nog verdrietig geweest, maar nu klinkt ze boos en ironisch.

Daniel heeft Hanna de afgelopen maanden wel vaker ter sprake gebracht waarschijnlijk, misschien had hij haar zelfs geprezen, maar meer dan dat was het niet. Hanna had een bepalende rol gehad in de zaak over Amanda en ze had er persoonlijk een hoge prijs voor moeten betalen.

Zijn irritatie neemt toe, ook al heeft hij totaal geen zin om ruzie te maken vanavond. Waarom moet Ida zo negatief doen over Hanna? Ze heeft er niets mee te maken. Integendeel, zonder haar medewerking zou hij nog meer uren kwijt zijn aan het onderzoek.

Hij begrijpt echter dat dit niet het juiste moment is om dat op te merken.

'Snap je niet hoe moeilijk het voor me is?' vraagt Ida met een brok in haar keel. Ze lijkt nu weer vooral verdrietig. 'Als jij niet opneemt en ik me afvraag of dat betekent dat je gewond bent? Dat er aangebeld wordt om te vertellen dat er iets verschrikkelijks is gebeurd...?'

'Lieverd toch...'

Hij doet opnieuw een poging Ida in zijn armen te nemen en deze keer laat ze het toe. Ze leunt met haar voorhoofd tegen zijn schouder en maakt een geluid dat klinkt als een half gesmoorde snik.

'Je hoeft niet bang te zijn,' fluistert hij in haar oor. 'Ik beloof dat ik voorzichtig zal zijn. Er zal niets gebeuren.'

Ida knikt stilletjes. Op hetzelfde moment klinkt er gehuil uit de wieg.

'Ik neem haar wel,' zegt hij vlug. 'Dan kun jij even rusten. Misschien een bad nemen?'

'Nee, het gaat wel.'

Ze glimlacht flauwtjes naar hem en verdwijnt naar de kinderkamer. Daniel blijft achter aan de keukentafel met het sterke gevoel dat hun gesprek bijna ontspoord was. Ook al was hij niet boos geworden of uitgebarsten.

Het voelt alsof Ida er echt mee zit. Het is geen goed teken dat ze Hanna in hun gesprek betrekt.

Met een zucht staat hij op en brengt zijn eigen bord naar de vaatwasser.

Hij doet echt zijn best, voortdurend. Maar toch lijkt het nooit genoeg te zijn.

34

Marion ligt te dommelen op de bank als ze wakker wordt van een vreemd geluid.

Het klonk als een bons van buiten bij de voordeur.

Slaapdronken kijkt ze om zich heen. Ze moet in slaap zijn gevallen in de woonkamer, het lijkt al laat te zijn, alles is donker. Maar de lucht is opgeklaard en een bleke halvemaan schijnt door het raam naar binnen en werpt een spookachtig licht op de meubels.

Kan het al middernacht zijn?

Voordat ze kan gaan kijken klinkt er een geluid uit de hal. Daarna volgt er een ander geluid, alsof iemand aan de deurhendel trekt.

Iemand probeert het huis binnen te komen.

Marion voelt hoe de haartjes op haar armen overeind komen. Ze krimpt ineen en sluit haar ogen, probeert zichzelf ervan te overtuigen dat er niets aan de hand is. Als ze blijft liggen en doet alsof ze niet thuis is, gaat de persoon misschien weg?

Het geluid van de deurbel snijdt door de stilte. Marion durft zich niet te bewegen.

Er wordt nog een keer aangebeld, een lang signaal, zoals wanneer je je vinger erop duwt en niet van plan bent los te laten.

Haar hart gaat tekeer in haar borst. Ze kan zich niet herinneren waar ze haar telefoon heeft gelaten en durft niet rechtop te gaan zitten om te zoeken.

Het hele huis trilt van het volhardende gebel. Ze kan er niet tegen. Ze staat op en sluipt voorzichtig naar de hal. Door het met ijs bedekte raampje in de voordeur ziet ze een lange schaduw op de buitentrap.

Er trekt een schok door haar heen. Het lijkt Johan wel. Lieve god, is hij opgestaan uit het graf?

Dan hoort ze de man buiten brullen: 'Doe open!'

Ze begint te hijgen.

'Ik weet dat je thuis bent!'

Ze herkent de stem. Het is Linus. Hij klinkt net zo boos als die keer op kantoor toen hij op het punt stond Johan te lijf te gaan.

Hij begint hard te bonzen en belt dan nog een keer aan.

Marion kijkt om zich heen in de ruimte. Ze heeft niets om zich mee te verdedigen. Haar blik glijdt naar het brede raam in de woonkamer, de glazen deuren die op het terras uitkomen.

Als hij ze inslaat, is hij met een paar seconden binnen.

Het geluid van de deurbel echoot nog steeds tussen de muren.

'Doe open verdomme!'

Linus' sterke gestalte torent omhoog achter de voordeur die begint te trillen als hij er luidruchtig op begint te bonzen als een waanzinnige geest die op zoek is naar een opening.

Marion duwt zich tegen de muur van de keuken aan, haar hele lijf trilt van angst. Ze kijkt om zich heen en haar blik valt op het aanrecht. Daar, rechts van het fornuis, staat het messenblok dat Johan voor zijn dertigste verjaardag had gekregen. Hij was meestal degene die kookte, zelf had ze er weinig interesse in.

Ze krijgt een brok in haar keel als ze bedenkt dat ze nooit meer samen zullen dineren.

'Doe open!' brult Linus weer. 'Anders trap ik de deur in.'

Instinctief steekt ze haar hand uit naar het koksmes, Johans favoriet, dat midden in het messenblok gestoken zit. Het brede lemmet glanst in het maanlicht. Het snijvlak is scherp en pasgeslepen, daar was Johan heel secuur in geweest.

Ze omklemt het mes met haar rechterhand.

'Doe open, trut!' roept Linus weer. 'Anders kom ik wel op een andere manier binnen.'

Marion aarzelt. Dan loopt ze naar de hal. Ze draait vlug het slot open en stapt meteen weer naar achteren.

Het mes houdt ze achter haar rug, ze weet niet goed of het haar bescherming zal bieden of de zaak alleen maar erger zal maken.

Haar vingers zijn glibberig van het zweet.

Linus duwt de deur wijd open. Een ijskoude wind waait naar binnen. Hij wankelt op Marion af, bezweet en met een knalrood gezicht.

Zijn ogen zijn groot van woede.

'Stom kutwijf!' roept hij uit. 'Waarom stuur je de politie op me af, verdomme?'

Marion zet een paar stappen naar achteren, met haar rug naar de woonkamer toe.

'Besef je wat je hebt gedaan? Ze kwamen vandaag bij me aan de deur!'

Linus schreeuwt zo hard dat er spuug door de lucht vliegt. Druppels speeksel landen op Marions wangen.

Ze durft ze niet weg te vegen, knijpt enkel hard in het handvat van het mes.

Het doet pijn aan haar handpalm.

'De politie gaat me oppakken. En dat is jouw schuld!'

'Ik heb helemaal niets gezegd,' stamelt ze.

Linus komt nog dichterbij, pas op een halve meter afstand blijft hij staan. Zijn adem stinkt naar sterkedrank.

Van dichtbij ziet ze hoe bloeddoorlopen zijn oogwit is. Hij is niet alleen buiten zinnen van woede, hij is ook nog hevig onder invloed.

Marion heeft hem nog nooit zo kwaad gezien, maar ze weet nog hoe beangstigend het was op kantoor de vorige keer. Toen ze dacht dat hij de controle zou verliezen en zich op haar zou storten.

Ze huilt met open mond.

Was Johan er maar.

35

De angst om wat hij heeft gedaan houdt Anton uit zijn slaap.

Hij ligt op zijn rug in het tweepersoonsbed met Carl naast zich. Hij slaapt al zeker een uur, maar Anton kan niet tot rust komen.

Alles wat hij met zichzelf had afgesproken was naar de achtergrond verdwenen zodra hij het appartement binnenkwam en alleen was met Carl. De aantrekkingskracht was te sterk, hij kon het niet weerstaan. Hij wilde hem.

Nu zit hij echt in de penarie.

Hij kan flink in de problemen komen als zijn collega's dit ontdekken. Misschien heeft hij het hele onderzoek wel in gevaar gebracht?

Hij moet hier weg. Hij moet opstaan, zijn kleren bij elkaar rapen en naar huis gaan. Hij had allang weg moeten gaan, maar zijn lichaam wil niet meewerken. Het wil niet de kou in gaan. Het wil de nacht hier doorbrengen, wakker worden in hetzelfde bed als Carl. Samen ontbijten.

Anton verlangt al zo lang naar een man als hij.

Hij knijpt in het laken.

Het is gestoord. Hij kan nu geen relatie beginnen. Hij kan niet eens het risico nemen gezien te worden met Carl. Ze zijn al over de schreef gegaan. Hij is politieagent en moet de juiste inschatting maken, ook in zijn privéleven.

Nu ligt hij hier en is hij tegen al zijn principes in gegaan.

Anton kijkt naar Carls slapende gestalte. Hij ligt op zijn buik met zijn been aan één kant opgetrokken. Zijn ene arm ligt onder het kussen en de andere is uitgestrekt.

Anton zou uren naar hem kunnen kijken. Carl ziet er zo mooi uit in het zachte maanlicht. Zijn rug is goedgevormd en gespierd, zijn huid aanlokkelijk zacht en warm. Op zijn linkerschouder zit een zwarte tatoeage van een schorpioen.

Anton buigt zich naar voren en drukt zachtjes zijn lippen tegen zijn nek. Carl haalt diep adem, maar beweegt zich niet.

Het was niet de bedoeling dat het zo zou gaan. Hij had maar even willen blijven, om de kans te krijgen uit te leggen waarom het zo stroef ging tijdens het verhoor de vorige dag. Om Carl de Anton te tonen die hij privé was, zoals hij zaterdag was geweest, niet de formele politieagent.

Maar binnen een paar minuten hadden ze elkaar al gezoend, ze waren amper de drempel overgestapt.

Als twee geile tieners.

Anton zucht in stilte.

Na afloop hadden ze een ochtendjas aangetrokken en de gehaktballetjes en pasta opgegeten die hij eerder die avond had gekocht. Het was niet bepaald een culinair hoogstandje, maar ze hadden allebei honger en het voelde heel vanzelfsprekend om samen te koken. Ze verdeelden de taken zonder elkaar in de weg te lopen.

Alles was simpel met Carl. Het is alsof ze elkaar al jaren kennen. Hij begon al gevoelens te krijgen, Anton wilde hem beschermen en steunen. En niet in de laatste plaats omdat Carl net zijn beste vriend was verloren. Anton kan zich nauwelijks voorstellen hoe dat moet voelen.

Waarschijnlijk was dat de reden dat hij zoveel vragen stelde over het onderzoek. Hij wilde weten of ze al een verdachte hadden, of ze wisten hoe de moord had plaatsgevonden, wat er eigenlijk met Johan was gebeurd.

Anton had zijn best gedaan concrete antwoorden te vermijden. Het was al erg genoeg dat hij de nacht had doorgebracht met een belangrijke getuige, hij kan in geen geval vertrouwelijke informatie delen. Tegelijkertijd wil hij Carl geruststellen en troosten in deze afschuwelijke situatie.

Zo onderhand leek hij dat te begrijpen.

Anton probeert zijn draai te vinden in bed. Carl bedoelde het vast niet slecht. Hij was nog steeds verdrietig en in shock. Bovendien was hij een van de laatste personen geweest die Johan in leven had gezien. Het is heel normaal dat hij zich betrokken voelt en wil weten hoe het zit.

Zijn mobieltje ligt op een boek op het nachttafeltje. Het is een psalmenboek, ziet Anton als hij zijn hand uitsteekt om tc kijken hoe laat het is. Is Carl religieus? Dat heeft hij niet verteld.

Het is bijna middernacht, hij moet echt in beweging komen. Hij kan hier niet tot morgen blijven. Duved is klein. Hij zou het onmogelijk kunnen uitleggen als hij betrapt werd.

Hij moet afstand nemen van Carl.

In elk geval zolang het onderzoek loopt.

Rebecka

2020
vrijdag 21 februari

'Gaat het met je?' vraagt Maria.

Maria en Rebecka zitten samen in de personeelskamer om even koffie te drinken. Het is laat in de middag, de meeste kinderen zijn al opgehaald voor het weekend.

'Je komt zo neerslachtig over de laatste tijd,' gaat ze verder. 'Al sinds de kerstvakantie om eerlijk te zijn.'

Rebecka schudt afwerend haar hoofd. 'Ik ben gewoon moe, denk ik.'

Maria is aardig, maar ze kan niets doen om haar te helpen. Niemand kan haar helpen.

Haar buik wordt met de dag dikker, binnenkort kan ze het niet meer verbergen. Bovendien lijken haar bloedwaarden niet goed te zijn en heeft ze een hoge bloeddruk. Ze is een paar keer stiekem naar het gezondheidscentrum geweest om zich te laten testen. De laatste keer had de arts bezorgd geklonken, maar hij had alleen gezegd dat ze moest terugkomen zodra hij de uitslagen van het onderzoek binnen had.

Ze weet niet wat ze moet doen. Ze kan niet Johan opzoeken, dat zou de zaak alleen maar erger maken. Drie maanden lang heeft ze al zijn pogingen om contact op te nemen genegeerd. Ze heeft op geen enkel appje gereageerd en alles meteen gewist.

Ze kan niet naar haar ouders gaan, die zouden nooit haar kant kiezen en de reactie van haar vader is makkelijk te voorspellen. Rebecka kan zijn verontwaardigde stem al bijna horen als hij erachter zou komen. Een vrouw dient haar man te gehoorzamen en dient hem trouw te zijn.

Hoe moet ze haar vader vertellen dat ze niet meer dan een overspelige vrouw is?

Aan Oles woede als de waarheid zou uitkomen, durft ze niet te denken. Niet als hij haar al kwaad doet voor kleinigheden zoals sokken die zoekraken in de was of te veel zout in het eten. Maar ondertussen groeien haar zorgen dat hij het kind iets zal aandoen. Stel dat zijn trappen de foetus schaden?

Iedere avond ligt ze te piekeren of ze hem over de zwangerschap moet vertellen. Of ze gewoon moet doen alsof het zijn kind is. Of ze moet doen alsof ze dolgelukkig is.

Maar iedere ochtend laat de moed haar in de steek.

Maria kijkt door het raam naar buiten en wijst. 'Daar is die knappe loodgieter weer. Waar komt hij voor?'

Rebecka schrikt op als ze Johans witte bestelauto op de parkeerplaats ziet. Haar hart stopt. Dan, als ze zijn gezicht achter het stuur ziet, barst het uit elkaar van geluk.

Ze heeft hem zo ontzettend gemist. Ze hebben elkaar niet meer gesproken sinds die nacht in het zomerhuisje. Uit angst voor de gevolgen heeft ze hem niet durven vertellen over het kind, ook al was ze verscheurd door verlangen.

Johan loopt met besliste passen naar de ingang.

'Kun jij opendoen?' vraagt Maria. 'Ik moet naar de wc.'

Rebecka probeert zich in de hand te krijgen.

'Tuurlijk,' zegt ze, en ze loopt naar de hal.

De kou waait naar binnen als Johan over de drempel stapt. Zijn dikke jas hangt open. Zijn normaliter zo opgewekte gezicht is strak en afstandelijk en hij heeft donkere wallen onder zijn ogen.

'Ik moet je spreken,' zegt hij zacht.

'Dat gaat niet.'

Rebecka kan hem niet aankijken. Het is te moeilijk om hem in de ogen te kijken. Het doet al zoveel pijn.

'Laat me met rust,' mompelt ze. 'Vergeet me.'

Hij zet een stap naar haar toe en pakt haar pols vast. Zijn vingertoppen gloeien op haar blote huid en roepen alle herinneringen op die ze de afgelopen tijd had geprobeerd te begraven.

'Alsjeblieft,' fluistert hij. 'Doe me dit niet aan.'

Rebecka staat op het punt in tranen uit te barsten en durft geen geluid voort te brengen.

'Ik heb maandenlang geprobeerd je te bereiken,' gaat Johan verder. 'Waarom ontloop je me? Wat heb ik misdaan?'

Rebecka slikt en slikt opnieuw.

'Je hebt niets misdaan,' weet ze uiteindelijk uit te brengen. 'Het ligt niet aan jou.'

'Waar ligt het dan aan?'

Uit haar ooghoek ziet Rebecka dat Maria terug is van de wc en hen met een peinzende blik gadeslaat. Twee kindjes van vijf zijn tegen elkaar aan het schreeuwen op de gang.

Ze kunnen hier niet blijven staan.

Johan houdt nog steeds haar pols vast.

Ze trekt zich terug en schudt zijn hand af.

'Ga hiervandaan,' weet ze te zeggen. 'We kunnen elkaar niet meer zien.'

'Waarom niet dan?'

Rebecka haalt zwaar adem.

'We houden van elkaar,' zegt Johan half fluisterend.

Ze kan er niet meer tegen. Zijn wanhopige gezicht is als een mes dat in haar wordt omgekeerd. Ze weet dat ze geen minuut meer in zijn gezelschap moet doorbrengen, maar de emoties zijn onmogelijk tegen te houden.

Haar stem zegt dat wat ze niet mag zeggen. 'Ik zie je over een kwartier bij de rand van het bos.'

Johan neemt haar onderzoekend op. Hij lijkt opgelucht en bezorgd tegelijk. 'Beloof je het?'

De stress giert door Rebecka's lijf. Ze moet hem zien weg te krijgen voordat ze nog meer aandacht trekken. Er kan ieder moment een ouder binnenkomen. Een moeder of vader die het kan doorvertellen aan Ole.

Ze is nergens veilig.

'Ja,' zegt ze, en ze knikt. 'Ik kom. Maar je moet hier weggaan.'

36

Het voelt alsof Daniel maar een kwartier geslapen heeft als Alice wakker wordt, ook al vertelt de wekker hem dat er twee uur verstreken zijn. Hij kreunt zacht in zichzelf, maar slaagt erin uit bed te glijden en haar op te tillen voordat ze Ida wakker maakt.

Met zijn dochter in zijn armen sluipt hij naar de keuken om in recordtempo een flesje op te warmen. Binnen een paar minuten ligt Alice in zijn armen gulzig te drinken van de grijswitte poedermelk.

De aanblik van haar tevreden gezichtje maakt het waard om op te staan, ook al doet het pijn in zijn hele lijf. Hij houdt ervan om met haar alleen te zijn, hij heeft zich de hele dag verheugd op een moment samen.

Alice ruikt naar pasgewassen baby.

Hij snuift de zoete geur op en gaat zitten in de fauteuil in de woonkamer. Het is fijn om in het donker te zitten met alleen de tafellamp in de hoek die brandt.

Zijn gedachten drijven af, zoals zo vaak. Hij wil genieten van dit soort momenten, de nabijheid van zijn kind koesteren, maar toch lukt het hem niet goed de gebeurtenissen van de dag van zich af te zetten – als een film worden ze afgedraaid in zijn hoofd. Zijn brein blijft de informatie verwerken zonder dat hij er iets aan kan doen.

Hij is opgelucht dat het niet was uitgelopen op een openlijke ruzie met Ida en dat het hem was gelukt zijn humeur in de hand te houden. Toch voelt hij zich verscheurd, het liefst was hij aanzienlijk langer op het bureau gebleven vanavond. Hij heeft nog een hoop te bespreken met zijn collega's, hij moet nieuwe invalshoeken vinden, de puzzelstukjes van alle kanten bekijken.

Hij zou graag rustig met Hanna gaan zitten om alles nog eens door te nemen.

Johans last minute geplande reis naar Strömsund laat Daniel niet los. Er moet een goede reden voor geweest zijn, een reden die naar alle waarschijnlijkheid samenhangt met de persoon die Johan van plan was mee te nemen. De mysterieuze onbekende.

Hoe meer Daniel erover nadenkt, hoe zekerder hij weet dat deze persoon over belangrijke informatie beschikt. Waarom zou zijn of haar identiteit anders zo geheim zijn dat Johan de naam niet over de telefoon wilde noemen tegenover zijn broer?

Hij herinnert zich nog iets anders wat Raffe had verteld vlak voordat hij naar huis ging om naar Ida te gaan.

Rond lunchtijd had Marion hem een lijst gemaild van alle opdrachtgevers die het bedrijf de afgelopen tijd had gehad. Het grootste deel van de voorgaande week was Johan bezig geweest met een huis in aanbouw in Sadeln. Raffe had 's middags contact opgenomen met de opzichter. Volgens hem was Johan op vrijdagmiddag vroeg vertrokken, ook al liepen ze achter op schema. De opzichter had verteld dat Johan naar een kleuterschool in Ånn zou gaan, Het Sneeuwklokje, een naam die ook op de lijst met opdrachtgevers voorkwam.

Ånn. Het was amper een dorp te noemen, het was niet meer dan een verzameling huizen met een oud treinstation. Als Daniel het zich goed herinnert, wonen er niet meer dan zeventig mensen. Precies genoeg om een kleuterschool te hebben, maar niet genoeg voor een supermarkt of restaurant. Vlak in de buurt ligt Camp Ånn, een opleidingscentrum dat werd gebruikt voor vrijwilligers binnen het leger en de burgerwacht.

Het kleine plaatsje ligt aan de andere kant van Sadeln. Zo'n veertig kilometer van de bouwplaats waar Johan had gewerkt en twintig kilometer van Staa, waar hij had gewoond.

Het is best een eind. Als hij er later op de dag nog heen was gegaan, op een vrijdagmiddag, dan moest het belangrijk geweest zijn.

Alice' hoofdje is omlaaggegleden in zijn elleboog. Daniel legt haar recht terwijl ze het laatste restje opdrinkt.

Er moet wel een contactpersoon zijn bij de kleuterschool die ze kunnen spreken. Misschien heeft Johan iets gezegd tijdens zijn bezoek, een aanwijzing die licht kan werpen op zijn plotselinge reis naar Strömsund?

Daniel zet het lege babyflesje weg en brengt Alice naar de slaapkamer. Hij legt haar neer in de wieg bij het raam. Haar oogleden zijn al zwaar, haar lijfje wordt slap. Ze is bijna in slaap gevallen in zijn armen.

Als hij zich omdraait ziet hij dat Ida diep ligt te slapen. Ze ligt op haar zij en heeft haar ogen dicht. Haar lange haar ligt uitgespreid op het kussen, haar T-shirt is van haar ene schouder afgegleden.

Ze is mooi.

Hij wordt overspoeld door een plotselinge tederheid. Hij strijkt voorzichtig over haar wang en Ida kreunt even voordat ze zich omdraait in haar slaap.

Als hij naast haar kruipt, gaat hij zo dichtbij liggen dat hij haar warmte kan voelen.

Het komt wel goed met hen, belooft hij zichzelf. Het is een fase waar ze doorheen gaan, dat hebben alle ouders met kleine kinderen soms. Het is zwaar om een kleintje te hebben, vooral als het de eerste keer is. Ze moeten nog leren om een gezin te zijn.

Toch knaagt er iets aan hem.

Het duurt nog een hele tijd voordat hij in slaap valt.

37

Duizend gedachten razen door Marions hoofd terwijl ze ineenkrimpt tegenover Linus' krachtige gestalte. Hij is zo lang. En groot. Ze is geen match voor hem, zelfs niet met een mes in haar hand.

Hij kan doen wat hij wil.

Haar ogen schieten in het rond op zoek naar een uitweg. Het is te laat om zich te verstoppen, maar de deur van de wc staat op een kier. Misschien kan ze onder zijn arm door glippen en daar dekking zoeken?

Maar er is geen slot, alleen een eenvoudig haakje. Linus kan zo de deur openduwen met zijn schouder.

Haar blik vernauwt van de stress.

Als Johan thuis was zou Linus haar dit nooit aandoen.

Maar Johan is dood.

'Ga weg,' zegt ze hees.

Ze probeert haar stem stabiel te laten klinken, de hysterie te onderdrukken zodat Linus niet beseft hoe bang ze is. Als hij zo dronken is als nu, is hij volslagen onberekenbaar, heeft hij geen remmingen.

Ze heeft hem weleens eerder zien veranderen.

Hij is tot alles in staat.

Een ijskoude wind waait door de open voordeur, maar ze durft niet te vragen of hij hem dicht wil doen.

'Je hebt hier niets te zoeken,' zegt ze. 'Ik heb je niets gedaan. Ga terug naar je gezin.'

Linus lijkt niet naar haar te luisteren. Hij gaat op in zijn eigen roes, het enige wat nu in zijn hoofd omgaat is al het onrecht dat hij zichzelf heeft ingebeeld.

Hij wil maar één ding.
Zijn woede op haar uitleven.
'Denk je echt dat je hiermee weg kunt komen?' snauwt hij. 'Dat je je zoiets kunt permitteren?'
'Als je nu niet weggaat, bel ik de politie.'
'Dat heb je toch al gedaan?'
Er klinkt zoveel afschuw door in zijn woorden dat Marion naar adem hapt.
Linus zet een stap dichterbij.
Hij geeft haar een harde duw. Marion valt bijna om, maar krijgt nog net de deurpost te pakken en weet haar evenwicht te bewaren, nog steeds met het mes achter haar rug.
Je mag niet op de grond terechtkomen, fluistert een stemmetje in haar. Als je op de grond ligt, kan er van alles gebeuren.
Als Linus opnieuw zijn hand naar haar uitsteekt, duwt Marion het mes naar voren. Ze houdt het schuin omhoog zodat de punt recht naar zijn borst wijst. Als haar spieren trillen van angst. Bizar genoeg lukt het haar haar hand stil te houden.
Ze staan maar dertig centimeter uit elkaar. Bij het geringste doorboort het lemmet zijn hart.
Ze ruikt de zweetlucht van Linus' oksels.
'Ga weg,' zegt ze nog een keer.
Hij staart gehypnotiseerd naar het mes in Marions hand.
'Ik waarschuw je,' weet ze met gesmoorde stem uit te brengen.
Linus beweegt nog steeds niet. Pas als ze een uitval doet, zet hij een stap naar achteren, en daarna nog een.
De woede die in haar opwelt, geeft Marion nieuwe kracht.
'Verdwijn uit mijn huis!' schreeuwt ze.
Linus vertrekt zijn gezicht.
'Hier zul je spijt van krijgen,' spuugt hij haar toe. 'Zo makkelijk kom je niet van me af.'
Marion heft haar hand op.
'Je hebt Johan en mij al genoeg aangedaan!'
'Ik kom terug!' brult hij.
Plotseling is Linus niet meer in haar huis. Het portier van een auto wordt dichtgeslagen en dan klinkt er een luid motorgebrul. De sneeuw spuit op van onder de banden als hij slordig keert op de oprit van de garage en wegrijdt.

Door de openstaande voordeur ziet Marion de rode achterlichten in de verte verdwijnen.

Ze haalt hortend adem. Alle kracht verdwijnt uit haar lijf. Haar benen begeven het en het mes valt uit haar hand en belandt met een kletterend geluid op de vloer.

Ze valt op haar knieën en begraaft haar gezicht in haar handen.

Minutenlang wiegt ze heen en weer, niet in staat om op te staan. Uiteindelijk wordt ze zich bewust van de kou van de open deur. Ze slaagt erin overeind te gaan staan en strompelt ernaartoe. Om hem goed dicht te kunnen doen, moet ze zwaar tegen de deurpost aan leunen. Met een laatste inspanning doet ze hem op slot en wankelt naar de bank, waar ze in elkaar zakt.

Het zwarte raam bij het terras gaapt haar aan. Marion snikt in het donker. Ze heeft zich nog nooit zo eenzaam gevoeld.

Eén enkele gedachte echoot door haar hoofd.

Hij heeft gezegd dat hij terug zal komen.

Rebecka

2020
vrijdag 21 februari

Als Rebecka naar de bosrand snelt om Johan te ontmoeten, handelt ze tegen haar gezonde verstand in. Ze doet precies wat ze niet moet doen, wat ze zichzelf beloofd heeft na te laten: opnieuw alleen met hem zijn.

Toch begon ze vanbinnen meteen te juichen toen ze hem zag. Ze had hem zo intens en hevig gemist.

Nu heeft ze een smoesje gemompeld tegen Maria. Ze had gebazeld dat ze iets moest doen en was de deur uit gegaan.

Al van een afstandje ziet ze Johans lange gestalte. Hij staat op de gebruikelijke plek op haar te wachten, bij het pad dat half schuilgaat achter de lage sparren. De aanblik van zijn bedroefde gezicht snijdt door haar heen. Hoe moet ze Johan doen inzien dat hij haar met rust moet laten, ook al wil ze niets liever dan zich in zijn armen verstoppen en vertellen over het kind?

Zijn gebroken blik maakt het er niet makkelijker op.

Terwijl hij altijd zo vrolijk is.

De winterzon verstopt zich achter een dikke wolk. IJzige sneeuwvlokken dwarrelen door de lucht en hullen de bomen in een weemoedige nevel.

Of zijn het haar tranen die het haar moeilijk maken goed te zien?

'Eindelijk!' roept hij uit, terwijl hij zijn armen naar haar uitsteekt.

Rebecka stapt naar achteren, ze kan het niet aan om zijn armen om zich heen te voelen. Dan zal ze niet in staat zijn dit door te zetten.

Ze moet hem doen inzien dat het over is tussen hen.

'We kunnen elkaar niet meer zien,' zegt ze, en ze dwingt zichzelf onverschillig over te komen.

Hij lijkt wel een gekwetst kind. Zijn gezicht ziet er bloot en onbeschermd uit, de pijn is rauw en tastbaar. Dat is haar schuld. Zij is de reden van zijn lijden.

Ze bidt om de kracht te kunnen doen wat ze moet doen. God stelt haar op de proef, brengt ze zichzelf voor de zoveelste keer in herinnering. Ze mag niet wankelen, ze moet vasthouden aan haar geloof.

'Ik hou van je,' zegt hij. 'Ik wil mijn leven met je delen.'

'Dat kan niet.'

'Waarom niet?'

De wanhoop in Rebecka neemt toe, waarom maakt hij het zo moeilijk?

'Ik zal nooit bij Ole weg kunnen gaan,' zegt ze, en ze slikt luid. 'Of bij de gemeente. Ik heb tegenover God beloofd om mijn man de rest van mijn leven trouw te zijn.'

Johan lijkt niet te luisteren. Of hij wil het niet.

'Waarom dan?' herhaalt hij.

'Het is onmogelijk. Hoor je niet wat ik zeg?'

Johan slaat haar lange tijd gade, alsof hij probeert haar diepste gedachten te lezen. Een paar tellen lang krijgt Rebecka ook echt het gevoel dat hij dat doet. Dat hij weet dat ze liegt.

Hij draagt geen muts, zijn bruine haar zit vol witte sneeuwvlokken. Ze smelten langzaam en er komen perfecte nieuwe ijskristallen voor in de plaats die neerdalen en zich nestelen.

Ze heeft zin om ze weg te vegen met haar vingertoppen, maar zo dichtbij durft ze niet te komen. Het risico dat ze dan de controle verliest is te groot.

Dus stopt ze haar handen in haar zakken en boort haar nagels in haar handpalmen om overeind te blijven.

Er schittert iets in Johans ogen, alsof hij een besluit heeft genomen.

'Goed dan,' zegt hij. 'Ik zal je met rust laten.'

Zijn woorden doen onbegrijpelijk veel pijn, ook al heeft ze hem hier zelf toe aangezet.

'Op één voorwaarde,' gaat hij verder.

Ze knikt zwijgend.

'Kijk me in de ogen en zeg dat je niet van me houdt.'

Rebecka haalt diep adem. Ze heeft haar best gedaan hem af te schrikken, haar stem kil en afstandelijk te laten klinken. Ze mag nu niet toegeven.

Maar hij vraagt het enige wat ze niet kan geven.

Ze doet haar mond open om te antwoorden, maar haar stem laat haar in de steek. Het lukt niet.

'Zeg het gewoon.' Johans stem klinkt hees. 'Dan ben je van me af. Ik zweer dat ik je nooit meer zal lastigvallen.'

Rebecka breekt. Haar gezicht betrekt en de tranen, die ze zo wanhopig had geprobeerd te bedwingen, beginnen te stromen.

'Ik hou van je,' fluistert ze. 'Ik hou zoveel van je. Ik zou mijn leven geven om bij je te kunnen zijn, maar het gaat niet. Het is te gevaarlijk.'

Johan zet snel een stap naar haar toe en neemt haar in zijn armen. Hij drukt Rebecka zo hard tegen zijn borst aan dat ze amper kan ademen.

Het geeft niet. Ze wil dat de tijd stil blijft staan, ze wil niet bij hem weg nu ze eindelijk weer samen zijn.

Na een tijdje laat hij haar los en kijkt haar aandachtig aan.

'Waar ben je bang voor? Voor Ole?'

Rebecka wendt haar gezicht af, overweldigd door schaamte. Ze hebben het over haar man. 'Hij zou... overal toe in staat zijn,' geeft ze toe. 'Als hij erachter komt wat we hebben gedaan.'

Johan schudt zijn hoofd. 'Lieve Rebecka, hij kan ons niets aandoen.'

Hij beseft niet hoe erg het is. Johan heeft nooit gezien hoe Ole overmand kan worden door woede, hoe hij van de charismatische dominee verandert in een gewelddadige echtgenoot zodra de voordeur dichtgaat.

Johan is een goed mens, hoe moet hij de psyche kunnen begrijpen van een man die zijn vrouw slaat?

En nu heeft ze haar kind om aan te denken.

'Dat is geen reden om bij hem te blijven,' zegt Johan, terwijl hij haar steviger vastpakt. 'Hij mag je geen kwaad doen.'

'Je weet niet hoe hij is...' zegt Rebecka.

Johan valt haar meteen in de rede. 'We wonen in Zweden, je bent geen lijfeigene.'

Hij spreidt verontwaardigd zijn armen.

'Alleen in de Bijbel worden vrouwen gestenigd omdat ze hun man verlaten. Iedereen heeft het recht om uit elkaar te gaan.'

Johan heeft het mis. Ze had hem niet willen vertellen over haar zwangerschap, omdat niets er beter van wordt, maar het lijkt alsof het de enige manier is om hem duidelijk te maken hoe wanhopig ze is.

Waarom hun relatie koste wat kost moet stoppen.

'Lieve god, Rebecka, we kunnen dit wel oplossen. Dat beloof ik.'

Hij pakt haar bij haar schouders en zoekt wanhopig oogcontact.

'Johan, hou op! Ik ben zwanger.'

Hij stokt. Zijn blik dwaalt af naar Rebecka's buik en blijft een paar seconden rusten. Dan omhelst hij haar opnieuw en kust haar voorhoofd.

'Dat maakt niet uit,' fluistert hij. 'Ik hou zoveel van je. Ik kan voor jou én het kind zorgen. Maak je geen zorgen.'

Hij begrijpt niet dat hij de vader is.

Maar voordat ze haar mond kan opendoen zet Johan met gefronst voorhoofd een stap naar achteren.

'Weet je zeker dat het van Ole is?'

Rebecka is niet in staat te liegen. 'Het is van jou. Ik ben vier maanden zwanger.'

De tijd staat stil. Ergens in de verte klinkt het geluid van een trein die piepend afremt in de schemering.

Johan opent zijn mond zonder dat er geluid uit komt.

'Weet je het zeker?' vraagt hij ten slotte.

Ze knikt hulpeloos. 'Het moet wel. Er is geen andere verklaring. Het kan niet van Ole zijn.'

Johan knippert een paar keer met zijn ogen, bijna alsof hij niet goed durft te geloven wat ze zojuist heeft gezegd. Dan verandert de uitdrukking op zijn gezicht. Zijn ogen beginnen te stralen, zijn glimlach is breder dan ooit.

'Dat is fantastisch!' roept hij uit, en hij beroert haar wang met zijn lippen. 'Jij bent fantastisch.'

Rebecka lacht van opluchting bij zijn reactie. Ze denkt aan de nacht in het zomerhuisje en hoe fijn ze het hadden gehad. Het was de mooiste dag van haar leven geweest.

Hun kind was verwekt in een roes van geluk.

Johan neemt Rebecka's handen in de zijne.

'Je móét bij hem weggaan,' zegt hij, opnieuw met ernst in zijn stem. 'Ik wil niet dat je nog naar hem teruggaat. Je moet vandaag nog vertrekken.'

De middagzon zakt weg achter de bomen. De temperatuur daalt snel. Er valt een schaduw over Johans gezicht, maar desondanks ziet Rebecka de bezorgdheid in zijn blik.

'Je moet onmiddellijk bij Ole weggaan,' herhaalt hij. 'Ik help je.'

'Vandaag?' stamelt Rebecka. 'Dat kan niet.'

Ze kan dat niet doen, God ziet haar.

'Rebecka, denk aan ons kind.'

Ze probeert na te denken, maar alles verandert in chaos. Het gaat te snel, haar hoofd duizelt. Ze weet zich geen raad.

Bovendien draait het niet alleen om haar en Ole.

Johan is ook getrouwd.

'Wat ga je zeggen tegen Marion?'

'Ik zorg wel voor Marion, maak je daar maar geen zorgen om. Ze is een intelligente, hartelijke vrouw. Ze zal begrip tonen, dat weet ik zeker. Het is al lang geleden dat wij samen een stel waren.'

Rebecka ziet de liefde in zijn ogen. Voor haar is hij bereid alles achter te laten.

Hij strijkt een haar weg die onder haar muts vandaan is geglipt en veegt hem voorzichtig achter haar oor.

'Luister,' zegt hij. 'Het enige wat telt is dat jij niet meer onder één dak verblijft met je man.'

Johan heeft gelijk. Er kunnen meer ruzies komen en ze is nu al bang dat Ole haar zo hard in haar buik zal trappen dat het kind schade oploopt.

Een ijskoude windvlaag trekt voorbij terwijl ze een besluit probeert te nemen. Rebecka realiseert zich dat ze het koud heeft. De wind voelt hard en guur op haar wangen, haar vingers raken verdoofd. Als ze een paar keer stampt om wat warmte terug te krijgen, knarst de sneeuw onder haar voeten.

Ze kan beter teruggaan naar de kleuterschool, ze is al veel te lang weggebleven. Het is vrijdag en het is bijna kwart over vier.

'Ik wil niet dat je daar nog één nacht slaapt,' zegt Johan vastberaden. 'Je mag daar niet zijn dit weekend als je zo bang voor hem bent.'

Rebecka weet dat ze Johan kan vertrouwen. Hij heeft het beste met haar voor. In zekere zin is het een opluchting om hem de leiding te laten nemen. Ze is compleet uitgeput van alle emoties die door haar lijf gaan, ze kan niet meer helder nadenken.

'Ik moet op z'n minst mijn spullen ophalen,' werpt ze tegen. 'Ik kan niet zomaar verdwijnen.'

'Ik haal je vanavond op,' zegt Johan. 'Zou je naar de parkeerplaats aan Björkvägen kunnen komen? Dat is niet zo ver van jullie huis, toch?'

Rebecka knikt, duizelig van de spanning, en probeert haar brein in werking te krijgen.

'Wacht even,' zegt ze. 'Morgen is beter.'

Er verschijnt een frons op Johans voorhoofd. 'Hoezo dan?'

'Morgenavond is Ole er niet,' legt ze uit. 'Hij moet de bijbelavond leiden in het wijkgebouw.'

Johan lijkt niet blij te zijn met haar voorstel.

'Dan kan ik veel makkelijker weg,' zegt ze. 'Anders ziet hij het als ik mijn spullen pak.'

Uiteindelijk geeft Johan toe.

'Goed,' zegt hij. 'Dan haal ik je morgenavond om zeven uur op bij de parkeerplaats.'

Hij schudt zijn hoofd, alsof hij toch opgelucht is over haar beslissing.

'We kunnen naar mijn broer in Strömsund gaan,' zegt hij. 'Het is misschien slim om de komende week uit de buurt te blijven. Zodat de zaken een beetje tot rust kunnen komen.'

Rebecka kijkt op haar horloge. 'Ik moet terug.'

Johan trekt haar opnieuw tegen zich aan en kust haar lang. Dan glijdt zijn hand omlaag en streelt hij Rebecka's buik.

De beweging heeft iets eerbiedigs. Hij heeft tranen in zijn ogen.

'We krijgen een kind,' zegt hij met dikke stem. 'Jij en ik. We worden een gezinnetje.'

Rebecka aait zacht over zijn wang. Het is bijna niet te geloven dat ze zojuist beloofd heeft bij Ole weg te gaan. Haar ouders zullen waarschijnlijk nooit meer met haar praten en haar andere familieleden en Lisen evenmin.

God zal haar ongetwijfeld straffen.
Voor Johan is ze bereid die prijs te betalen.
Voor hun ongeboren kind.
'Tot morgen,' roept hij haar na met zo'n liefdevolle stem dat ook bij haar de tranen over haar wangen rollen.

Dinsdag 25 februari

38

Een bleke winterzon verspreidt zijn licht over Åredalen als Hanna en Daniel in de auto stappen om naar de kleuterschool in Ånn te rijden. Het is tien voor halfnegen en ze zijn net klaar met het ochtendoverleg met Östersund.

Hanna nestelt zich op de passagiersstoel. Ze heeft slecht geslapen, haar nacht was gevuld geweest met zorgelijke dromen over haar moeder en Christian. Desondanks was het etentje gisteravond heel gezellig geweest, nadat Richard en de kinderen teruggekomen waren van Copperhill. Maar toen ze vanochtend al om halfzes wakker werd, was ze opgestaan en vroeg naar haar werk gegaan.

Daniel rijdt achteruit de parkeerplaats van het politiebureau af. De rijbaan is dichtgesneeuwd, de sneeuwploeg is nog niet langs geweest. Een voetganger is langs de kant van de weg door de sneeuw geploegd, de diepe voetsporen zijn duidelijk te zien.

Ze zijn bijna alleen op de weg en het is fijn om geen last te hebben van de verkeersdrukte van de vakantiegangers die hier de voorjaarsvakantie doorbrengen. Gisteren had de grote parkeerplaats voor de slijterij vol gestaan en voor de verandering waren het eens geen Tesla's met Noorse nummerplaten die alle plekken in beslag namen.

'De gedachte dat Johans auto bij Gevsjön stond, laat me maar niet los,' zegt Hanna om de stilte te verbreken. 'Hoe kwam de bestuurder daar weg?'

Daniel schrikt op. Hij lijkt heel ergens anders te zijn. Dat heeft hij soms, dat hij opgaat in zijn gedachten. Omdat ze elkaar vaak vergezellen op de reis tussen Åre en Östersund is ze er inmiddels aan gewend geraakt.

'Wat zei je?' vraagt Daniel, terwijl hij zijn bruine haar dat over zijn voorhoofd valt opzijveegt.

Het is iets te lang, eigenlijk moet hij het laten knippen, maar het geeft hem ook een zachter uiterlijk. Het haalt het scherpe randje van de strenge uitdrukking die zijn persoonlijkheid soms domineert.

'Als we nu eens aannemen dat Linus Sundin die bestelauto daarheen heeft gereden, dan moet hij door iemand zijn opgehaald,' zegt Hanna. 'Hoe is hij er anders weggekomen?'

'Dat klinkt aannemelijk.'

'Wat denk je van zijn vrouw?' zegt Hanna.

'Sandra Sundin?'

'Ja.'

'Waarom zou ze dat gedaan hebben?'

'Om haar gezin te beschermen natuurlijk.'

Voor Hanna is het een simpele optelsom.

'Ze hebben een zoontje samen. Als Linus de gevangenis in zou gaan voor de moord op Johan, zou ze alleen achterblijven met het jongetje. Dat is voldoende motief voor mij.'

'De echtgenote is het meest voor de hand liggend. Tot wie zou Linus zich anders gewend hebben?'

'Ik zie het zo...' zegt Hanna. 'Als we aannemen dat Linus en Johan ruzie hebben gekregen toen Johan aankwam, en dat die ruzie uit de hand liep, dan kan Johan al rond acht uur dood zijn geweest. Misschien is hij zelfs gestorven in Sundins keuken.'

Ze pauzeert even om alles op een rijtje te zetten.

'Ik stel me voor dat Linus hem eerst in de bestelwagen heeft gegooid. Maar het probleem was er nog steeds, wat moest hij met het lijk en de auto doen? Als hij eerst het lichaam dumpte en vervolgens de auto verstopte, had hij zelf geen vervoermiddel meer. Dus haalde hij zijn vrouw over hem te helpen.'

Daniel houdt zijn aandacht strak op de rijbaan gericht. Ze zijn net Tångböle voorbijgereden, waar Johan afgelopen zaterdag was gevonden.

'Waarom bleef die bestelauto dan achter bij Klubbvägen?' vraagt hij.

'Om tijd te winnen.'

Hanna had de vroege ochtend gebruikt om na te denken over

de zaak. Gisteren hadden ze geen tijd meer gehad het erover te hebben voordat het team uit elkaar ging.

'Ik denk niet dat het ingewikkelder is dan dat,' gaat ze verder. 'Hij moest nadenken en rond acht uur zijn er nog steeds veel mensen op de weg. Het was makkelijker om 's avonds laat van Johans dode lichaam af te komen zonder gezien te worden.'

Ze passeren een verkeersbord met de plaatsnaam 'Ånn' en er doemt een verzameling roodhouten huizen op. Daniel slaat rechts af naar een smalle weg en rijdt tegen een steile helling op.

'Ik denk dat Sandra hem met hun eigen auto heeft opgehaald van Klubbvägen,' zegt Hanna. 'Ze zijn teruggereden naar het huis en hebben een paar uur gewacht voordat ze het lijk gingen dumpen in Tångböle.'

Voor hen komt een bungalow in zicht. Ze zijn aangekomen bij Het Sneeuwklokje.

'Wat mij betreft gaan we even bij Sandra langs als we hier klaar zijn,' zegt Hanna.

Daniel parkeert een paar meter van de entree. 'Daar heb ik niets op tegen,' zegt hij. 'Maar ik zat nog ergens anders aan te denken. Misschien was het niet Linus, maar die mysterieuze persoon die Johan bij zich had?'

'Je bedoelt de persoon die hij mee zou nemen naar Strömsund?'

'Precies. Misschien is Johan vlak na acht uur vertrokken bij Linus en doorgereden naar Klubbvägen om die persoon te ontmoeten. Stel dat daarbij iets uit de hand gelopen is wat tot Johans dood leidde. De dader wachtte een aantal uren voordat hij of zij naar Tångbölvägen reed waar het lichaam in de sneeuw verborgen werd.'

Daniel zet de motor uit.

'Het scenario is ongeveer hetzelfde als dat wat jij net beschreef, alleen is de dader heel iemand anders.'

Hanna kijkt hem aan. 'Was jij niet degene die van mening was dat het Linus was?'

'Ik zeg ook niet dat hij het níét is, alleen dat we ons niet te snel moeten blindstaren. Het lichaam is nog maar een paar dagen geleden gevonden. We hebben de uitslag van de autopsie nog niet eens binnen.'

Hanna weet dat hij gelijk heeft. Dat is een van de dingen die ze het meest aan Daniel waardeert, dat hij altijd bereid is om nieuwe invalshoeken uit te proberen.

Het gaat voor hem nooit om prestige, hij ontleent er geen eigenwaarde aan om vast te houden aan een hypothese als er een nieuwe opduikt.

Ze maakt haar autogordel los en zegt: 'Dan is de vraag: hoe komen we die mysterieuze vreemdeling op het spoor?'

Daniel grijnst voor de eerste keer die ochtend. 'Dat, beste collega, is nou politiewerk.'

39

Als ze binnenkomen bij kleuterschool Het Sneeuwklokje zien ze een gang vol skipakken en kinderlaarzen. Daniels oog valt op de kleurige tekeningen aan de muren en er hangt een geur van versgebakken broodjes in de lucht.

'Nu kun je alvast wennen aan deze omgeving,' zegt Hanna met een glimlach. 'Het is toch bijna tijd om te gaan wennen?'

'Nog niet echt.'

Alice is pas vijf maanden. Het is de bedoeling dat Ida met haar thuisblijft tot ze acht maanden is, daarna neemt Daniel het over. Vanaf mei heeft hij vaderschapsverlof.

Het is een cliché dat mannen altijd ouderschapsverlof opnemen tijdens de zomervakantie, maar het kwam nu eenmaal zo uit. Bovendien is het op zijn werk een stuk rustiger in het laagseizoen.

Hij kijkt om zich heen op zoek naar iemand die hen kan helpen. Toen hij de lijst met klanten van het loodgietersbedrijf nog een keer had nagelopen, was gebleken dat Johan hier in de herfst vaak was geweest. Daarna volgde er een pauze in de maanden december en januari, tot het nieuwe bezoekje voor het weekend.

Misschien is het niet essentieel, maar toch wil Daniel weten hoe het zit. Er moet een reden geweest zijn dat Johan Andersson afgelopen vrijdag helemaal van Sadeln naar Ånn was gereden.

Een blonde vrouw met een mosgroene trui komt als geroepen aanlopen. Daniel houdt zijn politie-ID omhoog en legt uit dat ze wat vragen hebben. Is er een ruimte waar ze ongestoord kunnen praten?

Ze kijkt onthutst, maar gaat hun voor naar een personeelskamer. Op een aanrecht langs een van de muren staan een magnetron en een koffiezetapparaat met een halfgevulde koffiepot. In het midden van de ruimte staat een ronde tafel met een bloeiende blauwe hortensia.

'Neem gerust een kopje koffie als jullie willen,' zegt ze uitnodigend. 'Ik ga alleen even tegen mijn collega zeggen dat ik een tijdje weg ben.'

Daniel schenkt een kopje in, maar Hanna ziet ervan af. Ze nemen plaats aan de tafel en wachten. Niet veel later komt de kleuterleidster terug.

'Sorry,' zegt ze. 'We hebben een tekort aan personeel deze week, het is nogal hectisch.'

Ze steekt haar hand uit ter begroeting. 'Ik ben Maria Törnlund trouwens. Waar kan ik jullie mee helpen?'

'We hebben wat vragen over een werkman die als het goed is vaak bij jullie langs is gekomen in de herfst. Zijn naam is Johan Andersson. Hij werkt voor het loodgietersbedrijf Sundin & Andersson Loodgieters.'

'Ik weet wie hij is,' zegt Maria. 'Hij is hier inderdaad meerdere keren geweest. Hij was ooit een heel goede alpineskiër. Is er iets mis?'

'Hij is dood,' zegt Hanna. 'Hij is het afgelopen weekend om het leven gebracht.'

Maria's hand vliegt naar haar mond. 'Hè? Hoe bedoel je?'

'Misschien heb je erover gelezen in de kranten,' zegt Daniel. 'Er is afgelopen zaterdag een man gevonden op straat in Tångböle.'

'Jeetje.'

Maria snakt hoorbaar naar adem en haar ogen beginnen te glanzen. Het is niet de eerste keer dat Daniel zo'n reactie ziet. Voor de meeste mensen is dergelijk nieuws moeilijk te verwerken. Het nieuws dat iemand die je in leven hebt gezien vermoord is aangetroffen.

'Ik kan niet geloven dat dat waar is,' zegt Maria. 'Hij was hier vrijdag nog. Ik had hem niet in verband gebracht met die moord. Ik was dit weekend weg en heb amper naar het nieuws gekeken.'

'Dat geeft niet,' zegt Daniel. 'Maar we hebben wat vragen over Johans laatste bezoek.'

Maria kijkt schuldbewust, ook al is dat nergens voor nodig.

'Dan ben ik niet de juiste persoon om te spreken,' zegt ze. 'Hij had veel meer contact met mijn collega, Rebecka Nordhammar.'

40

Zware grijsblauwe wolken hangen boven de toppen van Snasahögarna, maar op Åreskutan, waar Marion met behulp van stijgvellen naartoe is geklauterd, schijnt de ochtendzon fel.

Ze was vroeg de deur uit gegaan met haar brede toerski's. Inmiddels is ze zonder te rusten van de VM8-skilift beneden in het dal helemaal de berg op geklommen naar Åreskutan.

Ze heeft nooit eerder zo'n lange afstand geprobeerd. Het zweet druipt van haar af onder haar kleren, de spieren in haar bovenbenen doen pijn. Ze had ieder greintje energie nodig gehad om de top te bereiken.

Maar haar brein heeft een paar uur rust gekregen.

Dat was haar doel, toen ze aan de onderneming begon. Ze moest haar hoofd vullen met iets anders dan de beelden van Johans mishandelde lichaam en Linus' razende gezicht. De enige manier die ze kon verzinnen, was zichzelf volledig uit te putten en het is een opluchting om haar hart tekeer te voelen gaan van inspanning.

Liever van inspanning dan van angst.

Hierboven is ze veilig. Niemand kan haar hier bereiken.

Marion leunt zwaar op haar skistokken en laat haar blik over het bergmassief naar het zuidwesten glijden. Het is een indrukwekkende aanblik die haar nieuwe kracht geeft en bijna de afschuwelijke werkelijkheid doet vergeten.

Ver onder haar, beneden in het dal, spreidt het Åremeer zich uit tussen de bergflanken. Het ziet eruit als een ovaal dat is geglazuurd met een deken van witte sneeuw. De monding verdwijnt langzaam en kronkelend uit het zicht, voorbij Berge, Ängena en Duved. Tegen de tijd dat het water bij Staa aankomt, waar zijzelf woont, is het niet meer dan een beekje.

Nog verder weg is een glimp te zien van Noorwegen.

Vorig jaar was ze in Trondheim geweest met Johan om wat Noorse vrienden op te zoeken. Het was maar een paar uur rijden. Als ze haar ogen sluit, kan ze het nog voor zich zien, Johans blije, verwachtingsvolle gezicht, hun gelach toen ze samen aan tafel zaten. Ze hadden grapjes gemaakt over *fårikål*, het onofficiële nationale gerecht van Noorwegen.

Marion verdringt de herinnering en keert haar gezicht naar de zon.

Het waait voor de verandering eens niet. Het enige wat herinnert aan de sterke wind die gebruikelijk is op grote hoogte zijn de merkwaardige sneeuwophopingen overal. De wind heeft de sneeuw samengeperst tot eigenaardige creaties en er zijn op diverse plekken sneeuwbanken ontstaan. Sommige hangen over de afgrond heen in onmogelijke hoeken waardoor het lijkt alsof ze ieder moment kunnen instorten.

Marion zuigt haar longen vol lucht. Ze heeft altijd al naar de bergen verlangd, had zich buiten altijd meer op haar gemak gevoeld dan binnen. Het was de plek waar ze zich het veiligst voelde.

Åre is anders dan haar geboorteplaats in de Alpen, hier zijn geen pistes op drieduizend meter hoogte of eindeloze afdalingen. Maar ze is van de Zweedse bergen gaan houden. Het is een ander soort liefde die meer gaat over de eenheid met de natuur dan over onstuimige off-piste afdalingen door gevaarlijke ravijnen. In plaats van jacht te maken op de perfecte poedersneeuw, is ze betoverd geraakt door het langlaufen. Het gevoel om in stilte tussen de sparren door te glijden terwijl de zon tussen de takken door sijpelt.

Samen met Johan was ze er vaak op uit getrokken in de loipes. Ze had geleerd om de dertigkilometerroute in vrijwel dezelfde tijd als hij af te leggen. Af en toe waren ze op pad gegaan door Ullådalen, als de winterkou plaatsmaakte voor de mildere temperaturen tegen het einde van de winter.

Ze had geleerd om van Zweden te houden zoals ze van Johan hield.

De pijn zet zijn klauwen in haar borst.

Marion bukt en maakt de stijgvellen los om naar beneden te skiën. Het harige oppervlak is een mengeling van nylon en mohair, dat geeft de beste grip en gaat het langst mee.

Een hevige vermoeidheid golft door haar heen. Ze had niet geslapen nadat Linus haar huis was binnengedrongen, enkel een paar onrustige uurtjes op de bank. Zodra ze haar ogen sloot schoten er allerlei beangstigende gedachten door haar heen.

Misschien moet ze contact opnemen met de politie en hun vertellen over Linus' bezoekje, maar wie weet wat dat met zich meebrengt. De gevolgen zijn misschien groter dan ze denkt. Ze is niet bereid de schuld op zich te nemen voor Linus' financiële misstappen. Of om als zondebok te dienen voor zijn slechte beoordelingsvermogen.

Daarentegen is hij wel gevaarlijk en onvoorspelbaar. Gisteravond had ze bijna gedacht dat hij haar wilde vermoorden. Wat doet ze als hij terugkomt, als hij nog een keer probeert haar huis binnen te komen? Durft ze daar überhaupt te zijn vannacht? Maar waar moet ze anders heen?

Ze voelt de plotselinge impuls om gewoon in de sneeuw te gaan liggen. Om hierboven te blijven en nooit meer terug te keren. Dan haalt ze diep adem en doet de stijgvellen in haar rugzak. Als ze thuiskomt zal ze haar broer bellen en alles met hem bespreken.

Florian is wijs, hij kan haar helpen.

41

Hanna kan de kinderen horen spelen in de ruimte die grenst aan de personeelskamer van Het Sneeuwklokje. Het geluid heeft iets onschuldigs, de lichte stemmen en het blije gelach.

'Je zei dat we beter met je collega kunnen praten,' zegt Daniel tegen Maria Törnlund. 'Zou je haar kunnen halen?'

Maria schudt haar hoofd. 'Dat kan helaas niet, Rebecka heeft zich ziek gemeld, daarom zijn we maar met z'n tweeën vandaag.'

'Weet je hoelang ze afwezig zal zijn?' vraagt Hanna.

'Ik weet het niet precies. Een week misschien.'

Maria pulkt aan het tafelkleedje onder de bloempot.

'Eigenlijk belde ze niet zelf, maar haar man,' zegt ze. 'Hij heeft haar gisterochtend ziek gemeld.'

Hanna fronst haar voorhoofd. Het is vast niets bijzonders, maar toch wordt haar aandacht getrokken bij deze informatie.

'Haar man?' vraagt ze.

'Ja. Hij heet Ole. Hij was degene die belde.'

'Hij zei niet wat ze had?'

Hanna kan het niet laten de vraag te stellen. Welke volwassen vrouw laat haar man bellen om haar ziek te melden? Dat is iets wat ouders doen voor hun schoolgaande kinderen.

'Alleen dat ze koorts had en niet naar haar werk zou komen,' antwoordt Maria. 'Hoezo?'

'Het lijkt me dat ze heel hoge koorts gehad moet hebben als ze niet zelf kon bellen?'

Maria ziet eruit alsof zij eenzelfde gedachte had gehad.

'Waarschijnlijk moet ik dit eigenlijk niet vertellen,' zegt ze op zachtere toon, 'maar ik heb het gevoel dat Rebecka's man nogal een... controlerend type is.' Ze kijkt beschaamd uit het raam en veegt haar haar achter haar oor. 'Nou ja, Ole is heel aardig en zo, maar hij brengt haar altijd hiernaartoe en haalt haar dan weer op aan het einde van de werkdag.' Maria dempt haar stem nog wat meer. 'Dat heeft hij bijna dagelijks gedaan sinds ze hier tweeënhalf jaar geleden is begonnen. Het is best merkwaardig, aangezien hij nooit binnenkomt om gedag te zeggen en alleen maar buiten zit te wachten.'

Maria kijkt Hanna aan alsof ze eigenlijk wil zeggen: het is een beetje creepy.

Hanna voelt de welbekende woede weer in zich oplaaien. Ze heeft veel mannen ontmoet die hun vrouwen willen controleren, ze heeft jarenlang met dat soort kwesties gewerkt in Stockholm, maar wat de situatie is met het echtpaar Nordhammar is niet haar zaak. Ze zijn hier om informatie in te winnen over Johan Andersson, niet om in een huwelijk met een scheve machtsbalans te gaan graven.

'Ze zijn gelovig,' voegt Maria eraan toe. 'Rebecka en haar man zijn lid van die alternatieve religieuze gemeente Het Licht des Levens, ik weet niet of jullie die kennen? Volgens mij is Ole zelfs dominee bij hen.'

Hanna heeft er nog nooit van gehoord, maar Daniel knikt.

'Ik herken de naam,' zegt hij. 'Het is nogal een conservatieve beweging, toch?'

'Ja,' zegt Maria. 'Ik heb erover gelezen sinds Rebecka bij ons werkt. Ze bestaan al best lang hier in de omgeving en hebben ook een afdeling in Noorwegen. Blijkbaar zijn ze erg traditioneel.'

'Wat bedoel je daarmee?' vraagt Hanna.

'Ze gebruiken de Bijbel als belangrijkste leidraad. Dat is hun centrale autoriteit, je volgt zo veel mogelijk de regels. Min of meer letterlijk, als je begrijpt wat ik bedoel.'

Maria's blik is kritisch.

'Dus de mannen hebben de macht?' zegt Hanna.

Ze kan haar minachting niet verbergen. Er lijkt altijd weer een excuus te zijn voor mannen om over vrouwen te beslissen.

Daniel werpt haar een blik toe, maar Maria stemt met haar in.

'Zo ongeveer, ja. Toen Rebecka bij ons begon, heb ik haar meerdere keren gevraagd of ze samen een glas wijn wilde drinken na het werk. Eerst dacht ik dat ze geen zin had, maar na verloop van tijd begreep ik dat haar man dat niet zou toestaan. Dat ze hem om toestemming moest vragen.'

Maria wrijft over haar pols. 'Volgens mij durfde ze het niet eens te vragen,' zegt ze. Haar blik dwaalt af. 'Om eerlijk te zijn maak ik me al een tijdje zorgen om haar, maar telkens als ik erover begon, wuifde ze het weg.'

Hanna voelt de frustratie weer opkomen. Ze is zulk gedrag al vaak tegengekomen. Mannen die hun vrouw met ijzeren hand onder de duim houden. Mannen die in alle opzichten op de eerste plaats moeten komen. Soms blijft het bij een overdreven behoefte aan controle en het voortdurend in de gaten houden van de ander, soms loopt het uit op een ernstig geweldsdelict.

Het eigen huis is volgens alle statistieken de gevaarlijkste plek voor een vrouw om te zijn.

Daniel schraapt zijn keel en gebaart discreet naar de klok. Ze zijn hier al ruim een kwartier. Hanna zou Maria graag meer vragen stellen over haar collega, maar ze moeten verder met het verhoor.

Toch maakt ze een aantekening om Rebecka te spreken als ze de kans krijgt. Er is hulp beschikbaar voor kwetsbare vrouwen.

'Wat betreft Johan Anderssons bezoek,' zegt Daniel. 'Was Rebecka de enige die contact met hem had toen?'

Maria knikt.

'Je weet niet in wat voor humeur hij was afgelopen vrijdag?'

'Helaas, ik heb geen woord met hem gewisseld.'

'Waarvoor kwam hij langs?' vraagt Hanna.

'Ik weet het niet,' zegt Maria. 'In de herfst hadden we veel problemen met de afvoer, toen was hij er vrij vaak. Maar volgens mij was nu alles gerepareerd, dus ik was verrast hem te zien. Ik wist niet eens dat iemand hem had gevraagd om te komen.'

'Hoelang bleef hij?' wil Hanna weten.

'Tien minuten misschien. Niet heel lang.'

'En hij heeft alleen Rebecka gesproken?' vraagt Hanna.

'Ja. Ze stonden in de hal.'

Hanna werpt een zijdelingse blik op Daniel, maar die is bezig iets op te schrijven op zijn notitieblok. Ze kan het niet plaatsen. Waarom kwam Johan helemaal uit Sadeln alleen om even met Rebecka te praten?

'Heb je Rebecka's telefoonnummer voor ons?' vraagt Hanna.

'Natuurlijk.'

Maria haalt haar mobieltje tevoorschijn en bladert naar de contactgegevens. Hanna schrijft het nummer op en geeft haar haar visitekaartje.

'Ik heb trouwens al geprobeerd haar te bellen,' zegt Maria. 'Maar er wordt niet opgenomen, ik krijg alleen maar haar voicemail.'

Daniel staat op. 'Bedankt voor je hulp. Als je iets van Rebecka hoort, wil je haar dan vragen contact met ons op te nemen?'

'Zeker.'

Maria loopt met hen mee naar de deur.

Net als ze willen vertrekken merkt Hanna dat ze aarzelt, alsof ze nog iets wil vertellen, maar dan heft ze enkel haar hand op en zwaait.

Zodra ze op de E14 zitten, probeert Hanna Rebecka Nordhammar te bereiken.

'Hoi, dit is de voicemail van Rebecka,' zegt een heldere, licht gedempte stem. 'Laat gerust een boodschap achter.'

Hanna vertelt wie ze is en vraagt Rebecka om zo snel mogelijk terug te bellen. Dan draait ze zich om naar Daniel die tegen de zon in tuurt ondanks het feit dat de zonneklep is neergeklapt. De grijsblauwe dreigende wolken die vanochtend vroeg kwamen aandrijven vanuit Noorwegen, zijn vervangen door een stralende ochtendzon.

'Er wordt niet opgenomen,' zegt ze. 'Ik probeer het later nog een keer.'

'Oké.'

'Ik heb het gevoel dat het belangrijk is om Rebecka te spreken,' zegt Hanna. 'Vooral door de informatie van haar collega.'

Daniel is het met haar eens. 'Probeer het nog maar een keer.'

Hanna maakt een mentale aantekening. Ze zijn op weg naar de schoonheidssalon waar Sandra Sundin werkt, Linus' vrouw. Ze gaan haar ondervragen over vrijdagavond om erachter te komen waar haar man zich toen bevond. Als ze tenminste bereid is dat te vertellen, gezien Linus' houding de laatste keer dat ze hem zagen.

Maar Hanna is niet van plan Rebecka Nordhammars thuissituatie zomaar los te laten. Eerst zal ze haar opsporen en vragen waarover zij en Johan Andersson het vrijdagmiddag hadden gehad.

Daarna is ze van plan haar te vragen naar haar thuissituatie.

Rebecka

2020

zaterdag 22 februari

Sneeuwvlokken wervelen door de lucht op de parkeerplaats aan Björkvägen terwijl Rebecka op Johan wacht. Ze heeft amper geslapen vannacht, ze staat strak van de zenuwen. Ze staat op het punt een onomkeerbare stap te zetten die alles zal veranderen.

Ze gaat weg bij Ole om een nieuw leven te beginnen met Johan.

Voor hun kind, het kleine wondertje dat in haar groeit.

Ze legt een beschermende hand op haar buik. Haar kind zal opgroeien in een veilig thuis met zijn of haar echte vader, geen gewelddadige man van God. Ze weet dat ze het juiste doet, hoe moeilijk het ook is om tegen haar opvoeding in te gaan.

Ze kijkt weer hoe laat het is. De wijzer van haar polshorloge staat op halfacht, Johan is veel te laat. Ze wacht al een halfuur. Ze stampt een paar keer met haar voeten om warm te worden. Het is echt koud buiten, de lucht voelt ijzig in haar neusgaten.

Waar is hij?

Eindelijk hoort ze het geluid van een naderende auto. Rebecka zucht van opluchting. Ze wil zo ver mogelijk uit de buurt komen voordat Ole thuiskomt en ontdekt dat ze ervandoor is gegaan.

De auto slaat af en stopt. Ze wordt verblind door de koplampen. Ze krijgt vaag mee dat een donkere gestalte uitstapt aan de bestuurderskant.

Er is iets niet in orde. De lengte klopt niet, de lichaamshouding is anders.

Dat is niet Johan.

Rebecka staat als aan de grond genageld. De persoon die naast de auto staat is Ole en hij komt op haar af.

Dit kan niet waar zijn. Het is onmogelijk.

Haar hart klopt in haar keel.

Johan zou haar komen halen. Voor hem heeft ze alle noodzakelijk spullen gepakt en is ze weggeglipt. Ole hoort nu in Snasadalen te zijn om de bijbelstudie te leiden. Daarom had ze haar ontsnapping uitgesteld van vrijdag naar zaterdag. Zodat hij haar niet zou betrappen.

Toch staat hij daar voor haar in de sneeuw met een blik die zoveel woede uitstraalt dat ze moet wegkijken.

'Wat ben je aan het doen?' snauwt hij.

Rebecka kan geen geluid uitbrengen. Daarnet stond ze nog te klappertanden van de kou, maar nu trilt haar hele lichaam van pure angst. Ze kan beter wegrennen, het bos in vluchten, maar ze is niet in staat te bewegen.

Ze heeft nachtmerries gehad over situaties als deze.

Oles kaken zijn stevig op elkaar geklemd. Zijn ogen branden en zijn gezicht is zo verwrongen dat het onherkenbaar is.

Alle remmingen lijken verdwenen.

Haar paniek neemt toe. Wat is hij van plan met haar te doen?

Ze voelt een ijskoude windvlaag. De sneeuw wervelt omhoog recht in haar gezicht. Oles jas wappert als lange vleermuisvleugels op achter hem.

De wind jankt in Rebecka's oren.

Hij weet het.

'Je bent een hoer,' zegt Ole. 'God heeft je gezien.'

Rebecka kan amper overeind blijven, haar benen bezwijken bijna onder haar. Haar tas glijdt uit haar hand en belandt in de sneeuw.

Hoe is dat gebeurd? Hoe kon Ole weten dat hij haar bij hun ontmoetingsplek op Björkvägen zou vinden? Precies om deze tijd? Ze was zo voorzichtig geweest, ze had niets over haar plan verteld, zelfs niet aan Lisen of haar moeder. Bovendien heeft ze maar een paar spullen meegenomen, alles wat in een normale tas paste.

Dan begrijpt ze het. Hij heeft haar opgespoord via haar mobieltje. Ole kent haar code en hij weet precies waar ze wanneer geweest is.

Heeft hij ook Johans appjes gelezen? Ze heeft ze allemaal gewist, maar misschien niet snel genoeg?

Rebecka kijkt wanhopig om zich heen, probeert uit wilskracht Johans witte bestelauto te laten opduiken op de weg om haar te komen redden.

De deur aan de passagierskant van Oles auto gaat open en er stapt nog een man uit. Ze realiseert zich dat het dominee Jonsäter is. Hij slaat haar van een afstandje gade, maar maakt geen aanstalten om in te grijpen.

Hij is hier om Ole te helpen haar op te halen.

Ze kan niet vluchten.

Als Ole haar naar de auto duwt, laat Rebecka zich erheen voeren. Het is een slecht idee om zich te verzetten. Al haar inspanningen zijn vergeefs geweest.

Hoe kon ze geloven dat ze zou kunnen ontsnappen?

Ole duwt haar op de achterbank en ze rijden naar de E14. Het is warm in de auto, maar toch sterft ze bijna van de kou. Haar bovenarm doet pijn op de plek waar Ole haar had vastgegrepen.

Het is één grote chaos.

Waarom is Johan niet gekomen? Ze hadden om zeven uur afgesproken. Ze had een halfuur gewacht. Waar is hij gebleven?

Rebecka wil niet geloven dat hij zich heeft bedacht en bij Marion wil blijven, maar ze realiseert zich dat dat zou kunnen. Tenzij Ole Johan zover heeft gekregen haar in de steek te laten?

Of hem iets heeft aangedaan?

Ze kan niet voorkomen dat ze naar adem hapt. Ole heeft haar heel vaak pijn gedaan, maar zoals nu heeft ze hem nog nooit gezien. Wat moet ze doen als hij Johan iets vreselijks heeft aangedaan?

Ze legt een hand op haar buik en probeert nieuwe kracht te vinden.

Ole zit achter het stuur en praat zachtjes met Jan-Peter Jonsäter. Ze kan niet verstaan wat ze zeggen, het motorgeronk overstemt hun gesprek. Ze durft amper naar Ole te kijken en dominee Jonsäter heeft nog steeds geen woord tegen haar gezegd.

De auto begint te hobbelen als ze een kleinere weg op rijden. Na een aantal minuten stoppen ze en Rebecka beseft dat ze in Handöl zijn, bij het prachtige negentiende-eeuwse huis van de familie Jonsäter.

De dominee maakt zijn veiligheidsgordel los en legt zijn hand op de deurhendel.

Rebecka gaat rechtop zitten. Hij gaat haar alleen laten met Ole. Hij moet gezien hebben hoe kwaad Ole was, hoe hard hij haar had vastgegrepen. En toch deed hij niets.

Door het raam ziet ze Jonsäter de voordeur binnengaan.

Ze wil schreeuwen: stop! Laat me niet met hem alleen!

De woorden verlaten haar lippen echter niet. De dominee zal nooit Rebecka's kant kiezen. Anders zou hij niet zijn meegegaan om te voorkomen dat ze de benen nam.

Binnen hun gemeente zijn de mannen degenen die beslissen, in zijn ogen heeft ze niet alleen tegenover Ole gezondigd, maar ook tegenover God.

Hoe Ole verkiest haar te behandelen is een zaak tussen een man en zijn vrouw.

Ole trapt op het gas en rijdt terug naar de E14, waar hij links afslaat in plaats van rechts. Rebecka snapt niet waarom, hun huis is de andere kant op.

Als ze haar blik opheft, kijkt ze via de achteruitkijkspiegel in Oles donkere blik, die zo wraakzuchtig is dat ze ineenkrimpt op haar stoel.

Tranen van angst lopen over haar wangen. Ze twijfelt er niet aan dat Ole haar zal straffen.

Hij zal het doen uit naam van God.

Vergiffenis is geen optie.

42

De huidverzorgingssalon waar Sandra Sundin werkt is gevestigd aan Åre Torg, vlak bij het zwarte stationsgebouw uit 1910 van de kabelspoorbaan.

Als ze aankomen ziet Daniel de treinwagon net vertrekken naar Fjällgården, een hotel dat tweehonderd meter hoger op de berg ligt.

De bergspoorbaan is een aandenken aan het Åre uit het verleden. De inspiratie komt van het Zwitserse Davos van rond 1900 en het doel was geweest om een Zweeds skioord te creëren dat zich kon meten met de Europese winterbestemmingen. Hiervoor was een moderne wijze nodig om de berg op te komen, om niet met zware ski's onder de arm te hoeven lopen.

'Daar zijn we weleens in geweest, hè?' zegt hij, wijzend naar de wagon die bijna uit het zicht verdwijnt.

Hanna begint te lachen en voelt een vleugje nostalgie.

'Zeker. Geweldig dat hij nog steeds in gebruik is, ik zat er iedere winter in toen ik hier kwam als kind.'

Daniel herinnert zich dat Hanna had verteld dat ze de voorjaarsvakantie meestal doorbracht in Åre met haar ouders en zus.

Terwijl ze doorlopen naar de schoonheidssalon waar Sandra Sundin werkt, komen drie mannen hun tegemoet. Ze hebben ski's over hun schouders en bewegen zich onhandig en waggelend voort, zoals dat gaat met skischoenen met een stijve, platte zool.

Daniel voelt een steek van verlangen om de piste op te gaan. De wolken zijn opengebroken en de pistes baden in het zonlicht. Achter de bergtoppen, waar de pistes wemelen van de enthousiaste skiërs, is de lucht helderblauw.

Het is perfect weer voor de voorjaarsvakantie.

Het is een hele tijd geleden dat hij slalommend de berg af is gegaan. Het leven met een klein kind was zo druk. Een paar keer waren Ida en hij erop uitgetrokken om te langlaufen met Alice in de slee, maar dat was alles. Er was geen ruimte geweest voor iets anders, ook al is skiën hun favoriete sport. Ida had jarenlang skiles gegeven en als hij eerlijk was, had zij van hen beiden de beste techniek.

Waarschijnlijk mist zij het nog meer dan hij.

Daniel werpt een blik op Åreskutan. De lucht is zo helder dat hij het station op de top kan zien, de rode kabelspoorwagon is bijna bij het uitstappunt.

De reusachtige berg lonkt naar hem.

Hij vindt het heerlijk om boven op Åreskutan te staan, vooral in de ochtend als hij verlaten is. Het liefst skiet hij aan de achterkant omlaag, waar je de steile helling voor jezelf hebt en waar bijna geen toeristen komen.

Het gevoel van ski's die door de onberoerde sneeuw glijden is onverslaanbaar.

Je kunt niet ontspannen, omdat je niet kunt voorspellen welke oneffenheden er onder het sneeuwdek schuilgaan. Soms moet je op het laatste moment uitwijken voor een steen en soms duikt er zonder waarschuwing een omgewaaide boom op. Het vergt een opperste concentratie om je route te kiezen tussen de kloven in de berg.

Ondanks het verbod om alleen off-piste te gaan, doet hij het graag. Dan kan hij zijn eigen tempo aanhouden en hoeft hij geen rekening te houden met anderen. Het biedt een bepaald soort vrijheid waar hij af en toe naar verlangt.

Het heeft iets bijzonders om totaal onafhankelijk te zijn, om één te zijn met de natuur.

Dat moest Johan ook gevoeld hebben, gezien het feit dat hij zo'n getalenteerd skiër was en was opgegroeid in Duved. Maar hij zal nooit meer op de top van Åreskutan staan en uitkijken over het dal...

'Kom je?' roept Hanna een paar meter verderop.

Ze trekt de deur van de schoonheidssalon open.

Met een laatste blik op de machtige berg haast Daniel zich naar haar toe.

Rebecka

2020

zaterdag 22 februari

Tijdens het rijden blijft Ole ijzig stil.

De tijd strekt zich uit.

Rebecka heeft geen idee waar ze zijn of hoe laat het is. Voordat Ole haar ruw op de achterbank had geduwd, had hij haar mobieltje afgepakt. Haar horloge kan ze in het donker niet zien. Het enige wat ze weet is dat ze de E14 hebben verlaten.

Ze is alleen met Ole en alles is verloren. Haar droom van een ander leven is weg.

De auto scheurt over kleine weggetjes. Hoge sparren torenen aan beide kanten omhoog. Het ziet er kilometerslang hetzelfde uit. Rebecka probeert zich te oriënteren, maar het is pikzwart buiten en er is geen straatverlichting. Het is onmogelijk om borden of huizen te zien die haar een indicatie kunnen geven.

Zou het kunnen dat ze de Noorse grens over gegaan zijn?

Ze is zo in de war, ze kan zich niet herinneren of ze door Storlien gereden zijn. Nadat ze dominee Jonsäter hadden afgezet, was ze in een soort roes geraakt. Ze was met gesloten ogen in elkaar gekropen en had geprobeerd aan Johan te denken, om de buitenwereld buiten te sluiten.

Ze rijden veel te hard over de smalle wegen. De auto slipt in de bochten en Rebecka probeert haar misselijkheid te bedwingen. Ze kan niet overgeven in de auto. Ole is zo bang voor de bekleding, dat zou alles alleen nog maar erger maken.

'Waar gaan we heen?'

Ole geeft geen antwoord.

'Waar zijn we naar op weg?' vraagt ze opnieuw, harder deze keer.

'Houd je mond, vuile hoer!'

Zijn woorden komen eruit als zweepslagen.

'Anders stop ik hier direct en laat ik je zien wat God doet met mensen als jij.'

Hierna durft Rebecka haar mond niet meer open te doen. Ze heeft Ole nog nooit zo kwaad gezien. Zijn schouders zijn hoog opgetrokken en hij knijpt hard in het stuur. Ze durft hem niet nog verder uit te dagen.

Ze jammert in stilte en kijkt uit het raam. Zou ze de deur kunnen opendoen en zich naar buiten kunnen werpen?

Een nieuwe bocht schudt hen zo hard heen en weer dat ze naar lucht hapt. Het is te gevaarlijk met deze snelheid. Ole rijdt te hard, haar kind zou schade kunnen oplopen.

Bovendien is het snijdend koud buiten. Zelfs al zou de sneeuw haar val verzachten en zou ze het bos in kunnen vluchten om zich te verstoppen, dan zou ze nog binnen een paar uur doodvriezen.

Wanhoop vult haar borst.

Niemand weet waar ze is. Johan was nooit bij hun ontmoetingsplek aangekomen.

Ze is volkomen aan Ole overgeleverd.

43

Hun gesprek met Sandra was echt een teleurstelling, denkt Hanna als ze de schoonheidssalon uit lopen.

Daniel en zij staan midden op Åre Torg en de sneeuw glinstert in het felle zonlicht. Ze moet haar ogen afschermen met haar rechterhand om goed te kunnen zien. Het wemelt van de mensen die genieten van het mooie weer.

'Sandra heeft niets verteld wat we niet al wisten,' zegt ze met een ontevreden zucht. 'Het enige wat ze toegaf, was dat ze financiële problemen hebben, maar dat was niet bepaald nieuws. Misschien dat je kan zeggen dat haar informatie Linus' motief versterkt.'

Daniel haalt zijn schouders op. 'Wat had je dan verwacht? Linus weigert met ons te praten zonder advocaat. Het is logisch dat zijn vrouw hem zo veel mogelijk in bescherming neemt.'

Toch had Hanna op een beter resultaat gehoopt.

'Zij moet Johan toch ook al lang kennen?' werpt ze tegen. 'Je zou kunnen verwachten dat ze voor hem opkomt en ons helpt in zijn belang.'

'En ondertussen haar eigen man verraden?' Daniel glimlacht scheef. 'Laat het los. We komen nu niet verder met Sandra.'

Hij kijkt om zich heen en wijst naar Werséns Brasserie schuin aan de overkant van de weg.

'Wat denk je van een pizzaatje? We kunnen beter even wat eten voordat we teruggaan naar het bureau.'

Nergens zijn de pizza's zo lekker als bij Werséns. En Hanna heeft flinke honger na die lange ochtend.

'Klinkt als een goed plan.'

Ze gaat hem voor en doet de deur open. Het is stampvol, ook al is het midden op de dag, ze moeten zich praktisch een weg ellebogen naar een vrij tafeltje in de hoek. Ze begint nu al uit te kijken naar het einde van de voorjaarsvakantie, ook al was dat precies de week dat ze zelf altijd naar Åre kwam met haar ouders. In die tijd besefte ze nog niet wat voor invasie het met zich meebracht voor de lokale bevolking. Het gedrang doet meer denken aan een grote Europese stad dan een dorp in het noorden van Zweden.

Als het eten komt, valt Hanna meteen aan op haar pizza. Hij draagt de naam 'Jagerspizza' en is rijkelijk belegd met reepjes rendiervlees, cantharellen en mierikswortelcrème.

Ze zijn zo ongeveer de enige gasten die geen skikleding aanhebben of op vakantie zijn. En ze lijken ook de enigen te zijn die geen alcohol drinken bij hun maaltijd.

'Jeetje, wat had ik een honger,' zegt ze met een verontschuldigende blik.

Daniel glimlacht met volle mond. Hij heeft een meer Italiaanse variant besteld met truffelsalami, rucola en parmezaan.

'Geen probleem,' zegt hij. 'Het is echt lekker.'

Voor de zekerheid doen ze hun best niet over Sandra's verhoor te praten, ook al neemt Hanna het gesprek in haar hoofd toch nog een keer door. Er zijn te veel mensen, de tafeltjes staan te dicht bij elkaar. Het laatste wat hun onderzoek kan gebruiken zijn roddels als gevolg van iemand die hen stiekem heeft afgeluisterd.

Ze ziet de vrouw aan het tafeltje naast hen, met een glas rosé en een deftige grijze bontponcho, een paar keer nieuwsgierig naar hen kijken.

Hanna geeft haar een knikje en fluistert vanuit haar mondhoek tegen Daniel: 'Denk je dat ze doorheeft dat we van de politie zijn?'

Hij kijkt discreet naar de vrouw die nu in beslag genomen lijkt te worden door haar mobieltje.

'Maakt dat uit?'

Hanna schudt haar hoofd en schuift het laatste stuk pizza naar binnen. Hoewel ze geen uniform dragen, hebben mensen meestal wel een idee wat hun beroep is. Dat is gewoon de situatie, veel van hun collega's hadden dezelfde ervaring.

Als ze klaar zijn met eten lopen ze terug naar de auto. Omdat alle parkeerplaatsen rond het plein bezet waren geweest, hadden ze hem op de openluchtparkeerplaats bij het spoor geparkeerd.

Ze gaan terug naar het bureau voor alweer een online overleg met Östersund. Hanna hoopt dat de autopsie is afgerond, en dat ze te horen krijgen wat er eigenlijk heeft plaatsgevonden bij de moord op Johan.

44

Met een kop koffie in zijn hand doet Daniel de deur van de vergaderruimte open. Ze hebben een online overleg met het hele PMOZG-team. Zoals gewoonlijk bespreken ze eerst de stand van zaken. Jenny Ullenius is er deze keer ook weer bij, bij moordzaken is de officier van justitie meestal aanwezig.

Net als de vorige dag is ze geheel in het zwart gekleed.

Birgitta Grip vraagt wat ze tot nu toe ondernomen hebben en geeft dan het woord aan Ylva Labba.

De patholoog-anatoom zit achter haar bureau in een openhangende witte jas. Haar donkere haar is korter dan de vorige keer dat Daniel haar zag en is in een pagekapsel geknipt dat eindigt bij haar kaaklijn. Het staat haar goed en accentueert haar hoge jukbeenderen, maar geeft haar tegelijkertijd een harder, meer kil en afstandelijk uiterlijk.

Daniel waardeert Ylva's vakkundigheid, maar hij zal nooit begrijpen waarom een arts zich aangetrokken voelt door forensische geneeskunde. Waarom zou je je specialiseren in mishandelde en dode lichamen als je met levende mensen kunt werken?

Bij sommige van zijn vroegere zaken in Göteborg was alleen al de aanblik van de zwaar gehavende slachtoffers voldoende om hem te doen kokhalzen. Bijna zoals afgelopen zaterdag, toen ze Johan in Tångböle aantroffen.

Ylva Labba begint met haar uiteenzetting en Daniel luistert aandachtig.

'We hebben kunnen vaststellen dat Johan Andersson is overleden doordat hij een ernstig schedeltrauma heeft opgelopen,' zegt ze ter introductie. 'Om precies te zijn aan het linkerwandbeen dat de pariëtaalkwab beschermt. Ook de occipitaalkwab is deels beschadigd.'

Ze gaat op in een technische omschrijving van aanwezige bloedstollingen, meervoudige fracturen met botsplinters en de schade die daardoor is ontstaan aan de vitale functies van de hersenen.

Daniel heeft de terminologie al vaker gehoord, maar toch heeft hij af en toe moeite haar te volgen. De conclusie is echter min of meer dezelfde als de conclusie die ze getrokken hadden toen ze het lichaam vonden, namelijk dat Johans dood veroorzaakt was door meerdere harde klappen tegen zijn achterhoofd, waardoor zijn schedel was ingeslagen en belangrijke delen van de grote hersenen waren beschadigd.

Als gevolg hiervan was hij vrijwel direct overleden. Vermoedelijk was hij zes tot twaalf uur dood geweest op het moment dat hij gevonden werd.

'Wat kun je vertellen over het moordwapen?' vraagt hij als Ylva ten slotte klaar is.

'Ik zou zeggen dat het gaat om een soort plat gereedschap, afgaande op hoe zijn verwondingen en de schade aan de huid eromheen eruitzien.'

'Kun je wat specifieker zijn?' vraagt Raffe.

'Ik denk in de richting van een kleine voorhamer,' antwoordt Ylva.

Een voorhamer? Daniel denkt even na. Die vind je in de meeste huizen in Noord-Jämtland. Dat is zoeken naar een speld in een hooiberg.

'Kun je iets vertellen over zijn andere verwondingen?' vraagt hij. 'Hoe zijn die ontstaan?'

'Dat is moeilijker te beoordelen.'

Met een klik van haar muis opent Ylva een vergroting van Johans verwoeste gezicht, waarop Daniel direct overvallen wordt door afschuw. Van dichtbij is duidelijk te zien hoe erg Johan was mishandeld voor zijn dood. Zijn huid en bloedvaten zijn opengescheurd, zijn neus staat in een vreemde hoek.

'Jezus,' zegt Raffe hardop.

Ylva geeft op zakelijke toon commentaar bij de foto.

'Het slachtoffer had een ernstige neusfractuur, wat kleinere verwondingen aan het rechterjukbeen en diverse breuken in zijn gezicht.'

De woorden dringen tot Daniel door.

Hanna spreekt de vraag uit die iedereen denkt: 'Bedoel je dat hij gemarteld is?'

Raffe schuift heen en weer op zijn stoel.

'Ik kan niet zeggen of dat is wat zijn verwondingen aantonen.' Ylva pauzeert even. 'Het is moeilijk om het precieze tijdsverloop te bepalen aangezien het lichaam zoveel uren buiten in de kou heeft gelegen.' Ze bladert door een stapel papieren voor haar. 'In elk geval denk ik dat het merendeel van de verwondingen aan het gezicht vlak na elkaar is ontstaan. De schade aan het rechterjukbeen lijkt afkomstig te zijn van een harde vuistslag, dit is af te leiden uit zowel de staat van de huid als het onderliggende weefsel, maar de overige verwondingen zijn minder makkelijk te verklaren.'

'Kun je een poging doen?' vraagt Daniel.

'Eén hypothese kan zijn dat hij na de eerste klap met zijn gezicht voorover is gevallen zonder dat hij zichzelf kon opvangen. Misschien omdat zijn handen toen al op zijn rug gebonden waren. De vele kleine wondjes op zijn huid wijzen in die richting, ze zijn gelijkmatig verdeeld, alsof ze op hetzelfde moment zijn ontstaan. Ook het feit dat hij veel kleine bloeduitstortingen in zijn gezicht heeft zou je daaraan toe kunnen schrijven. Of hij zijn neus voor, door of na zijn val heeft gebroken, kan ik niet vaststellen.'

'Hoe zit het met de tijdsperiode tussen de verwondingen aan zijn gezicht en zijn achterhoofd?' wil Anton weten.

Hij heeft zijn armen over elkaar geslagen en ziet er net zo moe uit als gisteren, met donkere wallen onder zijn ogen. Het is lang geleden dat Daniel hem zo apathisch heeft gezien. Het lijkt alsof er iets aan de hand is, maar op dit moment heeft hij daar geen tijd voor.

'Dat is ook lastig te bepalen,' zegt Ylva. 'Maar ze zijn redelijk snel na elkaar ontstaan, zoveel durf ik wel te beweren.'

Daniel is teleurgesteld, hij had gehoopt op wat nauwkeuriger antwoorden van de patholoog-anatoom, ook al weet hij dat ze haar best doet. En ze had hun wel prioriteit gegeven, anders hadden ze aanzienlijk langer op de autopsie moeten wachten.

Ylva kijkt op haar polshorloge.

'Ik denk dat jullie nu alle informatie hebben die ik kan bieden. Ik moet eigenlijk weer verder met andere zaken...'

Hanna's voorhoofd is gefronst.

'Nog een laatste vraag,' zegt ze. 'Was Johan onder invloed?'

Ylva schudt haar hoofd. 'Zijn bloed bevat geen sporen van alcohol of chemische substanties.'

Dat komt overeen met de observering van Carl Willner dat Johan slechts een alcoholarm biertje had gedronken bij Pigo.

Ylva verdwijnt van het scherm. Grip tikt een aantal keer met haar pen op tafel om de aandacht te trekken.

'Hoe gaat het met het onderzoek van die bestelwagen?' vraagt ze aan Carina. 'Hebben jullie bijvoorbeeld die rittenregistratieapparatuur gevonden waar we het over hadden?'

'Ja en nee,' zegt Carina terwijl ze haar oordopjes goed indoet. 'Er is een elektronisch rittenlogboek, maar we moeten nog toegang krijgen tot de gegevens. Daar kom ik nog op terug.'

'Er stonden gereedschapskisten in die bestelwagen, toch?' zegt Daniel, die zich probeert te herinneren hoe de auto er vanbinnen uitzag. 'Kun je kijken of er iets ontbreekt? Het is goed om te weten of het moordwapen afkomstig is uit Johans eigen uitrusting.' Daniel kijkt om zich heen. 'Ik denk dat het ons indicatie zou kunnen geven van hoe spontaan die moord was. Of de dader het eerste het beste voorwerp dat hij tegenkwam als wapen heeft gebruikt of dat hij het wapen al in de aanslag had.'

Grip knikt waarderend bij zijn suggestie.

'Hoe zit het met de telefoonlijsten?' vraagt ze. 'Zijn we er al verder mee gekomen?'

Johans mobiele telefoon is nog steeds vermist. Ze hebben de telefoonmaatschappij gevraagd om een overzicht van al zijn contacten in het afgelopen halfjaar.

'Die zijn onderweg als het goed is,' antwoordt Raffe.

Daniel zet alles in stilte voor zichzelf op een rijtje. Ze weten dat Johan vrijdagavond rond tien over halfacht bij Linus Sundin thuis was geweest. Hoewel Sandra haar best had gedaan zo weinig mogelijk los te laten tijdens het verhoor voor de lunch, had ze indirect wel bevestigd dat de gemoederen tussen de twee zakenpartners hoog waren opgelopen. Ze had ook aangegeven dat Johan hooguit vijfentwintig minuten gebleven was.

De vraag is of de ruzie toen al uit de hand was gelopen. Of ze daar in de keuken in gevecht waren geraakt?

Volgens Sandra was er geen sprake geweest van een handgemeen bij Johans bezoek, maar misschien loog ze daarover. Het zou niet de eerste keer zijn dat een vrouw loog om haar man in bescherming te nemen.

Het roept steeds meer argwaan op dat Linus een advocaat eist. Als ze zijn woning zouden kunnen doorzoeken met Carina's middelen, zou het niet moeilijk moeten zijn om bewijs te vinden voor die ruzie. Als er bloed was weggeschrobd, konden ze dat zien met infrarood licht. Haren en botsplinters kon een vakkundig forensisch rechercheur wel opsporen.

'We moeten huiszoeking doen bij Linus,' zegt hij. 'Forensisch rechercheurs erop afsturen, politiehonden, de hele reutemeteut.'

Grip kijkt niet bepaald enthousiast. En de officier van justitie, Jenny Ullenius, evenmin.

'We hebben het over een gezin met kinderen en een verdachte zonder strafblad,' benadrukt Grip.

Daar is Daniel zich van bewust.

'Maar Linus had een motief en ook de gelegenheid,' werpt hij tegen. 'Hij weigert mee te werken zonder juridisch adviseur.'

'Het is nog te vroeg.'

'Het is niet alsof we nog een andere verdachte hebben.'

'We kunnen het ons wel permitteren een dagje te wachten.'

'Wat is het bezwaar?' zegt Daniel een tikkeltje te hard.

Jenny Ullenius fronst haar voorhoofd.

'We hebben niet genoeg onderbouwing,' zegt Grip.

Daniel begrijpt haar aarzeling. Het komt door het 'proportionaliteitsprincipe'. Een maatregel mag nooit disproportioneel zijn ten opzichte van de gevolgen, uit het oogpunt van de rechtszekerheid.

'We hebben geen enkel technisch bewijs dat Linus Sundin aan de moord verbindt,' merkt Ullenius op.

Ze heeft amper een woord gezegd, moet ze dan nu Grips kant kiezen?

'Dat is toch ook het doel van een huiszoeking?' werpt Daniel tegen. 'Dat we bewijzen vinden?'

Hij merkt hoe provocerend hij overkomt.

Grip staart hem vanaf het scherm aan met een blik die bloed in ijs zou kunnen veranderen.

'Zorg dat jullie meer boven water krijgen, dan hebben we het er nog een keer over.'

45

Het heeft Ida drie kwartier gekost om Alice aangekleed in de kinderwagen te krijgen voor een wandeling. Als ze eindelijk op straat staan, heeft ze het zo heet dat het zweet van haar afdruipt onder haar donsjack.

Ze zet koers naar het centrum. Ze gaat koffiedrinken bij Åre Kafferosteri met Tove, een van haar beste vriendinnen.

Het wemelt van de mensen op het plein als ze er aankomt. Vlak voor Stadium, de sportwinkel, staat een pop-upbar en er heeft zich een lange rij gevormd om een biertje of dampende glühwein te kopen. Ida manoeuvreert de kinderwagen langs de sneeuwhopen naar het café. Aangezien Alice in slaap is gevallen, zet ze de wagen buiten voor het raam zodat ze een oogje op haar kan houden.

Ze blijft staan en kijkt naar haar dochter. Ze is zo mooi zoals ze daar zo met haar oogjes gesloten ligt. Haar wangen zijn rozig en haar wimpers lang. Haar mond is enkel een klein rozenknopje. Ze wordt overspoeld door een golf van liefde. Ze kan niet geloven dat ze ooit had geaarzeld om moeder te worden, ze snapt niet wat ze dacht.

Als ze binnenkomt, zwaait Tove naar haar vanaf een tafeltje in de hoek. Alle andere tafeltjes zijn bezet.

'Jemig, wat is het druk,' zegt Ida met een zucht terwijl ze Tove een knuffel geeft.

'Zoals altijd in de voorjaarsvakantie,' antwoordt Tove met een glimlach.

Het ruikt zoals gewoonlijk heerlijk in het café. Bij de kassa lonken verschillende zoete lekkernijen: versgebakken zoete broodjes en diverse soorten koekjes. Ze bestellen ieder een latte met een grote chocoladebol.

'Heb je trouwens gehoord dat ze in Noord-Italië alle skigebieden dichtgooien?' vraagt Tove als ze hun bestelling hebben gekregen.

Ida schudt haar hoofd. Ze heeft de afgelopen dagen niet naar het journaal of het online nieuws gekeken, vooral omdat ze niets meer wilde horen over de moord op Johan. Het is al beangstigend genoeg en ze maakt zich zorgen over Daniels veiligheid.

Wie weet wat er kan gebeuren als je een moordenaar achternazit? Daniel is zo plichtsgetrouw, hij zou voorzichtiger moeten zijn met zichzelf. Vooral nu ze een dochtertje hebben samen.

Tove praat verder over hetzelfde onderwerp. 'Vanwege dat coronavirus uit China dat zich aan het verspreiden is. Blijkbaar sluiten ze bijna alles om besmetting te voorkomen. Het hele liftensysteem en de skischolen.'

'Je kunt toch niet een heel skigebied sluiten?' sputtert Ida tegen. Ze neemt een klein slokje van haar koffie, die een lekkere, nootachtige nasmaak heeft. 'Hoe zou je dat moeten doen?'

'Mensen zijn geïnstrueerd om thuis te blijven en afstand te houden van iedereen buiten hun eigen gezin.'

'Dat klinkt bizar! Mag dat überhaupt wel, wettelijk gezien?'

'Kennelijk. Ongelooflijk toch?'

Ida draait haar hoofd om om naar buiten te kijken. Ze ziet hoe alle wintersporters zich verdringen op het plein en denkt aan de après-ski en de rijen bij de liften en kabelbanen, waar mensen als sardientjes op elkaar gepakt staan. Åre leeft van het toerisme. Een goed skiseizoen is een must voor de ondernemers.

Ook haar baan als skilerares is ervan afhankelijk.

'Ik hoop echt dat het niet hiernaartoe komt,' zegt ze huiverend.

Tove roert door haar latte. 'Wat denk je trouwens van die moord op Johan Andersson? Wat een toestand. Ik neem aan dat Daniel weinig thuis is op het moment?'

'Niet veel nee.'

Ida neemt een grote hap van haar chocoladebol. Enige troost heeft ze toch nodig als Daniel zo vaak weg is. Ze doet haar best trots op hem te zijn. De dood van die skiër is een afschuwelijk misdrijf dat opgehelderd moet worden.

Ze doet haar best om niet te klagen.

'Hij is voortdurend aan het werk,' voegt ze eraan toe. 'We hebben amper een woord gewisseld de afgelopen dagen.'

Tove legt haar hand op die van Ida. 'Dat zal niet makkelijk zijn.' Ze kijkt om zich heen alsof ze zich ervan wil verzekeren dat niemand haar hoort. 'Trouwens, ik weet eigenlijk niet of ik dit moet vertellen, maar ik zag Daniel toevallig eerder vandaag bij Wersėns.'

Ida kijkt op. Hoe kan Daniel tijd hebben om naar een restaurant te gaan als hij zoveel moet werken?

'Hij was aan het lunchen met een meisje van zijn leeftijd met bruin haar,' gaat Tove verder. 'Het leek alsof ze het heel gezellig hadden.' Ze aarzelt en krijgt een licht onderzoekende blik in haar ogen. Dan vervolgt ze: 'Je moet het niet verkeerd opvatten, maar... gaat het goed tussen jullie?'

Rebecka

2020
zaterdag 22 februari

De auto stopt met een ruk en Rebecka wordt wakker uit haar apathie. Ze tuurt door het raampje naar buiten. Het enige wat ze ziet is duisternis en sneeuw, maar haar ogen beginnen langzaam te wennen. Ze ziet de contouren van een gebouw met een verlaten veld en dichtbegroeid bos op de achtergrond.

Ze moet vreselijk nodig plassen, maar probeert het op te houden.

Ole stapt uit en haalt een sneeuwschep uit de kofferbak.

Rebecka hoort een klikje als de auto met haar erin weer afsluit. Ze staan midden op de weg, door de sneeuw kunnen ze niet doorrijden tot aan het huis.

Met grote ogen kijkt ze hem na.

Woedend schept hij een smal pad door de sneeuw vanaf de weg naar het huis. Hij verdwijnt het huis in en vlak daarna gaan de lichten aan. Nu ziet ze dat het een houten huis van twee verdiepingen is. Het ziet er vervallen uit, de verf is afgebladderd en er missen wat dakpannen.

De angst giert met hernieuwde kracht door haar lijf.

Waarom zijn ze hier? Wat is hij van plan?

Ze heeft het koud gekregen, de motor staat uit en de temperatuur in de auto daalt snel. Het moet minstens twintig graden onder nul zijn.

De deur van de auto wordt opengerukt en Ole gebaart dat ze moet uitstappen.

Rebecka gehoorzaamt, ze heeft geen keus. Zwijgend pakt ze haar tas en ploetert achter hem aan. Ze komen binnen in een ijskoude hal met versleten linoleum op de vloer en er hangt een muffe, benauwde lucht. Een soort oudemannengeur, een mengeling van aangekoekt vuil en urine slaat haar tegemoet.

Aan de muur hangt een groot kruis met een vaal gekleurde Jezusfiguur. Zijn lege ogen staren Rebecka strak aan. Ze heeft zin om op haar knieën te vallen en hem te smeken haar te redden, maar ze weet dat het zinloos is.

Nu realiseert ze zich waar ze zijn. Ole is naar het huis van zijn opa gereden, ten noorden van Meråker. Zijn opa was jaren geleden overleden en omdat zijn vrouw en Oles moeder niet meer leefden, had Ole het huis geërfd. Hij had het er een paar keer over gehad, maar Rebecka was er nooit geweest.

Ze zijn dus in Noorwegen.

Rebecka wankelt bij het besef. Het huis ligt afgelegen en geïsoleerd, de hoop dat iemand haar te hulp zal komen is vervlogen. Ole heeft haar meegenomen naar een plek waar hij kan doen wat hij wil.

Ze herinnert zich nog zijn ergste gewelddadige aanval, een halfjaar geleden, toen ze dacht dat hij alle controle was verloren en haar zou vermoorden.

Zijn ruwe handen om haar nek, ze had geen lucht meer gekregen. Alles was zwart geworden.

Hij had pas losgelaten toen ze flauwviel.

Zou hij zoiets weer kunnen doen? Er is niemand die hem kan tegenhouden. Maar nu zouden er twee levens op het spel staan. Als zij doodgaat, zal haar kind het ook niet overleven.

Ole laat haar niet los met zijn blik.

Ondanks de absurde situatie moet Rebecka vragen of ze mag plassen. Ze kan het niet langer ophouden, zo meteen loopt het langs haar benen.

'Wc?' fluistert ze.

Ole wijst naar een deur en Rebecka snelt naar binnen, het voelt alsof haar blaas zal ontploffen.

De kleine badkamer is net zo smerig als de rest van het huis. Het stinkt er afschuwelijk. Het porselein van de wc-pot zit vol donkere barsten en in de kromming zitten gele strepen.

Als ze klaar is, kan ze amper meer opstaan. Ze moet steun zoeken bij de muur om overeind te komen.

Ze is zo ontzettend bang om terug te lopen naar de hal.
Maar er is geen keus, de deur kan niet op slot.
Ole kan hem ieder moment openrukken om haar naar buiten te sleuren.
Met trillende vingers trekt ze haar broek omhoog en knoopt ze de gulp dicht. In de gebarsten spiegel ziet ze de angst op haar gezicht.
Dan duwt ze de deurhendel omlaag en stapt naar buiten.

46

Het is bijna halfzeven op het politiebureau. Hanna heeft Lydia net een berichtje gestuurd dat ze het niet redt om voor het eten thuis te zijn. Ze wil net een bericht inspreken op de voicemail van Rebecka Nordhammar als ze ziet dat Daniel zijn spullen pakt.

Ze staat op van haar bureau en loopt naar zijn kamer.

'De telefoon van Rebecka Nordhammar staat nog steeds uit,' zegt ze vanuit de deuropening. 'Ik heb haar net gebeld.'

'Dan proberen we het morgen weer,' zegt Daniel.

Hij klinkt kortaf, alsof hij nog steeds boos is om Grips terechtwijzing. Hanna heeft ook weleens iets dergelijks meegemaakt, maar soms moet je het gewoon accepteren als je baas het niet met je eens is.

'Kunnen we niet beter even bij haar langsgaan?' zegt ze. 'Voor de zekerheid?'

Daniel hoort amper wat ze zegt, hij lijkt gestrest.

'Ik moet weg,' zegt hij, zwaaiend met zijn telefoon. 'Ida belde net.'

Hij verdwijnt de deur uit en Hanna loopt terug naar haar bureau. Zelfs Anton loopt haar kamer voorbij.

'Ik ben weg!' roept hij onderweg naar de uitgang.

Hanna steekt haar hand op en zwaait alvorens ze weer achter haar computer gaat zitten. Het is vreemd dat Rebecka Nordhammer niet opneemt en ook niet van zich laat horen, gezien alle berichten die Hanna op haar voicemail heeft ingesproken.

Ze pakt haar notitieboek en bladert naar het telefoonnummer van Maria Törnlund in de stille hoop dat zij wel iets gehoord heeft. Het is in elk geval de moeite waard het te proberen.

Maria neemt meteen op en Hanna legt uit waarvoor ze belt.

'Helaas,' zegt ze. 'Ik heb niets van Rebecka gehoord. Ik heb haar sinds vrijdag niet meer gesproken.'

Dan haalt ze diep adem, alsof ze zich ergens op voorbereidt. 'Misschien had ik jullie nog iets moeten vertellen...' Ze aarzelt. 'Maar ik wilde de situatie niet erger maken.'

'Vertel het gerust,' zegt Hanna ter aanmoediging.

Het duurt een paar seconden, maar dan zegt Maria: 'Ik ben bang dat Rebecka niet echt ziek is, maar dat Ole haar heeft mishandeld.'

Ze gooit het er zo snel uit dat ze over haar woorden struikelt.

'Snap je wat ik bedoel?'

'Ik snap het,' zegt Hanna, en ze pakt haar pen.

Ze begrijpt heel goed wat ze bedoelt. Na zeven jaar bij de afdeling Huiselijk Geweld te hebben gewerkt in Stockholm, is ze prima in staat een slechte thuissituatie in te schatten. Ze heeft al veel te veel van dat soort gezinnen gezien.

'Volgens mij is het al lang gaande,' vervolgt Maria. 'Eén keer zag ik per ongeluk Rebecka's onderarmen toen ze haar mouwen opstroopte om met de kinderen te schilderen. Ze had enorme blauwe plekken op haar huid, in allerlei tinten paars en blauw. Het soort plekken dat je krijgt als iemand je veel te hard vastgrijpt.'

Het klinkt bijna alsof Maria uit eigen ervaring spreekt.

'Ik kreeg ook vaak de indruk dat ze geslagen werd. Ik heb geprobeerd het er met haar over te hebben, maar dat wilde ze niet. Ze lette alleen maar extra op dat ze haar mouwen niet meer opstroopte.'

Ze zwijgt.

Hanna geeft haar de tijd en maakt nauwgezet aantekeningen.

'Misschien had ik rechtuit moeten vragen hoe het zat, maar dat durfde ik niet,' zegt Maria.

Er klinkt schuldgevoel door in haar stem.

'Dat vond ik zo opdringerig. En bovendien leek haar man heel aardig, in elk geval in het begin. Het was moeilijk te geloven dat hij...'

'Wat gebeurde er daarna?' vraagt Hanna.

'Nou... het leek alsof het geweld bij Rebecka en Ole thuis escaleerde. Ze werd steeds neerslachtiger. Ik probeerde te doen wat ik kon, ik heb haar verteld over een vriendin van me die in een vergelijkbare situatie had gezeten en hulp had gekregen. En ik heb een keer wat folders achtergelaten in de personeelskamer over bescherming voor mishandelde vrouwen. Ik dacht dat ze er misschien eentje zou meenemen en zou zien dat er hulp te vinden is.'

'En deed ze dat?'

'Volgens mij niet. Ze lagen er allemaal nog aan het einde van de dag. Maar misschien heeft ze ze wel gelezen?'

Hanna weet dat het geen makkelijke positie is als je vreest dat een familielid of iemand die je kent thuis slachtoffer is van geweld zonder dat er concrete bewijzen zijn. Het is moeilijk om te weten hoe je moet reageren.

De meeste mensen houden hun mond, uit angst om zich ermee te bemoeien of iemand ten onrechte te beschuldigen. Het is onderdeel van de Zweedse cultuur om niet te nieuwsgierig te zijn. En soms zijn mensen ook bang om de situatie nog erger te maken voor het slachtoffer.

Het is moedig van Maria om haar verdenkingen met de politie te delen.

'Er is nog iets,' zegt Maria. 'De reden dat ik zo bang ben dat Ole Rebecka iets heeft aangedaan.'

'Wat dan?'

'Ik denk dat Johan en Rebecka elkaar misschien... leuk vonden.'

Hanna veert op. 'In de zin van verliefdheid bedoel je?' vraagt ze, om zeker te weten dat ze het niet verkeerd opvat.

'Nou ja, er was iets aan de manier waarop ze naar elkaar keken, toen hij hier afgelopen vrijdag was. Hij legde zijn hand op haar arm en leek zo... diepbedroefd.'

Hanna schrijft ieder woord op.

'Bovendien was Rebecka vlak na hun ontmoeting verdwenen. Ze ging naar buiten en bleef een halfuur weg, ook al waren we net aan het afsluiten. Toen ze terugkwam was ze helemaal uit haar doen, ze kon zich totaal niet concentreren. Ik vraag me af of ze er misschien tussenuit is geknepen om hem te ontmoeten.'

'Het is heel goed dat je deze informatie deelt,' zegt Hanna. 'Echt waar.'

'Gisteren,' gaat Maria verder, 'toen Rebecka's man belde om haar ziek te melden en zij haar mobiele telefoon niet opnam toen ik haar een paar uur later probeerde te bellen, schoot er van alles door mijn hoofd. Ik vraag me af of… of Rebecka en Johan misschien stiekem een relatie hadden.’

Hanna hoort de angst in haar woorden.

‘Stel dat Ole daarachter is gekomen?’ zegt Maria.

Inmiddels klinkt ze alsof ze op het punt staat in huilen uit te barsten.

‘Stel dat hij Rebecka iets vreselijks heeft aangedaan?’

Rebecka

2020

zaterdag 22 februari

Met suizende oren van de stress komt Rebecka de wc uit.

Ole wacht op haar in de afgeleefde keuken. Op de eettafel ligt een oude bijbel met een zwart omslag en sierletters.

Hij staat midden in de ruimte met zijn armen over elkaar geslagen. De blik waarmee hij naar haar kijkt bevat geen enkele warmte, alleen maar walging.

Zijn ogenschijnlijke kalmte beangstigt haar nog meer.

Hij gebaart dat Rebecka op een van de spijlenstoelen moet gaan zitten. Ze beseft dat hij haar gaat veroordelen. Zij moet op het beklaagdenbankje zitten tegenover hem als aanklager en rechter ineen.

'Je krijgt één kans om de waarheid te vertellen,' zegt hij toonloos.

Het is alsof hij een volslagen onbekende tegenover zich heeft, niet de echtgenote met wie hij zeven jaar samen heeft geleefd. Uit pure paniek grijpt Rebecka zich vast aan de zitting van de stoel. Ze durft niet te vertellen over Johan, dat ze een liefdesrelatie hadden gehad. Maar als ze liegt over haar affaire en Ole er al van weet, is ze ook verloren.

Ze zoekt in zijn gezicht naar een aanwijzing, alles wat haar kan helpen een beslissing te nemen.

Is dit alleen maar een wreed kat-en-muisspelletje?

Alles kan afhangen van het juiste antwoord.

Het leven van haar ongeboren kind.

'Ole,' zegt ze smekend. 'Doe dit niet. Alsjeblieft.'

'Eén kans,' herhaalt hij.

Zijn kaken zijn stevig op elkaar geklemd.

'Wat wil je weten?' fluistert ze.

Het is moeilijk om normaal te praten. Haar keel is dik van het huilen en er druipt snot uit haar neus. Uit alle macht probeert ze haar snikken te onderdrukken. Ole heeft altijd al een hekel gehad aan tranen.

'Je hebt tegen me gelogen.' Hij kijkt haar ijskoud aan. 'Je zei dat je je niet lekker voelde en dat je vroeg naar bed wilde om niet mee te hoeven naar het wijkgebouw. In plaats daarvan ben je ervandoor gegaan met een volgepakte reistas.'

Hij glimlacht sarcastisch.

'Wat deed je op die parkeerplaats?'

Rebecka probeert te begrijpen waar hij op uit is. Wil hij haar haar ontrouw laten opbiechten?

Waarschijnlijk wel. Hij wil dat ze haar zonden hardop bekent, zoals dat gebruikelijk is binnen Het Licht des Levens.

Rebecka tuurt naar de zware bijbel. Ze heeft gezondigd, dat weet ze al.

Ze kucht even om tijd te winnen.

'Ik...' begint ze, maar dan stokt ze weer.

Ze durft niet verder te gaan, uit angst om het verkeerde antwoord te geven.

'Nou?'

Ole zet een paar stappen in Rebecka's richting. Hij grijpt haar kin vast en draait hem om, zo hard dat hij ervan kraakt.

'Vertel me de waarheid.'

Het voelt alsof haar kaak uit de kom zal schieten. Rebecka kan niet voorkomen dat ze begint te jammeren.

'Au,' kermt ze.

'Houd je mond.'

'Wacht!' schreeuwt Rebecka. 'Ik zal het vertellen.'

Tranen van pijn stromen over haar wangen als Ole zijn harde greep loslaat. Hij zet een stap naar achteren en kijkt haar vermanend aan.

'Ik wilde weggaan,' hijgt ze om Johans naam niet te hoeven noemen.

'Wilde je me in de steek laten?'

Hij spuugt de vraag bijna in haar gezicht.

Het is een slecht idee hem tegen te spreken.

'Ja,' fluistert Rebecka met gebogen hoofd.

'Ik ben je echtgenoot. Je hebt tegenover God gezworen me lief te hebben en te gehoorzamen. Jij behoort mij toe!'

'Ik weet het.'

De lucht is zwaar van razernij.

Er sijpelt iets nats in Rebecka's onderbroek, ook al is ze net nog naar de wc geweest. De angst is te groot, ze kan het niet ophouden.

Ze snikt.

Ole balt zijn vuisten en opent ze weer. Ze voelt de greep om haar hals, het gebrek aan zuurstof als hij knijpt.

Haar oren suizen, net als de vorige keer.

Hij gaat me vermoorden.

47

Hanna leunt met haar kin in haar handen en denkt na over het gesprek met Maria Törnlund.

Het is rustig en stil op het bureau. Hanna's kamer is de enige waar licht brandt.

De informatie van Maria over een eventuele liefdesrelatie tussen Johan en Rebecka kan het hele onderzoek beïnvloeden. Misschien is Rebecka de sleutel tot wat er met Johan is gebeurd. En misschien is zijzelf ook een slachtoffer in deze hele geschiedenis.

De omschrijving van haar controlerende man Ole doet alle alarmbellen afgaan bij Hanna. Als een checklist met aanwijzingen voor een destructieve relatie.

Ze trekt de muis dichterbij en toetst 'Het Licht des Levens' in in het venster van de zoekmachine.

Onmiddellijk vult het scherm zich met koppen.

Volgens Wikipedia bestaat de gemeente in Jämtland al sinds de oprichting in de jaren vijftig in Snasadalen, een gebied langs de Noorse grens. De geloofsgemeenschap telt ruim honderd leden en is onderdeel van de Evangelische Kerk. De meeste leden wonen in het gebied tussen Storlien en Järpen, maar het kerkgebouw is nog steeds in Snasadalen gevestigd.

Als Hanna het opzoekt in Google Maps, blijkt het een dal aan de voet van het Snasahögarna-bergmassief te zijn, even voorbij Handöl.

Het echtpaar Nordhammar woont in Enafors, zo'n tien minuten daarvandaan.

Ze klikt door naar een website. Zo ouderwets zijn ze dus blijkbaar niet, want ze zijn te vinden op internet. Er komt een zachtgroene banner met een wit kruis en een tekst in beeld. In enthousiaste bewoordingen wordt de heilige opdracht van de gemeente verkondigd: om kennis van en liefde voor Jezus te verspreiden onder alle mensen op aarde. Het zou een liefdevolle gemeente moeten zijn, gezegend door God. Wie kiest voor Christus, kiest voor elkaar in geloof, hoop en liefde. Door de Heer te volgen en gezamenlijk Zijn werk uit te voeren, willen ze bewerkstelligen dat meer mensen Hem in hun armen sluiten.

Het klinkt als een Bijbelse idylle, maar het valt Hanna op dat alle predikanten mannen zijn. De rol van de vrouw wordt enkel omschreven als zorgzaam en steunend. Ze wordt vooral geprezen als echtgenote en moeder.

Het is duidelijk dat vrouwen gezien worden als middel om kinderen te baren, niet als individuen met het recht eigen beslissingen te nemen.

Haar onbehagen groeit naarmate Hanna verder leest, evenals haar bezorgdheid om Rebecka's veiligheid.

Ieder onderdeel van de website bevat weer nieuwe beschrijvingen van Gods liefde, hoe de gemeente doortrokken is van de geest van Jezus. Leden dienen niet zichzelf, maar anderen op de eerste plaats te zetten. Ze moeten toezien op elkaars behoeften en zich sterken door gebed en aanbidding.

Het komt over als een religieuze kring.

Ze ziet een pagina die de structuur binnen de gemeente weergeeft. De leden dienen deel uit te maken van verschillende groepen gezinnen die bij elkaar thuis bijeenkomen. Ze moeten ook helpen met verschillende taken, zoals het onderhoud van ruimtes, het houden van bijbelstudies of serveren van koffie in de kerk na afloop van de diensten.

Hanna durft te wedden dat de meeste taken op de vrouwen neerkomen.

In haar wereld heet dat 'onbetaalde arbeid'.

Een bijzondere activiteit is het zogenoemde 'huismoederontbijt', een gemeenschappelijke maaltijd met de nadruk op een mooi gedekte tafel en christelijke, vertrouwensvolle sfeer. Hanna schudt haar hoofd. Beseffen ze dat ze in de eenentwintigste eeuw leven?

Ze legt de muis weg en leunt achterover in haar stoel.

De overtuigde omschrijvingen van een gelukkig leven in

de bescherming van God staan in schril contrast met hetgeen Maria Törnlund had verteld over Rebecka's bestaan; dat haar man haar elke dag van en naar de kleuterschool bracht. Dat ze toestemming moest vragen om een glas wijn te mogen gaan drinken. Dat ze allerlei blauwe plekken had die ze probeerde te verbergen.

Een dergelijke behoefte aan controle duidt niet op mensenliefde en ook niet op vrouwvriendelijkheid.

Hoe meer Hanna leest over Het Licht des Levens, hoe meer hun leer overkomt als die van een sekte, van onderdrukking. Ze moet denken aan een gemeenschap in Knutby uit de jaren tweeduizend, waarbinnen blinde gehoorzaamheid aan de predikanten en een vrouw die de 'Bruid van Christus' werd genoemd leidde tot moord, mishandeling en seksueel misbruik.

Ze googelt Ole Nordhammer en vindt een foto van een aantrekkelijke man met een uitgesproken kaaklijn. Hij ziet eruit als in de veertig en heeft gelijkmatige trekken en dik, donker haar.

Zijn ogen zijn opvallend en trekken op een bijna hypnotische manier de aandacht.

Is dit een foto van een vrouwenmishandelaar?

Hanna bestudeert de afbeelding, ook al weet ze dat er geen specifiek uiterlijk bestaat voor een dergelijke persoon. De waarheid is dat de meesten er heel normaal uitzien, ze zijn niet bijzonder knap en ook niet bijzonder lelijk. Hun gemene deler is hun psychologische profiel, de behoefte om macht en controle uit te oefenen en te compenseren voor onrecht dat ze eerder in hun leven hebben meegemaakt.

Als Hanna op zoek gaat naar een foto van Rebecka Nordhammar vindt ze er niet een. Ze lijkt niet op sociale media te zitten, maar dat is misschien niet zo vreemd. Als die gemeenschap echt zo conservatief is als ze overkomen, is dat soort zelfverheerlijking waarschijnlijk niet toegestaan.

Ze stuurt snel een berichtje naar Maria Törnlund om te vragen of ze een foto heeft van Rebecka.

Het zou echt goed zijn om haar onder vier ogen te spreken.

Al Hanna's instincten geven aan dat dat belangrijk is, vooral vanwege Maria's zorgen om haar veiligheid.

En haar vermoeden van een relatie met Johan.

Een kleine ingeving begint in haar te groeien. Hanna kijkt op de klok. Het is pas kwart voor zeven.

Het is niet te laat om vanavond nog naar Rebecka's huis in Enafors te rijden.

48

Anton haast zich naar de parkeerplaats. Hij is het grootste deel van de middag bezig geweest met contact leggen met personen uit Johans vriendenkring en hij is laat voor de repetitie van zijn jazzband die elke dinsdagavond plaatsvindt.

Hij staat net op het punt zijn auto te ontgrendelen als hij zijn naam hoort. Wanneer hij opkijkt, staat Carl bij de ingang van het gezondheidscentrum dat in hetzelfde gebouw zit als het politiebureau, ze delen het postadres: Kurortsvägen 20.

'Hoi!' roept Anton.

Hij loopt terug naar de brede trap waar Carl staat te wachten. Voor de zekerheid kijkt hij om zich heen, maar er lijken geen collega's in de buurt te zijn.

'Wat doe jij hier?' vraagt hij.

'Ik wilde nog even bloed laten prikken voordat ze dichtgaan.'

Carl knikt naar het gezondheidscentrum waar een verpleegster in het wit voorbijloopt achter de glazen deuren.

Hij zet een stap in Antons richting. 'Waar was je gebleven gisteren?' vraagt hij met gedempte stem. 'Je was weg toen ik vanochtend wakker werd.'

Anton wiebelt heen en weer. Hij was van plan geweest een briefje te schrijven, maar wist niet hoe hij het moest formuleren. Bovendien wilde hij niets achterlaten waaruit kon blijken dat hij daar privé geweest was.

Carls blik brengt zijn gedachten op heel andere dingen dan ethiek en voorzorgsmaatregelen. Een golf van verlangen trekt door zijn lijf. Anton moet denken aan zijn naakte rug in het zachte maanlicht. De warme huid die hij met zijn lippen had beroerd.

Carl steekt zijn hand uit en raakt zachtjes Antons schouder aan.

'Het was fijn gisteren,' mompelt hij. 'Ik vroeg me af of je misschien later deze week samen wil eten?'

Anton slikt. Dat zou hij dolgraag willen, liever dan wat dan ook. Het liefst zou hij zijn armen om Carl heen slaan en nu meteen met hem meegaan.

Maar hij is zich ervan bewust welke indruk dat zou wekken.

Hanna is nog niet vertrokken. Ze heeft Carl ontmoet en zou hem absoluut herkennen als ze Anton hier met hem zag staan. Afgelopen zondag had ze al verwonderd geleken over hun relatie en eerder vandaag had Daniel Anton gevraagd of alles in orde was.

Hij had het opnieuw weggewuifd, maar er was een grens aan al zijn excuses.

Hij zou Carl graag uitleggen hoe het zit, maar er is weinig tijd. Hij kan nu niet verwikkeld raken in een lange uitleg over het onderzoek. Of over hoe hij zich hoort te gedragen als politieagent. Op ieder moment kan Hanna of een andere collega opduiken en hen met elkaar zien praten.

'Zullen we nog even contact hebben?' zegt hij geveinsd onverschillig.

Carl verstijft. Hij trekt zijn arm terug. De milde blik verdwijnt. In plaats daarvan krijgt hij een gekwetste, teleurgestelde uitdrukking.

Anton kan het hem moeilijk kwalijk nemen. Hij gedraagt zich als een klootzak. Tegen een man die in diepe rouw is nota bene, Carl heeft net een dierbare vriend verloren. Anton maakt het er niet beter op met zijn lompe gedrag.

'Oké,' zegt Carl op een heel andere toon dan zojuist. 'Ik snap het.' Hij trekt de rits van zijn donsjack helemaal dicht. 'Ik heb eigenlijk ook genoeg andere dingen aan mijn hoofd op het moment. Met Johan en zo... Ik was net onderweg naar de gemeente om een herdenkingsdienst voor hem te organiseren. Er zijn veel mensen die hem missen.'

Anton vindt het afschuwelijk om Carl te moeten afwijzen, maar hij moet hier echt weg voordat iemand hen betrapt. Hij houdt zijn pols omhoog en kijkt demonstratief op zijn horloge om aan te geven dat hij haast heeft.

Een paar seconden heerst er een ongemakkelijke stilte.

'Hoe gaat het trouwens met het onderzoek?' vraagt Carl dan.

'Ik hoorde dat jullie Sandra hebben opgezocht op haar werk.'

Anton fronst zijn voorhoofd. 'Hoe weet je dat?'

'Denken jullie echt dat Linus Johan vermoord heeft?' vervolgt Carl.

Anton doet zijn best om zijn gezicht in toom te houden, hij mag niet laten merken in hoeverre Carls vermoeden klopt.

Maar Carl zet een stap naar hem toe en grijpt Antons arm beet.

'Denken jullie dat Linus erachter zit? Denken jullie dat echt?'

'Het spijt me,' zegt Anton, al zijn gevoelens wegslikkend. 'Ik mag niet over de zaak praten.'

Voordat Carl nog meer vragen kan stellen, haast Anton zich weg.

Een grotere hekel zou hij niet aan zichzelf kunnen hebben.

49

Het duurt langer om naar Enafors te rijden dan Hanna had verwacht.

Het plaatsje is nog kleiner dan Ånn, maar er is een treinstation en de Mittbana, de spoorlijn van Storlien naar Sundsvall, loopt dwars door het dorp. Het is niet ver van Snasadalen, waar Het Licht des Levens gevestigd is.

Volgens de kaart is het ruim veertig kilometer en zou de autorit ongeveer veertig minuten moeten duren, maar de weg is donker en heeft veel bochten, ook al is het een Europese weg die doorloopt naar Noorwegen. Bovendien rijdt ze verkeerd. Ze moet keren en terugrijden om de juiste afrit te vinden. De afrit naar het huis van het echtpaar Nordhammar.

Onderweg heeft Hanna tijd om na te denken. Zou haar onaangekondigde bezoek een risico kunnen zijn voor Rebecka? Als ze onderdeel is van een sekte waarin veel controle heerst, zou haar veiligheid in het geding kunnen komen doordat Hanna haar opzoekt, vooral als Ole ontdekt dat ze vragen stelt over haar relatie met Johan. Maar met het oog op de informatie die Maria haar had gegeven, durft ze niet te wachten. Niet gaan kan net zo gevaarlijk zijn.

Er ligt een moordenaar op de loer. Misschien beschikt Rebecka over allesbepalende informatie.

Hanna zal maar gewoon voorzichtig moeten zijn.

Als ze aankomt is het huis in Enafors donker. Het is pas halfacht, dan zouden ze nog niet in bed moeten liggen. Volgens het bevolkingsregister zouden er slechts twee mensen moeten wonen, want Ole en Rebecka hebben geen kinderen.

Hanna zet de motor uit en bekijkt het roodhouten huis door de voorruit. Dan stapt ze uit. Het is een vierkant gebouw met twee woonlagen. De raamkozijnen zijn wit en de voordeur is zwart. Een smal pad dat is vrijgemaakt van sneeuw leidt naar de voordeur, waar een eenzame lamp een koud schijnsel verspreidt.

De weg houdt hier op, het is het enige huis aan het uiteinde van een kleine keerzone die grotendeels bedekt is met een enorme berg sneeuw. Voorbij de tuin ligt alleen bos en natuur. Onderweg was Hanna langs diverse huizen en een roestige woonwagen gereden, maar er bevinden zich geen buren binnen gezichtsafstand.

Ze bestudeert de plek nauwgezet. Aan de sporen in de sneeuw te zien, heeft er niet lang geleden nog een auto gestaan. Ze ziet de brede afdrukken op de plek waar hij achteruit de oprit afgereden is en een cirkel om de keerzone heeft gemaakt.

Betekent dat dat haar echtgenoot ergens naartoe is?

Dat Rebecka alleen thuis is?

Hanna strekt haar nek uit om de bovenverdieping te kunnen zien. Als het goed is lag Rebecka daar te rusten, als ze zo ziek is dat ze niet zelf haar werk kan bellen en zelfs niet de telefoon kan opnemen.

Zijn de rolgordijnen dicht voor de ramen?

Het is niet te zien in het donker.

Hanna loopt naar de voordeur en belt aan. Ze hoort het geluid door het huis galmen. Niemand doet open. Ze duwt haar wijsvinger nog een keer op de knop, zonder resultaat.

De stilte is compact. Hanna begint zwaarder te ademen.

Heeft ze er goed aan gedaan om in haar eentje hierheen te komen?

Haar onderbuikgevoel zegt van wel, misschien is Rebecka een sleutelfiguur in hun onderzoek. Bovendien is ze misschien helemaal niet ziek, maar is ze in gevaar.

Hanna pakt haar mobieltje en belt Rebecka's nummer terwijl ze haar oor tegen de deur drukt.

Er klinkt geen enkel geluid binnen.

Haar gedachten draaien op volle toeren. Als Rebecka zich niet goed voelt, heeft ze haar telefoon misschien op stil gezet, dan merkt ze niet dat Hanna haar probeert te bereiken. Maar dat lijkt vergezocht. De meeste mensen houden hun telefoon tegenwoordig altijd binnen handbereik. Op enig moment zou Rebecka toch moeten reageren op zoveel gemiste oproepen. Ondertussen moet Hanna minstens zeven, acht berichten hebben achtergelaten.

Voor de zekerheid drukt ze nog een keer op de toets om te bellen, maar ze krijgt direct de voicemail.

Hanna stopt haar mobieltje weg. Na enig aarzelen steekt ze haar hand uit en voelt aan de zwarte deurknop.

De deur zit op slot.

Wat is er aan de hand bij de familie Nordhammar?

Waar is Rebecka?

Ergens in de verte huilt een eenzame hond. Het klinkt onheilspellend en versterkt Hanna's gevoel dat er iets mis is nog meer.

Ze kijkt nog eens om zich heen en besluit om het huis heen te lopen om te kijken.

Zodra ze van het sneeuwvrije pad af stapt, komt ze bijna niet meer vooruit. Er ligt een dikke deken van sneeuw, de bovenste laag zakt weg bij iedere stap. Hanna zinkt helemaal weg in de sneeuw en na een paar meter beginnen haar kuiten al te bevriezen.

Eindelijk bereikt ze de achterkant van het huis. Er is een brede veranda die uitkijkt op de natuur.

Hanna legt haar hand op de houten reling en kijkt omhoog naar de verandadeur. Die is van glas, dus als ze er vlak voor gaat staan, zou ze naar binnen moeten kunnen kijken.

Een stemmetje in haar zegt dat ze dit eigenlijk moet loslaten, dat ze naar huis moet gaan en overdag moet terugkomen samen met Daniel. Dat zou het veiligst zijn, ook voor Rebecka misschien.

Maar stel dat ze daarbinnen ligt en gewond is? Mishandeld en alleen? En dat ze wanhopig behoefte heeft aan hulp?

Hanna's ademhaling versnelt. Bij iedere uitademing ziet ze de damp uit haar mond komen. Ze kan hier niet blijven staan, ze moet een beslissing nemen.

Naar huis gaan of een poging doen binnen te komen?

De duisternis om haar heen zwelt aan en ebt weg. Ze kan haar tegenstrijdige gedachten bijna horen in de stilte.

Haar voorhoofd tintelt van de kou.

Met een laatste blik op de omgeving, loopt Hanna de verandatrap op.

50

De kou bijt in Hanna's wangen terwijl ze het donkere huis in tuurt. Ze drukt haar gezicht tegen de verandadeur en knijpt haar ogen half samen om beter te kunnen zien.

Achter de deur ziet ze een woonkamer, ze meent een zithoek met een bank te zien en een vloerlamp. Iets verderop vangt ze een glimp op van een boekenkast.

De lichten zijn overal uit. Alles is leeg en levenloos.

Om nog wat beter te kunnen zien, haalt ze haar mobieltje tevoorschijn en schakelt de zaklampfunctie in. Dan schijnt ze voorzichtig de kamer in. Het enige wat ze ontdekt is echter een bijbel die midden op de salontafel ligt.

Hij ligt er heel demonstratief, alsof iedereen in huis herinnerd dient te worden aan Gods geboden.

Het gevoel dat er niemand thuis is, wordt steeds sterker.

Hanna haalt diep adem en snuift de geur van koude sneeuw op. In Stockholm hangen veel verschillende geuren die opgaan in één grote brij. Hier in het noorden, waar de lucht koud en helder is, is dat compleet anders.

Het ruikt ijzig en puur, met een vleugje zout.

Ze snuift nog een keer. De geur maakt plaats voor iets vagers, een geur van rottend hout, afkomstig van de houten wanden van het huis. Net zo rot als de ouderwetse waarden waar Het Licht des Levens van doordrongen is.

Hanna kijkt om zich heen. Achter de tuin ligt de schaduw op de loer. De donkere bomen gaan op in de omgeving. Ineens voelt de stilte onvriendelijk en indringend. In deze eenzaamheid woonde Rebecka al sinds haar negentiende, toen ze trouwde met Ole.

Moet Hanna proberen om binnen te komen of moet ze weggaan? Ze heeft het koud en stampt met haar voeten. Haar oorlellen doen pijn van de kou. Het huis binnengaan zonder toestemming is een slecht idee, het is tegen alle regels. Het mag niet. Als ze betrapt wordt zou het gezien worden als een ambtsmisdrijf.

Tegelijkertijd is ze ervan overtuigd dat dat het juiste is om te doen. En als ze eerlijk is, zou het niet de eerste keer zijn dat ze de grens oprekt. Iedere politieagent doet het weleens, dat is althans wat ze zichzelf wijsmaakt. Het is onmogelijk om stipt alle regels op te volgen, dan zou je nooit verder komen met een onderzoek.

Als Rebecka daarbinnen in elkaar geslagen op de grond ligt, zal Hanna zichzelf nooit vergeven dat ze niet heeft ingegrepen.

Die laatste overweging geeft de doorslag. Ze is hier toch al, ze kan, en wil, nu niet terugkrabbelen.

Ze steekt haar hand uit en duwt de deurhendel omlaag. De deur zit op slot. Ze voelt aan het raam ernaast, maar ook dat zit dicht en is met geen mogelijkheid open te krijgen.

Durft ze een ruit in te slaan om binnen te komen?

Voordat ze een besluit kan nemen wordt de stilte doorbroken door een luid, agressief geluid dat tussen de boomstammen door echoot. Eerst had het gejank ver weg geklonken, nu is de hond een stuk dichterbij.

Hanna draait zich om en probeert te begrijpen waar het geluid vandaan komt.

De hond blaft opnieuw, harder deze keer. Hij komt absoluut in haar richting.

Het is te riskant om te blijven staan. Ze heeft haar dienstpistool niet bij zich.

Terwijl er nog een blaf door het donker weerklinkt, vliegt Hanna de trap af naar de auto. Ze komt even moeilijk en onhandig vooruit in de sneeuw als eerst, haar voeten worden als het ware bij iedere stap vastgezogen. Hoewel ze zich zo snel als ze maar kan voortbeweegt, gaat het veel te langzaam.

Als ze uiteindelijk de hoek van het huis om slaat, ziet ze het grote beest dat komt aanrennen over de weg. Het lijkt op een dobermann en hij weegt waarschijnlijk zo'n dertig, veertig kilo.

De hond houdt maar niet op met blaffen en versnelt zijn tempo als hij haar ziet.

Hanna's hart gaat tekeer.

Als er nog maar een paar meter over zijn, stort ze zich op de auto. Net op het moment dat de hond kwijlend op haar af wil springen, rukt ze met haar rechterhand de deur open aan de passagierskant.

Op een haar na weet ze de deur achter zich dicht te trekken voordat hij tot de aanval overgaat.

Ze krimpt ineen op de stoel en staart naar de dreigend grommende kaken aan de andere kant van de ruit. Het speeksel druipt van de puntige hoektanden. De harde klauwen krabben woest over de lak met een luid schrapend geluid.

Van een afstandje ziet ze een man op hen afrennen. Dit wekt haar uit haar verlamming.

Ze mag niet betrapt worden.

Vliegensvlug wurmt ze zich naar de bestuurdersstoel en start de motor. Na een wilde en ongecontroleerde U-turn op de keerzone, trapt ze op het gaspedaal en rijdt weg.

Als ze de hondeneigenaar voorbijrijdt, buigt ze haar hoofd zodat de man haar niet zal herkennen. Hij heeft een dikke muts op en een sjaal om zijn kin geslagen, zijn gezicht is niet te zien.

In de achteruitkijkspiegel vangt ze een glimp op van de hond, die stokstijf op de keerzone staat.

Hij blaft hysterisch terwijl de afstand tot de auto steeds groter wordt.

51

De repetitieruimte waar Anton naar onderweg is, is de kelder van een rijtjeshuis aan Lienvägen. Hier woont Bobo, de informele bandleider die geluidsisolatie geregeld heeft, zodat ze kunnen repeteren zonder de rest van zijn gezin tot waanzin te drijven.

Anton speelt al bijna vijf jaar samen met dezelfde jongens en ze spreken meestal één keer per week af. Ze zijn tevreden als amateurs, maar af en toe worden ze geboekt door diverse locaties in de regio. Er bestaan nog steeds mensen die verfijnde jazz prefereren boven de house- en dancemuziek van de hitlijsten.

Iedereen is er al als hij met zijn saxofoonkoffer in zijn hand de drempel over stapt. Bobo heet hem welkom.

'Ik dacht dat je het niet zou redden vandaag, vanwege de moord op Johan Andersson. Wat een afschuwelijk verhaal.' Bobo schudt zijn hoofd. 'Hoe gaat het? Hebben jullie een verdachte?'

Anton glimlacht vermoeid in een poging hem duidelijk te maken dat hij het over iets anders wil hebben.

Hij snapt dat mensen bezorgd en van streek zijn. Zijn moeder had ook gebeld om het te vragen, ze kennen Johans ouders immers, maar het waren een paar zware dagen geweest, zowel qua werk als privé. Op dit moment wil hij alleen maar gaan zitten, een paar uur spelen en niet hoeven nadenken.

Vooral na die onverwachte ontmoeting met Carl voor het gezondheidscentrum. Anton schaamt zich nog steeds voor zijn gedrag, de afstand die hij zich genoodzaakt had gevoeld te bewaren.

Anton zucht diep. Hij kan het niet meer ongedaan maken.

Hij begroet de andere jongens – Nisse op drums en Charlie op de contrabas – en gaat op zijn plek zitten. Vandaag heeft hij zijn grote tenorsax bij zich. Als hij in bes gestemd is, geeft hij een vol en donker geluid, perfect voor een melancholische jazzsound. De warme klanken roepen een beeld op van rokerige nachtclubs en trendy cocktails, heren in smoking en elegante vrouwen met een sigarettenhouder in hun mondhoek.

Vanavond wil hij zich alleen maar onderdompelen in dergelijke sferen en niet aan Carl denken.

Anton strijkt met zijn hand over het instrument. Hij speelt al saxofoon sinds groep zeven en heeft geleerd om af te wisselen tussen de tenorsax en de kleinere altsax die gestemd is in es.

De plafondlamp reflecteert in het roze messing als hij de riem omhangt en de saxofoon voor zijn borst placeert. Hij blaast een paar noten en laat de weemoedige tonen uitdrukken wat hij een uur eerder niet had kunnen zeggen tegen Carl.

Bobo, die keyboard speelt, heft zijn hand op om aan te geven dat het tijd is om te beginnen.

'We beginnen met "Take Five",' zegt hij.

Het is een klassieker uit de jaren vijftig in e-mineur, opgenomen door Dave Brubeck met saxofonist en componist Paul Desmond. Het nummer is in vijfkwartsmaat en bevat een van de prachtigste saxofoonmelodieën uit de jazz.

Eigenlijk is het geschreven voor altsaxofoon, maar vanavond moeten ze het maar doen met de tenorsax die hij bij zich heeft.

Charlie zet een zacht tromgeroffel in. Na vier maten valt Bobo in op de piano met de kenmerkende akkoorden.

Anton zet zijn lippen op het riet en vult zijn longen met lucht. Meestal gaat hij helemaal op in de muziek. Het was al vaak zijn voornaamste toevluchtsoord geweest. Vooral wanneer hij geplaagd werd door twijfel of maar bleef piekeren over zijn seksuele identiteit.

Deze keer ziet hij alleen Carls gezicht voor zich als hij de kleppen van het instrument aanraakt.

52

Het is bijna tien uur als Hanna thuiskomt in Sadeln.

Op de terugweg vanuit Enafors was ze gestopt in Duved om te eten en even bij te komen. Die krankzinnige hond was een flinke schrik geweest, ze had geen zin om bij Lydia en Richard aan te komen terwijl haar lijf nog zo overduidelijk strak stond van de zenuwen.

Ze kent haar zus, het zou alleen maar vragen oproepen. Ze had een kort berichtje gestuurd dat ze laat klaar was met werken.

Nu glipt ze via de kelderingang waar alle ski's staan het huis binnen. Ze loopt rechtstreeks door naar haar kamer, zodat niemand haar ziet.

Ze is zich net aan het uitkleden als er voorzichtig op de deur geklopt wordt. Lydia steekt haar hoofd naar binnen. Ze heeft blote voeten. Voor de verandering heeft ze een verwassen blauwe collegetrui aan, zo een die ook Hanna uit de kast zou kunnen trekken.

'Hoe gaat het?' vraagt ze.

'Prima,' antwoordt Hanna.

Haar zus neemt haar enigszins argwanend op. 'Zeker weten?'

Hanna trekt haar sok uit. 'Het was gewoon een lange dag. Ik ben al om zes uur de deur uit gegaan vanochtend.'

Lydia leunt tegen de deurpost en kijkt Hanna aan. 'Moet je zoveel werken?'

Ze klinkt bezorgd.

'Ik kan het moeilijk niet doen.'

Hanna probeert te glimlachen, maar het wordt meer een grimas. Ze is compleet uitgeput en de bezorgdheid om Rebecka knaagt nog steeds aan haar. Het is niet beter geworden van haar bezoek aan Enafors. Het donkere verlaten huis geeft haar nog steeds een onprettig gevoel.

'Ik wilde vragen of je zin hebt om een glas wijn of een kop thee te drinken,' zegt Lydia. 'Je hebt wel gegeten, toch? Anders is er nog wat over in de koelkast. Richard heeft een grote lasagne gemaakt en er is nog superveel over.'

Hanna moet glimlachen om Lydia's zorgzaamheid. Ze is het niet gewend, maar het is best fijn dat er iemand voor haar zorgt. Dat heeft ze al een tijd niet meer meegemaakt.

Haar grote zus was altijd al meer een moeder voor haar geweest.

'Tuurlijk,' zegt ze. 'Geef me een paar minuten. Liever thee dan wijn trouwens, ik moet morgen ook weer vroeg op.'

Sinds die afschuwelijke tijd in december, toen haar leven één grote puinhoop was, is Hanna minder gaan drinken. Ze had verwacht dat het moeilijk zou zijn om de alcohol te laten staan, maar het bleek juist makkelijk. Toen ze een kans kreeg een nieuw leven te beginnen met een nieuwe baan in Åre, was de behoefte als sneeuw voor de zon verdwenen.

De afgelopen maanden heeft ze amper nog een wijnfles aangeraakt.

Als Hanna bovenkomt knappert er een vuurtje in de grote open haard. Lydia heeft een paar gebloemde theekopjes op de eettafel gezet en wat kaarsjes in lantaarns aangestoken. Naast de porseleinen kopjes staat een pot honing en een schaaltje met verse kaneelbroodjes.

Ze ruiken zalig.

'Heb je gebakken?' vraagt Hanna.

'Niet echt,' zegt Lydia met een glimlach. 'Eer wie ere toekomt. Ze zijn van Åre Bageri. Ze zijn heel lekker.'

Hanna zet haar tanden in een warm kaneelbroodje. Lydia heeft gelijk, ze smaken goddelijk.

Tijdens het kauwen kan Hanna bijna voelen hoe haar schouders omlaagzakken. Voordat ze in slaap valt moet ze alle indrukken van de dag nog even op een rijtje zetten, maar dat kan wachten. Het is fijn om hier te zitten met Lydia en afstand te nemen van haar werk.

'Waar is de rest van de familie?' vraagt Hanna.

Lydia knikt naar de grote slaapkamer aan de andere kant van het woonkamergedeelte.

'Richard is al naar bed. Hij was moe. Hij heeft de hele dag geskied met wat vrienden en een gids op de achterzijde van Åreskutan. De kinderen zitten waarschijnlijk in hun kamer met hun iPad.' Ze lacht enigszins gelaten. 'Het heeft niet eens meer zin om te proberen het te beperken, ze doen gewoon waar ze zin in hebben, wat ik ook zeg.'

Het is niets voor Lydia om haar falen toe te geven. Hanna is onwillekeurig onder de indruk van haar neefje en nichtje. Al hebben ze het niet van een vreemde.

Ze neemt kleine slokjes van de licht geelkleurige thee die Lydia heeft ingeschonken. Het is kurkumathee, blijkbaar de nieuwste trend op het gebied van yoga en welbevinden.

Lydia doet veel aan yoga.

Haar zus kantelt haar hoofd. 'Hoe gaat het eigenlijk met je? Met alles wat er is gebeurd sinds je uit Stockholm bent vertrokken?'

Hanna heeft er nog niet bij stilgestaan. De afgelopen twee maanden zijn verbazend snel voorbijgegaan. Ze heeft het naar haar zin in Åre en vindt het echt leuk om samen te werken met het team hier in het noorden. Eerst was ze bang geweest dat Anton zou vinden dat ze te veel ruimte innam ten koste van hem, maar dat lijkt niet het geval.

Met Daniel heeft ze het soort klik waar ze niet op had durven hopen. Hij vraagt vaak naar haar mening en heeft haar er graag bij als ze ergens heen moeten. Soms is dat het beste moment van de dag, wanneer ze in de auto zitten te kletsen.

Ze waardeert zijn ietwat kortaffe houding waarachter stiekem een diepe empathie schuilgaat.

Daarnaast heeft hij een buitengewoon grote interesse in koken, wat hij wijt aan zijn Italiaanse achtergrond. Kennelijk kon zijn moeder Francesca de meest fantastische maaltijden bereiden. Daniel kan een hele autorit van Åre naar Östersund volpraten over diverse soorten olijfolie of de beste manier om Parmezaanse kaas te bewaren.

'Het voelt... echt goed,' antwoordt ze. 'Veel beter dan ik had verwacht.'

'Dat is mooi om te horen, want ik heb goed nieuws.'

Lydia glimlacht gewiekst.

'Christian heeft ingestemd met een schikking. Hij is bereid je veertig procent van de overwaarde te geven van jullie appartement in Solna.'

Hanna maakt een snelle rekensom in haar hoofd. Het is een hoop geld, of dat zou het moeten zijn althans... een half miljoen kronen, als het niet meer is.

'Wauw!' barst ze uit. 'Je bent geweldig!'

Lydia glimlacht. 'Het is het minste wat hij kan doen. Hij heeft zich als een klootzak gedragen tegenover jou.'

Dit laatste spreekt ze uit op de toon van een officier van justitie in de rechtbank. Hanna glimlacht onwillekeurig.

Ze belooft zichzelf dat ze de volgende keer dat ze een jongen tegenkomt, als dat ooit gebeurt, een samenlevingscontract zal opstellen voordat ze bij elkaar intrekken.

'Dat heeft hij inderdaad,' zegt ze, terwijl ze een lepel honing opschept voor haar thee. 'Maar het was niet alleen zijn schuld dat het uitging. We pasten niet echt bij elkaar.'

Ze kijkt in het licht van de dichtstbijzijnde glazen lantaarn. De vlam beweegt hypnotiserend heen en weer. Een klein blauw vlammetje omringd door een geel met oranje aura. Christians verraad doet nog steeds pijn, maar ze realiseert zich dat ze over hem heen is. Haar tijd in Åre heeft haar geholpen te helen.

'Ik had nooit iets met hem moeten beginnen,' zegt ze, net zo goed tegen zichzelf als tegen Lydia. 'We hebben gewoon andere normen en waarden, andere doelen. Zijn nieuwe vriendin past veel beter bij hem.'

'Waarom deed je dat dan?' vraagt Lydia. 'Jullie zijn toch vijf jaar samen geweest.'

Hanna bijt op haar onderlip. Dat heeft ze zichzelf ook afgevraagd de afgelopen maanden.

In het begin had Christian haar intensief het hof gemaakt. Hij was een soort droomprins en ze voelde zich waarschijnlijk meer gevleid dan goed voor haar was. Bovendien waren haar ouders vanaf dag één dol op hem geweest. Het was de eerste keer dat ze een van haar vriendjes hadden gewaardeerd. Dat was nog nooit voorgekomen en het maakte dat ze zich door haar ouders geaccepteerd voelde.

'Hij viel echt in de smaak bij die lieve moeder van ons,' zegt ze in een vergeefse poging de vraag weg te wuiven. 'Ik denk dat zij meer van streek is over het feit dat het uit is tussen ons dan ik.'

'Van haar moet je je niets aantrekken,' zegt Lydia op onverwacht scherpe toon.

Hanna kan een zwak, ietwat verbitterd lachje niet onderdrukken. 'Jij hebt makkelijk praten.'

Lydia is altijd al hun moeders oogappeltje geweest, dat weten ze allebei, maar Hanna is niet van plan daarover te gaan zeuren. Lydia is niet verantwoordelijk voor het feit dat hun ouders haar altijd hadden voorgetrokken.

'Ik weet hoe ze kan zijn,' zegt Lydia.

Ze reikt over de tafel en knijpt even in Hanna's hand.

'Het spijt me echt, hoe ze je behandeld heeft. Hoe ze zich opstelde tijdens jouw jeugd. Dat weet je toch, hè?'

De smekende toon in Lydia's stem komt als een verrassing. Spijt is van haar gezicht af te lezen. In het schijnsel van de kaarsen lichten Lydia's ogen blauw op van schuldgevoel.

Hanna krijgt een brok in haar keel.

Haar zus was altijd haar houvast geweest in het bestaan. Ook toen ze de moeilijkste fase van haar leven doormaakte en door Europa reisde, tot ongenoegen van haar ouders. Of toen ze zich tegen hun uitdrukkelijke wil aanmeldde voor de politieacademie.

Lydia was de enige die haar toen had aangemoedigd.

Na haar aanranding in Barcelona, toen haar veel oudere, weerzinwekkende baas haar een smerige kelder in had gedwongen waar hij zich aan haar vergreep, was Lydia degene geweest tot wie ze zich had gewend.

Hanna heeft haar zus de situatie waarin ze is opgegroeid nooit aangerekend, het feit dat hun moeder weinig om haar jongste dochter gaf, of dat hun vader zo bang was voor conflicten dat hij nooit ingreep.

Nu realiseert ze zich ineens, door een plotselinge ingeving, dat Lydia zichzelf hiervan de schuld geeft.

'Jij kan er niets aan doen.' Ze streelt haar zus over haar hand en glimlacht weemoedig. 'Het was nooit jouw schuld.'

Lydia's ogen zijn vochtig geworden.

'Nee...' zegt ze met dikke stem. 'Maar het voelt wel zo.'

Ze knippert een paar keer met haar ogen en veegt een lok haar van haar voorhoofd. Met haar verwassen trui en paardenstaart wekt ze een totaal ander beeld dan de succesvolle advocate die spreekt over *empowerment* van vrouwen en de pers te woord staat over principiële rechtszaken.

Als ze weer begint te praten is haar blik veranderd, alsof ze overspoeld wordt door nare herinneringen.

'Ik heb me zo vaak schuldig gevoeld tegenover jou,' zegt ze. 'Er waren zoveel dingen oneerlijk. Ik wilde er zo graag iets aan doen, maar ik wist niet hoe. Behalve door een buffer te zijn en te proberen jou te geven wat mama niet kon.'

'Het was niet jouw verantwoordelijkheid,' zegt Hanna weer.

Lydia klemt haar theekopje tussen haar handpalmen.

'Het was alsof... ik alles kreeg en jij niets. Omdat ik de oudste was, was alle aandacht op mij gericht. Daarna kwam jij, maar toen waren pap en mam ouder en hadden ze minder energie. School ging mij makkelijk af, omdat ik goed kon leren. Ik had het geluk dat ik Richard tegenkwam toen ik drieëntwintig was en onze carrières liepen op rolletjes, terwijl jij Christian ontmoette, die zich gedroeg als een klootzak. Bovendien hebben wij het financieel heel goed en kunnen we ons bijna alles permitteren, terwijl jij je dag en nacht rot werkt voor een schamel politiesalaris.'

Lydia's lange uitweiding overvalt Hanna. Ze had nooit geweten dat haar zus er zo mee zat.

Waarom zou zij de schuld op zich moeten nemen voor het gedrag van hun moeder? Hoe kan ze denken dat Hanna haar dat zou verwijten? Na alles wat Lydia voor haar gedaan had?

'Je hoeft je niet te verontschuldigen,' zegt ze. 'Dat is iets tussen mij en mama, niet tussen ons. Bovendien hebben jij en Richard heel hard gewerkt om te bereiken waar jullie nu zijn.'

Ze gebaart met haar hand naar het luxe interieur.

'En jullie zijn ook heel genereus. Jullie laten me hier al maanden wonen zonder dat ik ook maar een öre huur betaal.'

Nu begint Lydia te gniffelen. 'Het zou niet in me opkomen om je daar geld voor te vragen.'

'En toch ben ik daar heel dankbaar voor,' benadrukt Hanna, waarop ze haar theekop opheft alsof ze met haar zus wil proosten.

'Hoe dan ook,' zegt Lydia, op beslistere toon nu, 'ik snap niet hoe pap en mam over ons denken. Of... vooral mam, aangezien zij alle beslissingen neemt in ons gezin.'

Hanna is niet van plan ertegen in te gaan.

'Nu ik zelf kinderen heb, heb ik daar best veel over nagedacht.' Lydia's stem trilt van minachting. 'Ik snap niet hoe je onderscheid kunt maken tussen je kinderen. Mijn kinderen betekenen alles voor me, allebei. Ik snap gewoon niet hoe je meer van één kind kunt houden dan van het andere. Hoe je jezelf dat überhaupt kunt toestaan.'

Blijkbaar kon dat, denkt Hanna. Hun eigen ouders waren daar een lichtend voorbeeld van.

'Bovendien begrijp ik niet hoe je dat zo openlijk kunt laten merken zoals mama doet,' vervolgt Lydia.

De woorden doen pijn, ook al is het waar.

Haar zus brengt tot uiting wat Hanna al lange tijd had geweten, maar toch is het verbijsterend pijnlijk om te horen wat ze in haar binnenste had meegedragen. Het is zo schaamtevol dat ze zelf amper in staat zou zijn geweest het uit te drukken.

Haar moeder houdt meer van Lydia.

Het is een wond die misschien nooit zal helen.

Maar het is niet Lydia's schuld dat de relatie tussen Hanna en haar moeder aangetast is. En het is al helemaal niet de taak van haar zus om dat te compenseren.

Lydia is er altijd voor haar geweest.

Hanna springt op en loopt om de tafel heen om Lydia een knuffel te geven.

'Dank je,' zegt ze. Ze meent het oprecht, uit de grond van haar hart. 'Jij bent de beste grote zus die je kunt hebben.'

Rebecka

2020
zaterdag 22 februari

Als Rebecka opkijkt, houdt Ole zijn vuist in de lucht.

Ze sluit haar ogen en spant haar spieren, zoals ze meestal doet als hij gewelddadig wordt. Ondertussen houdt ze allebei haar armen voor haar buik. Ze moet haar buik beschermen, dat is het enige wat telt.

De harde klap midden op haar borst doet haar omvertuimelen. De stoel valt met veel lawaai om en ze komt met haar heup op de houten vloer terecht.

Ze krijgt geen adem en haar zij staat in brand. Het doet vreselijk veel pijn en ze stoot een luid gekreun uit.

Instinctief krimpt ze in elkaar om haar kind te beschermen.

'Alsjeblieft...' hoort ze haar eigen stem zeggen. 'Stop.'

'Je bent een hoer!' brult Ole. 'Een verdomde hoer die gestraft moet worden.'

Ze begint luid te jammeren bij de harde trap in haar rug.

Ze ligt op de keukenvloer en probeert zich op te trekken aan de stoelpoot, maar voordat ze daarin slaagt volgt er een volgende trap.

Iets nats loopt uit haar neus. Haar mond smaakt naar bloed.

Zo meteen vermoordt Ole haar nog.

Ze roept zijn naam, probeert smekend tot hem door te dringen, maar hij lijkt het niet te horen.

Met een laatste krachtsinspanning roept ze: 'Pas op voor het kind!'

Op een of andere manier dringen deze woorden tot hem door, want ineens houdt het geweld op.

Rebecka is niet in staat te bewegen en blijft kermend van de pijn op haar zij liggen. Als ze haar ogen opendoet, staat Ole een stukje verderop. Hij ademt luid, zijn knokkels zijn rood van het bloed.

Haar bloed.

'Kind?' hijgt hij, terwijl hij een paar stappen naar achteren zet tot zijn rug het aanrecht raakt.

'Ik ben zwanger,' fluistert Rebecka.

Ole kijkt haar aan. Twijfel licht op in zijn ogen. 'Echt waar?'

'Ik zweer het.'

Ze kijkt wanhopig om zich heen, haar blik blijft steken bij de bijbel op de keukentafel. Het lukt haar om in halfzittende positie overeind te komen en haar hand ernaar uit te steken.

'Ik zweer het op de Heilige Schrift,' zegt ze, terwijl ze hem omhooghoudt. 'God is mijn getuige.'

Er loopt nog steeds bloed uit haar neus en ze veegt het weg met haar ene hand.

'Je moet me geloven. Ik ben bijna drie maanden zwanger.'

Ondanks de situatie heeft ze de helderheid van geest om er een paar weken af te trekken. Als ze de waarheid vertelt, kan hij zelf uitrekenen dat hij niet de vader is.

'Is het van mij?' vraagt hij op scherpe toon.

'Natuurlijk is het van jou!'

Haar leven hangt af van de vraag of het haar lukt Ole ervan te overtuigen dat hij de vader is, anders komt ze hier nooit levend vandaan.

Hij ademt zwaar. 'Waarom heb je dat niet verteld?'

'Ik durfde het niet...' Haar stem is hees en schor van angst. 'Ik was bang dat ik een miskraam zou krijgen. Ik wilde niets zeggen voordat er twaalf weken voorbij waren.'

Ze weet niet of hij haar gelooft, maar ze ziet aan zijn blik dat hij aarzelt. In elk geval is hij er niet van overtuigd dat ze liegt. Als ze maar een spoortje van twijfel in hem kan zaaien, als hij denkt dat het zijn kind is, na al die jaren samen, zal hij haar in elk geval vanavond niet vermoorden.

Ze moet tijd winnen. Ze moet zijn vertrouwen winnen.

'Ik was zo gelukkig,' liegt ze, zichzelf verbazend over het feit dat ze daartoe in staat is in deze situatie. 'Maar ik was bang jou teleur te stellen als het mis zou gaan.'

Het lijkt alsof ze hem bijna zover heeft dat hij haar gelooft. Hij wordt iets milder, straalt iets minder agressie uit.

Dan keert de minachtende uitdrukking terug.

'Is het van hém?'

Hoewel Ole Johans naam niet uitspreekt, begint de vloer onder Rebecka te bewegen.

'Hoe bedoel je?' fluistert ze. 'Er is niemand anders.'

Hij zet een stap naar haar toe en ze deinst achteruit, maar net op het moment dat ze denkt dat hij haar weer zal mishandelen, houdt Ole op.

Zijn kaken gaan op en neer, alsof hij iets wil zeggen, maar niet weet wat.

Hij grijpt Rebecka's pols vast en trekt haar van de grond, sleurt haar de keuken door en de trap op naar de kleine slaapkamer. Daar duwt hij haar op het bed.

'Ik moet nadenken,' bromt hij. 'Ik moet God vragen me de weg te wijzen.'

Voordat Rebecka kan antwoorden, verdwijnt Ole de kamer uit. Ze huivert als ze een sleutel in het slot hoort omdraaien.

Er gaan een paar minuten voorbij, dan hoort ze een dreun van de voordeur die dichtslaat. Ze sleept zich naar het raam en ziet de auto de weg op rijden.

Het licht van de koplampen vervaagt al snel in de compacte duisternis.

Ze begint te snikken. Ole heeft haar achtergelaten in het koude, vochtige huis. Het kan niet meer dan twaalf graden zijn binnen en ze heeft niets te eten of te drinken.

Aan de muur tegenover haar hangt een geborduurde afbeelding. Twee regels Noorse tekst, omringd door vervaalde bloemen in kruissteek.

Herren er min hyrde, jeg mangler ikke noe.

'De Heer is mijn herder, mij ontbreekt niets.' Het is Psalm 23:1. De psalm van David.

De tekst is een zoveelste klap in haar gezicht.

Wat zou de Heer nu zeggen van haar situatie? Nu alles haar ontnomen is?

Ze laat zich op het bed zakken en vindt een deken die ze om haar rug slaat, ook al ruikt hij naar schimmel. Bijna alles doet pijn. Voorzichtig tast ze met haar vingers over haar lichaam, ze lijkt niets gebroken te hebben, maar heeft alleen ontzettende pijn, vooral in haar heup.

Ze heeft de indruk dat het haar gelukt is haar buik te beschermen tegen zijn trappen. Wat er ook met Johan gebeurd is, ze moet hun kind beschermen. Dat is het enige wat telt.

Rebecka valt op haar knieën. Ze vouwt haar handen in gebed, ook al vraagt ze zich inmiddels inwendig af of het wel zin heeft.

'Jezus, sta me bij,' fluistert ze in het donker. 'Red ons.'

Woensdag 26 februari

53

De zon komt bijna op als Hanna op Kurortsvägen bij het politiebureau parkeert. Ze heeft zeven uur geslapen en voelt zich uitgerust en alert. Het was fijn om gisteravond even alleen met Lydia te praten. De sombere gedachten over haar jeugd beginnen een beetje te weg te ebben.

Onderweg naar haar werk heeft ze een besluit genomen. Ze moeten direct na de ochtendvergadering bij het huis van de familie Nordhammar langsgaan. Ze heeft een sterk onderbuikgevoel, alles wat ze tot nu toe gehoord hebben, wijst erop dat Rebecka het middelpunt van hun onderzoek vormt.

Hanna haalt haar toegangspasje door de kaartlezer en stapt het kantoorgedeelte binnen. Ze is de laatste vandaag, de rest van het team zit al in de vergaderruimte. Ze heeft amper tijd om een kop koffie in te schenken voordat de vergadering van start gaat.

Daniel vat de situatie samen en dan komt iedereen aan het woord.

Raffe heeft samen met een rechercheur uit Östersund verder gespit in Linus Sundins financiën. Hij doet verslag van hun uitvoerige gesprekken met de bank en het bedrijf dat de kortdurende lening heeft verstrekt.

'Een van die leningen is net verlopen en de kredietverstrekker dreigt met de deurwaarder,' zegt hij tot besluit met opgeheven wijsvinger. 'Het ziet er niet best uit.'

Als hij klaar is, haalt hij discreet de pruimtabak onder zijn bovenlip vandaan en wikkelt er een papieren servetje omheen.

Daniel geeft het woord aan Anton, die de ondervraging van Johan Anderssons naasten op zich heeft genomen.

'Behalve Carl Willner, heb ik nog diverse mensen uit zijn vriendenkring gesproken,' zegt Anton. 'Inclusief de vrienden die Johan vrijdagavond bij Pigo zou hebben ontmoet. Helaas heeft Johan hen niet over zijn reisplannen verteld.'

Anton vat de nieuwe informatie samen. Twee van de mannen konden bevestigen dat Johan gefrustreerd was over de situatie met Linus. Blijkbaar was Carl Willner niet de enige die te horen had gekregen over de spanningen tussen de twee zakenpartners.

De zon breekt door en schijnt door het raam naar binnen. Het plotselinge licht deelt Antons gezicht doormidden, de ene helft is verlicht en de andere valt in de schaduw. Hanna moet denken aan het gesprek bij Carl Willner thuis laatst en hoe ongemakkelijk Anton had geleken tijdens het verhoor.

Daniel geeft haar een knikje. Het is haar beurt om te vertellen. Moet ze haar bezoekje aan Enafors melden van de vorige avond? Ze weet niet zeker hoe haar collega's zullen reageren als ze onthult dat ze er 's avonds laat in haar eentje heen is gegaan.

Ze zal een middenweg moeten kiezen.

Hanna vat haar ontmoeting met Maria Törnlund op kleuterschool Het Sneeuwklokje samen en beschrijft kort haar telefoongesprek van gisteravond, over Maria's vermoedens van een relatie tussen Johan en Rebecka. Daarna vertelt ze over de kerkgemeenschap het Licht des Levens en wat ze erover te weten was gekomen. Ze betrekt er zelfs wat statistieken bij over controlerende mannen en brengt ter sprake dat Ole Nordhammar erop gestaan had zijn vrouw elke dag naar haar werk te brengen en weer op te halen. Ten slotte benadrukt ze het feit dat Johan eigenlijk geen reden had om afgelopen vrijdag naar Het Sneeuwklokje te komen en dat hij er volgens Maria 'compleet gebroken' uitzag.

Plotseling valt Raffe Hanna midden in een zin in de rede. 'Die Rebecka Nordhammar,' zegt hij. 'Heb je toevallig haar telefoonnummer bij de hand?'

'Ja.'

Hanna haalt haar telefoon tevoorschijn. Ze houdt het schermpje met het nummer omhoog.

'Wacht even,' zegt hij, en hij toetst iets in op de computer voor zich. 'Het is misschien een wilde gok, maar... laat me even iets nakijken.'

Zijn vingers wandelen over het toetsenbord terwijl hij zoekt, dan draait hij de laptop om zodat iedereen het kan zien. Een ingezoomd document vult het scherm. Rijenvol cijfers. Het duurt even voordat Hanna begrijpt wat het is, het is een overzicht van telefoongesprekken. In de verschillende kolommen staan nummers en tijden waarop de gesprekken hadden plaatsgevonden. Er staan geen namen bij, maar wel wie er gebeld heeft en wie er is gebeld.

'Dit is de lijst van Johans mobieletelefoongebruik van de telefoonmaatschappij,' legt Raffe uit, wijzend naar de computer met zijn blauwe balpen. 'Ik kreeg hem gisteravond laat.'

Hij trekt de laptop weer naar zich toe en klikt door naar een ander document met meer tijdsaanduidingen en nummers.

'Hier zie je met wie Johan de afgelopen zes maanden sms-contact heeft gehad,' zegt hij. 'Ik heb nog geen tijd gehad erdoorheen te gaan, maar het is overduidelijk welk nummer het vaakst terugkomt.'

Hanna bekijkt het overzicht.

'Drie nummers keren herhaaldelijk terug afgelopen herfst,' vervolgt Raffe. 'Zowel wat gesprekken als berichten betreft. De eerste is van Marion, de tweede van Linus.'

'En de derde?' vraagt Hanna, hoewel ze het antwoord al voor zich ziet.

'Dat lijkt van Rebecka Nordhammar te zijn, als het nummer dat jij hebt klopt.'

Dat klopt. Hanna heeft het zo vaak gebeld dat ze het uit haar hoofd kent.

'Interessant,' zegt Daniel. 'Dan hebben we een concreet verband tussen Rebecka en Johan.'

'Mag ik eens kijken?' zegt Hanna, terwijl ze naar voren leunt om het beter te kunnen zien.

Nu ze weet waar ze naar op zoek is, is het patroon duidelijk. Er zijn regelmatig berichten verstuurd van Rebecka naar Johan en andersom. Het begint in september, loopt door in oktober en komt tot een hoogtepunt in november.

Daarna houdt het op.

'Ontbreekt er een periode?' vraagt ze.

Raffe fronst zijn voorhoofd. Zijn donkerbruine ogen turen naar het scherm. 'Hoe bedoel je?'

'Kijk hier eens,' zegt Hanna, en ze wijst naar de linkerkolom.

'Vanaf deze dag in november stuurt alleen Johan berichten naar Rebecka.'

Ze scrolt verder.

'Hij heeft geen enkel bericht ontvangen van Rebecka na die datum,' constateert ze.

Raffe buigt zich naar voren en leest nauwkeurig.

'Je hebt gelijk,' zegt hij, en hij steekt zijn pen achter zijn oor.

'Kun je dat andere document eens openen, met de telefoongesprekken?' vraagt Hanna.

Raffe doet wat ze vraagt. Hanna bestudeert vlug de verschillende kolommen.

'Kijk hier,' zegt ze. 'Na deze dag in november is het hetzelfde als met de berichten. Johan belt Rebecka, maar ze neemt niet op en belt ook niet terug.'

Raffe werpt haar een waarderende blik toe. 'Mooie observatie.'

'Eens kijken,' zegt Hanna. 'Johan en Rebecka hebben dus iets minder dan drie maanden intensief telefonisch contact gehad, van september tot half november. Dan houdt het abrupt op. Johan blijft Rebecka nog wekenlang bellen en berichten sturen, tot het Luciafeest, maar ze reageert niet. Daarna blijft het doodstil.'

'Ze heeft hem geghost,' stelt Anton vast. 'Als we aannemen dat ze een affaire hadden, heeft ze het uitgemaakt.'

'Precies,' zegt Hanna. Ze vouwt haar handen achter haar rug en denkt hardop na: 'En dan, afgelopen vrijdagmiddag, duikt Johan op bij de kleuterschool om met Rebecka te praten. Maria Törnlund ziet hen van een afstandje en krijgt de indruk dat ze een intense, emotionele discussie hebben en dat hij erg aangeslagen is.'

'De volgende dag is Johan dood,' vult Raffe aan. 'En twee dagen later wordt Rebecka ziek gemeld.'

'En nu is er geen contact met haar te krijgen,' stelt Hanna vast.

'Durven we ervan uit te gaan dat Rebecka degene was die Johan mee wilde nemen naar Strömsund?' vraagt Daniel.

'Zoiets,' zegt Hanna.

Ze moet even glimlachen om het feit dat ze in dezelfde richting denken.

'Het lijkt er onmiskenbaar op dat Johan en Rebecka een geheime relatie hadden in de herfst,' vervolgt ze. 'Laten we aannemen dat het bezoek aan de kleuterschool afgelopen vrijdag een laatste wanhopige poging van hem was om haar over te halen bij haar man weg te gaan.'

'Je bedoelt dat ze van plan waren er samen vandoor te gaan naar Johans broer?' vraagt Anton. 'Klinkt dat niet overdreven veel als een liefdesroman?'

Raffe grijnst.

'Dat hoeft nog niet te betekenen dat het niet waar is,' zegt Hanna.

Daniel staat op.

Hij loopt naar het whiteboard en pakt een donkerblauwe stift, schrijft de namen van Rebecka en Johan op en tekent er een tweezijdige pijl tussen. Dan schrijft hij Linus' naam op met een tweede pijl van Johan naar Linus.

'Waar staat Marion in dit verhaal?' vraagt hij tot slot.

Hij schrijft ook haar naam op in kapitalen.

Hanna doet haar haar los en maakt een nieuwe staart terwijl ze nadenkt. Marion heeft er met geen woord over gerept dat Johan van plan was haar te verlaten, als ze die nieuwe hypothese gaan uitwerken. Volgens Marion hadden Johan en zij een gelukkig huwelijk. Ze had alleen maar goede dingen over haar man verteld, ook al was ze in shock en van streek.

'We weten niet of Johan kans heeft gezien het haar te vertellen,' merkt ze op. 'Misschien is hij daar nooit aan toegekomen?'

'Dat zou kunnen,' zegt Daniel. 'Het is mogelijk dat hij zaterdag pas met haar wilde praten, voor zijn vertrek.' Hij bestudeert zijn schets. 'Wat weten we nog meer?'

Anton duwt met een gefronst voorhoofd zijn vingertoppen tegen elkaar. 'We weten dat Johan Rebecka ontmoet tussen drie en vier uur op vrijdagmiddag,' zegt hij. 'Daarna belt Johan zijn broer rond halfzes om te vertellen dat hij zaterdagavond laat langs wil komen met een onbekende persoon. Vervolgens drinkt hij een biertje met Carl Willner bij restaurant Pigo en is hij niet zijn normale kalme zelf, maar wordt hij omschreven als gestrest en zenuwachtig. Bovendien vertrok hij eerder dan gepland. De laatste keer dat hij gezien is, is hij Linus thuis, even na acht uur 's avonds. Nog geen twaalf uur later wordt hij dood op de grond gevonden langs Tångbölevägen.'

'Goed samengevat,' zegt Daniel.

'Ik stel me voor...' vervolgt Hanna. '... dat Johans opwinding te maken had met het feit dat het hem eindelijk gelukt was Rebecka over te halen weg te gaan bij haar man. Johan was immers degene die daarop aandrong, dat zien we aan de lijsten van telefoongesprekken en berichten. En aangezien zij er tegen verwachting in mee heeft ingestemd, hebben we ook een uitleg voor zijn plotselinge reis. Johan deed een laatste poging om Rebecka terug te winnen en ze zei ja.'

'Als het niet het tegenovergestelde is,' zegt Anton.

'Hoe bedoel je?'

'Dat Johan Rebecka stalkte en dat de stilte tussen hen kwam doordat ze er eindelijk in geslaagd was hem te laten stoppen.'

Hanna zwijgt. Je kunt de situatie uiteraard ook anders zien. Dat is meestal het geval, je moet je niet te snel vastpinnen op een theorie. Maar alles wat ze over Johan heeft gehoord weerspreekt een dergelijke interpretatie. Alle getuigen spraken van zijn warme, positieve persoonlijkheid. De zorgzame en empathische vriend die nooit bitter was geworden, ook al was er een heel abrupt en onrechtvaardig einde gekomen aan zijn skicarrière.

Zou Johan een manische stalker zijn? Nee, dat gevoel heeft ze niet.

Raffe lijkt haar visie te delen. 'Dat kan ik eerlijk gezegd moeilijk geloven. Er is niets in Johans achtergrond wat op zoiets duidt.'

'Goed,' zegt Daniel. 'Als we dan aannemen dat het draait om een liefdesrelatie en dat Rebecka de persoon was die Johan wilde meenemen naar Strömsund... waarom moest dat dan geheim blijven?'

Precies dat is voor Hanna zonneklaar.

'Omdat ze doodsbang was voor haar eigen man,' zegt ze. 'Alles wat we tot nu toe gehoord hebben over Ole Nordhammer en zijn karakter wijst erop dat hij een man is met een grote behoefte aan controle en neigingen tot agressie.'

Ze zwijgt en herhaalt hetgeen Maria Törnlund haar had verteld in zichzelf.

'Haar collega heeft getuigd dat ze blauwe plekken op Rebecka's onderarmen had gezien. Haar gedrag toen Maria het ter sprake probeerde te brengen is ook kenmerkend voor vrouwen die het slachtoffer zijn van huiselijk geweld. Je schaamt je en probeert de situatie te verbergen in plaats van hulp te accepteren. Als Ole een man is die zijn vrouw mishandelt, zou hij er niet minder gevaarlijk op zijn geworden als Rebecka heeft verteld dat ze van plan was bij hem weg te gaan.'

Hanna drinkt het laatste restje van haar koffie op. Het smaakt niet bepaald lekker. Meestal doet ze er melk in, maar die was op.

'Ik zou denken dat Rebecka haar man niet durfde te vertellen dat ze van plan was bij hem weg te gaan,' zegt ze ter afronding van haar argumentatie. 'Johan was ook voorzichtig. Om niets op het spel te zetten, wilde hij zijn broer niet laten weten wie hij mee wilde nemen.'

'Dat klinkt aannemelijk,' stemt Daniel in.

Hij keert zich weer om naar het bord en schrijft 'Ole Nordhammer' erbij met een nieuwe pijl tussen hem en Rebecka.

'Wat weten we over het echtpaar Nordhammar?' zegt hij.

Voordat Hanna gisteravond naar Enafors was gereden, had ze nog het een en ander uit kunnen zoeken.

'Ole Nordhammar is dominee bij de kerkgemeente Het Licht des Levens,' zegt ze. 'Hij is veertien jaar ouder dan zijn vrouw en opgegroeid binnen de gemeente. Ze zijn getrouwd in 2012, toen Rebecka net negentien was en hij drieëndertig. Tot 2017 werkte Ole als assistent-accountant bij een klein kantoor in Järpen, maar de afgelopen jaren heeft hij zich vooral met zijn taken binnen de kerkgemeente beziggehouden. Ze hebben geen kinderen en wonen in Enafors.'

Ze pauzeert even om adem te halen. Misschien kan ze Daniel na de vergadering vertellen over haar bezoekje?

'Rebecka is nu zevenentwintig,' vervolgt ze. 'Haar ouders zijn ook werkzaam binnen de kerkgemeente en wonen in Storvallen, in de buurt van Storlien. Ze heeft het jeugd- en vrijetijdsprofiel gevolgd op het gymnasium in Järpen en werkt sinds drie jaar op kleuterschool het Sneeuwklokje. Daarvoor lijkt ze huisvrouw te zijn geweest, ook al heeft het stel zoals ik al zei zelf geen kinderen.'

Dit laatste is haar eigen observatie, maar ze vertelt het erbij omdat het bijdraagt aan het beeld van Ole Nordhammar. Ze kan niet geloven dat Rebecka er op zo'n jonge leeftijd zelf voor gekozen had om fulltime thuis te blijven, ook al was ze gelovig. Het moest eenzaam geweest zijn om alleen in dat huis in Enafors rond te lopen terwijl haar man naar zijn werk ging.

Het gedrag stemt bovendien overeen met dat van het kenmerkende profiel van een controlerende man. Het begint zelden met openlijk geweld, maar vaak eerder met sociale isolatie van de vrouw totdat ze nergens meer heen kan. Dan pas, als haar zelfvertrouwen is afgebroken en ze compleet afhankelijk is van de man, gaat de psychische mishandeling over in fysiek geweld.

'Dat is wat ik op dit moment weet,' zegt ze tot besluit van haar uiteenzetting.

Met een pen in een andere kleur rood trekt Daniel een lijn tussen Johan en Ole Nordhammar alvorens hij een cirkel om Ole tekent.

'Als deze theorie klopt, is er nog een persoon met een sterk motief om Johan iets aan te doen,' zegt hij, waarna hij gaat zitten.

Niemand in de kamer brengt er iets tegen in.

'We moeten dat echtpaar Nordhammar onmiddellijk opsporen,' stelt Daniel vast.

Hanna denkt aan hun lege woning.

Haar gevoel dat Rebecka daar niet meer was.

'Dat zou weleens moeilijker kunnen zijn dan je denkt,' zegt ze.

Rebecka

2020
zondag 23 februari

Johan zit op de rand van het bed en neemt Rebecka in zijn armen. Ze slaapt nog half, maar zijn geur is voldoende om te beseffen dat ze weer veilig is.

Lieve Johan.

Hij streelt Rebecka voorzichtig en wiegt haar heen en weer, alsof ze een kindje is.

'Ik ben nu bij je,' fluistert hij teder. 'Ik hou van je. Je hoeft niet meer bang te zijn, ik zal voor jou en onze baby zorgen.'

De tranen wellen op onder haar gesloten oogleden. Johan was toch gekomen, hij heeft haar niet in de steek gelaten.

Hij zal haar helpen hier weg te komen.

Rebecka leunt naar voren om dichterbij te komen en stoot haar schouder tegen de muur. Ze doet haar ogen open en beseft dat ze nog steeds opgesloten zit in de stinkende slaapkamer.

De nachtmerrie is niet voorbij. Johan bestond alleen in haar fantasie. Haar lichaam doet pijn van alle klappen die ze van Ole heeft gekregen.

Het geluksgevoel van zo-even maakt plaats voor duisternis. Het is zinloos om zich te verzetten. Eigenlijk moet ze opstaan, proberen te vluchten, maar haar lichaam gehoorzaamt niet. Alles doet pijn, ze heeft geen kracht meer over.

Door het vieze raam sijpelt daglicht naar binnen, dan moet het zondag zijn.

Ze doet haar ogen dicht en zakt weer weg in haar slaap.

Wanneer Rebecka opnieuw wakker wordt, is het nog steeds licht.

Ze moet vreselijk nodig plassen en gaat overeind zitten. Als ze om zich heen kijkt, ontdekt ze een oude metalen emmer bij de deur. Ernaast ligt een plastic tas op de grond gesmeten.

Ze pakt de emmer en doet haar behoefte. Eerst durft ze niet te controleren of er bloed in haar urine zit, maar dan doet ze het toch. Het ziet er normaal uit en een golf van opluchting spoelt door haar heen. Er zijn geen tekenen dat de mishandeling haar zwangerschap heeft beïnvloed.

Haar kind leeft nog.

Dat is het enige wat telt. Ze moet dit doorstaan voor haar ongeborene.

Ze steekt haar hand uit naar de plastic tas en vindt een paar flessen water, een zak boterhammen en een rookworst. Ole moet teruggekomen zijn en het hebben achtergelaten terwijl ze lag te slapen. Waarom hij dat gedaan heeft, maakt niet uit. Ze heeft nu te veel honger en dorst om erover te speculeren.

Ze draait de dop van een van de waterflessen en klokt het water zo gulzig naar binnen dat het langs haar mondhoek loopt. Haar lippen zijn gebarsten en haar keel is gortdroog. Als ze klaar is, laat ze zich weer op het bed zakken. Haar blik glijdt langs de afbeelding met de regels uit het Boek der Psalmen. Ze doet een poging tot gebed, maar de woorden blijven steken in haar keel. Er tollen veel te veel vragen door haar hoofd. Hoelang moet ze hier opgesloten zitten? Ole kan haar hier toch niet eeuwig gevangenhouden?

Of wel? Zal ze nooit meer vrijgelaten worden?

Ze probeert aan Johan te denken, aan het feit dat haar ouders en Maria zich toch wel zullen afvragen waar ze gebleven is. Het helpt niet. Een golf van angst welt in haar op, doet haar naar adem snakken, ze krijgt niet genoeg zuurstof.

De kamer krimpt ineen en de muren komen op haar af. Zo meteen wordt ze verpletterd onder het plafond, kleine zwarte vlekken verschijnen in haar gezichtsveld.

Rebecka sluit haar ogen en kreunt luid. Ze balt haar vuisten en boort haar nagels zo hard in haar handen dat de huid bijna kapotgaat.

De pijn helpt.

Om een of andere vreemde reden kan ze weer ademhalen. Met

diepe sidderende ademteugen vult ze haar longen met lucht. Na een tijdje durft ze haar ogen weer open te doen.

De kamer ziet er hetzelfde uit.

Rebecka slaat haar armen stevig om haar bovenlijf. Ze probeert het gevoel op te roepen uit de droom over Johan, te doen alsof hij degene is die haar vasthoudt en haar haar streelt.

Ze mag niet toegeven en hysterisch worden, ze moet het hoofd koel houden.

Voor hun kind, herhaalt ze keer op keer als een mantra.

Voor hun ongeboren kind.

54

Daniel is net Ånn voorbij en ziet dat ze bijna bij Enafors zouden moeten zijn. De klok op het dashboard geeft vijf voor negen aan, de ochtendvergadering had langer geduurd dan normaal. Hij heeft zelfs lekker geslapen, Alice had een goede nacht.

Hanna schraapt ongemakkelijk haar keel op de passagiersstoel. 'Er is iets wat ik je moet vertellen,' zegt ze.

Daniel kijkt haar vragend aan.

'Je moet niet boos worden, maar ik heb gisteravond iets gedaan op eigen initiatief.' Ze draait zich naar hem om. 'Ik ben naar het huis van Rebecka Nordhammar gegaan. Alleen om de situatie te checken.'

De welbekende steek van irritatie trekt door Daniels lijf. 'In je eentje? Zonder back-up?'

'Eh... ja,' zegt Hanna schuldbewust. Voordat Daniel iets kan zeggen, voegt ze eraan toe: 'Er was niemand thuis, er is niets gebeurd.'

Hij heeft niet lang nodig om de betekenis ervan te doorzien. Het had heel verkeerd af kunnen lopen als hun vermoedens ten opzichte van Ole Nordhammar kloppen. Als hij thuis was geweest toen Hanna daar aankwam...

'Wist je het voordat je daarheen ging?' vraagt Daniel. 'Dat het huis leeg was en dat Ole Nordhammar er niet was?'

'Niet echt.'

Daniel zucht. 'Je weet dat je dit vooraf met mij had moeten overleggen, toch?'

'Ik weet het.' Hanna laat haar hoofd hangen. 'Maar ik maakte me zo'n zorgen om Rebecka na dat gesprek met haar collega. Ik durfde gewoon niet tot vandaag te wachten.'

Daniel moet vaart minderen voor een scherpe bocht honderd meter verderop. Gedurende de nacht is er flink wat sneeuw gevallen en hoewel de zon schijnt, ligt er een dikke laag op de rijbaan. Op de radio hebben ze zojuist gerapporteerd dat er een vrachtwagen van de weg is gereden ter hoogte van Krokom.

Zijn irritatie ebt weg. Hanna's intuïtie en snelle reactievermogen had hen vaak verder geholpen, zoals bij de zaak over Amanda, ook al was het die keer bijna catastrofaal geworden.

Daniel is niet blij met haar uitstapje, maar het is in elk geval fijn dat ze het eerlijk vertelt.

'Kunnen we afspreken dat dit de laatste keer was dat je er zo op uitgaat zonder dat we het vooraf besproken hebben?' zegt hij.

'Zeker. Daar hou ik me aan.'

Ze antwoordt onmiddellijk, nog voordat hij zijn zin heeft afgemaakt. Op hetzelfde moment klinkt er een piepgeluidje van Hanna's mobiele telefoon.

'Kijk,' zegt ze, terwijl ze het scherm omhooghoudt. 'Ik heb een foto van Rebecka te pakken weten te krijgen.'

Daniel kan nog net een glimp opvangen van een blonde vrouw omringd door spelende kinderen voordat hij zich weer op het verkeer moet concentreren.

'Ik heb Maria Törnlund gevraagd me een recente foto te sturen,' legt Hanna uit.

Vanuit zijn ooghoek ziet hij haar nauwgezet Rebecka's gezicht bestuderen.

'Ik vraag me af hoe het is om op te groeien met zulke sterke christelijke idealen,' vervolgt ze. 'Of je daardoor kwetsbaarder en makkelijker te beïnvloeden bent? Je kunt bijna aan haar zien dat ze gelovig is.'

Ondanks zijn frustratie over het feit dat Hanna op eigen houtje op onderzoek uitgegaan was, moet Daniel glimlachen om die generalisatie.

'Baseer je je analyse op die foto of op alles wat je al weet?' zegt hij.

Hanna had het uitstekend samengevat bij de ochtendvergadering.

Ze laat een lachje horen.

De sfeer tussen hen is weer normaal.

‘Is niet iedereen die in een sekteachtig milieu leeft in zekere zin gemanipuleerd?’ vraagt Hanna. ‘Al maakt het wel uit of je binnen een sekte geboren wordt of je je erbij aansluit.’

Daniel betwijfelt of de omschrijving van Het Licht des Levens als ‘sekteachtig’ helemaal rechtvaardig is. Een korte blik in het register heeft geen opmerkzaamheden opgeleverd, er is hem niets opgevallen aan de leiders. Er zijn zoveel vrij religieuze kerkgemeentes die hun geloof praktiseren zonder ongezonde taferelen.

Het hoeft niet de schuld te zijn van de gemeente dat Ole Nordhammar wellicht een man is die zijn vrouw mishandelt.

‘Hoe bedoel je?’ vraagt hij.

‘Nou, mensen die hun toevlucht zoeken tot een sekte, gaan er niet van uit gemanipuleerd te zullen worden, maar ik kan me zo voorstellen dat ze wel een leegte met zich meedragen. Ze missen een hoger doel, een soort verbondenheid misschien. Het gevoel om op aarde te zijn om iets te bereiken.’

Daniel herinnert zich dat Hanna diverse psychologievakken heeft gevolgd aan de universiteit. Ze heeft veel inzicht in de kwestie, beduidend meer dan hijzelf.

‘Dat is precies wat religieuze kerkgemeentes als Het Licht des Levens bieden,’ zegt ze. ‘Ze geven mensen het gevoel belangrijk en nuttig te zijn, dat is een deel van de aantrekkingskracht. In combinatie met een vurig geloof, uiteraard. Je krijgt de kans om verschil te maken.’

Daniel herkent zich wel in dit laatste. Als politieagent weet hij daar het een en ander van. Dat is de reden dat mensen bij de politie gaan. Om een bijdrage te leveren, het gevoel te hebben dat ze nodig zijn en anderen kunnen helpen.

In het begin althans.

‘Als jij te horen kreeg dat je al je problemen en pijn kon loslaten en nog andere zielen kon redden ook…’ zegt Hanna. ‘Wie zou dat kunnen weerstaan?

Het is niet duidelijk of ze een antwoord verwacht of dat ze het zichzelf afvraagt.

Waarschijnlijk zou iedereen verwikkeld kunnen raken in een sekte als ze de juiste psychologische middelen gebruiken. Het zijn misschien dezelfde mechanismen die steeds vaker ingezet worden om jongeren te werven voor de zware criminaliteit. De aantrekkingskracht daarvan is ook om erbij te kunnen horen, ergens deel van uit te maken, een kans om je uitverkoren te voelen.

'Hier moet je afslaan,' zegt Hanna, zijn gedachten verbrekend.

Ze zijn in Enafors. Daniel zet zijn rechterknipperlicht aan om de E14 te verlaten en rijdt een kleine weg op. Hij is nog niet helemaal klaar met hun gesprek.

'Je zei dat het uitmaakt of ze binnen de groep geboren worden, zoals Rebecka, of worden geworven,' zegt hij.

'Ja, dat zie ik als iets heel anders,' zegt Hanna duidelijk en beslist. 'Als we Rebecka als voorbeeld nemen, zij is opgevoed binnen de gemeente sinds ze een klein meisje was. Het is het enige leven dat ze kent. Als Rebecka breekt met Het Licht des Levens, zou ze waarschijnlijk ook het contact met haar familie en vrienden kwijtraken. Zo gaat dat bij dergelijke bewegingen. Daarom is het zo moeilijk om weg te gaan.'

'En toch lijkt het erop dat Rebecka van plan was dat te doen.'

Als de weg ophoudt, zet Daniel de auto stil. Ze zijn aangekomen bij het huis waar Rebecka woont.

'Dat zegt heel wat over de sterke emoties die een rol gespeeld moeten hebben,' zegt Hanna.

55

In het daglicht lijkt Rebecka's huis kleiner dan toen Hanna hier gisteravond was. De staat ervan is ook slechter dan haar was opgevallen. Alles bij elkaar wekt het een eenzame en verlaten indruk.

'Het zou een goed teken geweest zijn als er een auto op de oprit gestaan had,' zegt ze tegen Daniel. 'Het ziet er behoorlijk leeg uit.'

Als ze uitstapt, kijkt ze om zich heen op zoek naar de woeste hond die haar had aangevallen. Ze had besloten er niets over tegen Daniel te zeggen, het leek haar onnodig te vertellen hoe eng het was geweest.

Ze lopen naar de voordeur en bellen aan. Hanna verwacht niet dat er iemand open zal doen.

Daniel wacht tot er een minuut verstreken is en belt dan nog een keer aan, daarna klopt hij een paar keer op het kleine raampje boven in de deur. Hij zet een paar stappen naar achteren en kijkt naar de bovenverdieping met een rij ramen.

'Hallo?' roept hij met zijn handen als een trechter voor zijn mond. 'Zijn jullie thuis?'

Hanna haalt haar mobieltje tevoorschijn en belt Rebecka's nummer, maar krijgt net als alle andere keren de voicemail. Inmiddels moet ze al een stuk of tien berichten ingesproken hebben waarin ze Rebecka vraagt haar te bellen.

Elke keer raakt ze er meer van overtuigd dat Rebecka zich in een kwetsbare positie bevindt.

'Ik betwijfel of ze thuis zijn,' zegt ze. 'Het ziet er heel verlaten uit daarbinnen.'

'Waarschijnlijk heb je gelijk.'

'Kom, dan lopen we naar de achterkant om een kijkje te nemen,' zegt ze, en ze loopt naar het platgetrapte spoor van haar bezoekje van de vorige dag.

Als ze bij de veranda komen, gaan ze direct de trap op en lopen naar de verandadeur. Zo overdag is het makkelijk om de woonkamer in te kijken. Door het raam zien ze een marineblauwe bank en een groot geweven vloerkleed onder een vierkante houten salontafel. Aan de andere kant van de kamer staat een zware, donker eikenhouten eettafel met sierlijke stoelen.

Hanna laat haar blik door de ruimte glijden en neemt alle details in zich op, van de zelfgehaakte kussenslopen tot de lichtblauwe gordijnen. Schilderijen met gouden lijsten sieren de muren, het ziet er erg ouderwets uit.

Het is moeilijk te geloven dat een jonge vrouw als Rebecka, die pas zevenentwintig is, haar huis op deze manier zou inrichten.

Hanna heeft wel een vermoeden hoe het zit. In het register had gestaan dat de moeder van Ole Nordhammar een aantal jaren geleden was overleden aan kanker, zijn vierentachtig jaar oude vader woont in een seniorenwoning in Duved. Ole heeft geen broers of zussen. Dit moest zijn ouderlijk huis zijn. Daarom ziet het er zo somber en gedateerd uit. Rebecka woont tussen het oude meubilair van haar schoonouders.

Droevig genoeg lijkt het logisch dat Rebecka zo weinig te zeggen heeft gehad over de inrichting van haar huis, gezien het beeld dat Hanna van Ole heeft gekregen. Ze is zijn type al vaker tegengekomen.

Ergens knaagt iets aan haar. Een herinnering aan gisteravond waar ze niet goed de vinger op kan leggen. Hanna bekijkt de kamer nog eens grondig.

'Het ziet er verlaten uit,' zegt Daniel. 'Zullen we gaan?'

Dan ziet ze het.

Gisteravond had er een grote bijbel op de salontafel gelegen. Nu is hij weg.

Er moet vannacht iemand geweest zijn.

56

Na hun bezoek aan het verlaten huis, had Daniel voorgesteld om bij Rebecka's ouders langs te gaan, aangezien ze haar noch Ole te pakken hadden gekregen. Ze zijn op weg naar Stefan en Ann-Sofie Ekvall in Storvallen. Hun boerderij ligt vlak bij de Noorse grens, ongeveer een kwartier bij Enafors vandaan.

Terwijl Daniel rijdt, zoekt Hanna Ole Nordhammars telefoonnummer op. Hij neemt niet op. Het feit dat beide echtgenoten onbereikbaar zijn, versterkt haar onheilspellende gevoel nog meer.

Ze passeren het busstation van Storvallen en komen bij een verzameling rode gebouwen. Daniel rijdt een schuur voorbij en parkeert voor het woonhuis waar ze uitstappen.

Een vrouw van in de vijftig met grijs gemêleerd haar doet de voordeur open. Als ze hoort dat ze van de politie zijn, worden haar ogen groot, maar voordat ze iets kan zeggen, komt een verweerd uitziende man de keuken uit lopen.

Dat moet de vader zijn. Hanna kan de gelijkenissen zien met Rebecka van de foto die Maria heeft gestuurd.

'Mogen we binnenkomen?' vraagt ze. 'We hebben een aantal vragen over Rebecka.'

Ann-Sofie Ekvalls hand schiet naar haar hals, met een klein zilveren kruis aan een dunne ketting.

'Is er iets gebeurd?' roept ze uit.

'We willen alleen wat vragen stellen,' zegt Hanna op geruststellende toon. 'Maar het is misschien beter als we even gaan zitten.'

Ze nemen plaats in de keuken. Hanna vraagt zich af hoeveel keukens en woonkamers ze al gezien heeft in haar carrière. Meestal met een haastig en bezorgd door de bewoner gezette kop koffie.

Terwijl Rebecka's moeder Ann-Sofie bezig is met het koffiezetapparaat en wat mokken neerzet, zit Stefan Ekvall met zijn armen over elkaar geslagen te wachten.

Hij is een grote man, merkt Hanna op, die een natuurlijk overwicht uitstraalt. Ze hoeft zich niet af te vragen wie de beslissingen neemt in huis, ook al zijn ze er pas net.

Af en toe werpt Ann-Sofie hem een schuwe blik toe, alsof ze zeker wil weten dat ze zich goed gedraagt en niet door haar man terechtgewezen zal worden.

Hanna vraagt zich af wat hun aandeel is geweest in het besluit van hun dochter om op zo jonge leeftijd te trouwen, met een veertien jaar oudere man.

'Zullen we beginnen?' zegt Stefan terwijl zijn vrouw nog bezig is op de achtergrond. 'Waar gaat het over?'

57

Er is een berg informatie binnengekomen via de speciale tiplijn die Anton nu naloopt. Tot nog toe hebben de telefoontjes weinig opgeleverd, maar het volgende briefje op zijn bureau gaat over een getuige die Linus woest over Johan heeft horen praten.

Anton belt het nummer van de persoon die de informatie heeft doorgegeven. Het is een vrouw genaamd Elin Algren, die als tandartsassistente werkt in Järpen. Na een paar korte vragen blijkt dat ze ruim een week voor Johans dood op hetzelfde terras iets had staan drinken als hij.

'Waarom viel Linus je op?' wil Anton weten.

'Het is niet dat ik aan het afluisteren was,' zegt Elin, 'maar Linus praatte zo hard dat hij bijna schreeuwde. Het was niet te missen.'

'Weet je nog wat hij zei?' vraagt Anton. 'Hoe gedetailleerder je kunt zijn, hoe beter.'

'Hij was aan het vloeken en tieren. Dat trok in eerste instantie mijn aandacht, dat hij zo kwaad klonk. Hij zei steeds "klootzak van een Johan", "trut van een Marion" of iets in die trant.'

Anton noteert dat Linus openlijk vijandig had uitgelaten over het echtpaar Andersson. Dat bevestigt Marions verklaring over zijn agressieve houding toen ze ruzie kregen op kantoor.

'Ik snap het,' zegt Anton. 'Wat zei hij nog meer?'

Het blijft even stil aan de lijn, alsof Elin probeert het zich te herinneren.

'Dat weet ik niet precies,' zegt ze dan. 'Ik was naar de bar gelopen om een glas witte wijn te bestellen en daarna ben ik ergens anders gaan staan. Maar volgens mij zei Linus dat Johan en zijn vrouw hem voortdurend lastigvielen, dat ze hem niet met rust lieten.'

Terwijl ze praat, maakt Anton aantekeningen op zijn computer. Elins verklaring zegt veel over Linus' karakter.

'Hoelang heb je naast Linus gestaan? Naar schatting?' vraagt hij.

'Misschien tien minuten, meer niet.'

'In welke toestand was hij?'

Elin lacht nerveus. 'Hij was behoorlijk dronken, hij had een rood gezicht en een wazige blik. Hij praatte een beetje met dubbele tong. Hij was niet bepaald nuchter, als ik het zo mag uitdrukken.'

'Was hij agressief?'

Het is een suggestieve vraag, maar Anton stelt hem toch, vanwege de informatie die ze eerder van Marion hadden gekregen.

'Hij klonk erg... strijdlustig,' zegt Elin.

Anton stelt nog wat meer vragen, maar Elin heeft alles verteld wat ze weet.

'Wat was de reden dat je contact met ons opnam?' vraagt hij ter afsluiting.

'Nou ja...' Ze aarzelt. 'Ik ken zowel Linus als Johan. Åre is niet groot. Bovendien ken ik Linus' vrouw Sandra. Toen ik las dat Johan vermoord was, heb ik op de Facebook-pagina van de politie gekeken en daar stond dat je contact kon opnemen als je iets had gehoord.' Ze hapt naar adem. 'Ik heb dagen lopen piekeren of ik jullie moest bellen.'

'Het is goed dat je dat gedaan hebt,' zegt Anton ter geruststelling.

'Mag ik nog iets vragen?' vervolgt ze.

'Wat wil je vragen?'

'Jullie vertellen toch niet aan Linus dat ik... het hierover heb gehad?' Er klinkt bezorgdheid door in haar stem. 'Ik kan toch wel anoniem blijven?'

'Daar hoef je je geen zorgen om te maken,' zegt Anton. 'Niet in dit stadium.'

Anton noteert Elins contactgegevens en bedankt haar voor haar hulp alvorens ze ophangen. Hij blijft zitten met zijn mobieltje in zijn hand. Buiten schijnt de zon, maar op de radio is gewaarschuwd voor stormachtig weer. Een stormwind uit het noorden van Noorwegen is onderweg naar Noord-Jämtland.

Anton weet niet wat hij moet geloven.

Hanna lijkt er onomstotelijk van overtuigd te zijn dat Ole en Rebecka Nordhammar op dit moment hun belangrijkste spoor zijn. Ze heeft een hele theorie geformuleerd over een liefdesrelatie tussen Rebecka en Johan, in combinatie met een jaloerse echtgenoot die zijn verstand verloren is.

Maar Anton heeft zo zijn twijfels. Hanna kan soms nogal doorslaan, vooral als het gaat om huiselijk geweld, aangezien dat zo lang haar vakgebied was geweest in Stockholm.

Zelf is hij er minder van overtuigd dat Ole Nordhammar de man is die ze zoeken. Er zijn nog steeds veel dingen die in de richting wijzen van Linus als dader. Hij had een sterk financieel motief en bezat absoluut de lichaamskracht die nodig was om Johan van het leven te beroven.

Bovendien staat hij erom bekend dat hij een opvliegend karakter heeft en te veel drinkt.

Wie weet wat er gebeurd kan zijn als hij zijn zelfbeheersing is verloren?

Rebecka

2020
maandag 24 februari

Rebecka ligt op haar zij in bed. Het is licht buiten, wat betekent dat er weer een nacht verstreken is sinds ze naar dit huisje in Noorwegen is gebracht. Ze heeft onrustig en angstig geslapen, en nachtmerries gehad over Ole; wat hij haar zou kunnen aandoen als hij terugkomt.

Eigenlijk moet ze wat eten. Ze heeft geen honger, maar ze weet dat ze voedingsstoffen nodig heeft, anders zal haar kind het niet redden.

Hún kind, van haar en Johan. Dat ze samen zullen opvoeden, als het haar maar lukt om hier weg te komen.

Er komt een snik opzetten, maar ze gaat rechtop zitten en begint in de tas met eten te rommelen. Uit pure wilskracht dwingt ze zichzelf wat brood en een stukje worst te eten, ook al moet ze ervan kokhalzen.

Daarna neemt ze een paar slokken water. Ze krijgt er zowaar wat energie van.

Ze kan helderder nadenken.

Zaterdag dacht ze dat Ole haar zou gaan vermoorden, maar nu lijkt hij van gedachten veranderd te zijn. In elk geval voor even, aangezien hij eten en water heeft achtergelaten. Het moet door haar zwangerschap komen. Toen ze hem over het kind verteld had, was hij gestopt met slaan en had hij haar de trap op gesleurd naar de slaapkamer en opgesloten.

Ze had wat respijt gekregen, maar wie wist hoelang het zou duren?

Ze moet op een of andere manier zien te vluchten voordat hij terug is.

Rebecka probeert na te denken. Maria zou haar wel gemist hebben toen ze vanochtend niet op de kleuterschool verscheen. Ze is bijna nooit ziek. Haar collega's zullen wel actie ondernemen en proberen contact met haar op te nemen.

Maar Ole kan ieder moment terugkomen.

Ze loopt naar het dichtbegroeide raam. Het is niet bepaald groot vanwege het schuine dak en het is met latjes onderverdeeld in vier kleine ruitjes. Misschien kan ze erdoor naar buiten kruipen?

Haar lichaam is stijf, maar ze buigt zich naar voren om te zien hoe ver het is naar de grond. Van de plek waar ze staat ziet het er duizelingwekkend hoog uit, het moet minstens drie, vier meter zijn.

Dat is te hoog. Dan loopt ze het risico haar been te breken. Of erger nog: het kind iets aan te doen. Het is het niet waard om het risico te nemen dat ze in de kou op de grond zal liggen in misschien nog slechtere staat dan ze nu is.

Ze zou binnen een paar uur doodvriezen.

Bovendien is het gaan sneeuwen. Als het donker wordt, zal ze niets kunnen zien. Het dichte dennenbos rond het huis beangstigt haar en ze heeft geen idee hoe ze de weg hiervandaan moet vinden. Ole heeft wel verteld dat het huis afgelegen ligt, maar niet hoe eenzaam en verlaten het hier is. Hoe Oles opa het in zijn eentje heeft volgehouden in dit krot is onbegrijpelijk.

Rebecka's blik wordt getrokken door de dichte deur. Ze moet hem open zien te krijgen om hier weg te komen, het is de enige manier.

In het spaarzame daglicht onderzoekt ze iedere centimeter van de kamer. Behalve het bed met de muffe deken en het vlekkerige kussen, staat er een ladekast tegen de muur.

Rebecka trekt de laden om de beurt open. De bovenste klemt, maar uiteindelijk geeft hij met een luid geknars mee. Stapels mottige kleren staren haar tegemoet. Ze pakt twee dikke truien op en trekt ze over haar hoofd, ook al stikt ze bijna van de geur.

In de onderste lades zit alleen troep en oude kranten, niets waar ze iets aan heeft.

Rebecka gaat op haar knieën zitten en kijkt onder het bed. Het enige wat ze ziet zijn dikke stofvlokken.

Er staat ook nog een donker verkleurd grenen nachtkastje. Erbovenop ligt alleen een psalmenboek, maar als ze het laatje opentrekt ziet ze het.

Er ligt een naaidoos in... met een kleine haaknaald. Misschien kan ze de deur daarmee openwrikken? En het huis uit komen voordat Ole terugkomt? Ze heeft geen idee waar ze dan heen moet, maar ergens moeten toch mensen zijn die haar kunnen helpen?

Ze strijkt over haar buik om nieuwe kracht te verzamelen.

Dan gaat ze op haar hurken voor de deur zitten en steekt de haaknaald in het sleutelgat.

58

Ann-Sofie Ekvall heeft niet de rust om stil te zitten. Ze heeft nog niet plaatsgenomen aan de keukentafel of ze springt alweer op. Ze schenkt koffie in, pakt een schaal met zelfgebakken koekjes en vraagt of ze melk willen.

Als de melk op tafel staat, staat ze onmiddellijk weer op om suiker te pakken, ook al heeft niemand erom gevraagd.

Op de terugweg veegt ze het reeds glimmende aanrecht schoon.

Hanna wordt zenuwachtig van haar rusteloosheid. Ze heeft zin om tegen Rebecka's moeder te zeggen dat ze moet gaan zitten zodat ze kunnen praten.

Eindelijk laat ze zich op haar stoel zakken en blijft zitten.

Haar echtgenoot, Stefan Ekvall, heeft zijn blik op Daniel gevestigd. Hij lijkt Hanna's aanwezigheid amper op te merken.

'Je had vragen over onze dochter?' zegt hij.

Hanna vraagt zich af of hij met opzet 'je' zegt in plaats van 'jullie', om haar te negeren? Ze houdt niet van de manier waarop hij zich enkel tot Daniel richt, ook al heeft ze een vermoeden dat vrouwelijke politieagenten niet heel hoog in aanzien staan binnen hun conservatieve kerkgemeente.

Zo bevestigt Stefan Ekvall al haar vooroordelen ten opzichte van de positie van vrouwen binnen Het Licht des Levens. Het wordt pijnlijk duidelijk dat hij degene is die de scepter zwaait in dit gezin. Zijn vrouw durft amper haar mond open te doen.

Maar het is belangrijk om objectief te blijven, ze mag haar eigen vooroordelen het onderzoek niet in de weg laten staan. Het feit dat wat ze over Het Licht des Levens te weten is gekomen wijst op een sterk patriarchale organisatie, betekent nog niet dat er een misdrijf is gepleegd.

Daniel bladert naar een blanco pagina in zijn notitieboek.

'Mijn collega en ik zijn hier omdat we al dagenlang proberen in contact te komen met Rebecka,' zegt hij.

Hij benadrukt het woord 'collega', daar is Hanna dankbaar voor.

'Ze is sinds afgelopen vrijdag niet meer op haar werk verschenen,' gaat Daniel verder. 'We zijn bij haar en Ole langs geweest in Enafors, maar het huis is verlaten.'

Daniel legt uit dat Rebecka zich heeft ziekgemeld maar dat er niemand thuis lijkt te zijn. Ze hebben herhaaldelijk gebeld, maar Ole en Rebecka nemen geen van beiden hun telefoon op.

'Hebben jullie enig idee waar jullie dochter en schoonzoon kunnen zijn?' vraagt hij.

'Nee,' zegt Stefan Ekvall, die gekleed is in zijn werkkleren: een blauwe overall met een geruit flanellen overhemd.

'Wanneer hebben jullie Rebecka voor het laatst gesproken?' vraagt Daniel.

'Tja, wanneer was dat?' zegt Stefan Ekvall. 'Vrijdag misschien?'

'Is dat normaal?' valt Hanna hem in de rede, terwijl ze Ann-Sofie aankijkt. 'Hoe vaak spreken jullie haar gewoonlijk?'

Opnieuw is het de vader die antwoord geeft, ook al had Hanna zich nadrukkelijk tot de moeder gericht.

'Eén keer per week misschien. Ten minste eens in de veertien dagen.'

Zijn stem heeft een buitengewoon zware basklank.

'Weten jullie of Rebecka en Ole op reis kunnen zijn?' vraagt Daniel. 'Of dat ze op bezoek zijn bij vrienden?'

'Niet dat we weten. Maar we zijn niet zo op de hoogte van hun dagelijks leven. Rebecka is een volwassen vrouw.'

'Vertellen ze het meestal niet als ze op reis gaan?' vraagt Hanna.

Rebecka's moeder frutselt zenuwachtig aan het kruis om haar hals.

'Denken jullie dat er iets gebeurd is?' roept ze uit. 'Is Rebecka in gevaar?'

'Dat kunnen we niet zeggen,' antwoordt Daniel. 'Maar het is belangrijk dat we haar en haar man bereiken.'

'Hoezo?' vraagt Stefan Ekvall.

Zijn diepliggende ogen hebben een bezorgde glans gekregen.

Eindelijk een vorm van reactie. De man zou een hart van steen moeten hebben als hij zich helemaal geen zorgen zou maken wanneer twee politieagenten bij hem aan de deur klopten om vragen te stellen over zijn dochter.

'Daar komen we zo op,' zegt Hanna. 'Wanneer hebben jullie Ole voor het laatst gezien?'

'Dat was denk ik in het wijkgebouw van de kerk afgelopen zondag, bij de mis.'

'Was Rebecka bij hem?' vraagt Daniel.

'Nee, Ole kwam alleen. Hij zei dat Rebecka verkouden was en thuis moest blijven.'

'Hoe reageerde je daarop?'

'Ik dacht er niet echt over na.'

Hanna legt haar handen in haar schoot en neemt de ondervraging over. 'Hoe was de relatie tussen je dochter en haar man?'

'Ole is een goed mens en een fantastische predikant,' zegt Stefan Ekvall. 'Hij wordt zeer gewaardeerd binnen de gemeente en spant zich erg in om het woord van God te verspreiden. Zijn preken zijn echt populair onder onze leden.'

In plaats van antwoord te geven op de vraag prijst hij Ole.

'Ik snap het,' zegt Hanna. Ze doet haar best haar irritatie te bedwingen. 'Zou je hen samen omschrijven als "gelukkig"?'

Ann-Sofie staat op om de koffiepot te halen om bij te schenken.

'Onze dochter heeft geluk gehad dat ze met zo'n goede man heeft mogen trouwen,' zegt Stefan Ekvall.

Dat betwijfelt Hanna, maar de trots in de stem van Rebecka's vader is oprecht en tastbaar. Het is overduidelijk aan wiens kant hij staat.

'Ole is de persoon die uiteindelijk onze huidige dominee zal opvolgen, Jan-Peter Jonsäter.'

Rebecka's vader lijkt niet te beseffen hoe ernstig het gesteld zou kunnen zijn met Rebecka's huwelijk. Of hij wil het niet zien. Hanna kijkt naar Rebecka's moeder die druk bezig is haar mans koffiekopje bij te schenken. Tot nu toe heeft ze geen woord gezegd over Rebecka en Oles relatie.

Ze kan het net zo goed ronduit zeggen.

Ze zoekt oogcontact met Daniel om te verifiëren of hij het ermee eens is, maar het lukt haar niet zijn blik te vangen.

'We hebben reden om te denken dat jullie dochter thuis mishandeld wordt,' zegt Hanna desondanks. 'Zijn jullie daarvan op de hoogte?'

Stefan Ekvall had net zijn hand uitgestoken naar zijn koffiekopje, maar laat hem nu weer vallen.

Hij kijkt argwanend. 'Wat heeft ze gedaan?'

Hanna voelt de woede in zich opwellen bij zijn aanname dat Rebecka de oorzaak daarvan zou zijn. Waarom moeten mensen altijd de vrouw de schuld geven in dit soort situaties?

Het onrecht bezorgt haar een bittere nasmaak.

'Bedoel je dat een vrouw iets gedáán moet hebben om mishandeld te worden?'

Ze is zich volledig bewust van het feit dat ze zijn antwoord verdraait, maar toch staat ze zichzelf toe hem van repliek te dienen.

'Dat is niet wat ik bedoel,' antwoordt Stefan Ekvall.

'In dat geval mag je gerust uitleggen hoe je het dan bedoelt.'

Daniel schraapt zijn keel. Het is een discreet maar duidelijk teken dat ze moet inbinden.

'Weten jullie of er ooit geweld is gebruikt in het huwelijk van jullie dochter?' vraagt hij voordat Hanna haar mond weer kan opendoen.

'Dat kan ik me niet voorstellen,' zegt Stefan Ekvall met nadruk. 'Zoals ik al zei is Ole een van onze predikanten. Hij is heel betrokken bij zijn werk en is een zeer geliefde persoon.'

Alsof dat hem ervan zou weerhouden thuis binnen vier muren zijn vrouw te slaan. Maria Törnlund had grote blauwe plekken gezien op Rebecka's arm.

Hanna moet hard op haar tong bijten om niet weer een sarcastische opmerking te maken.

'Rebecka heeft er nooit iets over gezegd dat ze door haar man mishandeld wordt?' vraagt Daniel.

'Zeker niet.'

Hanna negeert de vader en kijkt naar Ann-Sofie. Ze houdt haar handen op schoot en wrijft met één duim over de andere. Haar huid wordt steeds roder, maar ze blijft doorgaan.

'En hoe zit het met jou, Ann-Sofie?' vraagt Hanna. Ze gebruikt haar naam om haar te dwingen zich uit te spreken. 'Jij bent haar moeder. Heeft Rebecka je niet verteld over haar situatie thuis?'

Het is een suggestieve vraag, maar daar is niets aan te doen. Niet als je bekijkt hoe dominant Rebecka's vader is.

Ann-Sofie wendt haar gezicht af. Hanna zou kunnen zweren dat ze probeert haar tranen te bedwingen.

'We hebben het er nooit over gehad,' zegt Ann-Sofie met een smekende blik op haar man. 'Rebecka was toch gelukkig met Ole? Toch?'

'Het is gewoon onzin,' zegt Stefan Ekvall. 'Ik ben niet van plan hier nog langer naar te luisteren.'

Hij staat op het punt overeind te komen, maar Hanna vuurt nog een nieuwe vraag af.

'Wat is jullie houding ten opzichte van scheidingen binnen de gemeente?'

Stefan Ekvall krijgt een schaapachtige uitdrukking op zijn gezicht, alsof hij niet goed begrijpt wat ze bedoelt.

'Kun je scheiden van je partner en toch lid blijven van Het Licht des Levens?' verduidelijkt Hanna. 'Of word je dan verstoten?'

Rebecka's vader glimlacht zwakjes, voor de eerste keer.

'Wat God heeft verbonden, mag een mens niet scheiden,' citeert hij uit de Bijbel. 'Dat staat in Mattheüs 19:4-6. Het gaat er niet om wat wij er binnen onze gemeente van vinden. Jezus heeft zich al over die kwestie uitgesproken.'

Daniel neemt weer het woord voordat Hanna nog iets kan zeggen.

'Weten jullie of jullie dochter een verhouding had met een man genaamd Johan Andersson?'

Ann-Sofie snakt hoorbaar naar adem.

Hanna wacht op de reactie van de vader. Het is een gevaarlijke vraag die Daniel stelt, als de ouders het doorvertellen aan hun schoonzoon, kan Rebecka's veiligheid op het spel komen te staan.

'Dat kan ik me werkelijk niet voorstellen,' zegt Stefan Ekvall. 'Onze dochter is een fatsoenlijke vrouw.'

Met onverholen irritatie schuift hij zijn koffiekopje van zich af. Het ongebruikte koffielepeltje tikt tegen het schoteltje.

'Wie is dat trouwens?'

'Johan Andersson was ooit een bekende skiër uit Duved,' antwoordt Daniel. 'Later werkte hij als loodgieter en deed hij een paar klussen op de kleuterschool in Ånn, waar jullie dochter werkt.

We hebben reden om te denken dat ze elkaar goed kenden. Maar Johan is afgelopen zaterdag om het leven gebracht gevonden in Tångböle, misschien hebben jullie daarover gelezen?'

'Om het leven gebracht...?' herhaalt Ann-Sofie.

Ze grijpt zich zo hard vast aan de rand van de tafel dat haar knokkels wit worden onder haar dunne huid. De blauwe aderen kronkelen als slangen over haar gespannen pezen.

'Onze dochter zou nooit bij zoiets betrokken raken,' snuift Stefan Ekvall.

'Is Rebecka in gevaar?' fluistert Ann-Sofie.

'Ze staat onder bescherming van God,' valt haar man haar in de rede. 'Er zal haar niets overkomen.'

Uit de manier waarop Stefan Ekvall zijn vrouw wegwuift blijkt dat het niet de eerste keer is. Ann-Sofie protesteert niet, maar krimpt nog verder ineen op haar stoel. Hanna begint er genoeg van te krijgen. Ze moet iets uit dit gesprek krijgen wat hen kan helpen Rebecka te vinden.

Ze hebben bijna geen tijd meer, dat voelt ze gewoon.

Ze kijkt weer naar Ann-Sofie en vraagt zich af of ze de moeder onder vier ogen zou kunnen spreken.

'Pardon,' zegt ze. 'Zou ik even van het toilet gebruik mogen maken?'

'Natuurlijk,' zegt Ann-Sofie.

'Kun je me laten zien waar het is?'

Hanna staat op, zodat Ann-Sofie haar voorbeeld moet volgen. Ze gaat haar voor de keuken uit en wijst naar een deur in de gang.

'Is het hier?' vraagt Hanna.

Ze wil Ann-Sofie wat verder bij de keuken vandaan krijgen, zodat haar echtgenoot hun gesprek niet kan horen.

Ann-Sofie komt dichterbij.

'We moeten Rebecka echt te pakken krijgen,' zegt Hanna zacht als ze naast elkaar staan.

'Denk je dat Ole haar iets kan hebben aangedaan?' vraagt Ann-Sofie zo zacht dat ze nauwelijks te verstaan is.

Eindelijk.

'Daar verdenken we hem van,' zegt Hanna. 'Maar het belangrijkste is nu dat we hen vinden. Als je weet waar Ole en Rebecka zouden kunnen zijn, moet je het me vertellen.' Ze gaat nog dichter bij Ann-Sofie staan. 'Voor Rebecka's bestwil.'

Ann-Sofie kijkt om zich heen, alsof ze zeker wil weten dat haar man haar niet zal horen.

'Jullie moeten dominee Jonsäter spreken,' zegt ze zacht. 'Als er iemand is die weet waar Ole zich ophoudt, dan is hij het.'

59

Nog voordat Daniel goed en wel in de auto zit, vertelt Hanna hem over haar gesprek met Rebecka's moeder in de gang.

'Ze zei dat we met dominee Jonsäter moeten gaan praten,' zegt ze, terwijl ze haar autogordel vastmaakt. 'De vraag is alleen waar we hem kunnen vinden?' Ze toetst de naam in om hem te googelen.

Daniel rijdt de auto achteruit om hem te keren en rijdt vervolgens de weg op. Vanuit zijn ooghoek ziet hij Ann-Sofie voor het keukenraam staan, ze heeft haar armen stevig om haar bovenlijf gewikkeld. Haar man is nergens te bekennen.

Stefan Ekvall leek niet snel genoeg van hen af te kunnen komen.

Daniel kreunt inwendig. Het is geweldig dat Hanna die laatste informatie over de dominee van de moeder heeft kunnen loskrijgen, maar ze was opvallend fel tegen de vader. Het had frictie veroorzaakt, hij was overduidelijk in de verdediging geschoten.

Ze komen bij de E14 en Daniel remt af. Hij stopt bij de kruising om een vrachtwagen met een aanhanger en Noorse kentekenplaten voor te laten gaan.

Hanna schraapt haar keel, alsof ze zijn gedachten kan lezen.

'Hé...' zegt ze. 'Sorry als ik te fel was daarnet. Ik raakte gewoon zo gefrustreerd toen die arrogante vent de ernst van de situatie niet wilde inzien.'

Ze ademt uit door haar neus. Luidruchtig.

'"Rebecka staat onder bescherming van God",' zegt ze doodernstig.

Hanna slaagt er verbazingwekkend goed in Stefan Ekvalls stem en uitspraak na te bootsen. Zelfs haar voorhoofd weet ze op dezelfde manier te fronsen.

Daniel kan een glimlach niet onderdrukken.

'Alsof dat zou helpen,' zegt ze weer met haar normale stem. 'Ik begrijp niet hoe hij zichzelf zo voor de gek kan houden. Niemand heeft Rebecka nog gezien of gesproken sinds vrijdagmiddag. Het is vandaag woensdag. Dat betekent dat ze vijf dagen weg is.'

Ze slaat met haar gebalde rechtervuist op de zitting van haar stoel. Het is duidelijk te merken hoe gefrustreerd ze is, maar er zit ook iets anders onder. Een diepe bezorgdheid over een kwetsbare vrouw.

Op dit moment gaat Rebecka's welbevinden voor alles wat Hanna betreft.

Daniel weet uit eigen ervaring hoe makkelijk je meegesleept kunt worden door een zaak. Eigenlijk hoort ze niet zo persoonlijk betrokken te zijn, maar dat is juist de reden dat ze zo'n goede politieagent is. Hanna geeft echt om mensen.

'Als het mijn dochter was die vermist werd, zou ik geen genoegen nemen met het afratelen van wat gebeden,' barst ze uit.

Ik ook niet, denkt Daniel.

Hij stelt zich Alice' kleine mollige gezichtje voor. Haar intens blauwe ogen. Hij wordt overvallen door een hevig verlangen. Hij heeft zin om de hele wereld buiten te sluiten en haar te knuffelen. Vandaag gaat hij op tijd thuis zijn, belooft hij zichzelf. Hij zal Alice in bad doen en naar bed brengen net als altijd. Hij gaat niet de hele avond op het bureau bezig zijn met politiewerk waar nooit een einde aan komt.

Het is een belofte die hij van plan is te houden.

'Dominee Jonsäter dus,' zegt hij. 'Wat doen we met hem?'

Hanna houdt haar telefoon op. 'Ik heb hem gevonden. Jan-Peter Jonsäter, getrouwd met Karin. Hij woont in Handöl, dat hadden we wel kunnen raden. De beweging is immers opgericht in Snasadalen en daar zijn ook de kerk en het wijkgebouw gevestigd.'

Daniel kijkt uit het raam. In de verte doemt het imponerende gebergte Snasahögarna op. Het ligt verder naar het zuiden, aan de andere kant van het meer, vanaf Åreskutan gezien. Een breed bergmassief dat bestaat uit vier toppen. Storsnasen, het hoogste punt, ligt veertienhonderd meter boven zee.

Aan de voet van de bergen ligt Snasadalen. Dat was de plek

waar Het Licht des Levens in de jaren dertig was opgericht door een paar dozijn toegewijde gezinnen.

Hij rijdt in oostelijke richting naar Enafors, waar de afslag naar Handöl zich bevindt. Volgens Rebecka's moeder is dominee Jonsäter degene die kan weten waar Ole is.

Voor Rebecka's bestwil hoopt ze dat het waar is.

Hij is het met Hanna eens, hij begint de indruk te krijgen dat de tijd dringt.

60

Een elegante laan vol statige zachte berken leidt naar de woning in Handöl waar Jan-Peter en Karin Jonsäter wonen. Het mosterdgele houten huis is prachtig versierd met traditioneel houtsnijwerk en raampjes met spijlen. Voor de ramen hangen keurige witkanten gordijnen.

Hanna kijkt op naar de bovenverdieping. Twee schoorstenen rijzen op van het zwarte dak en uit een ervan komt rook. Dan zou er iemand thuis moeten zijn.

Ze is al bij de ingang van een glazen veranda met glas-in-loodramen als Daniel haar inhaalt.

'Hé,' zegt hij, en hij legt zijn hand op haar schouder. 'Rustig aan deze keer.'

Meer hoeft hij niet te zeggen. Hanna knikt onmiddellijk. 'Maak je geen zorgen.'

Ze is niet van plan zich op de kast te laten jagen door de denkbeelden van de dominee. Ze is voorbereid.

Ze kloppen aan en de deur wordt opengedaan door een opvallend goedverzorgde vrouw van in de zestig. Ze is gekleed in een plooirok en een lamswollen trui en haar haar is opgestoken in een lage paardenstaart. Dit moet de echtgenote zijn, Karin.

'We zijn op zoek naar Jan-Peter Jonsäter,' legt Daniel uit, en hij houdt zijn politielegitimatie omhoog.

'Mijn man is in zijn werkkamer,' zegt ze. 'Kom binnen.'

Een grote zwarte hond ligt op de vloer van de keuken. Hij lijkt sprekend op de hond die Hanna gisteravond achterna had gezeten. Hij komt half overeind en begint dreigend te grommen, ze moet een huivering onderdrukken.

Karin Jonsäter gaat hun voor naar een werkkamer met donkerhouten lambriseringen op de muren en een breed bureau in Engelse stijl. Achter het bureau zit een rijzige man met een bril. Hij is gekleed in een tweedjasje.

Wanneer het gezelschap in de deuropening verschijnt, kijkt hij op van zijn papieren.

'Twee mensen van de politie zijn op zoek naar je,' zegt Karin. Ze draait zich om naar Hanna en Daniel. 'Mag ik jullie een kopje koffie aanbieden? Of een glas ijswater?'

'Nee, bedankt,' zegt Daniel, waarop Hanna met hem instemt.

Karin verdwijnt de deur uit en doet hem zorgvuldig achter zich dicht.

Dominee Jonsäter legt zijn balpen neer; een elegant zwart exemplaar met twee gouden randjes op de handgreep. Hij ziet er net zo duur uit als de rest van het interieur.

Na het bezoek aan de woning van het echtpaar Nordhammar en de boerderij van Rebecka's ouders had Hanna niet echt een huis in deze stijl verwacht. Het doet meer denken aan een groothandelaarsvilla in de omgeving van Stockholm dan een woonhuis in het verre noorden van Jämtland.

In de hoek tikt een statige staande klok met details van het boerenleven. De wijzers staan op halftwaalf.

'Wat kan ik voor jullie doen?' vraagt Jan-Peter Jonsäter beleefd, maar zonder de nieuwsgierigheid die de situatie zou moeten oproepen.

'We proberen in contact te komen met Ole en Rebecka Nordhammar,' zegt Daniel. 'We vroegen ons af of u weet waar ze kunnen zijn.'

Jan-Peter Jonsäter rust met zijn ellebogen op het werkblad van zijn bureau terwijl hij de vraag op zich laat inwerken.

'Waarom zoeken jullie Ole en Rebecka?'

Zijn stem klinkt zwaar en vertrouwenwekkend, en heeft de autoritaire toon die gepaard gaat met jaren van leiderschap. Hanna heeft geen moeite zich hem in het preekgestoelte voor te stellen. Zijn staalgrijze haar is nog steeds dik. Hij straalt kracht en zekerheid uit.

Ze krijgt het gevoel dat ze op audiëntie is, ook al zijn ze hier in functie.

'We zijn bezig met een moordonderzoek,' legt Daniel uit. 'We moeten Ole en Rebecka wat vragen stellen en zijn al dagen naar hen op zoek, maar we kunnen ze niet bereiken. Er lijkt ook niemand thuis te zijn bij hen.'

Hij vertelt kort dat het gaat om de moord op Johan Andersson, maar laat de eventuele verhouding tussen Rebecka en Johan achterwege.

Heel verstandig, vindt Hanna. Ze weet niet hoe goed de man voor hen dergelijke informatie zou opvatten.

'Dat klinkt ernstig,' zegt Jan-Peter Jonsäter. 'Ik zou jullie graag helpen, maar ik heb Ole sinds zondag niet meer gesproken, toen we elkaar zagen bij de mis.'

Hij bladert door een papieren agenda die voor hem op tafel ligt. Hij is volgekliederd met allerlei afspraken en tijdsaanduidingen.

'Hebben jullie geprobeerd zijn mobiele nummer te bellen?' vraagt hij vriendelijk.

'Dat hebben we gedaan,' zegt Hanna op even vriendelijke toon. 'We hebben zowel Ole als Rebecka vele keren gebeld, maar zonder succes.'

'Laat me even nadenken,' zegt Jonsäter, terwijl hij over zijn voorhoofd strijkt. 'Ole kwam volgens mij alleen naar de kerk zondag. Ik geloof dat Rebecka ziek was, verkouden misschien?'

Hij zet zijn bril af en laat hem bungelen in zijn hand.

'Misschien waren ze alleen even weg toen jullie langskwamen? Jullie kunnen denk ik beter nog een keer langsgaan.'

Hanna merkt dat haar geduld opraakt.

'Ik denk niet dat u de ernst van de situatie begrijpt,' zegt ze geforceerd kalm. 'Rebecka is niet meer gezien sinds vrijdag. Niemand heeft nog contact met haar gehad de afgelopen vijf dagen. We hebben reden om te denken dat ze misschien in gevaar is en het is geen goed teken dat haar man ook niet te bereiken is. We hebben uw hulp nodig om hen te vinden.'

Jonsäter heeft zijn rug naar een boekenkast toe gekeerd die de hele muur bedekt. Lange rijen dikke theologieboeken. De titels onthullen de inhoud, vele ervan zijn in het Engels.

Hanna vraagt zich af of hij zichzelf ziet als een directe verbinding met God.

Waarschijnlijk wel, als dominee van Het Licht des Levens.

'Het spijt me,' zegt Jan-Peter Jonsäter, en hij schudt zijn hoofd. 'Ik weet helaas niet hoe ik jullie zou kunnen helpen.'

Rebecka

2020
maandag 24 februari

Rebecka's handen doen pijn van de urenlange inspanning om het slot van de deur open te krijgen. De huid is rood op de plek waar de haaknaald tegen haar huid geduwd heeft, haar knieën doen pijn van de ongemakkelijke houding. Nu ligt ze op bed, moedeloos.

Ze heeft het keer op keer geprobeerd, zonder resultaat, ze heeft de haaknaald iedere denkbare kant op gedraaid.

Niets helpt. En buiten is het gaan schemeren. Het licht in de kleine kamer is afgenomen. De dag loopt ten einde. Zo meteen is ze weer alleen in het donker.

Ole kan ieder moment terugkomen.

Ze rolt op haar zij en voelt haar buik uitstulpen, alsof die kleine daarbinnen haar eraan wil herinneren niet op te geven.

Maar wat kan ze doen om haar kind te beschermen?

De arts die ze laatst had gesproken bij het gezondheidscentrum had zich zorgen gemaakt. Ze zouden deze week contact hebben over de laatste onderzoeken, haar bloeddruk was niet in orde geweest. Hij had benadrukt dat ze zich niet op mocht winden.

En nu ligt ze hier, opgesloten door haar eigen man.

Tranen dreigen weer op te wellen. Ze rolt zich op op de bobbelige matras en probeert de moed erin te houden. Ze probeert te denken dat Maria zich wel moet afvragen waar ze is. En Johan eveneens, hij weet hoe bang ze is voor Ole. Maar het helpt niet.

De sombere gedachten komen weer opzetten. Ze zal hier sterven met haar kind.

Waarom probeert ze überhaupt te vluchten?

Ze heeft dorst en steekt haar hand uit naar de waterfles, maar na een paar slokken stopt ze en zet hem terug op het nachtkastje. Het is misschien het enige wat ze te drinken heeft voor lange tijd. Wat gebeurt er als Ole niet meer terugkomt?

Rebecka steekt haar handpalmen tussen haar bovenbenen. Hij was niet in staat geweest haar dood te slaan, niet toen hij erachter kwam dat ze zwanger is. Maar misschien is hij wel bereid haar te laten sterven van honger en dorst?

Alhoewel, waarom zou hij in dat geval die tas met eten en water hebben neergezet?

Ook daar heeft haar inwendige stem een antwoord op.

Dan zou Ole niet rechtstreeks de schuld op zich hoeven nemen. Het kon zijn laatste christelijke daad zijn geweest alvorens hij haar aan de macht van de natuur overliet. Op die manier heeft hij een schoon geweten. Wat er daarna gebeurt, wanneer het eten en water op zijn, daar hoeft hij geen verantwoording voor te nemen.

Rebecka probeert te vechten tegen de wanhoop, maar ze is zo moe dat ze niet meer weet wat onder of boven is. Uitgeput laat ze zich weer op het kussen zakken en sluit ze haar ogen. De tijd verstrijkt, als ze haar ogen weer opendoet, is het donker buiten.

De wereld is een muur van zwart buiten het raam.

Rebecka sluit haar ogen en probeert zich voor te stellen dat alles warm, licht en verwelkomend is. Dat ze bij Johan is, in zijn armen. Ze doet haar best het kleine geleende huis voor zich te zien, de open haard die opgewekt knapperde toen ze samen in bed lagen. De prachtige oranjegele vlammen die door de lucht dansten.

Het werkt niet

Met een zucht van teleurstelling kruipt ze in elkaar op haar zij. Als ze per ongeluk haar geblesseerde heup raakt, schiet er een scherpe pijn door haar lichaam. Het doet zoveel pijn dat ze ineenkrimpt.

De tranen komen weer opzetten, ook al weet ze dat het geen zin heeft om te huilen. Ze heeft al genoeg gehuild. Het is een slecht idee om zich ertegen te verzetten.

De muren kraken, een troosteloos geluid dat haar eraan herinnert hoe kwetsbaar en eenzaam ze is.

Rebecka vouwt haar handen voor zich in gebed, zoals ze al vele keren eerder heeft gedaan in haar leven. Haar lippen prevelen de welbekende woorden:

'Onze vader die in de hemel is...'

Ze heeft zin om te geloven dat de Heer haar zal helpen, maar in haar hart begint ze de waarheid in te zien.

Ze is het niet waard om geholpen te worden. Ze heeft gelogen, verraden en gezondigd. Ze heeft haar echtgenoot en God onrecht aangedaan.

Ze verdient het om hier in het donker te sterven.

61

Anton zit in zijn kantoor en leest Carina's voorlopige rapport over de bestelwagen. Het bureau ligt bomvol, maar alle papieren zijn netjes in stapels gerangschikt. Hij houdt er niet van om rommel om zich heen te hebben.

Het rapport bevat veel technische details. Ondanks de tragedie van de zaak, omschrijft Carina het onderzoek op bijna poëtische wijze. Ze vertelt over uitgewaaierde bloedspatten en het silhouet van de overledene te midden van het opgedroogde bloed. Over Johans wang die tegen de rubbermat was gedrukt waardoor er een bijzonder ribbelpatroon op was achtergebleven.

Ze hebben de bestelwagen nauwkeurig onderzocht op vingerafdrukken, DNA en andere biologische sporen. De forensisch rechercheurs hebben zelfs gezocht naar andere elementen die de dader achtergelaten kan hebben zoals kledingvezels of schoenafdrukken.

Carina constateert dat de bestelwagen niet van buitenaf is opengebroken, de dader had dus toegang tot de sleutels.

Dat komt overeen met hun hypothese over de toedracht van de moord op Johan Andersson.

Er is een hoop materiaal doorgestuurd naar het forensisch instituut in Umeå voor nader onderzoek, maar Anton merkt op dat Linus' vingerafdrukken over het hele interieur van de laadruimte verspreid zijn. Op enig moment heeft hij zich absoluut in die ruimte bevonden.

Zelfs al is dit te verklaren door het feit dat Linus en Johan samenwerkten, het is nog steeds van belang wat Anton betreft.

Het onderbouwt hun hypothese van Linus als dader.

Anton leest verder. Zijn telefoon begint te zoemen in zijn achterzak. Als hij hem tevoorschijn haalt, ziet hij dat hij een bericht heeft gekregen van Carl.

Kan ik je even bellen?

Zijn maag springt op. Hij had gedacht dat hij alles had verpest met zijn onhandige gedrag gisteravond.

Hij kijkt om zich heen. Daniel en Hanna zijn nog steeds op jacht naar het echtpaar Nordhammar. Raffe zit in zijn kantoor een eindje verderop aan de gang en lijkt aan de telefoon te zijn.

Voor de zekerheid trekt Anton zijn deur dicht alvorens hij op het bericht reageert.

Carl belt onmiddellijk.

'Sorry dat ik stoor,' zegt hij meteen.

'Geen probleem. Hoe is het met je?'

'Eh...' zegt Carl. 'Het gaat niet over... ons...'

Anton wist niet dat er een 'ons' bestond en wordt verrassend blij van de formulering.

'Sandra Sundin belde me net,' vervolgt Carl. 'Ze vroeg zich af of ik weet waar Linus zich ophoudt.'

'O?'

Carl maakt een geluid dat het midden houdt tussen een kuchje en keelschrapen.

'Ze klonk nogal bezorgd.'

'Hoezo dat?'

'Ze zei dat hij niet was thuisgekomen 's nachts. Bovendien neemt hij blijkbaar zijn telefoon niet op.'

'Bedoel je dat hij vermist wordt?'

'Zo klonk het. Ze heeft rondgebeld, maar niemand heeft hem gezien. Ik heb haar beloofd dat ik jullie zou bellen.'

Het gesprek gaat een heel andere kant op dan Anton had verwacht, maar hij mag niet met Carl over het onderzoek praten, al zou hij dat willen.

'Ik dacht dat jullie hem misschien... aangehouden hadden zonder haar in te lichten?' vervolgt Carl.

'Zo gaat dat niet,' zegt Anton vlug. 'Maar ik kan haar wel bellen en met haar praten.'

'Dat zou fijn zijn.'

Het is tijd om op te hangen, maar Anton kan zich er niet toe brengen afscheid te nemen nu hij net een nieuwe kans heeft op contact.

Hij had de halve nacht liggen piekeren na de vorige dag.

Hij stelt zich Carl weer voor zoals hij lag te slapen in het maanlicht.

'Dat etentje waar je het over had...' zegt hij.

'Ja?'

Was dat een vleugje enthousiasme wat hij in Carls stem hoorde? Of verbeeldde hij zich dat maar?

Anton weet niet waar hij op moet hopen, maar besluit ervoor te gaan. Net als hij wil zeggen dat hij graag vrijdag af zou spreken, gaat de deur van zijn kantoor open.

Raffe staat in de deuropening met zijn mobieltje in zijn hand.

'Er is een oproep binnengekomen van de meldkamer over een dode persoon die gelinkt is aan ons onderzoek,' roept hij uit. 'We moeten er meteen heen.'

Alweer is het moment voorbij. Anton blijft verstijfd zitten.

Raffe is er al vandoor.

'Kom je?' roept hij over zijn schouder.

'Ik moet gaan,' zegt Anton veel te kortaf. Daarna hangt hij op.

62

De rit van Handöl naar Duved duurt een halfuur, ook al rijdt Daniel zo hard als hij kan.

'Rustig aan!' roept Hanna als hij een gewaagde inhaalmanoeuvre uitvoert op de E14.

Ongeveer op het moment dat ze afscheid namen van dominee Jonsäter had Anton gebeld over de oproep van de meldkamer. Vlak buiten Duved was een auto tegen een rotswand gereden met dodelijke afloop. Het was niet duidelijk of het een ongeluk was geweest of dat de auto van de weg af gedrukt was.

Het is vijf over een als ze bij de plek arriveren, alles is afgezet met blauw-wit lint. Er zijn diverse politieauto's ter plaatse en het verkeer wordt omgeleid door hun collega's in uniform.

Daniel ziet een paar nieuwsgierige jongens aan de rand van de afzetting staan. Een van hen is aan het filmen met zijn mobieltje, dat hij met gestrekte arm hoog in de lucht houdt. Hij beweegt hem heen en weer zodat hij zo veel mogelijk meekrijgt van de omgeving.

'Kan iemand die idioot niet tegenhouden?' moppert Daniel.

Haastig loopt hij door samen met Hanna.

Een eindje van de weg staat een witte bestelauto waarvan de hele voorkant helemaal is ingedeukt tegen de rotswand. De wielen zijn smerig, de spatborden besmeurd met modder. De deur aan de passagierskant is opengevlogen door de klap.

Al van een afstandje is het bloed op het raam te zien.

Daniel herkent de bedrijfsnaam op de zijkant. Hij krijgt een flashback: het beeld van een andere witte bestelauto die ook langs een bosweg had gestaan afgelopen zondag.

Dat is maar drie dagen geleden.

Deze keer bestaat er geen twijfel over wat er is gebeurd. De auto is van de weg af gereden en frontaal tegen de berg gecrasht.

Daniel laat de aanblik op zich inwerken: de grijswitte wang tegen de ruit, de opengesperde ogen van de dode man.

Zijn hoofd lijkt tegen het zijraampje aan gesmeten te zijn. Zijn lichaam is in elkaar gezakt en zijn borst rust op de uitgeklapte airbag.

'Jezus,' roept Hanna naast hem. 'Dat is Linus Sundin!'

63

Pas tegen drie uur 's middags is iedereen terug op het politiebureau om de situatie door te nemen.

Hanna zit in de vergaderruimte. Er hangt een geur van natte wol en verse automaatkoffie. Behalve hun vaste team was ook forensisch rechercheur Carina meegekomen naar Åre. Ze zit recht tegenover haar en neemt haar aantekeningen door.

Als ze merkt dat Hanna naar haar kijkt, glimlacht ze vermoeid. Rond haar mond verschijnen wat fijne rimpeltjes, haar lippen zijn droog van de kou.

'Het is nogal druk op het moment,' mompelt ze.

Op tafel ligt een halfopen verpakking Ballerina-koekjes. Hanna steekt haar hand uit om er een te pakken, ze heeft geen tijd gehad om te lunchen.

Het is uitermate vermoeiend om zo snel van focus te moeten wisselen, maar er is niets aan te doen.

Birgitta Grip komt in beeld op het scherm voor hen. Ze verspilt geen tijd aan groeten of welkom heten en zegt enkel: 'Wat is er gebeurd? Daniel?'

'We hebben nog een overledene die gelinkt is aan ons lopende moordonderzoek,' stelt hij vast.

Met een vermoeid gebaar krabt hij aan zijn nek.

'Johan Anderssons zakenpartner Linus Sundin is een aantal uur geleden dood in zijn auto aangetroffen vlak buiten Duved. Het is een eenzijdig ongeluk, hij lijkt op slag dood te zijn geweest. Hij is op een recht stuk van de weg afgereden en frontaal tegen een bergwand gebotst.'

'Was het wel een ongeluk?' vraagt Grip.

De vraag doet Hanna weer denken aan het macabere schouwspel. Linus' nek was gebroken geweest. De veiligheidsgordel zat onder het bloed en had niet vastgezeten.

'Zijn er aanwijzingen dat de auto van de weg is gedrukt?' vraagt Grip.

'Er zaten krassen in de lak aan de linkerzijkant,' zegt Carina, 'maar op dit moment kan ik nog niet zeggen of ze nieuw zijn of daar al langer zaten.'

'De rijbaan was bedekt met sneeuw en het is een openbare weg,' voegt Daniel eraan toe. 'We hebben geen remsporen gevonden.'

'Wat denken jullie?' vraagt Grip met enig ongeduld in haar stem. 'Kan het zelfmoord zijn?'

'Het zou om zelfmoord kunnen gaan, gezien de omstandigheden,' antwoordt Anton. 'Linus' financiële problemen, het onderzoek naar de moord op Johan.'

Hij had een vrouw en een zoontje, wil Hanna ertegen inbrengen. Pleeg je dan zelfmoord?

Misschien was de druk Linus Sundin te veel geworden. Ze hebben hem opzettelijk onder druk gezet om een bekentenis los te krijgen.

Is het hun schuld dat een klein jongetje nu zijn vader is verloren?

Hanna steekt haar hand uit naar de koekjes en neemt er nog een. De chocoladesmaak blijft plakken aan haar gehemelte waardoor ze het laatste stukje uitspuugt in haar hand. Ze pakt een servet om de half opgekauwde smurrie in te verbergen.

'Volgens onze voorlopige gegevens is Linus sinds gisteravond niet meer gezien,' zegt Anton. 'Zijn vrouw heeft verklaard dat hij de hele nacht weg was.'

'Was er een afscheidsbrief?' vraagt Grip.

'We hebben niets in de auto gevonden,' zegt Carina.

De meeste mensen die zelfmoord plegen laten een verklaring achter.

Maar niet iedereen.

'Is er reden om te denken aan een misdrijf?' vraagt Grip. 'Zijn er personen die van hem af zouden kunnen willen?'

Hanna kijkt naar Daniel. Ze hebben praktisch van de daken geschreeuwd dat ze Linus verdachten van de moord op Marions echtgenoot.

Kon ze het recht in eigen hand genomen hebben?

Rebecka

2020
dinsdag 25 februari

Het sneeuwt buiten en het eten is bijna op. Rebecka zit ineengekrompen met haar rug tegen de muur. Ze heeft haar armen om haar benen geslagen en rust met haar voorhoofd tegen haar knieën.

Het is bijna zes uur volgens haar polshorloge. Het daglicht neemt af, dan zou het dinsdagavond moeten zijn, wat betekent dat ze al drie dagen lang opgesloten zit.

Ze keert haar gezicht naar het kleine vierkante raam. Het uitzicht is nog hetzelfde als eerst: overal waar ze kijkt sparren- en berkenbomen, een eindeloos sneeuwlandschap. Er is geen beweging te bekennen in de verlaten omgeving waar ze gevangenzit.

Ze kan hier nooit wegkomen.

De geur van de toiletemmer dringt haar neusgaten binnen en doet haar kokhalzen van walging, maar de scherpe ammoniaklucht verdrijft de wanhoop.

Haar lichaam voelt alerter.

Ze moet vluchten.

De gedachte laat haar niet los. Gisteren had ze bijna haar lot geaccepteerd, had ze zichzelf bijna wijsgemaakt dat ze deze straf verdiende. Maar toch was er iets in haar wat niet wilde opgeven.

Ze is het haar kind verschuldigd om te vechten.

Rebecka's blik glijdt naar de dichte deur. Tot nu toe heeft ze hem nog niet open kunnen krijgen, maar misschien moet ze nog een poging doen? Ze voelt met haar vingers naar de haaknaald in haar zak. Hij zou haar nog steeds kunnen helpen om weg te komen.

Een aantal uur geleden was ze bereid geweest te gaan liggen en te sterven. Het had het beste alternatief geleken, om gewoon in een laatste slaap weg te zinken en zich over te geven aan Gods genade.

Maar dat is natuurlijk precies waar Ole op hoopt. Dat ze het hem makkelijk zal maken, zodat hij zijn handen niet vuil hoeft te maken.

Als zij er niet meer is, kan hij een nieuw leven beginnen met een andere vrouw. Eentje die zijn kind baart en naar zijn uitweidingen luistert. Die hem bewondert net als Rebecka in het begin had gedaan, voordat hij zijn ware gezicht liet zien.

Ze haalt de haaknaald tevoorschijn en kijkt hoe het zilverkleurige metaal glinstert in het daglicht.

Acht jaar lang heeft ze zich naar hem gevoegd. Ole was gewend dat ze hem op zijn wenken bediende en toch was hij voortdurend ontevreden en beschuldigde hij haar ervan dat ze een slechte echtgenote was. Hij had haar uit naam van God vernederd en lelijk en waardeloos genoemd, onmogelijk om van te houden. Geen echte vrouw.

Hij had haar doen geloven dat de Heer hem dwong haar te slaan, voor haar eigen bestwil.

Er welt een nieuwe vastberadenheid in haar op die haar angst voor Ole buitenspel zet en haar nieuwe daadkracht geeft.

Ze is niet van plan het te doen.

Ze is niet van plan te sterven zodat Ole verder kan gaan en uit naam van Jezus een andere vrouw aan dezelfde mishandeling kan blootstellen. De god in wie Rebecka gelooft zou nooit toestaan dat een man haar zo teisterde als Ole had gedaan.

Haar lijden is het gevolg van Oles verknipte geest, niet die van de Heer.

Ze zal vechten tot haar laatste druppel bloed, al moet hij haar wurgen met zijn blote handen.

Zij en haar kind zúllen in leven blijven.

64

Na afloop van de vergadering blijven Daniel en Hanna zitten in de vergaderruimte.

Anton is met Raffe naar Sandra Sundin gegaan om te vertellen wat er is gebeurd. Hanna is dankbaar dat zij het niet hoeft te doen. Ze zit half onderuitgezakt op haar stoel en kijkt naar het donkere scherm waarop Grip zojuist nog de vergadering had voorgezeten.

Enkele lege koffiemokken staan nog op tafel. Ze is nog steeds misselijk van de chocoladekoekjes. Waarschijnlijk heeft ze iets fatsoenlijks te eten nodig, maar dat zal nog even moeten wachten.

'We moeten maar met Marion Andersson gaan praten,' zegt ze tegen Daniel. 'Niemand heeft zo'n sterk motief om Linus Sundin dood te wensen.

'Denk je echt dat zij hierbij betrokken kan zijn?'

Daniel klinkt niet overtuigd.

'Geen idee,' antwoordt Hanna. 'Maar als we iemand zoeken met een reden om de persoon te haten die verdacht wordt van de moord op Johan... kunnen we Marion niet overslaan.'

Daniel kijkt haar peinzend aan. 'Vind je dat ze voldoet aan de kenmerken van een wraakzuchtige vrouw?'

'Niet echt, maar mensen doen vreemde dingen als ze getraumatiseerd zijn. Marions man is een paar dagen geleden op brute wijze doodgeslagen. We weten niet eens of ze een wapen in huis heeft.'

Vanuit Marions oogpunt is haar hele bestaan ingestort. Ze lijkt er niet van op de hoogte te zijn geweest dat Johan haar wilde verlaten voor Rebecka.

Het is afschuwelijk wat haar is overkomen. Daarbij heeft ze geen kinderen en had ze alleen Johan.

'Er zijn een hoop aanwijzingen dat Linus zelfmoord heeft gepleegd,' zegt Daniel. 'De plek waar hij van de weg is gereden, is omgeven met rotswanden, het is niet moeilijk om er op die manier een einde aan te maken als je suïcidaal bent.'

'Ik weet het, maar het is wel een heel keurig einde aan dit hele verhaal, vind je niet? Op zaterdag hebben we Johan dood gevonden en vijf dagen later pleegt de persoon met het duidelijkste motief zelfmoord.'

Daniel wrijft in zijn ogen. 'Oké, ik denk dat je gelijk hebt. We moeten Marion maar een bezoekje brengen. Al was het maar omdat ze het verdient over Linus' dood te horen voordat het in de krant staat.' Hij haalt zijn telefoon uit zijn zak. 'Ik moet alleen Ida even een berichtje sturen. Ze wordt helemaal gek als ik vandaag weer niet op tijd thuis ben.'

Terwijl hij een berichtje typt, begint Hanna's telefoon te zoemen. Het is een bericht van een onbekend nummer.

Ze leest het met stijgende verbazing.

'Moet je zien wat Maria Törnlund me heeft gestuurd,' zegt ze, waarna ze Daniel haar telefoon voorhoudt. 'Ze heeft een appje gekregen van Rebecka. Alles is in orde. Ze komt binnenkort weer werken.'

'Uitstekend.'

Daniel schuift zijn stoel naar achteren en staat op.

'Gaan we nu naar Marion Andersson, voordat het te laat wordt?'

Hanna probeert de nieuwe informatie te verwerken. Ze moeten Rebecka nog steeds spreken om haar rol in de moord op Johan te onderzoeken, maar dat kan wel een paar uur wachten. Andere dingen hebben nu prioriteit.

Hanna is niet van plan de kwestie over Rebecka's thuissituatie los te laten, maar als blijkt dat Linus Sundin inderdaad zelfmoord gepleegd heeft en schuldig was aan de moord op Johan, komt alles in ander vaarwater.

De theorie dat Ole Nordhammar de dader zou kunnen zijn, komt dan te vervallen.

Ze moeten hun moordonderzoek nog wel afronden, maar er is minder haast bij. Het gaat er vooral om de toedracht duidelijk te maken, zodat een officier van justitie kan vaststellen dat de dader dood is en niet vervolgd kan worden.

Daniel heeft zijn jas al gepakt. 'Ben je klaar?' roept hij vanuit de gang.

Hanna stopt haar mobieltje weg.

Het belangrijkste is dat Rebecka in orde is.

65

'Zullen we onderweg iets te eten halen?' vraagt Hanna.

Ze zijn net in de auto gestapt om naar het huis van Marion Andersson te rijden. Hoeveel kilometers hebben ze wel niet afgelegd vandaag? Veel te veel, haar rug protesteert. Ze zou haar vroegere collega's uit Stockholm niet kunnen uitleggen hoe het is met de afstanden hier in het noorden.

'Goed plan,' zegt Daniel. 'Wat gaat het snelst, denk je? Met al die toeristen?'

'Ik denk dat het overal even erg is.'

Hanna zou graag even gestopt zijn voor een megaburger bij Broken, maar het duurt een uur om het centrum in te rijden, een parkeerplaats te vinden en in de rij te staan voor hun bestelling.

'Wat denk je van een hotdog en een cola bij die snackbar bij de VM6-skilift?'

'Prima.'

In de auto werken ze hun eten naar binnen. Als Hanna haar eerste hap neemt, beseft ze hoeveel honger ze had. Haar maag doet pijn van het snelle eten. Het is beter dan de misselijkheid van daarvoor, maar haar buik voelt onaangenaam opgezwollen. De koolzuur van de cola maakt het er niet beter op.

Zodra ze hun eten ophebben, start Daniel de auto en rijdt naar Duved.

Hanna's blik dwaalt af naar het Åremeer, twee sneeuwscooters bewegen parallel aan hen over het ijs in de richting van Duved. Zelf vindt ze het heerlijk om op een sneeuwscooter te rijden, maar ze geeft de voorkeur aan de bergen of het bos. Op haar dertiende had ze het al voor het eerst mogen proberen. Veel jonger dan toegestaan was, maar sindsdien was ze verknocht.

Haar vader had haar meegenomen, op een van hun kostbare momenten samen zonder haar moeder. Lydia en Richard hebben ook een sneeuwscooter, een Arctic Cat, die ze vaak leent als ze er een paar uur op uit wil. In de omgeving van Åre zijn veel mooie sneeuwscooterroutes.

Ineens verlangt ze naar een vrije dag, weg van alle politieonderzoeken en mishandelde vrouwen. Gewoon een paar uur in haar eentje in de natuur.

Het geeft een bijzonder gevoel om tussen de bomen door de dikke laag sneeuw te rijden. De uitdaging om de sneeuwscooter om een reusachtige boomstam heen te manoeuvreren zonder om te vallen of vast te lopen. En dan plotseling het licht als je het bos uit rijdt en bij een moeras of bevroren meer uitkomt met een eindeloos blauwe hemel boven je.

Ze vindt het heerlijk om in de bergen te stoppen voor een picknick en de rust te ervaren als alles kalm en stil is, en er geen mens te zien is.

'Ben je in slaap aan het vallen?' vraagt Daniel, waarop hij de verwarming een tikje lager zet.

'Nee.'

Hanna rekt zich uit om nieuwe energie te vinden. Haar gedachten gaan weer naar Rebecka, zoals zo vaak de afgelopen dagen. Ze denkt nog steeds na over het bericht van Maria Törnlund.

'Is het niet vreemd dat Rebecka zomaar ineens iets laat horen aan haar collega?' vraagt ze.

'Ze zal wel ergens heen gegaan zijn en haar mobiel niet hebben gecheckt.'

Hij pakt een servetje om zijn mond af te vegen, waar een beetje ketchup aan zijn mondhoek is blijven kleven vlak boven zijn bruinrode baard, en propt het dan in het vakje tussen hun stoelen.

'Waarschijnlijk was het maar een smoes dat ze ziek was en kreeg ze koudwatervrees toen jij begon te bellen.'

'Waarom belde ze dan niet mij in plaats van contact op te nemen met haar collega?' werpt Hanna tegen.

'Denk je nu echt dat iedere burger het fijn vindt om de politie te spreken?'

Hanna negeert zijn milde ironie. 'Ik heb volgens mij meer dan tien berichten ingesproken op haar voicemail de afgelopen dagen.'

'Precies. Je hebt haar waarschijnlijk flinke angst aangejaagd.'

Toch kan Hanna de kwestie moeilijk loslaten. Er klopt iets niet.

'Geloof je echt dat Rebecka en haar man weg waren?' vraagt ze. 'Is het zo simpel? Hoe verklaar je dan haar rol in Johans leven?'

Ze steekt haar hand uit naar Daniels gebruikte servet en verzamelt alle afval in het papieren tasje waar het eten in had gezeten.

'Als Rebecka niet zijn geheime gezelschap was dat hij mee zou nemen naar Strömstad, wie dan wel?'

Daniel neemt even de tijd om na te denken.

'Misschien was ze wel van plan om er zaterdagavond met Johan vandoor te gaan, maar kon dat niet meer omdat ze erachter was gekomen dat hij dood was aangetroffen,' zegt hij dan. 'Ingewikkelder dan dat hoeft het niet te zijn.'

Hanna probeert zich te herinneren wanneer ze Johan Anderssons naam hadden vrijgegeven. Zou het kunnen dat Rebecka op zaterdag al wist dat hij dood was?

Op zondagavond was de naam zeker bekend geweest, toen had de persconferentie plaatsgevonden en was Johans naam groot in het nieuws geweest.

'Vind je dat ik er te veel achter zoek?' flapt ze eruit.

'Helemaal niet,' zegt Daniel. 'Ik bedoel gewoon dat er misschien een heel plausibele verklaring is voor het feit dat ze zich een paar dagen op de achtergrond heeft gehouden.'

Hanna probeert het vanuit Rebecka's oogpunt te bekijken.

Als ze zich erop had ingesteld er zaterdagavond met Johan vandoor te gaan en hij niet was komen opdagen, moest ze in een lastig parket gezeten hebben. Als ze daarna op zondag de tragische reden had gehoord, namelijk dat hij was vermoord, was ze vermoedelijk wanhopig geweest.

Het was misschien inderdaad niet vreemd dat ze het dan niet had kunnen opbrengen naar haar werk te gaan. Of om de politie te spreken.

Als haar minnaar dood was, zou ze geen zin hebben gehad om betrokken te raken bij een moordonderzoek. Dan riskeerde ze dat haar man de waarheid zou ontdekken.

Dat zou nóg een persoonlijk drama tot gevolg hebben.
'Ik denk dat je gelijk hebt,' zegt Hanna, en ze laat zich achteroverzakken tegen de rugleuning. 'Laten we het niet moeilijker maken.'

66

Bij het geluid van een auto die de oprit naar de garage oprijdt, kijkt Marion uit het raam. Ze herkent de twee politieagenten die uitstappen meteen, het zijn dezelfde mensen die haar in het weekend kwamen vertellen over Johan.

Ze wordt overvallen door verdriet.

Houdt het dan nooit op?

Ze haast zich naar de wc om koud water in haar gezicht te plenzen, ze heeft amper geslapen. Gisteravond was Florian gekomen en ze hadden tot ver na middernacht zitten praten. Desondanks was ze bij het ochtendgloren wakker geworden en had ze niet meer in slaap kunnen vallen.

'Sorry dat we je storen,' zegt de politieagent genaamd Daniel. 'Kunnen we je even spreken?'

Marion laat hen binnen en ze gaan zitten in de woonkamer.

'Hoe gaat het met je?' vraagt de vrouwelijke agent, Hanna.

Ze heeft net als de vorige keer een paardenstaart in, maar vandaag hangen er wat losse plukken haar om haar gezicht.

Marion aarzelt. Ze heeft geen zin om te vertellen over haar hopeloze huilbuien 's nachts, over de tranen die maar blijven komen.

'Zozo,' antwoordt ze enkel.

'We zijn hier om te vertellen dat de zakenpartner van je man, Linus Sundin, dood is aangetroffen in Duved,' zeg Daniel.

Marion slaat haar hand voor haar mond. Ze kan de reactie niet tegenhouden na alles wat er gebeurd is.

'Linus?'

Hanna trekt een bedroefd gezicht. 'Het lijkt erop dat hij vanochtend vroeg is overleden.'

Hij verdiende het om te sterven, na alles wat hij had aangericht.

Marion kan niet doen alsof ze verdrietig is. Ze zou alleen willen dat Johan nog bij haar geweest was.

Haar lieve Johan.

Achter haar tikt de keukenklok eindeloos voort.

'Hoe is hij overleden?' vraagt ze met stijve mond.

'Zijn auto is tegen een bergwand gebotst. Hij was op slag dood,' legt Daniel uit.

Als ze een geluid hoort, kijkt Marion op. Florian staat in de deuropening. Hij was in de logeerkamer gaan liggen om een middagdutje te doen, maar hij moet wakker geworden zijn van hun stemmen.

Hij ziet er nog slaperig uit, zijn donkere haar zit aan één kant platgedrukt.

'Dit is mijn broer, hij is gisteravond aangekomen,' zegt Marion vlug, waarop ze in het Duits tegen Florian zegt: 'Ze zijn van de politie, het gaat over Linus. Hij is dood.'

Florian fronst zijn voorhoofd, maar steekt dan zijn hand uit en begroet hen in het Engels.

'*Wir können Deutsch sprechen*,' zegt Hanna. '*Wenn es besser ist?*'

Marion is verrast over haar talenkennis. Hanna heeft een goede uitspraak. Gelukkig is dat duidelijk geworden voordat ze meer tegen Florian had gezegd in hun moedertaal.

'Spreek je Duits?' vraagt ze.

'Ik heb een tijdje in Berlijn gewerkt,' zegt Hanna met een wegwerpgebaar. 'Lang geleden.'

Florian antwoordt dat Engels prima is.

'Wat lijken jullie op elkaar,' zegt Hanna. 'Jullie zijn echt broer en zus.'

Dat hoort Marion vaak. Florian en zij hebben eenzelfde gezicht: dezelfde vorm, krachtige wenkbrauwen en uitgesproken kaaklijn. Zelf heeft ze lichter haar, maar verder lijken ze erg op elkaar.

Ze is opgelucht dat hij er is. Het is fijn om niet meer alleen te zijn in huis.

'We schelen maar zeventien maanden,' legt Marion uit. 'Dat noem je een pseudotweeling.'

'Zal ik jullie alleen laten?' vraagt Florian.

'Ga gerust zitten,' antwoordt Daniel, en hij wijst naar een van de fauteuils.

'Kom je vaak op bezoek?' vraagt Hanna.

'Een paar keer per jaar,' antwoordt Marion voor hem.

Ze zou bijna willen dat Florian zich niet had laten zien. Nu weet de politie dat hij in het land is. Ze heeft hun alles verteld en wil niet dat haar broer ook wordt meegesleurd in haar ellendige bestaan.

Florian zoekt oogcontact met haar, maar ze vermijdt zijn blik. Ze wil alleen maar dat die agenten weggaan.

Hanna richt zich tot Florian. 'Kende jij Linus Sundin, Johans zakenpartner?' vraagt ze.

'We hebben elkaar een paar keer ontmoet wanneer ik in Zweden was om Marion op te zoeken.'

'Ik begrijp het,' zegt Hanna. 'We zijn hier omdat hij net is omgekomen bij een verkeersongeluk.'

'Dat is spijtig om te horen,' zegt Florian. 'Wat een tragisch nieuws.'

Hij trekt zijn donkergroene fleecetrui omlaag die een stukje omhooggekropen is.

'We moeten je vragen waar je de afgelopen twaalf uur bent geweest,' zegt Hanna dan tegen Marion.

'Ik?'

Marions maag keert zich om, verdenken ze haar van Linus' dood?

Als ze haar ogen sluit, ziet ze nog voor zich hoe hij laatst haar huis was binnengedrongen 's avonds. Met zijn bloeddoorlopen ogen en opgeheven vuisten.

'Ik was hier, nadat we terugkwamen van het vliegveld in Östersund,' antwoordt ze.

Haar mond is gevoelloos, ze heeft moeite om normaal te praten.

'Wanneer was dat?' vraagt Daniel.

Marions hoofd is leeg. Ze weet het niet meer, alles loopt in elkaar over.

'Mijn vliegtuig landde iets na acht uur gisteravond,' zegt Florian. 'We zijn direct hiernaartoe gekomen en waren er even voor tien uur.'

'En wat hebben jullie toen gedaan?'

Marion weet geen woord uit te brengen. Florian moet maar voor haar praten.

'We hebben wat gegeten,' zegt hij, 'en daarna hebben we de halve nacht zitten praten.'

'En wat hebben jullie vandaag gedaan?' wil Hanna weten.

'Niets, we hebben het rustig aan gedaan.'

Florian legt zijn hand op die van Marion, alsof hij haar kracht wil ingeven.

'We zijn het huis niet uit geweest,' zegt hij op kalme toon. 'Hoezo?'

Hanna laat haar blik even op haar collega rusten. Dan knikt ze, alsof ze tevreden is met het antwoord.

Betekent dat dat ze bijna weggaan?

Marion weet niet hoelang ze hier nog kan blijven zitten, meer vragen kan ze niet aan. Het voelt alsof ze gaat flauwvallen. Hun stemmen klinken ver weg en ze heeft moeite zich in de hand te houden.

Ze doet haar ogen dicht en wenst dat ze haar met rust laten.

'Nog iets heel anders,' zegt Daniel. 'Ik vroeg me af of je een wapen in huis hebt.'

Bij deze onverwachte vraag doet Marion haar ogen weer open, maar ze heeft niets te verbergen. Johan had een jachtdiploma en een wapenvergunning, alle papieren waren in orde. Af en toe was Florian zelfs meegegaan op de jaarlijkse elandenjacht.

Evenals Linus, ook al had hij zelfs op die momenten niet van de drank af kunnen blijven.

Volgens Johan had de jachtvereniging gedreigd hem te schrappen als hij zich niet zou gedragen. Een dronken jager in het veld is een gevaar voor iedereen.

'Johan ging weleens jagen,' zegt ze. 'Hij bezat diverse geweren.'

'Doe jij dat ook?' vraagt Hanna.

Marion schudt instinctief haar hoofd. 'Nee.'

'Waar zijn die geweren nu?'

'In de wapenkluis. Johan bewaarde ze altijd achter slot en grendel.'

Hij hield zich zorgvuldig aan de regels. Dat was zijn aard. Marion doet haar best een snik te onderdrukken, maar het geluid ontsnapt haar evengoed.

Florian pakt opnieuw haar hand vast.

'Zou je ons Johans wapens kunnen laten zien?' vraagt Hanna.

Marion staat op van haar stoel. Ze haalt de sleutel en gaat hun voor naar de berging waar de grote lichtgrijze wapenkluis staat.

Hij is gemaakt van gelast metaal en is vastgeschroefd aan de vloer.

Daniel en Hanna wachten terwijl ze hem openmaakt.

Drie geweren rusten tegen de kolfhouder. In het rekje aan de deur liggen wat doosjes munitie.

'Weet je dat je ze moet inleveren nu je man dood is?' vraagt Hanna.

'Neem ze maar mee,' weet Marion met moeite uit te brengen.

Ze kan amper op haar benen staan, alles draait om haar heen.

Daniel maakt een wegwerpgebaar. 'Dat hoeven we niet nu te doen. Er moeten papieren ingevuld worden.' Hij kijkt naar Florian. 'Jullie kunnen ze van de week langsbrengen op het politiebureau.'

67

Hanna's hoofd duizelt van vermoeidheid als ze bij Marion vertrekken. De zon is al onder en de lucht is in het westen bedekt met donkere wolken. Op de radio hebben ze net gewaarschuwd voor onweer dat uit Noorwegen komt aandrijven.

'Nou,' zegt Daniel, die weer achter het stuur zit, 'wat vond je van haar?'

Hanna denkt na. Marion had er verdoofd bij gezeten toen ze over het auto-ongeluk vertelden. Linus' dood leek als een echte verrassing te zijn gekomen voor haar, ze was wit weggetrokken.

'Ze klonk behoorlijk geschokt over het nieuws.'

Zowel Marion zelf als haar broer uit Duitsland, die uit het niets was opgedoken.

'Vind je het niet vreemd dat haar broer ineens binnenkwam?' vraagt ze.

Daniel haalt zijn schouders op. 'Haar ouders zijn dood en haar man is het afgelopen weekend vermoord. Zou jij niet willen dat je enige broer dan naar Zweden kwam?'

'Waarschijnlijk wel.'

'Er zaten in elk geval geen krassen op Marions Volkswagen die voor de deur stond,' merkt Daniel op. 'Dat heb ik gecheckt voordat we vertrokken.'

Ze moeten het forensisch onderzoek van Linus' bestelwagen maar afwachten. Misschien was het gewoon een ongeluk vanwege een gladde rijbaan. Of een drastische manier van Linus om zijn problemen op te lossen. Het was een man geweest die op veel vlakken in crisis verkeerde.

Hanna leunt met haar slaap tegen het raam, het glas voelt koel op haar huid. Ze sluit haar ogen en als ze ze weer opendoet, zijn ze bij het afvalpunt van Staa. De stalen hekken flitsen voorbij. Iemand had geen zin gehad om met zijn vuil het terrein op te gaan en had zijn tassen gewoon voor de muur van grijsmetalen spijlen neergezet.

Waarom moeten recyclestations er altijd zo deprimerend uitzien?

Instinctief haalt ze haar mobieltje tevoorschijn om haar berichten te checken. Ze heeft geen nieuwe berichten, helemaal bovenaan staat het bericht van Maria Törnlund dat ze een paar uur geleden heeft ontvangen.

Hanna leest het nog een keer.

Rebecka heeft contact met me opgenomen. Ze laat weten dat alles in orde is en dat ze snel weer aan het werk gaat. PS Ik wilde het je alleen laten weten.

In een opwelling raakt Hanna met haar duim Maria's nummer aan zodat haar telefoon begint te bellen.

Als ze opneemt, begroet Hanna haar en bedankt haar voor haar berichtje.

'Ik vroeg me af of je Rebecka's appje zou kunnen doorsturen, zodat ik kan zien wat ze precies heeft geschreven.'

'Zeker,' zegt Maria. 'Dat ik daar zelf niet aan gedacht heb. Ik was gewoon zo opgelucht dat ik het je meteen heb laten weten. Wacht even.'

Hanna's telefoon laat een piepgeluidje horen en ze leest de tekst zorgvuldig door met Maria nog aan de lijn.

Hoi Maria, sorry voor de radiostilte. Het gaat een stuk beter, maar ik moest een paar dagen weg. Ik ga binnenkort weer aan het werk. Mvg, Rebecka.

Het lijkt een heel normaal bericht.

'O ja,' zegt Maria. 'Er kwam nog een PS achteraan, dat kan ik ook doorsturen.'

Het bericht volgt meteen en Hanna opent ook dat.

PS Ik gebruik Oles telefoon omdat ik die van mij kwijt ben.

'Heeft ze dit niet met haar eigen telefoon gestuurd?' zegt Hanna.

Ze wil absoluut zeker weten dat ze het niet verkeerd heeft begrepen.

'Nee, blijkbaar heeft ze die van haar man gebruikt,' zegt Maria. 'Maar ik heb zijn nummer niet, dus ik weet het niet zeker.'

Hanna heeft Ole Nordhammars nummer opgeslagen. Ze zoekt het op en het nummer klopt. Rebecka's bericht is verstuurd met zijn mobiele telefoon. Als Rebecka haar eigen telefoon kwijt is, verklaart dat waarom ze niet had opgenomen toen Hanna haar probeerde te bereiken.

Toch voelt het niet goed.

Heeft Rebecka dat bericht echt zelf geschreven? Ze kan het niet laten zich dat af te vragen. En ook al was haar mobiele telefoon weg, die van Ole werkte gewoon. Waarom had hij dan niet zijn telefoon opgenomen? Hanna heeft meerdere berichten achtergelaten op zijn voicemail.

'Mag ik je iets vragen?' zegt ze tegen Maria. 'Komt dat over als een bericht dat Rebecka zou schrijven?'

'Bedoel je dat Rebecka dat... niet zelf geschreven zou hebben?'

'Ik weet het niet,' antwoordt Hanna oprecht. 'Daarom vraag ik het.'

Maria aarzelt even.

Als Daniel terugschakelt, wordt Hanna zich bewust van het zachte geluid van de motor.

'Ik ging ervan uit dat het van haar was,' zegt Maria met gedempte stem.

'Wil je er nog eens naar kijken?'

Hanna wacht terwijl Maria de tekst opnieuw leest. Ze mompelt de woorden voor zichzelf.

'Nou ja... dat laatste stukje, aan het eind,' zegt ze op angstige toon. 'Er staat "mvg, Rebecka". Dat klinkt nogal stijf en formeel, niet echt als haar. Meestal eindigt ze met "liefs, Rebecka".'

Hanna heeft iets nodig ter vergelijking.

'Heb je nog oude berichten van haar bewaard die je kunt bekijken?'

'Tuurlijk, wacht even.'

'Ik heb er drie,' zegt Maria. 'Ze eindigt ze allemaal met "liefs, Rebecka".'

'Duidelijk,' zegt Hanna. 'Ontzettend bedankt voor je hulp.'

Ze hangt op. Haar vermoeidheid maakt plaats voor nieuwe adrenaline. Het ziet ernaar uit dat Ole zogenaamd een bericht van zijn vrouw heeft gestuurd.

Waarom zou haar man dat berichtje sturen als alles in orde is?

Hanna's vermoedens, die ze net aan de kant had gezet, zijn in één klap terug.

Daniel heeft het hele gesprek gehoord. 'Het klinkt alsof Rebecka nog steeds in gevaar is,' zegt hij op sombere toon.

Hanna is het met hem eens. Daarnet waren ze nog aan het praten over Marion en Linus' auto-ongeluk, maar nu moeten ze zich weer op Rebecka focussen.

Linus is dood, maar zij leeft hopelijk nog.

'Ik denk dat we een opsporingsbericht voor hen moeten uitvaardigen,' zegt ze. 'Dit kan zo niet langer.'

Ze krijgt een onheilspellend gevoel. Het is vijf dagen geleden dat Rebecka voor het laatst is gezien. Er kan wel van alles gebeurd zijn ondertussen.

De angst giert door haar lijf.

Ze moeten Rebecka's echtgenoot opsporen. Een mens gaat niet zomaar in rook op, het moet mogelijk zijn hem te vinden.

'We moeten Ole Nordhammars mobiele telefoon natrekken,' zegt ze. 'Om te kijken of we kunnen achterhalen waar die zich bevindt. Misschien heeft een zendmast een signaal opgepikt.'

Het is inmiddels donker geworden buiten, het landschap gaat op in verschillende tinten zwart en grijs en het naderende onweer heeft de wind doen toenemen.

'Goed plan,' zegt Daniel. 'Bel Anton om te zien of hij dat kan regelen. En vraag hem dat opsporingsbericht in gang te zetten.'

Hanna gaat op zoek naar Antons nummer. 'Wat denk je ervan om terug te rijden naar Jonsäter om hem nog een keer te spreken?' vraagt ze.

'Jonsäter?'

'Iemand moet Ole Nordhammar erover hebben ingelicht dat we op zoek zijn naar Rebecka. Anders zou hij niet de moeite genomen hebben dat berichtje te sturen uit haar naam. De enigen die weten dat we hen zoeken, behalve Maria Törnlund, zijn haar ouders en Jan-Peter Jonsäter.'

'Als Jonsäter hem ingelicht heeft, moet hij weten waar hij is,' beaamt Daniel. 'Of hij moet op z'n minst contact met hem hebben.'

Hanna haalt diep adem. 'Het is misschien onze enige kans om Ole Nordhammar op te sporen voordat het te laat is.'

Ze ziet haar eigen bezorgdheid weerspiegeld in Daniels blik.
'We keren om,' zegt hij, en hij geeft een abrupte ruk aan het stuur.

68

Alice is eindelijk in slaap gevallen in de kinderwagen en Ida ploft neer op de bank in de woonkamer.

Ze wil een goede moeder zijn, maar ze wordt er gek van om geen moment voor zichzelf te hebben. De dagen lopen in elkaar over, hun appartement is één grote bende. Soms heeft ze gewoon zin om te gillen als Alice zeurt om aandacht, ook al houdt ze nog zoveel van haar dochter.

Het enige waar ze naar verlangt is een paar uur in haar eentje.

Ze wil de piste op, zoals ze vroeger altijd deed. Vaart maken tot ze buiten adem raakt van de snelheid en wind in haar gezicht. Zij die altijd op de ski's had gestaan tot de liften dichtgingen en altijd nog energie had voor een laatste keer. Het enige wat ze nu doet, is naar de muur staren. Ze heeft niet eens puf om op te ruimen of te douchen als Alice slaapt. Na hun korte uitje gisteren, was ze helemaal op geweest en Daniel is al sinds zaterdag niet meer thuis geweest. Hij gaat naar zijn werk voordat ze wakker wordt en komt pas weer thuis als ze al slaapt.

Als hij echt van haar houdt, zou hij toch bij haar willen zijn in plaats van de hele tijd te werken?

Stel dat hij dat... niet meer doet?

Ze wil hem niet kwijtraken.

Ida staat op en loopt naar de spiegel in de gang. Ze bestudeert haar eigen reflectie en raakt nog gedeprimeerder. Haar gezicht is bleek en ze ziet er afgemat uit. Ze moet nodig haar haar wassen.

Ondertussen haat ze haar eigen gezeur. Ze herkent zichzelf niet meer, zo is ze normaal niet, zeker niet als haar vriend zich een slag in de rondte werkt voor een ernstig misdrijfonderzoek.

En alsof het allemaal nog niet erg genoeg is, heeft Tove Daniel zien lunchen met een lieflijke brunette. Naar de omschrijving te oordelen moet dat Hanna geweest zijn, zijn nieuwe collega.

Haar maag trekt zich samen bij de gedachte dat Daniel liever met haar omgaat dan met zijn vrouw.

Haar mobiele telefoon gaat. Het is haar moeder, Elisabeth. Terwijl ze opneemt, begint Ida te huilen. Ineens heeft ze het gevoel dat ze niet meer voldoet, niet als moeder en niet als vriendin.

'Lieverd toch,' zegt haar moeder. 'Hoe gaat het met je?'

Ida loopt naar de keuken en trekt de deur dicht zodat Alice niet wakker wordt.

'Ik ben zo moe,' stamelt ze. 'Het is zo zwaar met Alice. Ik kan dit niet.'

'Waar is Daniel?'

'Die is aan het werk,' snikt ze. 'Hij is nooit thuis.'

'Mannen begrijpen niet hoe het is om een baby te hebben,' snuift Elisabeth. 'Dat hebben ze nooit gedaan. Het zijn altijd de moeders die de klappen op moeten vangen.'

'Ik trek het niet meer,' huilt Ida in de hoorn.

'Rustig maar,' zegt haar moeder in een poging haar te troosten. 'Het wordt straks makkelijker. Alice is nog zo klein. Je moet tegen Daniel zeggen dat hij meer thuis moet zijn. Hij moet zijn verantwoordelijkheid nemen als vader.'

Dat heeft Ida al eens geprobeerd, het was geëindigd in een enorme woede-uitbarsting. Ze wil en durft hem niet nog eens te confronteren.

Nieuwe tranen wellen op in haar ogen. Ze zou willen dat ze weer klein kon zijn en zich in haar moeders armen kon verstoppen. Dat ze geen verantwoordelijkheid hoefde te dragen.

Dat ze de tijd kon terugspoelen.

Alle frustratie die de afgelopen tijd in haar was opgebouwd, komt naar boven. Ze kan niet ophouden met klagen over Daniel en hoe vaak hij weg is. Ze vertelt over haar angst dat er iets met hem zal gebeuren tijdens zijn werk en ten slotte geeft ze toe hoe jaloers ze was geworden toen Tove ter sprake had gebracht dat ze Daniel bij Werséns had gezien met Hanna, zijn geweldige collega die hij onophoudelijk complimenten maakt.

Haar moeder maakt een meelevend geluid. Ze luistert en zegt 'hmm' terwijl Ida al haar emoties eruit gooit.

'Lieverd,' zegt Elisabeth ten slotte, 'dit kan zo niet doorgaan. Je moet met je vuist op tafel slaan zodat Daniel snapt dat je het serieus meent.'

69

De machtige Snasahögarna zijn gehuld in duisternis wanneer Daniel voor de tweede keer die dag naar het huis van dominee Jonsäter in Handöl rijdt.

Hanna heeft net opnieuw geprobeerd Ole te bellen. Hij neemt nog steeds niet op.

De koplampen verlichten de witte rijbaan. Er is geen straatverlichting, dus verder dan het bereik van de lichtbundel is niets te zien, waardoor ze slechts een paar meter vooruit kunnen kijken.

Daniel rijdt zo hard als hij durft.

Terwijl ze Oppdalsvallen voorbijrijden, gaat Hanna's telefoon. Uit haar reactie maakt hij op dat het Maria Törnlund weer moet zijn. Dan gaat het waarschijnlijk over Rebecka's vermissing. Ze hebben elkaar net nog gesproken, wat is er aan de hand?

Hanna stelt een paar controlevragen en hangt dan op.

'Heb je meegekregen wie het was?'

Daniel knikt.

'Ze vertelde dat een arts van het gezondheidscentrum in Åre op zoek was naar Rebecka. Blijkbaar had ze het telefoonnummer van Het Sneeuwklokje opgegeven in plaats van haar eigen mobiele nummer. Die arts heeft meerdere keren gebeld en heeft nu een bericht ingesproken bij de kleuterschool dat ze zo snel mogelijk moet terugbellen.'

'Dan moet het dringend geweest zijn,' zegt Daniel. 'Maar het is vreemd dat Rebecka haar eigen nummer niet heeft opgegeven, toch?'

Hij trommelt met zijn vingers op het stuur, in het besef dat de situatie wellicht nog nijpender is als Rebecka een ernstige ziekte blijkt te hebben.

'We moeten die arts spreken,' zegt hij.

Hanna kijkt op de klok en haalt haar telefoon weer tevoorschijn.

'Het gezondheidscentrum is open tot zeven uur, toch? Het is pas tien voor, misschien kunnen we hem nog te pakken krijgen.'

Ze toetst het nummer in en moet even wachten terwijl ze wordt doorverbonden. Dan krijgt ze de juiste persoon aan de lijn.

Daniel luistert gespannen als ze hem uitlegt dat hij zijn beroepsgeheim moet breken. De arts lijkt het niet met haar eens te zijn, maar Hanna geeft het niet op. Ten slotte krijgt ze haar zin.

'Hoeveel weken is ze, zei je?'

Daniel begint te vermoeden wat er aan de hand is. Dit gaat niet alleen over de kwetsbaarheid van een vrouw, maar lijkt nog veel erger te zijn.

Rebecka is zwanger.

Hij denkt aan de echo van Alice in Ida's buik; het overweldigende inzicht dat daar een klein kindje in zat. Voor het eerst was de zwangerschap echt geworden voor hem en zijn beschermingsinstinct was volledig ingeschakeld.

Iemand moest ook voor Rebecka's kind zorgen.

'Hoe gevaarlijk is dat?' vraagt Hanna aan de arts.

Na nog een aantal andere vragen gesteld te hebben, hangt ze op en draait zich om naar Daniel.

'Rebecka zit in haar vierde maand. De arts van het gezondheidscentrum maakt zich zorgen om wat onderzoeksuitslagen. Hij zei dat ze zo snel mogelijk naar een specialist moet gaan. Ze heeft een veel te hoge bloeddruk.'

Dat klinkt allesbehalve goed.

'En er is nog iets,' zegt Hanna. 'Volgens die arts wilde ze niet opgeven wie de vader was. Ze stond erop dat al het contact via haar verliep.'

Daniel beseft onmiddellijk wat dat kan betekenen.

'Denk je dat ze zwanger kan zijn van Johan?'

Hanna knikt met opeengeklemde kaken. 'God helpe Rebecka als haar man daarachter is gekomen.'

Rebecka

2020
woensdag 26 februari

Wanneer de ochtend van de vijfde dag aanbreekt, kan Rebecka haar vingers amper nog bewegen van alle inspanning om het slot open te krijgen.

Het water is bijna op, ze heeft vreselijke dorst, maar durft niet meer dan een paar slokken te drinken. Het brood en de worst die in de tas zaten heeft ze al opgegeten. Het gebrek aan eten en drinken heeft haar verzwakt, haar energie is bijna op. Wat het effect daarvan is op het kleintje in haar buik, daar durft ze niet aan te denken.

Evenmin aan de waarschuwingen van de arts om het rustig aan te doen.

De weerzinwekkende lucht van de toiletemmer in de hoek raakt vermengd met de geur van haar eigen lichaam. Kon ze maar douchen of in elk geval haar tanden poetsen. Er zit een vieze laag op haar tong en ze heeft al vijf dagen dezelfde kleren aan.

Een windvlaag doet de ramen ratelen. Hij giert om het huis en het is gaan sneeuwen. Hopeloos grote vlokken die de uitgestrekte omgeving waar ze gevangenzit toedekken.

Als het overgaat in storm, zal ze hier nooit wegkomen, ook al lukt het haar om uit deze kamer te komen.

Ergens hoopt ze nog steeds dat Ole terugkomt om zich over haar te ontfermen, maar dat lijkt niet erg waarschijnlijk na zo'n lange tijd.

Rebecka vraagt zich af waar hij nu is. Waarschijnlijk is hij naar hun huis in Enafors gegaan. Misschien zit hij te ontbijten tussen die lelijke meubels waar hij zo dol op is, of staat hij te prediken voor een groep eerbiedige leden van hun gemeente, die aan zijn lippen hangen en 'Amen' roepen op zijn aansporing.

In hun ogen kan Ole niets verkeerd doen. Ze zouden de waarheid over hun verafgode predikant nooit geloven.

Waarschijnlijk heeft hij verdrongen dat hij haar hier heeft achtergelaten. Daar is Ole goed in, zijn eigen beeld van de werkelijkheid schilderen. Dat waar hij niet blij mee is, zwaktes en afwijkingen, wordt uit zijn leven geschrapt.

Hij heeft zijn bestaan altijd al onderverdeeld in zwart en wit. Mensen die niet aan zijn eisen voldoen, houden op te bestaan. Vermoedelijk is dat hoe hij nu over Rebecka denkt.

Ze bestaat niet meer voor hem.

70

Er brandt een gezellig licht op de benedenverdieping van dominee Jonsäters woning. Het prachtige negentiende-eeuwse huis is werkelijk idyllisch, maar Hanna krijgt de rillingen als ze bedenkt hoe hij een paar uur eerder domweg met een vriendelijke glimlach had geweigerd in te zien in wat voor kwetsbare positie Rebecka verkeerde.

Deze keer moeten ze hem de ernst van de situatie doen inzien.

Ook nu doet Karin Jonsäter de deur open. Ze reageert duidelijk verbaasd.

'Zijn jullie er nu alweer?' vraagt ze. 'Ik bedoel... komen jullie voor Jan-Peter?'

'Inderdaad,' zegt Daniel.

'Hij is helaas niet thuis.'

'Weet je waar we hem kunnen vinden?' vraagt Hanna.

Karin aarzelt even. Ze pulkt aan het gouden kruis om haar hals, het lijkt op het kruis van Ann-Sofie Ekvall, maar dan eleganter.

'We moeten je man echt spreken,' zegt Hanna.

'Hij is in het kerkgebouw, voor de woensdagmis. Ik ben alleen thuis, ik pas op de kleinkinderen.'

Hanna trappelt van ongeduld terwijl Karin uitlegt hoe ze er moeten komen. Het is niet ver, slechts vijf minuten met de auto.

'Mag ik je iets vragen?' zegt Hanna als ze op het punt staan te vertrekken. 'Wanneer heb je Ole Nordhammar voor het laatst gezien?'

Karin Jonsäter strijkt over haar perfecte kapsel. Daarna trekt ze haar bruinleren ceintuur recht.

Haar blik schiet heen en weer.

'Hoezo?'

'Hem moeten we ook vinden. En zijn vrouw Rebecka.'

'Rebecka heb ik al meer dan een week niet gezien,' zegt ze, zonder de politieagenten aan te kijken.

Het is duidelijk dat ze meer weet. Hanna heeft zin om de vrouw bij haar schouders te pakken en door elkaar te rammelen.

'Het is heel belangrijk dat we Ole en Rebecka vinden,' zegt ze. 'Als je enig idee hebt waar ze kunnen zijn, vraag ik je om dat te vertellen.'

'Ik kan jullie niet helpen helaas.'

'Kom,' zegt Daniel, en hij loopt naar de auto.

Hanna volgt zijn voorbeeld, maar blijft dan staan. Ze rent terug naar de glazen veranda, en komt net op het moment dat Karin de deur dicht wil doen aan.

'We denken dat Ole Nordhammar zijn vrouw iets ernstigs aan zal doen,' hijgt ze. 'In naam van God, als je weet waar hij is, moet je het ons vertellen.'

Karin wil haar nog steeds niet in de ogen kijken. De loyaliteit binnen de kerkgemeenschap is kennelijk onbegrijpelijk sterk, maar Hanna snapt niet hoe zowel Karin als Rebecka's moeder er zo door in de greep kunnen worden gehouden.

Niet als het leven van een vrouw op het spel staat.

Ze haalt haar visitekaartje tevoorschijn en drukt het de domineesvrouw in de handen.

'Hier,' zegt ze. 'Stop dit bij je. Als je spijt krijgt, mag je me altijd bellen.'

71

Het kerkgebouw blijkt op een heuvel aan het begin van het langgerekte Snasadal te liggen. Achter het gebouw rijzen de bergwanden aan weerszijden van het schrale, witte landschap op. Op de achtergrond rijzen de Snasabergen op als stille bewakers van de natuur.

Daniel slaat af bij een withouten gebouw met twee zijvleugels. Het middelste gedeelte lijkt de kerk zelf te zijn, er hangt een groot kruis boven de ingang.

De parkeerplaats voor de deur staat vol auto's.

'Zo te zien is er net een dienst aan de gang,' concludeert hij.

'Maakt dat uit?' zegt Hanna droog.

'Nee, dat maakt niets uit.'

Daniel is nooit echt gelovig geweest. Zijn moeder was weliswaar katholiek opgevoed, maar toen haar familie haar niet kon vergeven dat ze ongetrouwd zwanger was geworden, had ze afstand genomen van zowel de kerk als haar familie.

In Zweden zou dat geen schandaal geweest zijn, hier had de helft van alle kinderen ongetrouwde ouders. Maar Daniels moeder had een hoge prijs moeten betalen. Toen ze uit Ravenna vertrok voor zijn Zweedse vader, was ze al het contact met haar familie kwijtgeraakt.

'Kom, dan gaan we,' zegt hij, waarna hij uitstapt.

Zijn mobiele telefoon laat een piepgeluidje horen en hij werpt een korte blik op het scherm. Er komen meerdere boze appjes van Ida binnen. Ze heeft de boodschap dat hij later zal zijn niet goed opgevat.

Hij wist wel dat ze niet blij zou zijn, maar ze klinkt werkelijk woest.

Ze heeft nooit eerder zo fel gereageerd, hij raakt er behoorlijk gestrest van. Hij vindt het moeilijk om zo tussen zijn partner en zijn werk in te staan. Hij zou alles overhebben voor haar en Alice, maar politieagent zijn is meer dan alleen een beroep, het is wie hij ís.

Het is zijn diepste wezen.

Hij vertrouwt erop dat hij een goede agent is, maar stelt zichzelf steeds vaker de vraag hoe je een goede partner en vader kunt zijn. Hij kan nu niet zomaar in de auto stappen en naar huis rijden, er staat te veel op het spel. En hij voelt zich al schuldig dat hij niet meer heeft gewerkt de afgelopen dagen.

Het gaat niet alleen om zijn plicht of wat hij zelf wil, Rebecka en haar kind zijn misschien in levensgevaar.

Hij aarzelt. Moet hij Ida bellen en proberen het uit te leggen? Moet hij haar beloven dat hij haar en Alice op de eerste plaats zal zetten zodra de zaak is opgelost en vertellen dat ze bezig zijn een zwangere vrouw te redden?

Hij kijkt naar de kerk, Hanna staat al bij de ingang naar hem te zwaaien.

Met een zucht stopt Daniel zijn telefoon weg. Het kan niet nu. Hij moet Ida maar na hun gesprek met Jonsäter bellen. Het is niet anders.

72

Als Daniel en Hanna de kapel binnenkomen, zien ze een grote, verlichte zaal met een gouden kruis aan de dwarsmuur.

Ze blijven staan bij de ingang. Hanna ziet enkele tientallen mensen zitten op de voorste banken wier volledige aandacht uitgaat naar de persoon vooraan.

Dat is Jan-Peter Jonsäter.

Zijn ogen stralen van blijdschap.

'We hebben een unieke opdracht binnen onze gemeente,' kondigt hij aan. 'God heeft ons aangewezen zijn woord te verspreiden over de hele wereld. Maar de Heer verwacht meer dan dat. Hij heeft ons ook uitverkoren de gebeden van anderen te verhoren.'

Hij laat een opzettelijke pauze vallen waarbij hij zijn handen voor zich uitstrekt.

'Denk aan iedereen wier gebeden niet verhoord worden. Stel dat de kracht van jullie gebed hun diepste wens in vervulling kan doen gaan. Wanneer onze medemens zich hevig biddend op de knieën laat vallen en bidt tot God om hun problemen op te lossen, komt de oplossing misschien via ons.'

Hanna luistert gefascineerd naar Jonsäters preek. Gelooft hij werkelijk in alles wat hij zegt, of is het gewoon een toneelstukje?

Hij laat weer een pauze vallen. Zijn blik dwaalt over de toehoorders, alsof hij ieders blik wil beantwoorden.

'Wat een geluk om de diepste wens van een ander te mogen vervullen!' roept hij verheugd. 'Wat een geluk om uitverkoren te zijn door God om zijn enorme liefde te verspreiden! Want Hij wil onze gebeden verhoren. Door de liefde die wij verspreiden, mogen wij God helpen dit te doen!'

'Amen!' roepen de leden van de gemeente.

'Dank jullie wel!' roept Jonsäter met zijn gezicht naar het plafond opgeheven. 'Dank U Heer, dat wij Uw helpers mogen zijn. Dank U dat wij U tot dienst mogen zijn. Dank U dat wij Uw genade mogen overbrengen aan onze medemens.'

Hanna is onwillekeurig onder de indruk. Jonsäter gaat helemaal op in zijn boodschap, zijn overtuiging is bijna tastbaar. Vakkundig en effectief roept hij een sterk gevoel van saamhorigheid op in de kerk, zo krachtig dat het bijna onweerstaanbaar is.

'Dank U Heer,' zegt de dominee tot besluit met een stem die doordrenkt is van blijdschap. 'Dank U in naam van Jezus.'

Als hij zijn handen uitstrekt ter zegening, stromen de leden van de gemeente naar voren om de zegening te ontvangen.

Hanna slaat het schouwspel dat zich voor hen afspeelt gade. Naast haar schudt Daniel zijn hoofd.

Ze ziet hoe stralend iedereen Jonsäter aankijkt. Het moet fantastisch zijn om onderdeel te zijn van zo'n saamhorigheid, om een dergelijke liefde te delen met familie en vrienden.

En het moet even afschuwelijk zijn om daarvan uitgesloten te worden.

Wat gebeurt er als de rangen zich sluiten en een lid van de gemeente buitensluiten?

Waar gaat een mens dan heen?

73

Zodra de mis afgelopen is, verdwijnt de dominee door een zijdeur vooraan naast het preekgestoelte.

Daniel zet een paar snelle passen naar voren en gebaart naar Hanna dat ze moet meekomen. Hij heeft een onprettig gevoel, ook al had hij zich voorgenomen zich niet te laten beïnvloeden. De mensenliefde die Jonsäter zo jubelend had verkondigd in zijn preek staat in schril contrast met de reden voor hun komst vanavond: hun vermoeden dat een andere predikant binnen de gemeente zijn vrouw met geweld heeft ontvoerd.

Hij opent de zijdeur die blijkt uit te komen op een donkere gang zonder plafondverlichting. Jonsäter is nergens te bekennen.

'Waar is hij gebleven?' fluistert Daniel tegen Hanna.

Een eindje verderop zien ze een grijze deur waar een beetje licht door een kier sijpelt. Daniel loopt ernaartoe en klopt aan. Dan doet hij hem open zonder op antwoord te wachten.

Jan-Peter Jonsäter zit aan een groot bureau, net als toen ze hem die ochtend zagen. Dit bureau is eenvoudiger, maar er liggen minstens zoveel stapels papier op.

Als hij Hanna en Daniel ziet, betrekt zijn gezicht. Hij zet zijn vierkante bril af, legt hem op het bureau en glimlacht dan even hartelijk als eerder.

'Zijn jullie weer terug? Waar kan ik jullie deze keer mee helpen?'

Daniel neemt niet de moeite zijn glimlach te beantwoorden. 'We hebben reden om aan te nemen dat u contact hebt met Ole Nordhammar,' zegt hij. 'U moet ons helpen hem op te sporen.'

'Rebecka verkeert misschien in groot gevaar,' voegt Hanna eraan toe. 'En Ole is de enige die weet waar ze is. Als het waar is wat u zojuist in uw preek zei, dat u Gods liefde wilt verspreiden, moet u zorgen dat we Ole onmiddellijk vinden. Voordat hij Rebecka iets aandoet.'

Jonsäter geeft geen antwoord, maar Daniel ziet aan zijn borst dat zijn ademhaling zwaarder is geworden. Begrijpt die man de ernst echt niet of zit hij zo vast in zijn eigen redenering dat hij de waarheid over zijn medepredikant niet wil accepteren?

'Help ons,' zegt Hanna smekend. 'Waar is Ole?'

Jonsäter zwijgt.

'Er bestaat ook zoiets als "medeplichtigheid aan een misdrijf",' zegt Daniel nu op strengere toon. 'Iemand die welbewust een criminele persoon helpt, kan worden veroordeeld tot gevangenisstraf.'

Hij zet een stap naar voren. Ze hebben geen tijd om hier te staan bakkeleien, hij begint Jonsäters houding zat te worden.

'Ole is geen crimineel,' protesteert Jonsäter. 'Hij is een van onze predikanten.'

'We weten al dat hij zijn vrouw heeft mishandeld,' zegt Hanna.

'Zulke mensen hebben we niet binnen onze gemeente,' zegt Jonsäter. Hij vertrekt geen spier, zijn gezicht lijkt wel uit steen gebeiteld. 'Dat komt hier niet voor.'

Daniel staat op het punt zijn geduld te verliezen.

'We verdenken hem van ontvoering,' snauwt hij. 'Is dat crimineel genoeg voor u?'

'Dat kan ik moeilijk geloven over Ole,' houdt Jonsäter vol. 'Hij zou nooit een hand naar zijn vrouw uitsteken. Niet op die manier. Misschien dat hij haar wilde tuchtigen, maar dat is alles.'

Bij het horen van zijn woordkeuze knapt er iets in Daniel. 'Tuchtigen', dat deed je niet met een ander mens. Het ging hier om een jonge vrouw die Jonsäter jarenlang gekend moet hebben. Hij kan niet eens haar naam gebruiken, in zijn ogen is ze niet meer dan Oles 'vrouw'.

Daniel heeft zin om te schreeuwen: ze heet Rebecka! Ze is zwanger en ze heeft medische zorg nodig!

'Ik ben niet van plan om hier te blijven luisteren naar jullie krankzinnige beschuldigingen,' vervolgt Jonsäter. 'Ik heb jaren met Ole gewerkt en ik ken hem al lang. Hij is een gewetensvolle, godvruchtige man die het beste met zijn echtgenote voor heeft.'

Daniel staart hem strak aan, maar Jonsäter bindt niet in.

'Jullie kunnen hier niet zomaar leden van onze gemeente komen zwartmaken.'

Hij staat op van zijn stoel. Hoewel Jonsäter rond de zestig is, is hij nog steeds een lange, grote man, minstens tien centimeter langer dan Daniel. Zijn aanwezigheid is niet over het hoofd te zien.

'Dat accepteer ik niet.'

Daniel siddert van frustratie, hij staat op het punt te ontploffen, maar dat is het laatste wat hij nu mag doen. Hij beseft ten volle dat hij zich professioneel moet opstellen en niet zijn zelfbeheersing mag verliezen zoals hij tijdens zijn ruzie met Ida had gedaan.

Het mag niet. Het zou misschien hun enige kans om Rebecka te vinden verpesten.

Hij móét zorgen dat Jonsäter hen helpt.

Precies op dat moment kijkt de dominee hem minachtend aan en realiseert Daniel zich dat Rebecka hem helemaal niets kan schelen. Het enige wat in zijn ogen belangrijk is, is de kostbare reputatie van hun kerkgemeente.

Als Rebecka opgeofferd moet worden, is dat maar zo.

Het zijn slechts lege woorden, al dat geklets over de liefde van God.

Het besef dringt bijna fysiek tot Daniel door.

'Hoe kunnen we Ole Nordhammar vinden?' herhaalt hij met zware stem.

'Dat lijkt me meer jullie taak.'

Jonsäter gaat weer zitten. Hij pakt een vel papier van een stapel op zijn bureau en begint het demonstratief te lezen, alsof ze er niet zijn.

Het is onmogelijk voor Daniel om de provocatie te negeren.

'Waar is Ole Nordhammer?' zegt hij opnieuw.

Jonsäter neemt niet eens de moeite te antwoorden.

Daniels slapen beginnen te kloppen. Ineens kan het hem niet meer schelen of hij zich als zijn driftige grootvader gedraagt.

Hij zou Jonsäter wel kunnen vermoorden op dit moment.

Zonder zich te kunnen inhouden, zet hij een stap naar het bureau en veegt in één beweging de dichtstbijzijnde stapels papier op de grond; een presse-papier en perforator worden meegesleurd. Papieren vliegen alle kanten op.

Jonsäter kijkt op van de harde klap.

Hanna steekt haar hand uit om Daniels arm vast te grijpen, maar hij schudt hem van zich af.

'Waar is Ole?' schreeuwt hij.

Hanna probeert Daniel naar achteren te trekken.

'Rebecka is zwanger!' brult hij. 'Als Ole haar iets aandoet heb je twee mensenlevens op je geweten.'

Dominee Jonsäter loopt naar de deur en zet hem wijdopen. Van de warmte en liefde die hij zojuist had gepredikt is geen spoor te bekennen.

Gods liefde schittert door afwezigheid.

'Ga weg,' zegt hij met kille stem. 'Voordat ik jullie leidinggevende bel.'

74

Daniel loopt rechtstreeks naar de parkeerplaats en schopt tegen de eerste de beste boom die hij tegenkomt, een zwart-witte berk naast de oprit.

Het doet pijn en niets wordt er beter van.

Hij kan die dominee wel aan stukken scheuren. Hij heeft het over Gods liefde, maar maakt zich alleen maar druk om het beschermen van de reputatie van hun kerkgemeente. Waarschijnlijk heeft hij de telefoon al gepakt om Ole te waarschuwen dat de politie naar hem op zoek is.

Maar hij is evengoed boos op zichzelf vanwege het feit dat hij zijn geduld was verloren daarbinnen. Hij trapt nog een keer tegen de boom. Het doet net zoveel pijn, maar dat kan hem niet schelen. Hij zou beter moeten weten.

Hij had zichzelf zo vaak beloofd dat hij zijn geduld niet zou verliezen op zijn werk. Het is onprofessioneel en bovendien heeft hij er een hekel aan om de controle te verliezen. Nog maar twee maanden geleden had hij Ida de stuipen op het lijf gejaagd met zijn woede-uitbarsting in de keuken. Hij moet toch een paar dagen stress aankunnen zonder in deze toestand te belanden.

Hanna komt aanrennen vanuit het kerkgebouw. Daniel was er zo snel vandoor gegaan dat ze hem niet had kunnen bijhouden.

Ze legt haar hand op zijn schouder. 'Hoe gaat het?' vraagt ze op kalme toon, alsof ze intuïtief begrijpt hoezeer hij zijn eigen reactie van daarnet verafschuwt. 'Ben je in orde?'

Daniel schudt zijn hoofd. Hij is niet in staat erover te praten, het is te moeilijk. Hij is niet van plan om te worden zoals alle mannen in zijn familie.

Hij is niet zijn opa.

'Geef me een minuutje,' weet hij uit te brengen.

Het liefst zou hij nu gewoon naar huis gaan en Alice knuffelen.

'Oké.'

Hanna stapt een paar meter naar achteren en laat hem met rust. Ze pakt haar telefoon en controleert haar berichten. Haar rug is half afgewend om Daniel de ruimte te geven weer tot zichzelf te komen.

Hij opent en sluit zijn handen een paar keer en dwingt zichzelf diep adem te halen.

Het is lang geleden dat hij tijdens zijn werk de controle was kwijtgeraakt, maar de houding van die schijnheilige dominee had hem over de grens gedreven. Ze hadden het over een zwangere vrouw die misschien wel ontvoerd was en het enige waar die predikant aan kon denken was het beschermen van zijn mannelijke collega.

Al was dat geen excuus voor zijn eigen gedrag.

Hij moet zichzelf tot de orde roepen.

'Pardon...' zegt een timide stem een paar meter bij hen vandaan.

Een korte gestalte in een dik donsjack stapt uit de schaduw tevoorschijn. De persoon heeft zijn of haar muts ver naar beneden getrokken waardoor de ogen amper zichtbaar zijn.

Daniel draait zijn hoofd om.

Hanna komt dichterbij.

'Jullie waren vanochtend bij ons thuis,' zegt de vrouw. 'Ik ben Ann-Sofie, de moeder van Rebecka.'

'O ja,' zegt Daniel in een poging normaal te klinken en niet als iemand die zojuist alle zelfbeheersing was kwijtgeraakt. 'Pardon, ik herkende je niet.'

'Hebben jullie nog iets van Rebecka gehoord?'

Haar stem klinkt dun, alsof hij ieder moment kan breken. Ann-Sofie wekt een zwakke en breekbare indruk.

Daniel moet dichterbij gaan staan om haar goed te kunnen verstaan.

'Weten jullie waar ze is?' vraagt ze.

'We zijn nog steeds op zoek naar haar en Ole,' legt Hanna uit.

Ze wijst naar het kerkgebouw.

'We probeerden net met dominee Jonsäter te praten, maar hij... was niet zo behulpzaam.'

Ann-Sofie bijt op haar lip.

'Als je enig idee hebt waar Ole zich kan bevinden, moet je het ons vertellen,' zegt Daniel.

Rebecka's moeder duwt haar handen diep in de zakken van haar jas. Ze werpt een vlugge blik op de geparkeerde auto's alsof ze bang is dat haar man hen daar in de gaten houdt.

'Rebecka is zwanger,' zegt Hanna.

Ann-Sofie kijkt haar met open mond aan.

'Dat kan niet,' fluistert ze dan. 'Dat kan niet kloppen.'

'Ik garandeer je dat het waar is,' zegt Hanna. 'Ik heb zojuist haar arts van het gezondheidscentrum gesproken.'

'Ole en zij kunnen geen kinderen krijgen,' zegt Ann-Sofie. 'Ze hebben het al die jaren geprobeerd, het lukt niet.'

'Je dochter is ruim drie maanden zwanger,' zegt Daniel. 'Dat is zeker.'

Misschien is het een risico om de moeder over de zwangerschap te vertellen, maar op dit moment moeten ze ieder argument aanwenden om Rebecka te vinden.

'Helaas lijken er wat complicaties te zijn,' voegt Hanna eraan toe. 'Begrijp je nu waarom het zo belangrijk is dat we haar en Ole vinden?'

Ann-Sofie kijkt paniekerig.

'Heb je echt geen idee waar je schoonzoon gebleven kan zijn?' vraagt Daniel.

Hij hoort hoe smekend hij klinkt.

'Ole heeft veel familie in Noorwegen,' antwoordt Ann-Sofie na een lange stilte. 'Zijn moeder was Noors.'

'Waar in Noorwegen?' vraagt Hanna.

'In Trondheim. Daar zit een zusterafdeling van Het Licht des Levens.'

Een echtpaar van middelbare leeftijd loopt naar het kerkgebouw. Rebecka's moeder valt stil en wendt haar gezicht af. Pas als ze gepasseerd zijn en buiten gehoorsafstand begint ze weer te praten.

'Verder hadden Oles grootouders een huis in Meråker, dat ligt net over de grens.'

Hanna heeft haar notitieboek tevoorschijn gehaald en maakt aantekeningen.

'Denk je dat Ole zich daar schuil zou kunnen houden?' vraagt Daniel.

'Dat zou kunnen. Zijn opa is een aantal jaar geleden overleden en volgens mij heeft hij het huis geërfd, aangezien zijn moeder al dood was. Hij is vaak in Noorwegen.'

'Heb je een adres?'

Ann-Sofie schudt haar hoofd.

'Wat was de achternaam van zijn grootouders?'

'Dat weet ik niet.'

De deur van het kerkgebouw gaat weer open en een jonge vrouw komt met snelle pas naar de parkeerplaats gelopen. Ze werpt hun een nieuwsgierige blik toe en Ann-Sofie wendt haar hoofd weer af.

'Ik moet gaan,' mompelt ze.

'Ontzettend bedankt,' zegt Daniel. 'Neem contact met ons op als je nog iets te weten komt.'

Ann-Sofie zet een stap, maar bedenkt zich dan. 'Ole was niet... lief voor Rebecka,' fluistert ze met angstige stem.

'Weet je dat zeker?' vraagt Hanna.

'Ze waren niet gelukkig samen. Rebecka probeerde het er een paar keer met me over te hebben, maar ik wilde niet luisteren... Ik kon het niet over Ole geloven, dat hij een man was die... zijn eigen vrouw sloeg.' Ze maakt een wanhopig geluid. 'Het is denk ik al lang aan de gang, maar ik heb niets gedaan. Ik heb haar niet geholpen. Ik heb tegen mijn dochter gezegd dat ze tot God moest bidden en Hem moest vragen haar de weg te wijzen.'

Het licht van de straatlantaarn schijnt op Ann-Sofies gezicht, het is getekend door schuldgevoel. Haar bruine ogen zijn een bron van pijn en verdriet.

'Ik was te laf om haar te helpen toen ze bij me kwam, ook al ben ik haar moeder.'

Ze lijkt een snik te onderdrukken. Dan pakt ze Hanna's handen beet. Daniel kan zien hoe hard ze ze vastgrijpt. Tranen rollen over haar wangen.

'Jullie moeten haar vinden,' zegt ze huilend. 'Voordat Ole iets vreselijks doet.'

Rebecka

2020
woensdag 26 februari

Rebecka bevindt zich in een sluimertoestand, telkens zakt ze weg in slaap en wordt weer wakker. Het laatste beetje water had ze halverwege de dag opgedronken en er is niets meer te eten.

Haar angst wordt steeds groter, zo meteen is haar lichaam niet meer in staat voedingsstoffen te leveren voor het kleintje in haar buik. Als hij of zij überhaupt nog leeft?

Ze wil niet op die manier denken, maar ze kan het niet voorkomen. Ook al had ze zichzelf beloofd het niet op te geven, haar lichaam begint te verzwakken.

Buiten is het donker geworden, de tijd raakt op.

Een zoemend geluid trekt haar aandacht. Het klinkt als een auto op de verlaten landweg. Rebecka dwingt zichzelf haar hoofd op te tillen en uit het raam te kijken. Het schijnsel van twee koplampen verlicht de rijbaan en er stopt een voertuig voor het huis. De motor ratelt even als hij wordt uitgezet.

Haar hart klopt in haar keel.

Is het Ole die teruggekomen is? Of iemand anders, die haar komt redden?

Een sprankje hoop gloeit in haar op.

Zou het kunnen dat Johan haar gevonden heeft?

Rebecka komt overeind en buigt zich naar het raam toe om het beter te kunnen zien. Buiten gaat het portier van de auto open en stapt een man uit aan de bestuurderskant. Ze moet haar ogen half samenknijpen om door de dikke sneeuwvlokken heen te kunnen kijken die wild in het rond wervelen en het tafereel een onwerkelijke aanblik geven. De sneeuw hult de onbekende persoon in een wit waas en vervormt iedere proportie.

Hij lijkt op Ole, niet op Johan.

Rebecka slaakt een snik. Haar handen beginnen te trillen, haar hartslag schiet omhoog. Het koude zweet breekt haar uit.

Ole loopt naar de voordeur en draait het slot open.

Rebecka wordt wakker uit haar verlamming. Waar is de haaknaald? Ze voelt in haar broekzakken, maar vindt hem niet. Dan tast ze ernaar op het nachtkastje, misschien dat ze hem gisteren had weggelegd?

Hij is nergens.

Met haar vingers voelt ze rond het bed en onder het vlekkerige kussen. Ze moet die haaknaald vinden, het is haar enige verdediging.

Eindelijk sluiten haar vingers zich om hard metaal. Hij was uit haar zak gevallen en tussen het bed en de muur terechtgekomen.

Rebecka huilt van opluchting. Dan hoort ze de zware passen op de trap.

Daar komt hij.

75

Hanna heeft de plek achter het stuur overgenomen. Ze laat het kerkgebouw en Snasadalen achter zich en rijdt naar een parkeerhaven een paar kilometer verderop aan Handölsvägen. Daar maakt ze haar autogordel los en draait zich om naar Daniel.

'Wat een geluk dat Rebecka's moeder naar ons toe kwam,' zegt ze. 'Nu is het bevestigd dat Ole zijn vrouw al langere tijd mishandelde. Als hij achter die affaire met Johan is gekomen, of dat ze zwanger is, is het heel ernstig.'

Hanna ziet dat Daniel zich net zoveel zorgen maakt als zij. Er zijn complicaties bij Rebecka's zwangerschap. Het zou kunnen dat ieder uur telt.

'Denk je dat ze in Meråker is?' vraagt hij.

Hanna sluit haar ogen en probeert haar vermoeide brein aan het werk te zetten. Meråker is maar drie kwartier bij Handöl vandaan, het is niet ver. De grens tussen Zweden en Noorwegen is niet bewaakt, je bent er zo overheen.

'We kunnen er maar beter heen rijden,' zegt ze.

Daniel knikt. 'We moeten het regiokorps van Trondheim maar bellen om assistentie te vragen,' zegt hij.

'Rebecka is al vijf dagen weg, we kunnen niet wachten tot de Noorse politie in actie komt.'

Daniel haalt zijn handen door zijn haar. 'Ik weet het. Ik stem wel met hen af terwijl jij rijdt.'

Ondertussen is het gaan sneeuwen. Dikke sneeuwvlokken dwarrelen neer uit de laaghangende donkere wolken en de wind neemt alsmaar toe en giert door de greppel, de sneeuw voor zich uit jagend. De berkenbomen langs de kant van de weg buigen gevaarlijk ver door en zien eruit alsof de takken ieder moment kunnen afbreken.

De weersvoorspelling voor vanavond is belabberd. Het gaat stormen en er worden windvlagen tot 72 kilometer per uur verwacht.

Hanna klikt haar autogordel weer vast. 'Dan gaan we maar. Hoe komen we aan het adres?'

'Wat denk je ervan om Oles ouders na te trekken in het bevolkingsregister? Het moet wel mogelijk zijn om de meisjesnaam van Oles moeder te achterhalen.'

'Als Anton nog op het bureau is, kan hij ons misschien helpen,' stelt ze voor.

Hanna wordt gebeld en ze zet haar telefoon op de luidspreker.

'Dag, je spreekt met Karin Jonsäter.'

Hanna schrikt op. Het was een wanhoopsdaad geweest om Karin haar kaartje te geven voordat ze uit Handöl vertrokken. Gelukkig leek de vrouw van gedachten te zijn veranderd, aangezien ze contact met haar opnam. Of ze was door Ann-Sofie overgehaald met de politie te praten ondanks de druk binnen Het Licht des Levens.

Misschien bestond er een vorm van vrouwelijke solidariteit binnen de patriarchale kerkgemeente die onopgemerkt bleef?

'Je zei dat ik je moest bellen als ik wist waar Ole zou kunnen zijn...' Karin haalt diep adem. Haar stem klinkt angstig en bezorgd. 'Je mag mijn man niet laten weten dat ik je gesproken heb.'

'Dat beloof ik,' zegt Hanna snel.

'Ik denk dat Ole in Noorwegen is. Ik hoorde mijn man met hem praten aan de telefoon na jullie eerste bezoek vanochtend. Het klonk alsof Jan-Peter hem probeerde over te halen terug te komen naar Zweden. Samen met Rebecka.' Karin haalt nogmaals diep en huiverend adem. 'Dat zou dan moeten betekenen dat Ole... Rebecka daar tegen haar wil vasthoudt.'

76

Anton zit nog steeds op het politiebureau, ook al begint het laat te worden. Hij ziet ertegen op om naar huis te gaan en thuis te komen in een leeg appartement. Hij werkt liever nog even door.

Hij heeft een lange, zware dag achter de rug. Er is nu een officieel opsporingsbericht uitgevaardigd voor Rebecka en Ole Nordhammar. Linus Sundin is dood en zijn naam is bekendgemaakt.

Het was moeilijk geweest om bij Linus' gezin langs te gaan met een dergelijk overlijdensbericht. Sandra's geschokte gezicht toen ze het nieuws hoorde, staat op Antons netvlies gebrand. Ze had moeite gehad de informatie te verwerken en kon amper geloven dat haar man er niet meer was. Ze had zich vastgeklampt aan haar zoontje dat luid en ontroostbaar huilde.

Toch had ze gezegd dat Linus onmogelijk zelfmoord kon hebben gepleegd. Die gedachte had ze meteen uitgesloten. Zoiets zou Linus zijn gezin nooit aandoen, had ze gesnikt.

Ze hadden ook geen afscheidsbrief gevonden die de zelfmoordtheorie ondersteunt.

Als ze gelijk had, bleven er twee alternatieven over. Of het was simpelweg een ongeluk, of in het ergste geval was Linus van de weg gereden en hadden ze te maken met moord.

Desondanks twijfelt Anton aan Sandra's verklaring. Het kan ook wishful thinking zijn van een wanhopige vrouw.

Zojuist was Carina's eerste rapport over het onderzoek van Linus' auto binnengekomen. De krassen op de zijkant zijn relatief nieuw, maar het is niet duidelijk of ze van die dag zijn.

Er zijn nog steeds veel aanwijzingen dat Linus schuldig is aan de moord op Johan.

Eigenlijk moet hij Daniel informeren over Sandra's uitspraken, maar Anton besluit te wachten tot morgen. Waarschijnlijk is Daniel al gestopt met werken, het is na achten. Hij heeft veel voor zijn kiezen gekregen thuis de laatste tijd, zoveel heeft Anton wel meegekregen.

Hij heeft Ida meerdere keren ontmoet, ze is een prima meid, maar het vergt veel om een relatie te hebben met een politieagent. Het is geen toeval dat er zoveel gescheiden medewerkers zijn binnen het korps. Het drukt zwaar op je relatie om een partner te hebben die steeds wordt opgeroepen en vaak onregelmatige tijden werkt.

Hoe leuk is het om aan tafel te zitten met iemand wiens volledige aandacht uitgaat naar een lijk waarmee hij net oog in oog heeft gestaan?

Het is niet gek als er wrijving ontstaat.

Hij moet denken aan Carl en hoe hij zou omgaan met een partner die bij de politie werkt.

Stop met dromen, zegt Anton vermanend tegen zichzelf, het wordt nooit wat.

Als de telefoon gaat, hoopt hij desondanks dat het Carl is, maar het is Daniel. Hij zit met Hanna in de auto, dus blijkbaar is hij nog niet thuis.

'Kun je me helpen met het opzoeken van een adres in Meråker, in Noorwegen?' vraagt hij vlug.

Daniel legt de situatie uit. Het huis zou op naam van Ole Nordhammar gekomen moeten zijn via een erfenis van zijn moeders kant. Hij wil ook dat Anton de Noorse meisjesnaam van Oles moeder opzoekt.

'Zo snel mogelijk.'

'Waar heb je dat adres voor nodig?' vraagt Anton. 'Er is toch al een opsporingsbericht voor hem uitgevaardigd?'

Dat was eerder die dag gebeurd. Voorlopig was er geen nieuwe informatie binnengekomen, maar het opsporingsbericht gold alleen in Zweden, beseft Anton, niet in Noorwegen. Om iemand te kunnen laten opsporen door heel Scandinavië, moet diegene bij verstek zijn aangehouden. De verdenkingen die ze tot nu toe tegen Ole Nordhammar hebben, wegen niet zwaar genoeg voor een dergelijk besluit.

'Waarom is er zo'n haast bij?' vraagt hij.

Anton hoort Hanna praten op de achtergrond.

'We denken dat Rebecka Nordhammar misschien gevangen wordt gehouden in Meråker,' legt Daniel uit.

Hij maakt zich zorgen, dat is duidelijk te horen over de telefoon. Zijn stem is rauw en gespannen.

'Hebben we het dus over ontvoering?' wil Anton weten.

'Daar lijkt het wel op. En daarbij is Rebecka zwanger, vermoedelijk van Johan en niet haar man. Bovendien heeft haar moeder zojuist bevestigd dat Rebecka jarenlang door Nordhammar is mishandeld.'

Anton ziet de ernst van de zaak in. Hanna had al die tijd gelijk gehad over Rebecka's situatie. Dit was veel erger dan hij had gedacht.

'Ik zal het regelen,' zegt hij. 'Maar ik denk wel dat je Grip moet bellen om haar over de situatie te informeren.'

'Dat doe ik later. Ik moet eerst contact opnemen met het korps van de regio Trondheim om om assistentie te vragen.'

Rebecka

2020

woensdag 26 februari

Rebecka rolt zich op in bed met haar rug naar de muur. Oles voetstappen zijn blijven staan voor de deur.

Haar ademhaling gaat zo snel dat ze niet genoeg zuurstof krijgt. Het voelt alsof ze haar adem inhoudt onder water. Nu is er nog genoeg lucht, maar haar lichaam weet dat het zo meteen op zal zijn.

Al haar spieren zijn tot het uiterste gespannen.

Ze overweegt zich te verstoppen achter de deur en in de aanval te gaan zodra hij binnenkomt, stelt zich voor hoe ze zich op hem werpt met de dunne haaknaald in haar hand. Ze steekt Ole in zijn oog zodat hij op de grond valt. Daarna rent ze de trap af naar de auto en rijdt ze weg.

Ze is echter zo bang dat ze dit plan al snel laat varen. Hij is te sterk, ze krijgt maar één kans. Als ze mist, wordt het nog erger.

Bovendien weet ze niet of ze in staat is opzettelijk een ander mens te verwonden. Zelfs Ole niet, ondanks alles wat hij haar heeft aangedaan. Als ze zich onderdanig en verslagen opstelt, kan ze hem misschien overhalen haar te laten gaan.

De kans dat hij dat doet, is niet groot, maar ze klampt zich vast aan de gedachte. Ole is een dienaar van God, een predikant van hun kerkgenootschap. Ze heeft hem zo vaak zijn liefdevolle boodschap horen prediken.

Hij zal toch geen zwangere vrouw doodslaan?

Rebecka strijkt met haar hand over haar buik en probeert kracht te putten uit de wetenschap dat er leven groeit in haar.

Ze hoort hoe hij de sleutel in het slot vastpakt. Er klinkt een knarsend en piepend geluid als hij het probeert open te draaien. Uiteindelijk moet hij de sleutel eruit halen en er weer insteken.

Rebecka staart gehypnotiseerd naar de deur. Misschien zit het slot vast door haar gepruts met de haaknaald en is hij net zo buitengesloten als zij binnengesloten zit.

Er klinkt opnieuw een piepend geluid.

Haar lippen prevelen een gebed, het vers dat ze al van jongs af aan opzegt.

God die zijn kinderen liefheeft…

77

Als Hanna Storlien voorbijgereden is, ziet ze een oplichtend bord met de tekst DOUANE CUSTOMS BORDER dat de grens tussen Zweden en Noorwegen markeert.

Daniel heeft net zijn gesprek met het korps van Trondheim afgerond. Met een bezorgd gezicht stopt hij zijn telefoon weg.

'Ze sturen zo snel mogelijk een patrouille, maar iedereen in Meråker is bezet en bezig met andere oproepen.'

Hanna perst haar lippen op elkaar. Ze hebben weinig geluk momenteel.

Ze verhoogt haar snelheid zoveel als ze kan en kiest de rijstrook met de groene aanduidingen. Ze passeren een houten gebouw met zowel een Noors als Zweeds douanelogo. Alle ramen zijn donker, er zijn nergens douanebeambten te zien.

De vlaggenmasten schudden in de harde wind als Hanna het buurland binnenrijdt.

Nu zijn ze in Noorwegen, hier hebben ze geen bevoegdheden.

Ze passeert een middenblauw bordje dat aankondigt dat ze in de regio Nord-Trøndelag zijn en in de gemeente Meråker. Ze vervolgen hun weg over 'Mellomriksveien', zoals de E14 in het Noors genoemd wordt.

Daniel zit zwijgend en gespannen op de passagiersstoel.

Het weer is nog slechter geworden. De sneeuw wervelt rond voor de koplampen en Hanna heeft al haar concentratie nodig voor het besturen van de auto. Ze hoopt dat het huis niet al te afgelegen en ontoegankelijk is, want ze weet niet zeker of ze er dan wel kunnen komen. Ze hebben weliswaar een auto met vierwielaandrijving, maar in deze storm kunnen de wegen binnen een paar uur dichtgesneeuwd raken.

Het is bijna negen uur, het is een halfuur geleden dat ze Anton gesproken hebben. Zo meteen zijn ze in Meråker, en ze hebben geen idee waar ze heen moeten.

Dan gaat eindelijk Daniels mobiele telefoon. Hij zet hem op de luidspreker.

'Ik heb het adres gevonden,' zegt Anton.

Hanna ademt uit.

'Het huis ligt ten noordoosten van de E14.'

Anton legt uit hoe ze moeten rijden. Ze moeten rechts afslaan bij een benzinestation en een flink stuk de weg volgen tot een kleine brug over een zijriviertje van Stjördalsalven.

Het huis ligt aan het einde van de weg.

'De meisjesnaam van Oles moeder was Hauge,' gaat Anton verder. 'Haar ouders heetten Ruth en Sigurd Hauge, voor het geval jullie nog moeten rondvragen.'

'Ontzettend bedankt,' zegt Daniel.

'Hebben jullie trouwens informatie over zijn auto?' voegt Anton eraan toe. 'Hij rijdt in een witte Nissan Qashqai, dat is een klein model SUV, met kenteken NQX 026.'

Goed gedaan, Anton, denkt Hanna. In de haast waren ze vergeten naar de auto te vragen.

'Vergeet niet dat Nordhammar gevaarlijk kan zijn,' zegt Anton dan. 'Misschien hebben jullie versterking nodig.'

Buiten wordt de duisternis steeds dichter. De ruitenwissers zwaaien heen en weer in Hanna's blikveld.

'De Noorse politie heeft bevestigd dat ze onderweg zijn,' zegt Daniel. 'Maak je geen zorgen. We zijn niet van plan om stomme dingen te doen.'

Rebecka

2020
woensdag 26 februari

Als de deur van de kleine kamer opengaat, ziet Rebecka een donker silhouet omgeven door fel licht. Het is onmogelijk de gelaatstrekken te onderscheiden. Even denkt ze dat het een engel is die haar komt redden.

Dan wennen haar ogen aan het licht en wordt haar zicht helder. Ze beseft dat het Ole is die in de deuropening staat.

Ze drukt zich tegen de muur, ze kan geen kant op.

Zonder iets te zeggen stapt Ole naar voren. Hij grijpt haar ruw bij de arm en trekt haar overeind.

'Wat doe je?' stamelt Rebecka.

Hij duwt haar voor zich uit de kleine slaapkamer uit en de steile houten trap af. Ze heeft geen tijd om haar schoenen of tas te pakken en heeft alleen de kleren die ze aanheeft bij zich.

Door het raam in de gang ziet ze de storm die is losgebarsten; de sneeuw zwiept geweldddadig tegen het glas en de wind giert door de schoorsteen in de keuken. Alles buigt om voor de rukwinden.

Als Ole de voordeur opendoet en haar mee naar buiten trekt, wordt haar huid gegeseld door de kou. Ze moet vooroverbuigen tegen de wind en de sneeuw prikt als scherpe naalden in haar wangen.

De storm woedt in alle hevigheid.

'Waar gaan we heen?' roept ze zonder antwoord te krijgen.

Ze loopt op haar sokken zonder jas, maar dat kan Ole niets schelen, hij duwt haar naar de auto.

De sneeuw voelt ijskoud onder haar voeten en haar nek en haar zijn in één keer doorweekt. Ze loopt nu al te rillen van de kou.

'Laat me los!' schreeuwt Rebecka in een poging zo goed en zo kwaad als dat lukt tegen te stribbelen.

Daarnet was ze nog bereid alles te doen wat ze kon om dat huis uit te komen, maar nu leek die smerige kleine kamer haar enige veilige haven.

'Zwijg, vrouw!' brult Ole.

Hij is veel te sterk, ze maakt geen kans tegen hem.

Dat heeft ze nooit gedaan.

Ole doet de deur bij de achterbank open en duwt Rebecka zo hardhandig naar binnen dat ze haar evenwicht verliest. Ze tuimelt met haar hoofd naar voren de auto in en klapt met haar hoofd tegen de deur aan de andere kant, ze ziet sterretjes van de pijn. Tegen de tijd dat ze overeind is gekrabbeld, heeft hij de motor al gestart.

'Waar gaan we heen?' roept ze weer.

Ole rijdt de duisternis in.

'Je gaat God onder ogen komen.'

78

Hanna rijdt zo hard als ze durft op de dichtgesneeuwde rijbaan. Parallel aan de weg loopt een kleine rivierbedding. Waar de rivierbedding ophoudt, loopt de weg door naar het noorden.

In de verte duikt een paar verblindende koplampen op, maar ondanks haar boze geknipper zet de bestuurder ze niet uit.

De auto komt zo snel op hen af dat ze bang is te zullen botsen, ze moet de auto met een veel te heftige manoeuvre naar de zijkant sturen. Het scheelt maar een haar of de bumper was in een sneeuwwal blijven steken.

De SUV zoeft voorbij zonder acht op haar te slaan.

'Shit!' roept Daniel uit. 'Dat was hem!'

Als Hanna zich omdraait verdwijnt de witte auto al uit het zicht.

'Weet je het zeker?'

'Het zag eruit als een Nissan Qashqai, ik herken het model.'

Hanna rukt aan het stuur en keert de auto. 'Ik hoop dat je gelijk hebt,' mompelt ze, waarna ze op het gaspedaal trapt.

Terwijl ze de achtervolging inzet door het noodweer, ziet ze geen rode achterlichten. Ze moet hem inhalen voordat Ole bij de E14 aankomt, anders kan hij alle kanten op verdwijnen.

'Zag je of hij Rebecka bij zich had?' vraagt ze wanhopig.

'Dat was niet te zien. Het zou kunnen dat er iemand op de achterbank zat, maar ik durf het niet te zeggen.'

Als ze de laatste afrit voorbijrijdt, roept Daniel: 'Stop!'

Hanna trapt zo abrupt op de rem dat de auto weer even begint te slippen.

'Volgens mij zag ik daar bandensporen.'

Hanna rijdt achteruit en slaat af op de plek die Daniel aanwijst.

De weg is niet schoongemaakt en volkomen ondergesneeuwd, maar de sporen van een auto zijn duidelijk te zien in het licht van de koplampen.

Laat het alsjeblieft Ole Nordhammars auto zijn, bidt Hanna stilletjes.

Ze rijdt door en volgt de sporen. De bomen staan hier dichter op elkaar en verder dan de koplampen kunnen ze niet kijken. De windvlagen zijn zo hevig dat de auto bijna van zijn plek komt, wat Hanna beangstigt. Ze wil niet in een berg sneeuw vast komen te zitten en overgeleverd zijn aan de krachten van de natuur.

'Zie je hem?' hijgt Daniel naast haar.

Ze zoekt overal, maar er is geen spoor van Ole te bekennen. Terwijl ze haar ogen tot het uiterste inspant om hem te vinden, draaien de ruitenwissers op volle toeren. Het enige wat ze ziet is compacte duisternis en sneeuw die met bakken uit de hemel komt, er komt geen einde aan. Je kunt hier in een paar uur doodvriezen.

Ze krijgt een knoop in haar maag bij de gedachte. Ze moeten Rebecka vinden voordat het te laat is.

Rebecka

2020
woensdag 26 februari

Ze rijden met zo'n hoge snelheid over de smalle weg dat Rebecka haar ogen dichtdoet, ze omklemt krampachtig haar buik. Als Ole niet langzamer gaat rijden, overleven ze het geen van drieën. Het is een kwestie van tijd totdat ze ergens tegenaan botsen, een boom of een andere auto.

Ze huilt met open mond.

De auto slipt opnieuw als Ole een kleinere weg in rijdt, zo abrupt dat Rebecka over de achterbank geslingerd wordt. Ze kan haar ene hand nog net beschermend voor haar buik houden, maar stoot hard haar schouder.

Hij rijdt verder over de weg op zo'n hoge snelheid dat de omgeving aan hen voorbijsuist. Ze bevinden zich op een verlaten weg zonder verlichting of gebouwen in de buurt.

'Alsjeblieft, stop,' fluistert Rebecka, hoewel ze weet dat Ole haar niet kan horen.

Ze heeft geen idee waar ze naartoe gaan.

Zonder waarschuwing trapt Ole op de rem. Met draaiende motor rukt hij de achterdeur open en sleurt Rebecka op de grond.

Ze smeekt nog één laatste keer voor het leven van haar ongeboren kind: 'Ik ben zwanger.'

Ole doet zijn mond open alsof hij op haar gaat spugen.

'Dat rotkind is niet van mij.'

'Alsjeblieft, doe dit niet.'

Maar Ole luistert niet naar haar smeekbedes.

'Jij en dat hoerenkind van je mogen verantwoording afleggen aan God!'

Hij sleept haar mee naar een groepje bomen waar hij haar met haar gezicht tegen de grond duwt.

Rebecka kan niets meer zien, ze voelt alleen de ijzige sneeuw langs haar wangen schuren.

Terwijl ze uit alle macht overeind probeert te komen, hoort ze de autodeur dichtslaan. Daarna begint de motor te ronken en rijdt Ole weg.

Als ze haar arm uitsteekt om hem tegen te houden, giert de koude lucht langs haar blote handpalm.

Niet veel later is de auto uit het zicht verdwenen.

Hij is weg.

Rebecka knippert met haar ogen en probeert te begrijpen wat er gebeurd is. Dan dringt het tot haar door. Ole heeft haar midden in het bos achtergelaten. Zonder jas of telefoon, zelfs zonder schoenen.

Niemand weet waar ze is. Johan zal haar nooit kunnen vinden.

Ze zal hier met haar kind doodvriezen, begraven onder de sneeuw die steeds dikker wordt.

De wereld begint te draaien. Het landschap kleurt blauw in de donkere nacht. De bomen strekken hun kale zwarte takken uit naar haar door en door bevroren lichaam.

Er breekt iets in haar. Ole wil echt dat ze sterft.

Zelfs God kan een dergelijke kwaadaardigheid niet vergeven. Maar niemand zou haar man de schuld geven als ze haar eindelijk vonden. Iedereen zou denken dat ze buiten was achtergebleven terwijl de storm inzette.

Arme Rebecka die per ongeluk doodgevroren was.

'Nee,' fluistert ze in de duisternis. 'Dat wil ik niet.'

Ze gaat op haar knieën zitten en slaagt erin op te staan, ze kan amper haar evenwicht bewaren.

Haar voeten zijn gevoelloos geworden, elke stap voelt alsof ze op naalden loopt. Ze heeft het zo koud dat haar lichaam spastisch begint te schudden.

Slechts één gedachte houdt haar in beweging: als ze geen hulp vindt, zal haar kind de nacht niet overleven.

79

De storm beukt zo hard tegen de voorruit dat de sneeuw vastvriest aan het glas terwijl Hanna langzaam verder rijdt. Ze heeft het gevoel dat ze door een maanlandschap rijdt, er zijn geen contouren of oriëntatiepunten.

Ze knijpt in het stuur, het vergt al haar concentratie om niet van de weg af te raken.

Plotseling verschijnt er een fel licht voor hen. Opnieuw wordt Hanna bijna van de weg gereden.

'Dat is hem weer!' brult Daniel. 'Keer om!'

Deze keer mag ze Ole niet kwijtraken, mompelt ze bij zichzelf. Terwijl de seconden wegtikken, probeert ze de auto om te draaien. Ze zet hem in z'n achteruit en draait aan het stuur. Eindelijk staat hij in de goede richting en kunnen ze de achtervolging van de witte SUV inzetten.

Ze rijdt veel te hard over het gladde wegdek en ze moet denken aan het ongeluk in december, ze mag niet weer de controle over het stuur verliezen. Daniel zit naast haar, hij heeft een gezin, een dochter. Ze móét afremmen, als het niet voor haarzelf is, dan in elk geval voor hem.

De rode achterlichten zijn een bocht om verdwenen, maar Hanna gaat hem achterna. Plotseling zijn ze weer bij de E14.

De weg ligt er naar beide kanten verlaten bij.

O nee.

'Zie je hem?' vraagt ze, hoewel ze het antwoord al weet.

'Hij is weg,' zegt Daniel net zo verslagen als zij zich voelt.

Hanna tuurt in beide richtingen, maar er is geen beweging te bekennen.

'Shit,' zegt ze hardop vloekend. 'We hadden hem bijna. Bíjna.'

'Ik weet het.'

Hanna leunt met haar voorhoofd tegen het stuur en gooit er nog een hele reeks scheldwoorden uit.

'Wat doen we nu?'

'We zoeken verder naar dat huis van zijn opa,' zegt Daniel. 'We weten niet zeker of Rebecka in die auto zat. Er is nog steeds een kans dat ze daar zit opgesloten.'

Hij heeft gelijk, de hoop om Rebecka te vinden is niet verloren, maar toch is Hanna woedend dat Ole Nordhammar hun ontglipt is.

Ze zet opnieuw koers naar het adres dat Anton had gevonden. Als ze de zijweg naderen waar ze Oles auto hadden zien verdwijnen, houdt Daniel haar tegen.

'Wacht even,' zegt hij.

Hanna zet de auto stil en Daniel staart naar de afslag. Een paar honderd meter verderop wordt de weg opgeslokt door dikke dennenbomen. Het schijnsel van hun koplampen vormt slechts een klein streepje licht in de dichte duisternis.

'Waarom sloeg hij daar af?' vraagt Daniel.

Hanna haalt moedeloos haar schouders op. 'Misschien probeerde hij zich voor ons te verschuilen? Dat is best goed gelukt, ondanks het feit dat we hem achtervolgden, heeft hij ons toch afgeschud.'

'Dat had hij waarschijnlijk ook gedaan als hij direct naar de E14 was doorgereden. Er moet een reden zijn,' houdt Daniel vol. 'Wat denk jij?'

Met haar handen op het stuur probeert Hanna zich voor te stellen wat Oles gedachtegang geweest kan zijn.

Als hij weet dat Rebecka zwanger is van een ander, wil hij haar waarschijnlijk persoonlijk straffen. Het is een grote belediging voor hem, zowel als echtgenoot als predikant. Een man met zijn psychologische profiel zou ondertussen razend moeten zijn.

Bovendien weet hij dat de politie naar hem op zoek is. Dat zou hem wanhopig kunnen maken, ook al wijt hij al zijn daden aan God.

Misschien heeft hij Rebecka ergens anders heen gebracht, zodat niemand haar vindt voordat hij klaar is met zijn straf.

'Zou er nog een huis kunnen zijn daar?' vraagt ze peinzend.

'Waar we geen weet van hebben?'

Daniel staart strak naar de bandensporen in de sneeuw. 'Laten we maar gaan kijken.'

Rebecka

2020

woensdag 26 februari

Rebecka strompelt naar de keerzone waar Ole net was weggereden. Iedere beweging kost moeite, een paar keer zakt ze bijna in elkaar, maar de gedachte aan haar kind houdt haar op de been.

Het mag niet sterven.

Haar wangen zijn compleet bevroren en haar lippen zijn stijf van de kou. Ze is niet in staat te huilen, laat staan om om hulp te roepen.

Hoe kan een stukje van twintig meter zo ver zijn?

Eindelijk komt ze er aan. Ze sleept zichzelf in de richting van de grote weg en volgt het spoor van Oles auto, turend in het donker om niet te verdwalen. De banden hebben diepe sporen achtergelaten in de dikke sneeuw, wat het lopen makkelijker maakt.

Al het gevoel is uit haar benen verdwenen, maar ze dwingt zichzelf haar voeten op te tillen en zet steeds opnieuw de een voor de ander. Eerst één pas en dan de volgende.

Er komt geen einde aan de rondwervelende sneeuw, de hemel lacht haar uit. Ze heeft zo vaak tot God gebeden om redding, maar Hij is haar nooit te hulp geschoten. Hij had geen tijd voor haar, alleen voor Zijn predikant, Zijn uitverkoren dienaar Ole. De man die haar in de sneeuwstorm heeft achtergelaten om te sterven, ook al is ze zijn vrouw.

Rebecka heeft zin om op hen te spugen, zowel op Ole als God. Om razend haar vuist op te heffen naar de hemel.

Ze kan het niet opbrengen.

Haar hele leven heeft ze te horen gekregen dat zij en de andere leden van hun gemeente door het Dal van de Heer wandelen. Een plek voor uitverkorenen waar God hun het Licht des Levens heeft geschonken, dat ze dienen te verspreiden onder de mensen op aarde.

Maar het enige wat ze is tegengekomen, is duisternis.

Als ze dit overleeft, verlaat ze de gemeente. Haar kind zal niet worden blootgesteld aan het geloof dat haar zoveel leed heeft bezorgd.

Leeft haar kindje nog?

Rebecka kermt bij de gedachte aan het andere alternatief.

Tussen de bomen is een zwak schijnsel te zien dat dichterbij lijkt te komen. Ze heft haar kin op om het beter te zien. Is het een auto of slechts een illusie? Een fantasie van haar vertroebelde brein om haar lijden te verzachten?

Is Ole van gedachten veranderd?

Rebecka probeert iets te zien, maar het flikkert voor haar ogen. Ze is te uitgeput. Ze wil zwaaien en roepen dat ze hier is, dat ze hulp nodig heeft, maar ze is zelfs niet in staat haar arm op te tillen.

Haar lichaam is zwak, het gehoorzaamt niet meer. Ze kan niet meer.

Ze valt op haar knieën en zakt in elkaar in de sneeuw. Het is te laat. Zij en haar kind zullen hier sterven in de schaduw en duisternis.

Precies zoals ze haar hele leven heeft geleefd.

80

De smalle weg leidt nergens naartoe. Het enige wat Hanna ziet, is een zwart-wit schaduwlandschap, er lijken geen huizen te staan zo diep in het bos.

Ze begint de hoop te verliezen. Waarschijnlijk kunnen ze beter teruggaan.

'Het ziet er erg verlaten uit,' zegt ze tegen Daniel.

'Dat laatste stukje kunnen we ook wel doorrijden. We moeten bijna bij het einde zijn.'

Hanna's bezorgdheid blijft maar groeien. Ze wil zo snel mogelijk naar dat huis van Nordhammar. Het is hun laatste hoop. Misschien zit Rebecka daar nog steeds opgesloten.

'Ole moet de hele weg afgereden zijn aan de sporen te zien,' voegt Daniel eraan toe.

In het licht van de koplampen zien ze de afdrukken van de andere auto. Hanna mindert nog wat vaart. De weg is kronkelig en op sommige plekken heeft de wind hoge sneeuwwallen opgeworpen die het zicht bemoeilijken. Ze is nog steeds bang om te slippen en naast de weg vast te komen zitten.

Ze naderen een recht stukje weg dat uit lijkt te komen op een keerzone. Hanna is opgelucht, nu kunnen ze omdraaien en naar het huis rijden waar Rebecka misschien gevangen wordt gehouden.

'Pas op!' brult Daniel. 'Er ligt daar iets.'

Hanna trapt op de rem. Hoewel ze nog geen dertig kilometer per uur rijden, glijdt de achterkant van de auto weg.

Aan het uiteinde van de lichtstralen van de auto is midden op de weg een figuur te zien. Ze springen tegelijk uit de auto, maar Daniel is er als eerste. Hij grijpt de schouders van het slappe lichaam en draait het om zodat het gezicht te zien is.

De ogen zijn gesloten en de huid is krijtwit, maar Hanna herkent de vrouw onmiddellijk.

'Dat is haar!'

Rebecka ziet er eerder dood dan levend uit. Haar lippen zijn ziekelijk bleek en haar lange, natte haar is verstijfd van de kou en zit tegen haar hoofd geplakt.

Hanna trekt haar handschoenen uit en voelt met haar vingers aan de dunne hals naar een hartslag.

'Ze leeft,' hijgt ze.

'Ja, maar ze is ijskoud.'

Als Hanna omlaagkijkt, ziet ze dat Rebecka's voeten alleen beschermd worden door een paar kapotte sokken.

'Ze heeft niet eens schoenen aan.'

Woede borrelt in haar op als hete lava. Ze heeft een hoop gewelddadige mannen meegemaakt, maar dit soort wreedheid is amper te bevatten. Ole heeft zijn vrouw opzettelijk in de sneeuw achtergelaten om haar te laten doodvriezen.

'We moeten haar zo snel mogelijk naar de warmte zien te krijgen,' zegt Daniel.

Hij neemt Rebecka in zijn armen en draagt haar naar de auto.

'Als jij rijdt, ga ik met haar op de achterbank zitten,' zegt Hanna, ondertussen haar jas open knopend. 'Ik zal proberen haar zo veel mogelijk op te warmen.'

Ze wisselen een blik.

Rebecka heeft onmiddellijk medische zorg nodig.

'We rijden terug naar Zweden,' besluit Daniel. 'De helikopter moet haar maar ophalen in Storlien.'

81

Als Daniel rond twee uur 's nachts bij zijn appartement aankomt, is er bijna een dag verstreken sinds hij voor het laatst thuis was. Hij zal zijn afwezigheid op een of andere manier moeten goedmaken met Ida, maar op dit moment is hij blij dat hij niet anders heeft gehandeld.

Rebecka is veilig en dat is het belangrijkste.

Ida zal het wel begrijpen, als hij maar de kans krijgt om het uit te leggen morgenochtend.

Hij sluipt de gang in en trekt zachtjes zijn jas en schoenen uit om niemand wakker te maken. Dan loopt hij rechtstreeks door naar de keuken om een glas water in te schenken dat hij in één keer leegdrinkt.

Na enig aarzelen pakt hij de fles cognac die helemaal achter in een van de bovenste keukenkastjes staat. De sterkedrank brandt in zijn keel, maar zijn verstijfde spieren ontspannen een beetje.

Zijn handen trillen van vermoeidheid als hij de fles terugzet in de kast.

Ondertussen zou de traumahelikopter wel geland zijn bij het ziekenhuis van Östersund. Ondanks de sterke wind had hij in Storlien kunnen landen om Rebecka op te halen. In de auto was ze weer bij kennis gekomen en haar kreten van pijn toen haar gevoel langzaam terugkwam en haar huid opzwol en rood werd, waren moeilijk geweest om aan te horen.

Ernstig bevriezingsletsel wordt veroorzaakt doordat er zich ijskristallen vormen in de cellen als gevolg waarvan bloedvaatjes openbarsten. Het doet vreselijk veel pijn als die kristallen ontdooien en de haarvaatjes weer beginnen te werken.

Hij hoopt dat de artsen kunnen voorkomen dat Rebecka blijvende schade overhoudt aan haar handen en voeten, ze waren gruwelijk bleek toen ze haar in de sneeuw vonden. Bevriezing gaat erg snel, weet Daniel uit ervaring.

Het is Hanna ook overkomen.

In het beste geval is Rebecka niet langer buiten geweest dan de tijd die het hun gekost had om daar aan te komen, maar onder extreme omstandigheden kun je al binnen tien minuten bevriezingsletsel oplopen. Wat dit voor gevolgen heeft voor haar kind, daar durft hij niet over te speculeren, maar het zag er niet goed uit. Als de foetus niet gestorven is door de kou, bestaat er een grote kans dat het kind alsnog zal overlijden door de shock.

Ole Nordhammar is een monster.

Wat voor man, een christelijke predikant nota bene, laat een zwangere vrouw zo achter om dood te vriezen?

Daniel vraagt zich af wat Jan-Peter Jonsäter van zijn gewelddadigheid afweet. Of hoe hij zal reageren als hij hoort waar zijn gewaardeerde collega zich schuldig aan heeft gemaakt.

Ook Jonsäter zal zich verantwoorden voor zijn daden, daar zal Daniel op toezien.

Hij drinkt het laatste restje van de sterkedrank op en zet het glas weg alvorens hij naar de slaapkamer sluipt. Lichamelijk voelt hij zich compleet afgepeigerd, het enige wat hij wil, is naast Ida kruipen en zo snel mogelijk in slaap vallen.

Het duurt even voordat zijn ogen aan het donker gewend zijn. Dan ziet hij dat het tweepersoonsbed onbeslapen is.

Het wiegje is ook leeg.

Ida en Alice zijn er niet.

Verward kijkt Daniel om zich heen in de kamer. Als hij het lampje aan zijn kant van het bed aandoet, ziet hij een briefje op het hoofdkussen.

Hij herkent Ida's handschrift.

Dit kan zo niet langer. Ik ben bij mijn moeder ingetrokken. / I.

Donderdag 27 februari

82

Haar lichaam doet pijn van vermoeidheid als Hanna zich donderdagochtend rond zeven uur naar het bureau sleept. Amper vier uur slaap is niet genoeg om te functioneren, maar het is niet anders.

De hoofdzaak is dat ze Rebecka op tijd hebben gevonden.

Ze haalt haar toegangspasje door de kaartlezer en doet de deur open terwijl Daniel vrijwel op hetzelfde moment achter haar opduikt. Hij stampt de sneeuw van zich af en volgt haar de gang door. Ze bekijkt hem in het licht van de plafondlamp, hij heeft donkere wallen onder zijn ogen en zijn gezicht is asgrauw. Ze hebben allebei weinig geslapen, maar Daniel ziet er ronduit miserabel uit.

'Hoe gaat het?' vraagt Hanna.

'Ik heb weinig geslapen vannacht.'

Hij loopt zijn kantoor binnen en Hanna gaat hem achterna.

'Gaat het wel?' vraagt ze wat zachter nu.

Ze zijn pas een paar uur geleden uit Storlien teruggekomen, maar ergens klopt iets niet, dat voelt ze.

'Je kunt het me wel vertellen.'

Daniel trekt een grimas. 'Het ziet ernaar uit dat mijn vriendin niet meer met me samen wil zijn.'

'Hè?'

Dit is niet bepaald wat ze had verwacht.

'Ida is bij haar moeder ingetrokken. Er lag een briefje in de slaapkamer toen ik vannacht thuiskwam.'

Hanna weet niet wat ze moet zeggen.

Ida en Daniel hebben een dochter samen en Daniel heeft vannacht werkelijk iets betekend. Als hij er niet op had gestaan dat

Hanna die zijweg in zou rijden in Meråker, hadden ze Rebecka nooit op tijd gevonden.

Daniels intuïtie had haar leven gered.

Wat Hanna betreft is hij een held.

Ze legt een medelijdende hand op zijn schouder. 'Waarschijnlijk heeft Ida alleen wat tijd nodig om na te denken. Het is niet makkelijk om voor het eerst moeder te worden. Ze overdrijft.' Ze realiseert zich hoe slap het klinkt. 'Het komt vast goed,' mompelt ze in een poging opbeurend over te komen.

Daniel hangt zijn jas aan een haakje aan de muur.

'De vergadering gaat beginnen,' zegt hij met een knikje naar de vergaderruimte waar Anton en Raffe al klaarzitten.

Het is een duidelijk teken, hij wil het er niet meer over hebben.

'Oké.' Hanna draait zich om om weg te lopen, maar blijft dan staan in de deuropening. 'Hé... ik ben er voor je als je wil praten. Laat maar weten.'

Daniel glimlacht flauwtjes. 'Ik heb koffie nodig voordat we beginnen,' zegt hij dan, en hij stapt achter haar aan de gang in.

83

Zodra de vergadering begon, had Grip Daniel het woord gegeven. Inmiddels heeft hij hun actie in Noorwegen van de vorige dag uiteengezet en Hanna heeft hem waar nodig aangevuld.

Hij is misselijk van het slaapgebrek en moet vechten om zijn aandacht erbij te houden.

'Ole Nordhammar wordt gezocht in heel Scandinavië,' zegt hij tot besluit. 'Het opsporingsbericht is vannacht uitgegaan. We zullen de hulp van de Noorse politie moeten inroepen om het huis in Meråker veilig te stellen en forensisch onderzoek te doen.'

Grip noteert het in haar aantekenboek.

'Is er al nieuws van het ziekenhuis?' vraagt ze. 'Hoe is het afgelopen met Rebecka en haar kindje?'

'Ik wilde na de vergadering even bellen om het te vragen,' zegt Hanna.

'Oké,' zegt Grip.

Ze klopt met haar knokkels op tafel, alsof ze hen eraan wil herinneren dat het onderzoek naar de dood van Johan nog lang niet voorbij is. Daar is Daniel zich ten volle bewust van. De ontvoering van Rebecka was een zijspoor, ook al had het op dat moment al hun aandacht gevergd.

Stel dat er geen verband is?

Hij probeert zijn vermoeide brein aan de gang te krijgen terwijl Anton het laatste nieuws over de dood van Linus samenvat. Hij benadrukt dat de echtgenote, Sandra, de theorie van zelfmoord niet gelooft. Het onderzoek naar een mogelijk misdrijf is pas net opgestart.

'Gezien de dingen die Ole Nordhammar zijn vrouw heeft aangedaan, is er misschien nu nog meer reden de oorspronkelijke theorie over Linus Sundin als dader te herzien?' zegt Grip.

Bijna iedereen rond de tafel knikt.

Grip tikt op haar toetsenbord en er verschijnt een uitvergrote pasfoto van Ole.

Daniel bekijkt de 41-jarige man op het scherm. Zijn eerste indruk is positief, hij ziet eruit als een man van de kerk, charismatisch en overtuigend, en doet een beetje denken aan een jongere versie van Jan-Peter Jonsäter.

Hoe langer Daniel echter naar hem kijkt, hoe scherper zijn gelaatstrekken lijken. Zijn blik heeft een kille ondertoon.

Daniel denkt aan Rebecka en de manier waarop ze haar ineengezakt op de bosweg hadden gevonden, half doodgevroren. Ze was amper aanspreekbaar geweest toen ze in Storlien aankwamen, maar Hanna had nog een paar woorden uit haar los weten te krijgen voordat ze naar het ziekenhuis werd gevlogen.

De jonge vrouw had gefluisterd dat haar echtgenoot haar gevangen had gehouden. Daarna had hij haar uit de auto gegooid en in het noodweer achtergelaten om te sterven.

Ze was ook nog in staat geweest haar relatie met Johan te bevestigen.

Hiermee heeft Ole Nordhammar een motief voor de moord van vrijdagavond.

Die man heeft veel op zijn geweten.

De vraag is hoe ze nu verder moeten gaan. Terwijl hij nadenkt, trekt Daniel een cirkel met zijn wijsvinger. Het ontbreekt nog steeds aan forensisch bewijs tegen Ole. Misschien zaten er vingerafdrukken van hem in Johans auto; het onderzoek is nog niet afgerond, ze wachten nog steeds op een reactie van het forensisch instituut in Umeå. En ze moeten ook een kijkje gaan nemen bij zijn huis in Enafors, misschien is daar bewijs te vinden voor zijn betrokkenheid.

'We moeten huiszoeking doen bij het echtpaar Nordhammar,' zegt hij. 'Zo snel mogelijk.'

Deze keer is Grip het met hem eens.

'En we moeten Carina vragen nog eens goed te kijken naar alles wat in die bestelauto lag,' zegt Daniel. 'Om te zien of er sporen tussen zitten die gelinkt kunnen worden aan Ole.'

Carina is er vandaag niet bij. Ze had zich geëxcuseerd omdat ze bezig was met de afronding van het onderzoek van de bestelauto, aangezien het rapport van de vorige dag nog maar voorlopig was.

'En Marion Andersson?' zegt Hanna. 'Misschien herkent zij Ole. Als ze hem met Johan samen heeft gezien, komen we misschien een stap dichterbij om hem als dader aan te kunnen wijzen.'

Dat is Daniel met haar eens.

Grip maakt aanstalten de vergadering af te ronden, ze verdelen de taken. Anton krijgt de opdracht een huiszoeking bij Ole en Rebecka te organiseren en Carina op de hoogte te brengen van haar nieuwe taak. Daniel en Hanna nemen het op zich bij Marion langs te gaan, aangezien zij al eerder contact met haar hadden gehad.

'Trouwens,' zegt Grip. 'Zoek ook uit of iemand Ole Nordhammar in de buurt van Johan heeft gezien op vrijdag. We weten waar Johan is geweest. Bij restaurant Pigo samen met Linus en bij de kleuterschool. Misschien hangen er camera's op de route die hem hebben vastgelegd?'

84

Voordat Anton teruggaat naar zijn kantoor, haalt hij nog een kop koffie. De afgelopen dagen hebben hem uit balans gebracht, niet alleen privé, maar ook in zijn werk. Als iemand die geboren en getogen is in Duved heeft hij Åre altijd beschouwd als een veilige plek. Nu zijn er meerdere ernstige misdrijven voorgevallen binnen een paar maanden tijd.

Hij gaat aan zijn bureau zitten en neemt een voorzichtig slokje van de hete koffie.

In gedachten wil Anton terugkeren naar Carl en alles zeggen wat hij tegen hem had moeten zeggen in plaats van wat hij daadwerkelijk gezegd heeft, maar hij dwingt zichzelf zijn computer aan te zetten. Hij moet een huiszoeking bij Ole Nordhammar organiseren in plaats van te zwelgen in zijn onvermogen met relaties om te gaan. Hij is zich er ten volle van bewust dat hij er een puinhoop van gemaakt heeft, ook al is het de eerste keer in lange tijd dat hij echt iets voor iemand had gevoeld.

Hij steekt zijn hand uit naar de muis en opent een nieuw document. Grips laatste opmerking over bewakingscamera's heeft hem op een idee gebracht. De getuige die de melding over Johans auto had gedaan, had verteld dat hij een aantal uur geparkeerd had gestaan aan Klubbvägen. Dat was voordat hij naar Tångböle was gereden en daar was verscholen bij Gevsjön.

Anton kan zich vaag herinneren dat er camera's hingen bij het afvalpunt in Staa. Hij meent zich te herinneren ze te hebben gezien toen hij er de laatste keer langsging met een lading elektrische apparatuur. De bestelauto moet daar langsgekomen zijn.

Tot nu toe hebben ze alleen het benzinestation gesproken, veel meer plekken met camerabewaking waren er niet. Maar hij denkt

niet dat zijn collega's het afvalpunt hebben gecontroleerd.
Het is een poging waard.
Zijn mobiele telefoon laat een piepgeluidje horen. Het is een appje van Carina.
Kunnen jullie even online overleggen?
Anton denkt na. Daniel en Hanna zijn al naar Marion, maar hij en Raffe zijn nog op het bureau. Hij appt terug: *Natuurlijk.*
Dan roept hij Raffe en lopen ze terug naar de vergaderruimte om verbinding te maken.
Carina's gezicht verschijnt op het scherm. Aan de achtergrond te zien is ze in Östersund, in het gebouw van de politie waar ook andere overheidsdiensten in zijn ondergebracht, zoals de reddingsdienst en SOS Alarm.
Ze kijkt tevreden. 'We hebben de gegevens van het digitale rittenlogboek.'
Raffe fluit bewonderend.
'Daaruit kunnen we precies afleiden waar de auto geweest is,' vervolgt Carina. 'Ik zal het jullie laten zien met een online programma waarmee je de route van het voertuig op een overzichtskaart kunt zien.'
'Perfect,' zegt Anton. Beter nieuws hadden ze niet kunnen krijgen. 'Dus je kunt zien waar die bestelwagen geweest is tussen vrijdagmiddag en zaterdagochtend? Waar Johan heen ging na zijn bezoek aan restaurant Pigo?'
'Inderdaad.'
Carina deelt haar scherm met Anton en Raffe, waardoor er een kaart in beeld verschijnt.
'Hier zien jullie de volledige route die Johan heeft gereden. Of in elk geval die van zijn bedrijfswagen, maar er is geen reden om aan te nemen dat hij niet zelf achter het stuur zat de nacht van vrijdag op zaterdag.'
Anton herkent het geografische gebied, dat zich uitstrekt van Åre tot Tångbole.
Er zijn diverse rode markeringen op te zien.
'Die rode stippen geven aan waar de auto is gestopt op de laatste dag dat Johan in leven was,' zegt Carina.
Ze gebruikt de cursor om het bewegingspatroon van de auto op vrijdag aan te geven en loopt iedere stop langs.

Johan verlaat zijn huis rond zeven uur 's ochtends. Hij rijdt naar de bouwplaats in Sadeln, waar hij tot lunchtijd blijft. Dan rijdt hij naar een restaurant in Björnänge en blijft daar drie kwartier voordat hij weer terugrijdt naar de bouwplaats. Rond halfvier rijdt hij naar de kleuterschool in Ånn en blijft daar iets minder dan vijftig minuten. Hierna rijdt hij door naar zijn huis in Staa, waar hij ruim twee uur later weer vertrekt, om vervolgens naar restaurant Pigo te rijden om Carl Willner te ontmoeten.

'Kijk,' zegt Carina. Ze laat de cursor rusten op Pigo in het centrum van Duved. 'Hier stond de auto geparkeerd om tien over zeven op vrijdag. Om halfacht komt hij weer in beweging.'

Dat komt exact overeen met Carls informatie over het tijdstip dat Johan het restaurant verlaten had.

Anton buigt zich naar voren. 'Waar gaat hij dan heen?' vraagt hij gespannen.

'Rond tien over halfacht komt hij aan bij Linus, waar hij vierentwintig minuten blijft, tot ongeveer vijf over acht.'

Ook dat komt overeen met hun eerdere informatie.

Carina wijst naar de volgende rode stip.

'En dan rijdt de auto door naar Klubbvägen?' vraagt Anton voordat ze haar mond kan opendoen.

Ineens beseft hij dat de cursor is blijven hangen bij een heel andere rode stip dan Klubbvägen.

'Dat is nou net het ding...' zegt Carina.

85

De stoelverwarming staat in de hoogste stand, maar Daniel krijgt de kou niet uit zijn lijf.

Waarschijnlijk door de uitputting en shock. Nadat hij Ida's briefje had gevonden, had hij lange tijd wakker gelegen. Alles bij elkaar had hij waarschijnlijk niet meer dan een of twee uur gedoezeld, maar nu moet hij zich de dag door krijgen.

Ze zijn onderweg naar Staa om Marion op te zoeken.

Ergens heeft Daniel zin om het onderzoek uit zijn handen te laten vallen en naar Järpen te racen, naar Ida. Om haar op zijn knieën om vergiffenis te smeken en haar en Alice onmiddellijk op te halen.

Tegelijkertijd is hij woedend. Hoe kan ze hem dit aandoen? Hij heeft zin om te schreeuwen dat ze zich gedraagt als een verwend kind. Als hij gisteravond niet had gehandeld, was Rebecka nu waarschijnlijk dood geweest.

Hij voelt zich verscheurd.

Hanna laat hem met rust, daar is hij haar dankbaar voor, dat ze niet probeert met hem te praten. Bovendien voelt hij de sympathie die zijn collega zonder woorden uitstraalt.

Ze begrijpt hem.

Om iets na negen uur komen ze bij Marion aan. Deze keer doet haar broer Florian Wiss de deur open, op blote voeten en met een stoppelbaard.

Hij ziet er uitgeput uit.

'Marion is in de keuken,' zegt hij in het Engels.

Ze kijkt amper op als ze de kamer binnenkomen. Haar ongewassen haar is bij elkaar gebonden in een piekerige staart, haar gezicht is grauw en gegroefd.

'Zijn jullie het?' zegt ze op vermoeide toon. 'Wat is er nu weer?'

Hanna haalt de foto van Ole Nordhammar tevoorschijn en houdt hem Marion voor. 'Herken je deze man?'

Marion bekijkt de foto. 'Nee. Wie is dat?'

Hanna geeft niet meteen antwoord en Daniel begrijpt waarom. Marion schijnt niet te weten dat haar man een affaire had met Rebecka. Of dat hij naar alle waarschijnlijkheid een kind verwachtte met haar.

Tot nu toe is ze in de rouw om het verlies van haar man buiten de wetenschap dat hij vreemdging.

Marion is al wanhopig, als ze haar vertellen over Johans geheime relatie, zal haar beeld van hem voor altijd beschadigd zijn.

Het is een ingewikkelde evenwichtskwestie.

Daniel ziet dat Hanna zich opmaakt om het te vertellen.

Het is de juiste beslissing, het is niet hun taak om dergelijke informatie achter te houden, ook al zal Marion er diep door gekwetst worden.

Om de moordenaar van Johan Andersson te vinden, moeten ze uitleggen wie Ole Nordhammar is.

En waarom hij erbij betrokken is.

86

Hanna heeft de foto van Ole Nordhammar midden op tafel voor Marion neergelegd. Daniel is net de gang op gelopen om zijn telefoon op te nemen. Het was Anton.

Met afgrijzen denkt ze aan wat ze de arme weduwe moet vertellen. Het is een vreselijke schok voor iedereen om te moeten horen dat je bent bedrogen. Maar onder deze omstandigheden is het nog erger.

'Wie is dat?' vraagt Marion, wijzend naar de foto. 'Waarom wil je weten of ik hem ken?'

Hanna hoort Daniel praten in de hal, ze wil eigenlijk wachten tot hij terug is, maar ze kan het niet echt meer uitstellen.

Florian is meegelopen naar de keuken. Hij staat met zijn rug naar het aanrecht en heeft zijn armen over elkaar geslagen. Al zijn aandacht is op zijn zus gericht.

Hanna zet zich schrap. 'Hij heet Ole Nordhammar,' zegt ze.

Marion lijkt het nog steeds niet te begrijpen.

Hanna haalt haar mobieltje tevoorschijn en laat een andere foto zien, de foto van Rebecka.

'Weet je wie dit is?'

Marion bestudeert de foto zonder enig teken van herkenning.

'Dat is Rebecka, Oles vrouw,' gaat Hanna verder. 'Ze werkt op een kleuterschool in Ånn, Het Sneeuwklokje. Johan heeft wat loodgietersklussen voor hen gedaan.'

Marion wrijft over haar voorhoofd. 'O ja, die naam ken ik van de factuur die we gestuurd hebben.'

Hanna probeert een tactvolle manier te vinden om het te formuleren, ook al zal het Marion niet helpen als ze achter de pijnlijke waarheid komt.

'We hebben reden te denken dat Rebecka en Johan een affaire hadden,' zegt ze uiteindelijk.

Marion bevriest, haar lichaam is zo stijf dat de pezen in haar hals net twee strakgespannen staalkabels zijn. Haar broer heeft ook door dat er iets mis is, ook al spreekt Hanna Zweeds.

Hij komt dichterbij en legt een hand op haar rechterschouder. Ze schudt hem af alsof ze zijn aanraking niet kan verdragen.

'Wist je van hun relatie?' vraagt Hanna voorzichtig.

'Johan en ik waren gelukkig samen,' zegt Marion hees.

Ze ademt zwaar door haar neus. Hanna heeft vreselijk veel medelijden met haar.

'We denken dat Rebecka's man achter hun affaire is gekomen en dat hij Johan vrijdag heeft aangevallen,' zegt ze. 'Dat hij daarom dood is. We verdenken Ole Nordhammar van de moord op je man. Ole heeft gisteravond ook geprobeerd zijn eigen vrouw om te brengen.'

Marion veegt met de rug van haar hand langs haar neus. Ze lijkt te vechten om zichzelf in de hand te houden.

'We waren gelukkig,' herhaalt ze met gebroken stem.

Daniel komt terug van de gang met zijn mobiele telefoon in zijn hand. Hij heeft een vreemde uitdrukking op zijn gezicht.

'Ik moet je iets vragen over je echtgenoot,' zegt hij tegen Marion, ook al is Hanna aan het woord.

Ze werpt hem een blik toe om duidelijk te maken dat hij even moet wachten, maar Daniel negeert het.

'Eerder zei je dat je Johan sinds vrijdagavond zeven uur niet meer hebt gezien,' vervolgt hij. 'Dat was het tijdstip dat hij met de auto vertrok om zijn vrienden op te zoeken bij restaurant Pigo. Daarna is Johan niet meer teruggekomen, ook al heb je hem meerdere keren gebeld. Dat klopt toch?'

Marion knikt zonder iets te zeggen.

Hanna begrijpt niet waar Daniel heen wil.

'Het ding is...' zegt Daniel. '... dat ik net te horen heb gekregen dat uit de rittenregistratie van Johans auto blijkt dat hij is teruggekeerd naar huis na zijn bezoek aan Linus. Blijkbaar was hij hier rond halfnegen 's avonds.'

Er valt een stilte in de kamer. Hanna kijkt eerst naar Daniel en dan naar Marion, maar voordat ze iets kan zeggen gaat Daniel verder.

'Zou het kunnen dat Ole Nordhammar hier langs is gekomen vrijdagavond?'

87

Net als Hanna Daniel wil onderbreken en de leiding over het gesprek weer wil overnemen, realiseert ze zich de betekenis van wat hij zojuist heeft gezegd.

Johan was thuisgekomen ná zijn bezoek aan Linus Sundin. Dan was hij dus levend bij Linus vertrokken. Er is maar één uitleg mogelijk: Ole Nordhammar moest zijn slachtoffer hebben opgewacht toen Johan terugkeerde naar huis. In dat geval was Johan voor zijn eigen huis vermoord.

Zou Marion dat niet gemerkt moeten hebben?

Hanna draait haar hoofd om en kijkt rond. Door het raam van de keuken is de parkeerplaats te zien, maar de woonkamer, waar de tv staat, kijkt uit op de andere kant van het huis. Als Marion daar had gezeten, had ze geen zicht gehad op de weg. Met het geluid van de tv, zou ze Johans auto waarschijnlijk niet hebben horen aankomen.

Of Ole.

Daniels vraag hangt nog steeds in de lucht.

Marion is lijkbleek geworden. 'Hij is niet binnengekomen,' fluistert ze.

'Hier binnen?' vraagt Hanna, in een poging haar tot uitleg aan te sporen.

Marion knippert met haar ogen.

'Heb je vrijdagavond iemand in de buurt van het huis gezien?' vraagt Hanna. 'Ik vraag me af of Ole Johan misschien opgewacht kan hebben.'

Marion wiegt heen en weer op haar stoel alsof ze in trance is. Haar ogen zijn groot en haar bloedeloze lippen gaan open en dicht zonder dat ze woorden vormen.

Hanna probeert haar gezichtsuitdrukking te lezen. Het lijkt alsof ze ergens bang voor is. Ze moet iets afschuwelijks gezien hebben, te oordelen naar haar bewegingen.

Zou het kunnen dat ze Ole betrapt had en dat hij haar ook had bedreigd? Dat hij had gedreigd dat haar hetzelfde lot beschoren zou zijn als haar man als ze haar mond niet hield?

Florian hurkt neer voor zijn zus. '*Was passiert?*' vraagt hij bezorgd. '*Ist alles in Ordnung?*'

Hij wil weten wat er aan de hand is.

Dat wil Hanna ook weten. 'Marion...? Kun je ons vertellen wat er gebeurde toen Johan vrijdagavond thuiskwam?'

Marion schiet omhoog van haar stoel.

'Sorry,' mompelt ze met haar hand voor haar mond.

Ze verdwijnt de keuken uit en rent naar het kleine gastentoilet bij de voordeur. Er klinken gedempte braakgeluiden. Na een tijdje wordt de wc doorgetrokken en dan wordt de kraan van de wasbak opengedraaid.

'Zou ze de moord hebben... gezien?' vraagt Hanna aan Daniel.

Er klinkt een piepend geluid op de gang als de deur van de wc opengaat. Ze horen Marions voetstappen de trap op gaan.

Enkele minuten verstrijken.

'Waar is ze naartoe?' vraagt Hanna.

Ze staat op en loopt naar de deuropening om te kijken of Marion al terugkomt.

'*Wo is denn Ihre Schwester hingegangen?*' vraagt ze Florian.

Waar is je zus naartoe?

'*Ich weiss nicht.*'

Ik weet het niet.

Hanna draait zich om naar Daniel. 'Ik ga voor de zekerheid even kijken.'

Ze loopt zachtjes de trap op en komt bij een kleine overloop. Aan het uiteinde ziet ze een kamer die Marion en Johans slaapkamer moet zijn. De deur is dicht.

Ze wil er net naartoe lopen om aan te kloppen als Florian ineens achter haar staat en haar bij de arm grijpt.

'*Kommen Sie!*'

Hij wil dat ze meegaat.

Ze lopen terug naar beneden. Florian loopt voorbij de keuken naar de berging waar de wapenkluis staat.

De metalen deur staat wijd open.

Gisteren hadden er drie geweren in de houder gestaan. Nu zijn het er maar twee.

88

Alles is klaar voor de huiszoeking bij het echtpaar Nordhammar in Enafors.

Anton zit in de auto ernaartoe met Carina naast zich. Een patrouillewagen zal hen daar ontmoeten. Ze zijn in gesprek over het rittenlogboek dat Carina boven water had gekregen waaruit onverwacht was gebleken dat Johan na zijn bezoek aan Linus was teruggekeerd naar huis.

Ze zijn net Duved gepasseerd, waardoor Anton moet denken aan Carl. Hij wou dat hij hem de foto van Ole Nordhammar kon laten zien. Misschien had Carl hem vrijdagavond in de buurt van Pigo gezien?

Maar Carl had verteld over zijn inzet voor de kerk, dus misschien was hij ook lid van Het Licht des Levens. Of kende hij Ole Nordhammar en was hij op een of andere manier betrokken. Hij had Carls psalmenboek op het nachttafeltje zien liggen in zijn slaapkamer.

Bovendien is Anton bang om contact op te nemen, zelfs al is Carl geheel onschuldig. Hij had zoveel kansen gekregen. Gisteren had Anton zo'n beetje de hoorn erop gegooid midden in een gesprek. En laatst was hij heel kil en afstandelijk geweest.

Stel dat Carl de telefoon ophangt als hij belt, of erger nog, dat hij niets meer met hem te maken wil hebben?

Hij weet niet of hij het aankan om openlijk afgewezen te worden.

Anton zucht stilletjes.

Nooit heeft hij een grotere hekel gehad aan zijn werk dan nu.

Ze zijn ter hoogte van Staa. Een bord geeft aan dat het afvalpunt linksaf is. Voordat ze van het bureau vertrokken had hij geprobeerd hen te bellen over de bewakingscamera's, maar er had niemand opgenomen.

Anton krijgt een opwelling en neemt de afrit.

'Waar ga je heen?' vraagt Carina.

'Ik wil even iets controleren. Het gaat heel snel.'

Hij rijdt naar het metalen toegangshek. Het is precies wat hij dacht, er hangt een bord met de tekst LET OP – CAMERABEWAKING.

Waarom had niemand bedacht dat hier camera's konden hangen als Johans auto bij Klubbvägen geparkeerd stond?

Waarom had hij dat zelf niet gedaan?

Hij rijdt tussen de containers door het terrein op tot aan het kleine kantoortje dat eruitziet als een bouwkeet.

'Wat komen we hier doen?' vraagt Carina. 'De patrouille en de rest van het forensische team zijn al onderweg naar Enafors, als we niet doorrijden komen we te laat.'

Anton steekt zijn hand omhoog en spreidt zijn vingers. 'Het duurt hooguit vijf minuten, dat beloof ik.'

Hij stapt uit en loopt naar het kantoorgebouwtje. Het is niet groot, het is slechts één kleine ruimte met twee bureaus tegenover elkaar. Een vrouw van in de dertig met kortgeknipt peenkleurig haar zit achter een computer.

Anton vertelt dat hij van de politie is. Hij legt uit waar hij voor komt en vraagt of hij de bewakingsbeelden van afgelopen vrijdag mag zien.

'Ik ga even kijken,' zegt de vrouw.

Ze zet de computer aan en toetst iets in. Haar vingertoppen bewegen snel en vakkundig over het keyboard. Op de rug van haar linkerhand is een tatoeage van een ster en een maan te zien.

'Ik heb ze,' zegt ze na een tijdje. 'Welke periode wil je zien?'

'Wacht even,' zegt Anton, waarop hij naar buiten loopt om Carina te roepen. Als ze in de deuropening verschijnt, vraagt hij: 'Wanneer zei je dat die bestelauto voor het laatst wegreed bij Johans huis, volgens jouw gegevens?

'Eens kijken,' zegt Carina. 'Hij vertrok vrijdagavond om tien over acht bij het huis van Linus en kwam een kwartier later aan in Staa. Ruim een halfuur daarna arriveerde hij op Klubbvägen.'

'Kun je de beelden versneld afspelen vanaf tien voor negen?' vraagt Anton.

De roodharige vrouw draait het scherm naar hen toe zodat hij en Carina het beter kunnen zien.

De camera hangt aan het hekwerk bij de ingang en is op het toegangshek gericht, maar filmt ook een flink deel van de weg. Het beeld is korrelig en donker, en buiten de omheining hangt geen verlichting, maar toch kunnen ze nog het een en ander zien. Het feit dat de beelden zwart-wit zijn, maakt het bijna makkelijker, de contouren zijn scherper en het contrast duidelijker.

Helemaal onder in de hoek verspringt de digitale tijdsaanduiding. De klok loopt door tot vijf voor negen zonder dat er auto's voorbijkomen. Dan springt hij naar negen uur. Een donkere Toyota rijdt langs gevolgd door een rode Volkswagen met een dikke laag sneeuw op het dak.

'Daar!' roept Carina als er een witte aftekening nadert.

Het is inderdaad de auto van Johan Andersson. Ondanks het pixelige beeld is de bedrijfsnaam goed te onderscheiden.

Voordat Anton de kans krijgt te reageren, is hij weer verdwenen.

'Kun je de video een paar seconden terugspoelen naar die auto?' vraagt hij de vrouw. 'En speel hem vertraagd af, zodat we het goed kunnen zien.'

Ze doet wat hij vraagt en het beeld van de witte bestelauto vult nogmaals het scherm. In slow motion komt hij aanrijden en precies op het moment dat hij midden in beeld is, drukt ze op de pauzeknop.

Ze duwt op een paar toetsen en het beeld wordt scherper en lichter.

'Jezus, dat is...' zegt Anton.

Hij buigt zich naar voren om het beter te kunnen zien. Het gezicht van de persoon achter het stuur wordt deels aan het oog onttrokken door een omlaaggeschoven muts, maar toch is het profiel duidelijk genoeg om de gezichtstrekken te kunnen onderscheiden.

Het is niet Linus Sundin en ook niet Ole Nordhammar die achter het stuur van de bestelauto zit.

Het is Marion.

89

Hanna bekijkt de geopende wapenkluis. De plek waar het derde geweer had gestaan is leeg. Ook ontbreekt er een doosje munitie, het plankje aan de binnenkant van de deur is leeg.

Aan Florians bezorgdheid te merken, heeft Marion het geweer meegenomen. In dat geval heeft ze het misschien bij zich in de slaapkamer waar ze zich heeft opgesloten.

Als ze maar niet suïcidaal is.

Daniel is achter hen aan gelopen naar de berging, zijn blik gaat heen en weer tussen Florian en Hanna.

'Is je zus gewapend?' vraagt hij in het Engels.

'Ik vrees van wel,' antwoordt Florian hees. 'Ik denk dat ze het geweer vannacht heeft gepakt toen ik lag te slapen. Ze loog tegen jullie toen ze zei dat ze zelf niet jaagt. Marion heeft een jachtdiploma en is een goede schutter.'

Hanna staart hem aan. Ze had geen idee gehad dat Marion met een vuurwapen kon omgaan.

'We hebben tot diep in de nacht zitten praten,' zegt Florian. 'Ik heb geprobeerd haar over te halen om...'

Hij laat zich op een van de spijlenstoelen vallen en begraaft zijn gezicht in zijn handen.

Hanna's gedachten draaien overuren. Als Marion zelfmoordneigingen had gehad door de tragische gebeurtenissen van de afgelopen dagen, was het bericht van Johans affaire met Rebecka het slechtst mogelijke nieuws dat ze had kunnen krijgen.

En Hanna was de persoon die het haar had verteld. Ze had de arme vrouw net zo goed zelf het geweer in handen kunnen duwen.

Waarom had ze dat niet beseft voordat ze het vertelde? Waarom was ze niet alerter geweest? Ze hadden die wapens en munitie gisteren mee moeten nemen toen ze hier waren.

Ze kan zichzelf wel een schop verkopen voor het feit dat ze dat niet hebben gedaan.

Het is nog steeds doodstil op de bovenverdieping waar Marion zich heeft opgesloten. Maar ze leeft nog in elk geval, houdt Hanna zichzelf voor, anders hadden ze wel een schot gehoord.

Achter haar slapen klopt een doffe hoofdpijn. Ze moet proberen deze situatie op te lossen. Er zijn al te veel slachtoffers gevallen in deze zaak.

Nog een sterfgeval kan ze niet aan.

'Ik ga naar boven, naar Marion,' zegt ze tegen Daniel. 'We moeten haar uit die slaapkamer zien te krijgen voordat ze iets heel doms doet. We kunnen niet toestaan dat ze onder onze ogen zelfmoord pleegt.'

'Wacht even,' zegt Daniel.

Hij loopt naar Marions broer die in zichzelf gekeerd op zijn stoel zit. Zijn voorhoofd is nat van het zweet.

'Wat wilde je net zeggen?'

Met een spierwit gelaat recht Florian zijn rug en kijkt hij Daniel aan. Zijn gezicht betrekt van wanhoop.

'Ik heb geprobeerd Marion over te halen jullie de waarheid te vertellen.'

90

Het is doodstil in de slaapkamer waar Marion haar toevlucht heeft gezocht. Ze zit op haar knieën in de hoek naast het onopgemaakte bed waar een stuk laken overheen hangt.

De kolf van het geweer rust tussen haar voeten.

Ze houdt haar blik op de deurklink gericht.

Ze kunnen ieder moment binnenkomen. De deur kan niet op slot, daar hadden ze nooit behoefte aan gehad. Johan en zij waren de enigen in huis.

Nu is Johan dood.

En dat is haar schuld.

Ze had van hem gehouden vanaf de eerste keer dat ze hem zag in de après-skibar in Kitzbühel. Twaalf jaar geleden.

Zijn warme glimlach was genoeg geweest om haar halsoverkop verliefd te doen worden. Ze had haar land en familie opgegeven voor Johan. Ze was met hem meegegaan naar Zweden om een nieuw leven te beginnen met een nieuwe taal.

Het was niet eens in haar opgekomen dat hij haar zou kunnen verlaten. Ze zouden voor altijd samen zijn.

Tot afgelopen vrijdag; toen hij thuiskwam en vertelde dat hij verliefd was geworden op iemand anders. En dat niet alleen, hij zou ook de volgende dag al met haar weggaan.

Hij was net thuisgekomen van Linus, om hem te vertellen dat hij op reis moest zodat zijn zakenpartner de ingeplande klussen kon afhandelen.

Linus. De persoon die Marion zo verafschuwde. Hij had de waarheid eerder te horen gekregen dan zij.

Opnieuw ziet ze alles voor zich, het beeld dat haar al bijna een week achtervolgt. Ze had in de keuken staan opruimen na het avondeten en wilde net de gietijzeren pan en de vleeshamer afwassen waarmee ze de elandenfilet had platgeslagen – ze had zichzelf iets lekkers gegund omdat Johan met zijn vrienden uit eten was – toen ze zijn bestelwagen zag. Ze was zo blij geworden, omdat ze dacht dat hij vroeg thuis was gekomen omdat hij haar miste. Hoewel ze al een paar glazen wijn ophad, was er nog genoeg over in de fles om er samen nog een te nemen.

Ze was zo naïef geweest.

Johan had haar verteld dat hij met haar moest praten.

Aan zijn ernstige blik had ze gezien dat er iets niet in orde was.

Staand naast de keukentafel had hij verteld over een andere vrouw en dat hij de rest van zijn leven met haar wilde delen. Hij had haar gesmeekt om vergeving en gezegd dat hij het niet had kunnen voorkomen, ook al had hij het geprobeerd.

Zijn stem klonk ver weg.

Ze waren broer en zus geworden, zei hij, het was beter om als vrienden uit elkaar te gaan. Hij was nog steeds erg op haar gesteld, maar hij was niet meer verliefd op haar.

Hun huwelijk was voorbij, dat had ze zelf toch ook ingezien?

Nee.

Zij hield van hem en dat zou ze altijd blijven doen. Was dat niet belangrijk voor hem?

In eerste instantie was ze sprakeloos geweest, maar plotseling waren de woorden in haar opgeweld. Ze had hem gesmeekt haar niet te verlaten. Als hij wegging, zou ze helemaal alleen achterblijven en zou alles haar ontnomen zijn.

Toen hij niet van gedachten veranderde, maakte de schok plaats voor paniek. Hij mocht haar dit niet aandoen. Ze was vloekend in woede uitgebarsten en had dingen geschreeuwd over "die hoer van hem", woorden waarvan ze nooit had gedacht dat ze ze in de mond zou nemen.

Johan had er enkel zwijgend bij gestaan zonder iets terug te zeggen, zonder haar tegen te spreken.

Toen ze klaar was, deed hij zijn mond open en zei: 'We krijgen een kind. Het spijt me.'

Op dat moment, op het moment dat hij zich omdraaide om weg te gaan, was alles zwart geworden.

Ze sluit haar ogen om de herinnering af te schudden, maar de aanblik is te helder.

Na afloop, toen ze weer bij zinnen was gekomen, had Johan met zijn gezicht omlaag op de keukenvloer gelegen; zijn gezicht was compleet verbrijzeld geweest, zijn neus was gebroken op de plek waar hij de drempel had geraakt. Zijn achterhoofd zat onder het bloed.

Toen ze naar beneden keek, zag ze dat ze de vleeshamer in haar hand hield. Ook die zat onder het bloed. Het druppelde zachtjes op de vloer en er zaten overal rode spetters, ook op haar.

Op de een of andere manier was het haar gelukt Johan het huis uit te slepen en hem achter in de auto te leggen. Ze had gedacht dat hij dood was, maar het bloed bleef maar stromen, dus voor de zekerheid had ze zijn handen vastgebonden met wat kabelbinders die ze tussen zijn uitrusting had gevonden.

Ze was altijd al sterk en fit geweest, maar toch trilden haar spieren van uitputting tegen de tijd dat ze klaar was.

Ze had de auto naar Klubbvägen gereden en daar achtergelaten.

Toen ze thuiskwam, had ze de keuken schoongemaakt en net zolang geschrobd tot alle sporen weg waren en het er weer normaal uitzag.

Pas tegen middernacht was ze klaar geweest en had ze beseft dat ze de auto niet bij Klubbvägen kon laten staan, omdat hij dan ieder moment ontdekt zou worden. Dus had ze haar jas en schoenen weer aangetrokken. Ondertussen was het gaan sneeuwen, de lucht was gevuld met dikke sneeuwvlokken.

Marion had geweten wat haar te doen stond. Ze had haar langlaufski's gepakt en was teruggeskied naar de bestelauto. Daarna was ze achter het stuur gaan zitten en naar Tångböle gereden, waar maar weinig mensen wonen; de weg ernaartoe is erg afgelegen. Ze was gestopt bij een struik, had Johan uit de auto gesleept en had hem tussen de takken in de sneeuw verstopt.

Het was harder gaan sneeuwen. Hij zou in korte tijd ondergesneeuwd raken en pas maanden later gevonden worden. Tegen die tijd zou niemand haar meer verdenken.

Ze had het alleen zo moeilijk gevonden om afscheid te nemen. Ze was bij hem neergehurkt, had haar wanten uitgetrokken en met haar vingertoppen over zijn voorhoofd gestreken. Zijn huid was al koud en zijn lichaam onnatuurlijk bewegingloos. Ze had haar best gedaan niet naar het bloed te kijken.

Het was onwerkelijk dat hij er niet meer was.

'Vaarwel, lieverd,' had ze gefluisterd.

De woorden werden opgeslokt door de wind. Haar tranen bevroren in de kou.

'Ik hou van je, ontzettend veel. Ik zal altijd van je houden.'

Ze was blijven zitten tot ze bijna geen gevoel meer in haar benen had, tot het zo koud was dat ze amper nog overeind kon komen. Daarna was ze weer in de bestelwagen gestapt en doorgereden naar een plek bij Gevsjön waar ze een verlaten schuur wist. Ze had de auto zo veel mogelijk uit het zicht geparkeerd en was teruggeskied naar huis.

Onderweg had ze hard en troosteloos gehuild midden in de sneeuwstorm, één afzet tegelijk.

Johans mobiele telefoon had ze op de route weggegooid, maar in de loop van de nacht had ze hem nog een paar keer gebeld, zodat het zou lijken alsof ze zich zorgen had gemaakt.

Voor het geval dat.

Wat betreft die andere vrouw zou ze doen alsof ze nergens van wist. Ze zou haar uit haar herinnering wissen. Niemand zou ooit te weten komen dat Johan een affaire had gehad.

Of dat zij er iets van had geweten.

Een voorzichtige klop op de deur wekt haar uit haar gedachten. Ze is terug in de slaapkamer met het geweer naast zich op de grond.

'Marion?' roept Hanna van achter de dichte deur. 'Mag ik binnenkomen? Kunnen we praten?'

Haar ogen vullen zich opnieuw met tranen.

'Marion?' roept Hanna nog een keer. 'We kunnen dit oplossen, echt waar. Laat me gewoon even met je praten.'

Ze kijkt om zich heen. Haar blik blijft steken bij de trouwfoto op de ladekast waarop Johan en zij op de piste staan na afloop van de ceremonie. De witte sneeuw glinstert in de middagzon en op de achtergrond zijn een helderblauwe hemel en de toppen van de Alpen te zien.

Johan heeft zijn arm om haar middel geslagen en ze leunt tegen hem aan om dicht bij hem te zijn.

Hij kijkt haar met een intens liefdevolle blik aan.

Ze waren zo gelukkig samen.

Marion doet haar mond open en sluit haar lippen om de loop, het metaal voelt koud tegen haar tanden en smaakt een beetje zoutig bij haar gehemelte.

Ze ontgrendelt het wapen en bereidt zich voor. Het is een ironisch lot dat ze nu zal sterven.

Net als Johan.

En die arme Linus.

Misschien is het wel een passende straf, omdat ze geprobeerd had de politie te misleiden en de verdenking op hem te richten, zodat zij buiten schot zou blijven.

'Ik kom nu naar binnen,' zegt Hanna aan de andere kant van de deur. 'Ik wil alleen even met je praten, dat is alles.'

Marion ziet de deurklink langzaam omlaaggaan.

'Het spijt me,' fluistert ze tegen de foto van Johan.

Dit was niet hoe het had moeten eindigen.

Dan haalt ze de trekker over.

91

Als Daniel en Hanna voor het politiebureau uit de auto stappen, horen ze een groep vrolijke jongeren onderweg naar de après-ski.

Het is guur en mistig buiten. De rukwinden van gisteren zijn afgenomen en de temperatuur ligt rond het vriespunt. Het weer is aan het omslaan.

Daniel zet een paar passen naar voren en maakt het slot van de deur open. Hij kijkt over zijn schouder. Hanna loopt als een robot achter hem aan.

Het is bijna drie uur. Het had buitengewoon lang geduurd om de locatie af te zetten en vervoer te regelen voor Marions lichaam.

'Kom,' zegt hij. Hij voert Hanna mee naar de loungekamer waar twee fauteuils staan. 'Laten we hier even gaan zitten en praten.'

Hij haalt twee bekers warme chocolademelk en geeft er een aan Hanna.

'Hoe gaat het?'

Ze zit erbij als een lappenpop en staart leeg voor zich uit, alsof ze de bloedige aanblik niet kan afschudden.

Als mensen wisten hoe afschuwelijk het eruitziet als iemand zichzelf door de mond schiet, zou niemand meer zelfmoord plegen op die manier.

'Klote, om eerlijk te zijn.'

Ze slaat haar handen om haar kop heen.

'Was ik maar een paar seconden eerder die kamer binnengekomen... Waarom wilde ze niet naar me luisteren? We hadden dit kunnen oplossen. Ze hoefde niet dood.'

Als, als, als. Zulke dingen had Daniel al zo vaak gedacht als hij 's nachts wakker lag na een actie die verkeerd afgelopen was.

'Je moet jezelf geen verwijten maken,' zegt hij vriendelijk. 'Het was haar beslissing. Niemand heeft haar gedwongen de trekker over te halen.'

'Dat weet ik... maar het voelt niet zo. Ik had veel eerder moeten beseffen wat er aan de hand was. Ik heb me nooit gerealiseerd dat ze een rol speelde in Johans dood.'

'Ik ook niet,' zegt Daniel. Daarna zegt hij op scherpere toon, zodat de boodschap duidelijk aankomt: 'Het is níét jouw schuld. En als dat wel zo was, zijn we allebei even schuldig. Ik was er ook bij, ik heb haar ook niet kunnen tegenhouden. We hadden allebei niet in de gaten dat ze suïcidaal was en dat ze verantwoordelijk was voor Johans dood.'

Hanna knijpt haar ogen samen, maar de tranen stromen evengoed over haar wangen.

Daniel staat op en loopt naar haar toe. Hij laat zich voor haar op zijn knieën zakken en neemt haar in zijn armen.

'Hé...'

Ze huilt in stilte tegen zijn schouder terwijl hij haar vasthoudt.

'Rustig maar,' zegt hij troostend, en hij wiegt haar heen en weer. 'Rustig maar, het komt allemaal goed, dat beloof ik.'

Haar bruine haar kriebelt in zijn neus, haar lichaam voelt warm tegen het zijne.

Plotseling wil hij haar niet meer laten gaan.

Uiteindelijk slaakt Hanna een rillerige zucht en recht ze haar rug. Ze glimlacht flauwtjes en veegt met haar wijsvingers langs de onderkant van haar ogen.

Een beetje zwarte mascara is over haar wang gelopen.

'Sorry,' fluistert ze. 'Normaal gesproken stort ik niet zo in.'

'Er is niets om sorry voor te zeggen.'

Daniel zit nog steeds op zijn knieën voor haar. Hun gezichten zijn slechts een decimeter van elkaar verwijderd. Haar lippen trillen van het ingehouden huilen.

Met een krachtsinspanning staat hij op en loopt terug naar zijn plek.

'We hebben allebei een paar vrije dagen nodig,' zegt hij. 'Vooral om even te kunnen uitslapen.'

Hanna haalt schokkerig adem.

Daniel kijkt hoe laat het is. Ze hebben bijna een voortgangsvergadering met Grip.

'Ik kan de vergadering met Grip wel op me nemen,' zegt hij. 'Ga jij maar naar huis om te rusten.'

'Weet je het zeker?'

'Geen probleem.'

Hanna staat op. Haar gezicht is grauw van vermoeidheid en haar ogen zijn nog steeds bloeddoorlopen.

'We spreken elkaar morgen,' zegt ze. Dan loopt ze de deur uit.

92

Als Daniel de vergaderruimte binnenkomt, zit Anton al aan tafel, Raffe is bezig verbinding te maken met Östersund.

'Waar is Hanna?' vraagt Anton.

'Ik heb haar gezegd dat ze naar huis moest gaan om uit te rusten,' zegt Daniel. Hij trekt een grimas. 'Ze was erbij toen Marion Andersson zichzelf door haar hoofd schoot.'

Meer hoeft hij niet te zeggen, Anton snapt het al. Het beeld van iemand die zelfmoord pleegt is moeilijk los te laten, het vreet je van binnenuit op.

Anton ziet er net zo uitgeput uit als hijzelf, ziet Daniel. Zijn bewegingen gaan traag, hij heeft weinig energie. Samen met de forensisch rechercheurs had zijn collega de dag doorgebracht in Enafors. In het huis van Ole en Rebecka Nordhammar, dat ze onderzochten op bewijzen voor de langdurige mishandeling binnen hun huwelijk.

Ze zijn geen van allen in goede vorm, maar dat is niet anders. Zo meteen bespreken ze de gebeurtenissen van de dag en gaan ze verder met de planning van de zoektocht naar Ole. Ook al was hij onschuldig aan de moord op Johan, hij is nog steeds bij verstek aangehouden voor de poging tot moord op Rebecka. In het ziekenhuis van Östersund hadden ze haar kort kunnen ondervragen en ze had hun van waardevolle informatie voorzien.

Anton schuift Daniel een vel papier toe. Het is een kopie van een handgeschreven brief.

Een zelfmoordbrief.

'Dit is hoe Linus Sundin afscheid heeft genomen,' zegt hij. 'Zijn vrouw heeft hem een paar uur geleden gevonden. Blijkbaar was hij achter een ladekast in de gang gevallen waar hij hem had achtergelaten. Het is overduidelijk dat hij opzettelijk van de weg is gereden.'

'Arme vent.'

Daniel leest de brief met vermoeide ogen door en moet een aantal keer knipperen om goed te kunnen zien. De paar woorden zijn een tragische getuigenis van een man die aan het einde van zijn weg is gekomen.

Linus bood zijn excuses aan voor de schulden die hij achterliet en voor alles wat hij had aangericht, maar zwoer dat hij geen schuld had aan de dood van Johan.

Wat ook zo was.

Had hij maar een paar dagen gewacht, dan had hij de waarheid gehoord en had hij niet zo wanhopig hoeven zijn dat hij zichzelf van het leven beroofde. Misschien had hij zijn financiële zaken weer op orde kunnen krijgen.

Daniel voelt een intense droefheid. Zo achteraf bezien hadden ze Linus nooit zo onder druk moeten zetten, maar er waren veel aanwijzingen geweest die in zijn richting wezen. Ze hadden bewijs en een motief gehad. Daniel had oprecht geloofd dat Linus de dader was.

Nu is Sandra haar man kwijt, en een jongetje van zeven zijn vader.

De gevolgen zijn pijnlijk, ook al hadden ze te goeder trouw gehandeld in hun poging de moord op Johan op te lossen.

Grips gezicht verschijnt voor hem in beeld. Haar stem roept hem terug naar de werkelijkheid.

Het is tijd om de vergadering te starten.

93

Zodra Daniel terugkomt op zijn kantoor na de halfuur durende online vergadering, gaat de telefoon. Het grootste deel van de tijd hebben ze gediscussieerd over de verdeling van de middelen, omdat ze nu niet alleen de moord op Johan maar ook Oles poging tot moord op Rebecka moeten afhandelen.

Hij herkent het nummer op het scherm niet, maar neemt op terwijl hij zijn bureaustoel naar voren trekt en gaat zitten.

'Met Jan-Peter Jonsäter,' zegt een zware stem.

Die schijnheilige dominee klinkt een stuk minder arrogant dan eerst.

'Waar gaat het over?' vraagt Daniel kortaf.

Hij is te moe om beleefd te zijn.

'Ik bel omdat... ik contact heb gehad met Ole Nordhammer.'

Daniel ademt uit door zijn neus. 'U bent op de hoogte van het feit dat uw predikant in heel Scandinavië gezocht wordt voor de poging tot moord op zijn vrouw?' vraagt hij zonder moeite te doen de verwijtende toon in zijn stem te maskeren.

Na alles wat er gebeurd is, is hij niet bereid het gesprek makkelijker te maken voor Jonsäter.

'Daar ben ik van op de hoogte. De situatie is erg... onfortuinlijk.' Jonsäter schraapt zijn keel. 'Ole heeft besloten zich vrijwillig aan te geven bij de politie.'

Daniel vraagt zich af hoe dat gekomen is. Was Ole onder druk gezet door Jonsäter? Waarschijnlijk had de oude dominee zich gerealiseerd dat hij beter kon meewerken met de politie en zijn collega op kon offeren om de reputatie van de kerk te redden.

Als dat nog mogelijk was in dit stadium tenminste.

'Waar bevindt Ole Nordhammar zich nu?' vraagt Daniel.

Jonsäter aarzelt.

'Vertel me waar hij is, dan sturen we een patrouillewagen om hem op te pikken.'

'Hij is bij mij thuis. In Handöl.'

'Prima. Zorg dat hij daar blijft, dan is er iemand binnen een halfuur.'

'Ole berouwt het ten zeerste,' voegt Jonsäter eraan toe. 'Hij begrijpt niet wat hem bezielde.'

Daar gelooft Daniel geen snars van, Ole Nordhammar heeft Rebecka jarenlang mishandeld. Hij heeft haar ontvoerd en meegenomen naar een afgelegen huis in Noorwegen en haar in de sneeuw achtergelaten om dood te vriezen, ook al was ze zwanger.

Om dan vervolgens te beweren dat hij zich schaamt en spijt heeft, is wel heel sterk.

Jonsäters woorden dienen eerder om zijn vroegere vertrouwen in Nordhammars onschuld te rechtvaardigen.

En om er persoonlijk mee weg te komen.

'Daar is het nu te laat voor,' zegt Daniel, waarna hij ophangt.

Hij blijft zitten op zijn bureaustoel met de telefoon in zijn hand.

Zodra Ole Nordhammar binnengebracht wordt, nemen ze hem in voorlopige hechtenis. Met alle bewijzen die ze hebben, moet officier van justitie Ullenius wel in staat zijn levenslang te eisen voor poging tot moord. Het was een wreed en langgerekt verloop geweest, Rebecka had gevreesd voor haar leven en dat van haar kind.

Ook Jonsäter gaan ze aanhouden als de patrouille bij hem arriveert, voor medeplichtigheid aan een misdrijf.

Hier had Daniel niets over gezegd tijdens hun gesprek, maar Rebecka had verteld dat de dominee erbij was geweest toen ze afgelopen zaterdag werd ontvoerd. Jonsäter had de waarheid al die tijd al geweten.

Hij stopt zijn mobieltje in zijn achterzak. Hij krijgt de kriebels van die man. Misschien dat hij daarom zijn geduld was verloren in de kerk. Ook al had hij besloten nooit meer zo zijn zelfbeheersing te verliezen.

Opnieuw wordt hij overvallen door schaamte voor zijn onbeteugelde temperament, deze keer nog heviger. Zijn onvermogen om zich aan zijn belangrijkste belofte te houden.

Zijn belofte aan zichzelf.

Daniel grijpt zich vast aan het bureaublad en haalt diep adem. Hij wil geen man zijn die de controle verliest. Als hij zo doorgaat, zet hij niet alleen zijn relatie op het spel, maar ook zijn carrière. En bovenal heeft hij na afloop een hekel aan zichzelf.

Hij kan zo niet leven.

Hij zal in de auto stappen en de vijfentwintig kilometer naar zijn schoonmoeder in Järpen rijden. Hij moet proberen het bij te leggen met Ida en een vorm van harmonie creëren thuis. Al was het maar voor zijn dochter.

Dit kan zo niet. Hij mist Alice verschrikkelijk.

Het is tijd. Maar in plaats daarvan pakt hij zijn muis en verdraait zijn scherm een stukje zodat het niet zichtbaar is vanaf de gang, en opent Google.

Met licht trillende vingers typt hij een zoekwoord in.

Psychotherapie.

94

Het is stampvol bij Verandan. Hanna zit in een donker hoekje.

Iedereen dromt hier samen, het is een van de populairste aprèsskibars van Åre. Het is er druk, warm en zweterig; de perfecte plek om dat coronavirus te verspreiden waar iedereen het over heeft, maar daar maakt ze zich op dit moment niet druk over. Ze is niet bezig met de vraag of een van de gasten om haar heen het bij zich zou kunnen dragen.

Hanna neemt een grote slok van het glas wodka voor haar. Ergens draait een dj keiharde dreunende muziek. Ze was al op weg geweest naar Sadeln toen ze zich plotseling bedacht en de parkeerplaats bij het station opreed. Het idee om thuis te komen bij Lydia en haar gezin was onverdraaglijk. Ze kan niet doen alsof er niets aan de hand is, maar ze kan ook niet vertellen wat er die dag is gebeurd; dat haar onhandige woorden en gebrek aan inlevingsvermogen hadden bijgedragen aan de dood van een vrouw.

Ze wil de aanblik van het schot net op het moment dat ze de deur van Marions slaapkamer opendeed voor altijd uit haar herinnering wissen.

Het ene moment zat Marion nog op haar hurken en het volgende was haar gezicht... weggvaagd.

Er was niets van haar over behalve bloed en rode stukken vlees, een levenloos lichaam dat opzijzakte.

Met Hanna die het uitgilde.

Ze had wel vaker dode mensen en tragische mishandelingen gezien, maar het was nooit vlak voor haar ogen gebeurd.

Het glas wodka is leeg. Ze klampt een serveerster aan die net voorbijsnelt en bestelt er nog een.

Alcohol is niet de oplossing, maar ze kan geen betere manier verzinnen om haar brein te verdoven. Ze moet van die onaangename beelden afkomen.

Haar telefoon begint te zoemen. Ze haalt hem uit haar zak. Het is een bericht van Daniel.

Hoe gaat het met je?

Klote.

Maar dat schrijft ze niet.

Ze wenst vurig dat hij hier was om haar vast te houden. Ze heeft zin om hem te vragen hierheen te komen en in haar oor te fluisteren dat het over gaat. Dat alles goed komt en dat ze niet bang hoeft te zijn.

Ze wil zijn armen om zich heen voelen.

Het is een verboden gevoel dat ze amper aan zichzelf had durven toegeven, maar hier in het halfdonker beseft ze dat het waar is, ook al is het uitgesloten dat het ooit iets wordt tussen hen.

Ze zijn collega's en werken samen. Op dit moment is hij waarschijnlijk op weg naar Järpen om het goed te maken met Ida.

Dat is prima, dat is hoe het hoort.

Als de serveerster met de nieuwe wodka arriveert, slaat ze hem onmiddellijk achterover en vraagt er nog een. Een grote groep twintigers is met hun skischoenen en dikke donsjacks naar binnen gestommeld. Ze nemen plaats op een sofa een paar meter bij Hanna vandaan. Een jongen met warrig bruin haar dat platgedrukt zit door zijn helm, buigt zich naar voren en zoent een meisje op de mond. Daarna zet hij koers naar de bar.

De dj zet de muziek nog een tandje harder. Het laatste nummer van Avicii, 'SOS', stroomt uit de speakers.

Hanna knippert haar tranen weg.

Morgen moet ze zichzelf weer in de hand hebben en normaal doen. Ze zal zo een taxi naar huis bestellen en zeggen dat ze hoofdpijn heeft om niet met haar familie te hoeven omgaan. Ze gaat rechtstreeks naar bed en zal proberen de angst weg te slapen.

Maar een paar minuten kan ze nog wel over Daniel dromen.

95

Ida zit in de woonkamer tv te kijken als er wordt aangebeld bij het appartement van haar moeder.

Dat moet Daniel zijn, dat voelt ze gewoon.

Ze had de hele dag lopen piekeren of ze er goed aan deed hierheen te komen terwijl hij net midden in een lastige zaak verwikkeld was. Maar ze was zo verdrietig en gefrustreerd geweest. Toen haar moeder had voorgesteld om met Alice naar haar toe te komen, had dat een goed idee geleken.

Het is kwart voor acht, ze heeft haar dochter net in bed gelegd. Op het journaal hadden ze het gehad over het ingrijpen van de politie van Åre in die zaak van een vrijkerkelijke predikant die had geprobeerd zijn vrouw te vermoorden in Noorwegen. Ze hadden ook verteld dat de moord op Johan was opgelost en dat het een afschuwelijke familietragedie was gebleken.

'Ik doe wel open,' zegt ze, terwijl ze naar de gang snelt.

Daniel staat voor de deur. Hij ziet er bleek en verbeten uit en heeft donkere wallen onder zijn ogen.

'We moeten praten,' zegt hij bars.

Ida slikt. 'Kom binnen.'

Hij stapt over de drempel en kijkt om zich heen, waarschijnlijk om te bepalen waar Elisabeth zich bevindt.

'Mijn moeder is tv aan het kijken,' zegt Ida. 'We kunnen in de keuken gaan zitten.'

Daniel loopt achter haar aan en gaat aan de eettafel zitten.

'Wil je iets hebben?' vraagt Ida. 'Koffie?'

'Nee, ik hoef niks.'

Het wordt stil. Daniel ziet er wanhopig vermoeid uit. Ze krijgt de neiging haar armen om hem heen te slaan en alles goed te maken.

'Waar is Alice?' vraagt hij.

'Ze slaapt. Wil je naar haar toe?'

'Dat kan straks wel.'

Ida neemt tegenover hem plaats. Uit de woonkamer klinken de geluiden van het tv-programma dat haar moeder kijkt.

'Ik heb gehoord over die predikant,' zegt ze, terwijl ze aan de vlecht over haar schouder draait. 'Die man die probeerde zijn vrouw te vermoorden. Was jij dat, die... dat voorkomen heeft?'

Daniel knikt.

Ida wordt overvallen door een sterk schuldgevoel. Terwijl zij hem een ultimatum stelde, omdat hij niet op tijd thuiskwam, had hij gisteren het leven van een vrouw gered. Ze staat op het punt te zeggen dat het haar spijt, dat ze er niet goed over nagedacht had, maar dan gaat Daniel verder.

'Dat waren Hanna en ik. Ze heeft fantastisch gehandeld.'

Hanna. Ida wil niets meer over haar horen. Zeker niet nu.

'Ik snap het,' zegt ze zwakjes.

De spanning tussen hen is weer terug, ze kan er niets aan doen. Het gevoel dat ze minderwaardig is, dat ze niet goed genoeg is als vriendin en moeder komt vanzelf opzetten.

Ze deugt niet.

Daniel steekt zijn hand uit en pakt de hare vast. Ze heeft hier zo naar verlangd, ze weet precies hoe zijn huid voelt tegen die van haar, maar toch trekt ze haar vingers terug en verstopt ze onder de tafel.

'Zullen we naar huis gaan?' vraagt hij smekend. 'Samen met Alice?'

Ida slikt.

Ze weet niet wat ze moet antwoorden.

Daniel gaat verder zonder haar aan te kijken.

'Ik heb een afspraak gemaakt met een psychotherapeut. Om te praten over mijn... uitbarstingen. Ik wil echt mijn best doen te veranderen.'

Ida krijgt een brok in haar keel. Ze houdt van Daniel en hij is Alice' vader, maar toch voelt ze zich verscheurd. Ze wil hem vertrouwen, maar ze is bang om in dezelfde situatie terecht te komen. Ze is er zo klaar mee om zich een zeurkous te voelen en het gevoel te hebben dat ze niet goed genoeg is.

Hij probeert haar in de ogen te kijken en ze kan niet voorkomen dat ze de uitputting en het verdriet in zijn blik ziet.

'Ik probeer om een goede man en een goede vader te zijn,' zegt hij zacht. 'Ik probeer het echt.'

Ze wíl haar leven ook met hem delen.

'Voor mij?' fluistert ze, en ze legt haar hand terug, boven op die van hem.

'Voor ons.'

Maandag 2 maart

Rebecka

Rebecka heeft een kamer voor zichzelf gekregen in het ziekenhuis, zodat ze geen last heeft van nieuwsgierige blikken.

Het verhaal van de predikant die geprobeerd had zijn zwangere vrouw te vermoorden door haar in de sneeuwstorm achter te laten, staat in alle kranten en is onderwerp van ieder actualiteitenprogramma.

Ze ligt op haar rug in het ziekenhuisbed precies zoals ze de afgelopen dagen had gelegen. Haar handen en voeten zitten vol bevriezingsblaren, die onder haar voeten zijn donker en gevuld met bloed. Het ziet er afschuwelijk uit, maar volgens de artsen is het een goed teken.

Blijkbaar duiden die blaren op diepere schade aan de huid, maar niet op het afsterven van het weefsel. Als ze necrose in haar voeten aan het ontwikkelen was, zou de huid wasachtig en houtachtig worden. Als zoiets doorzet, kan het in het ergste geval leiden tot amputatie.

Hoewel het nog te vroeg is om te zeggen, vond de laatste arts het er hoopvol uitzien. Maar ze moeten het afwachten.

'Wie in januari bevriest, wordt in juni geamputeerd', was dat niet hoe dat oude spreekwoord ging?

Rebecka zou willen dat ze het nooit gehoord had.

De tv staat aan, er is een familiekomedie op, maar ze heeft geen energie het verhaal te volgen. Het grootste deel van de tijd ligt ze hier gewoon te slapen met haar hand op haar buik. Het is een wonder dat die kleine het daarbinnen heeft overleefd. Ze hebben meerdere echo's gemaakt en allerlei onderzoeken gedaan. De meeste zagen er goed uit gelukkig, ook al zal ze de rest van haar zwangerschap onder controle staan.

In haar vroegere leven had ze God daarvoor bedankt, maar tot Hem zal ze zich nooit meer wenden.

Als het iemands verdienste is dat ze nog leeft, is het die van Johan. Hij was degene die haar haar kostbaarste geschenk had gegeven. Zonder haar kind dat in haar groeit, zou ze niet de kracht hebben gevonden te overleven.

Haar geliefde Johan, die nooit hun liefdeskind zal ontmoeten.

Warme tranen stromen over haar wangen. Hij had haar niet in de steek gelaten zoals ze vreesde. Integendeel, hij was voor haar gestorven.

Hij had alles opgeofferd.

Nu zijn alleen zij en hun kind nog over. Ze moet een moeder en vader tegelijk zijn voor dat kleintje, er is niemand anders. Haar eigen ouders zijn niet op bezoek geweest in het ziekenhuis. Niemand anders van hun kerkgemeente heeft contact met haar opgenomen, zelfs Lisen niet.

De enige die op bezoek is gekomen is Maria.

Rebecka zal haar de rest van haar leven dankbaar zijn. Als haar collega haar vermoedens niet met de politie had gedeeld, was ze nu waarschijnlijk dood geweest.

Een geluid bij de deur maakt dat ze haar hoofd omdraait.

Een man en vrouw van in de zestig staan op de drempel. De vrouw stapt naar binnen. Zodra ze oogcontact maken, begint ze te huilen.

Rebecka heeft hen nooit eerder gezien, maar ze weet wie het zijn. Johans vader Torsten is een oudere versie van zijn zoon.

Tarja komt naar het bed toe en stelt zich voor. Ze laat zich vallen op de klaarstaande stoel.

'Lieve Rebecka,' zegt ze met gebroken stem. 'De politie heeft ons alles uitgelegd. Wat je allemaal hebt moeten doorstaan. Dat iemand zo wreed kan zijn. Het is verschrikkelijk...'

Ze forceert een droevige glimlach.

'Ze hebben verteld over het kind. Dat je zwanger bent van Johan.'

Rebecka knikt.

'We wilden alleen zeggen...'

Tarja werpt een blik op haar man. Hij geeft haar een bemoedigend knikje.

'Dat we... dat we er voor je zijn, als we onderdeel mogen zijn van je leven?'

Johans moeder steekt haar hand uit om die van Rebecka vast te pakken, maar de blaren maken het onmogelijk. Ze moet genoegen nemen met een onhandige aai over haar arm.

'We zullen onze zoon nooit terugkrijgen,' zegt Tarja, 'maar als we je hierdoorheen kunnen helpen, als we je mogen steunen tijdens de zwangerschap, zouden we oneindig dankbaar zijn.'

'We zouden graag je familie zijn, als dat mag,' zegt Torsten. 'Misschien wil je bij ons wonen tot je hersteld bent?'

Tarja huilt openlijk.

Ook Rebecka kan haar tranen niet bedwingen. Ze had verwacht dat ze nog lange tijd alleen zou zijn. Haar eigen ouders wilden niets van haar weten, de kerkgemeente had de rijen gesloten.

En nu openen Johans ouders hun armen.

Ze heeft een nieuwe familie gevonden.

'Bedankt,' fluistert Rebecka met een glimlach van achter haar tranen.

96

Het is zo donker in Antons woonkamer dat hij zijn saxofoon amper ziet, maar dat geeft niet. Hij kent de melodie uit zijn hoofd, 'If I Should Lose You' kan hij op gehoor spelen.

Er bestaan veel verschillende versies, maar die van Nina Simone is zijn favoriet.

De melancholische tonen klinken door de stilte en zijn vingers wandelen over het instrument. Hij blaast de lucht erin en staat ervan versteld zoals zo vaak dat zijn ademhaling kan veranderen in zulke prachtige klanken.

Hij stelt zich Carls gezicht voor.

Hij heeft niet meer geprobeerd contact met hem op te nemen. Hij heeft niet gebeld en ook niet ge-appt. Hij had alleen zijn band met de kerk opgezocht. Blijkbaar is hij gewoon een koorleider bij de kerkgemeente in Åre.

Meer niet.

Gisteravond was Anton opnieuw langs het rode appartementengebouw gelopen waar Carl woont. Hij had een tijdlang in de kou staan kijken naar de verlichte ramen. Als hij een glimp van Carl had opgevangen daarboven, had hij misschien de moed gehad om zijn mobieltje te pakken, maar dat was niet het geval geweest.

Waarschijnlijk was het een teken.

Carl is niet meer geïnteresseerd, en waarom zou hij ook? Anton heeft zijn best gedaan hem weg te jagen. Hij heeft zich bot en afstandelijk opgesteld.

Nu is het te laat.

Het is maar beter zo, maakt hij zichzelf wijs. Het zou nooit werken om een serieuze relatie te hebben. Hij heeft geen idee hoe hij met de consequenties daarvan zou omgaan, niet in zijn werk en niet privé.

Hij is er niet klaar voor.

Anton sluit zijn ogen en probeert het loodzware gevoel in zijn borst te verdrijven. Zijn vingertoppen spelen het couplet van het nummer dat hij zelf naar het Zweeds had vertaald.

Als ik jou verloor, mijn vriend
Zouden de sterren een voor een neerdalen
Als ik jou verloor, mijn vriend
Zou ik voor altijd ronddwalen

Met jou aan mijn zijde
Bestaat er geen koude wind
Met jou aan mijn zijde
Ben ik overal thuis gezwind...

Dankwoord

Het is onmogelijk om in je eentje een boek te schrijven en ik heb het geluk gehad de hulp te krijgen van vele genereuze personen. Omdat ik relatief nieuw ben in de omgeving van Åre, was het extra belangrijk te kunnen vertrouwen op mensen met lokale kennis.

Met mijn vrijheid als auteur heb ik echter hier en daar wat dingen veranderd:

Snasadalen is een fictieve plaats die ik heb bedacht om in het verhaal te passen. Het bergmassief Snasahögarna bestaat echter wel (en is zeker een bezoekje waard).

De meeste namen van wegen bestaan niet en zijn verzonnen om geen specifieke plaatsen aan te wijzen.

Ånn is een heel klein plaatsje, in werkelijkheid zelfs nog veel kleiner dan in het verhaal. Op het moment dat dit boek wordt uitgegeven, is er geen kleuterschool en ook geen café.

De bewering dat het slachtoffer Johan Andersson een bronzen medaille heeft gewonnen in de Super G van 2009 is pure fictie. De medaille in Val d'Isère werd in werkelijkheid gewonnen door Aksel Lund Svindal uit Noorwegen. Ere wie ere toekomt!

Er bestaat geen vrijkerkelijke gemeente genaamd 'Het Licht des Levens', tenminste niet voor zover ik weet ten tijde van mijn schrijven.

Het afvalpunt in Staa is uitgerust met zowel camera's als een kantoor.

Als er andere fouten voorkomen in het boek, neem ik die geheel voor mijn rekening.

Ulrika Bauman Edblad en Anders Edblad uit Åre zijn van grote hulp geweest tijdens deze reis. Veel dank allebei.

Ook wil ik Victoria Norman van de lokale politie bedanken die heel genereus haar expertise en vakkennis met me heeft gedeeld, en Mikael Nordqvist van Ocke Trädgård die de flora en fauna van Jämtland voor me heeft uitgezocht.

Ik wil commissaris Rolf Hansson bedanken die me opnieuw heeft geholpen met allerhande politionele vragen.

Mijn lieve vrienden Anette Brifalk, Helen Duphorn, Madeleine Lyrvall en Gunilla Petersson hebben allen het manuscript gelezen en van commentaar voorzien tijdens het schrijfproces. Hartelijk dank daarvoor!

Verborgen in de schaduw is zonder twijfel het resultaat van bijzonder goed functionerend teamwork. Ik wil graag mijn hartelijke dank uiten aan mijn geweldige uitgever Ebba Östberg en mijn lieve redacteur John Häggblom. Zonder mijn buitengewoon betrokken redactrice Lisa Jansdotter Nilsson, was *Verborgen in de schaduw* nooit zo goed geworden. Duizendmaal dank daarvoor, Lisa!

Het is ook fijn om te werken met professionals als Sofia Heurlin en alle anderen bij uitgeverij Forum.

Anna Frankl, je bent een superagent die altijd voor me klaarstaat!

En Tommy Lundqvist, mijn loyale manueel therapeut die zich de hele zomer over me ontfermde op Sandhamn toen ik dag en nacht aan het redigeren was om mijn deadline te halen: dank je wel! Mijn schouders en nek zouden compleet in elkaar gezakt zijn zonder jouw zorgen.

Het boek *Mellan bögskämt och prideparader, exkludering och inkludering av homosexualitet i svensk polis*, van Jens Rennstam, was van grote hulp toen ik de karakterschets van Anton neerzette.

De zinnen op p. 445 zijn mijn eigen vrije interpretatie van Leo Robins' prachtige songtekst 'If I Should Lose You'.

En dan tot slot: dank je wel mijn lieve Lennart dat je zo nauwkeurig hebt meegelezen en mijn zelfvertrouwen weer hebt opgeroepen toen ik overvallen werd door twijfel in de laatste redactiefase.

Camilla, Alexander en Leo: jullie zijn de blijdschap in mijn leven.

Åre, 1 september 2021
Viveca Sten

Lees ook *Verborgen in de sneeuw*

Als zowel het persoonlijke als professionele leven van politieagente Hanna Ahlander in Stockholm instort, vlucht ze terug naar de lodge van haar zus in het Zweedse skiparadijs Åre. Een korte troost, want het dorp is geschokt door de verdwijning van een tienermeisje. Hanna bundelt haar krachten met lokale rechercheur Daniel Lindskog, hun enige aanwijzing is een sjaal in de sneeuw.

Dan nadert er een storm, en terwijl de temperaturen dalen, raken steeds meer levens in gevaar. Hoeveel slachtoffers zullen er vallen als de waarheid helemaal raakt ondergesneeuwd?